# LE JARDIN DES OMBRES

DU MÊME AUTEUR

*Amagansett*, Calmann-Lévy, 2005 ; Pocket, 2008.

Mark Mills

# LE JARDIN DES OMBRES

Roman

TRADUIT DE L'ANGLAIS
PAR JOHAN-FRÉDÉRIK HEL GUEDJ



calmann-lévy

*Titre original anglais :*
THE SAVAGE GARDEN
Première publication : Harper Collins, Londres, 2007





ISBN 978-2-7021-3915-8

*Pour Caroline, Gus et Rosie.*

*Nous ne cesserons pas d'explorer*
*Et la fin de toute notre exploration*
*Nous conduira où nous l'avions entamée,*
*À découvrir l'endroit pour la première fois.*

T.S. ELIOT,
« Little Gidding », *Four Quartets*

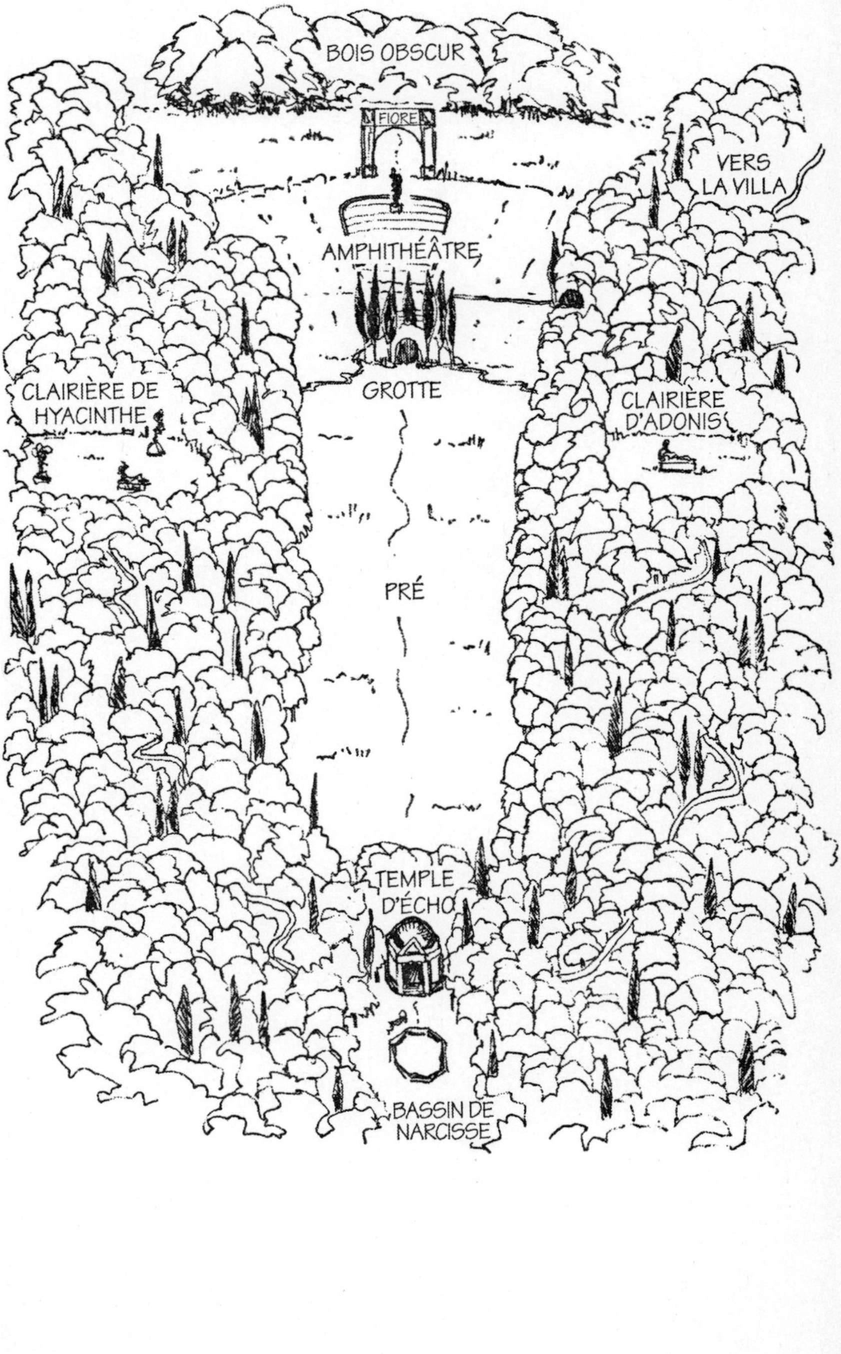
BOIS OBSCUR
FIORE
VERS
LA VILLA
AMPHITHÉÂTRE
GROTTE
CLAIRIÈRE DE
HYACINTHE
CLAIRIÈRE
D'ADONIS
PRÉ
TEMPLE
D'ÉCHO
BASSIN DE
NARCISSE

# Août 1958

Plus tard, quand tout fut terminé, il revint en pensée à ce jour du mois de mai écrasé de soleil, à Cambridge – là où tout avait commencé –, et se demanda s'il aurait agi différemment, sachant ce qu'il savait désormais.

Il n'était pas facile de répondre à cette question.

Il se reconnaissait à peine dans ce jeune homme insouciant qui pédalait sur le chemin de halage le long de la rivière et sautait les ornières d'un coup de reins, sa bouteille de vin dansant au fond de son panier à vélo.

Il avait beau essayer, il ne parvenait pas à percer ce qui se tramait dans la tête de cet étranger, et encore moins à dire avec un peu de certitude comment il aurait affronté la nouvelle qu'un meurtre l'attendait, à peine un peu plus loin, au détour du chemin.

# 1

Il était réputé pour ses courges, surtout.

Chez les dames de la Société d'horticulture qui, jusqu'à son arrivée sur la scène locale, étaient très heureuses de rivaliser entre elles pour décrocher la récompense la plus convoitée, dans la catégorie légumes de leur exposition annuelle, cela faisait de lui un sujet de suspicion considérable. Sa position de nouveau venu au village avait sans nul doute nourri leur ressentiment, et le fait qu'il vive seul avec une "gouvernante" de quelques années sa cadette, une femme dont la mine ne pouvait être qualifiée que d'"orientale", leur permit d'enfouir la douleur de la défaite sous des ragots malveillants.

Cette première année où il remporta le prix, je me souviens encore de Mme Meade et de ses bonnes copines agglutinées ensemble vers le fond de la tente, comme des vaches avant l'orage qui menace. Je conserve aussi le souvenir du pasteur, quelque peu défraîchi après avoir goûté avec enthousiasme les cidres en compétition, rendant son verdict dans cette catégorie des courges. Avec un air de délectation presque lascif, il avait déclaré le prodigieux spécimen de M. Atherton "franchement tumescent" (renforçant par là même mes propres soupçons sur ce bon révérend).

M. Atherton, grand, mince et un rien voûté au bout de ses soixante-dix et quelques années, s'était approché de l'estrade sans s'aider de sa canne. Il avait accepté de bonne grâce son diplôme (et la bouteille de cordial à la fleur de sureau qui allait de pair), puis il avait regagné sa chaise. Il se trouve que j'étais assis à côté de lui, en cet après-midi chaud et venteux et, avec le claquement de la toile sous les rafales, le pasteur débitait avec peine, en mangeant ses mots, son chaleureux discours d'hommage à toutes celles et à tous ceux qui avaient bien voulu présenter leurs gâteaux Victoria. M. Atherton pencha la tête vers moi, une lueur malicieuse dans le regard.

"Pensez-vous qu'elles me le pardonneront jamais ?" marmonna-t-il à mi-voix.

Je compris exactement de qui il voulait parler.

"Oh, j'en doute, lui répondis-je. J'en doute fort."

Ce furent les tout premiers mots que nous échangeâmes, même si ce n'était pas la première fois que je lui arrachais un sourire. Plus tôt cet été-là, je l'avais surpris en train de m'observer avec une expression amusée, l'œil coiffé d'un panama. Il était assis sur une chaise longue, au bord du terrain de cricket, alors qu'un batteur robuste, mais de troisième ordre, originaire de Droxford, venait de me transpercer, en me marquant six points le coup, trois fois d'affilée, scellant ainsi une nouvelle défaite ignominieuse pour l'équipe réserve du Onze de Hambledon.

Adam retourna le feuillet, s'attendant à poursuivre sa lecture. La page était vierge.

« C'est tout? demanda-t-il.

– Évidemment, fit Gloria. Qu'est-ce que tu crois?

– C'est bien.

– Bien? "Bien", c'est comme "gentil". "C'est bien", c'est ce que disent les mères des enfants qui ne se tiennent jamais mal.

Qu'ils sont ennuyeux, ces enfants-là ! Enfin, Adam, nous parlons de mon roman, là. »

Mieux valait sans doute ne pas évoquer son excès de zèle dans le maniement de la virgule.

« Très bien. Excellent », rectifia-t-il.

D'une moue lasse, Gloria lui accorda la clémence, non sans méfiance et, quand elle se pencha vers lui, le coton de sa robe imprimée se tendit sous le galbe de ses seins.

« Ce n'est encore que l'introduction, mais c'est intrigant, tu ne trouves pas ?

– Intrigant. Oui. Très mystérieux. Qui est ce M. Atherton, avec ses courges phénoménales ?

– Ha ha ! s'exclama-t-elle. Tu vois ? Première page, et tu poses déjà des questions. C'est bien. »

Le choix de cet adjectif lui fit hausser le sourcil, mais elle ne parut rien remarquer.

« D'après toi, qui est-ce ? Ou plutôt, et surtout : que fait-il, à ton avis ? »

Cette fois, il ne suivait plus. Le vin n'aidait pas, d'une tiédeur inacceptable dans la chaleur de l'après-midi, avec cette guêpe qui bourdonnait autour du goulot comme une désespérée.

« Je ne sais vraiment pas. »

Gloria chassa la guêpe du revers de la main, remplit son verre, et puis elle resservit Adam, mais avec un temps de retard.

« C'est un espion allemand, lui annonça-t-elle.

– Un espion allemand ?

– C'est cela même. Vois-tu, nous sommes en guerre... en 1940, pour être précise... et alors que la bataille d'Angleterre fait rage dans le ciel au-dessus d'un petit village du Hampshire, c'est une bataille d'un tout autre ordre qui va bientôt se livrer sur la terre ferme.

– "En haut...

– ... comme en bas." »

En étaient-ils vraiment à citer Hermès Trismégiste, autour d'un sujet pareil ?

« Je pense que c'était dans le Kent, fit Adam.

– Dans le Kent ?

– La bataille d'Angleterre... le Kent, et une partie du Sussex, mais le Hampshire n'était pas concerné. »

Pour Gloria, cette nouvelle était visiblement un choc.

« Eh bien, peut-être que quelques avions, je ne sais pas, se seront égarés, quelque chose de ce style. »

Adam semblait en douter.

« Flûte, fit-elle. Je voulais des combats aériens, moi, dans le ciel.

– Alors déménage dans le Kent.

– Il faut que ça se passe dans le Hampshire.

– Pourquoi ? »

Il regretta sa question presque immédiatement.

« Parce que toute l'histoire tourne autour d'une base secrète de sous-marins dans la rade de Portsmouth. »

Était-ce vraiment là que l'avaient menée deux années d'un cursus de littérature anglaise, l'étude de *Beowulf,* de *Messire Gauvain* et du *Chevalier Vert* : à une base secrète de sous-marins dans la rade de Portsmouth ?

« Quoi ? lança-t-elle, méfiante.

– Je réfléchissais, c'est tout, prétendit-il. Ton narrateur est un homme. À moins que ce ne soit une femme qui se trouve jouer au cricket dans l'équipe du village.

– Et donc ?

– C'est un défi, j'imagine, d'écrire dans la peau d'un narrateur masculin.

– Tu penses que je ne suis pas à la hauteur ?

– Je n'ai pas dit cela.

– Quatre frères, reprit-elle, en levant trois doigts. Et tu n'es quand même pas le premier garçon avec qui je suis sortie. »

C'était une vérité qu'elle aimait réaffirmer de temps à autre, en l'agrémentant de quelques détails de mauvais goût pour enfoncer le clou, mais là, elle était déjà trop en colère pour cela.

Elle jeta le reste de son vin, et l'arc de nectar atterrit mollement dans l'herbe. Elle se leva, un peu instable sur ses jambes.

« J'y vais.

– Non, fit-il, en lui prenant la main. Reste.

– Tu détestes.

– Ce n'est pas vrai.

– Je sais ce que tu penses.

– Tu te trompes. Ce que je pense pourrait me valoir la prison. »

La plaisanterie était un peu lourde, mais il la savait vulnérable à ce genre de propos. Et puis, c'était la raison qui les avait poussés à sécher les cours et à sortir dans le pré, non?

« Je suis désolé, insista-t-il, en profitant du léger sourire de Gloria. Je dois être jaloux, un point c'est tout.

– Jaloux?

– Moi, je serais incapable d'en faire autant, je le sais. C'est super. Vraiment. Ça m'a tout de suite captivé. Le pasteur ivre, c'est une trouvaille sensationnelle.

– Il te plaît?

– Beaucoup. »

Gloria se laissa attirer sur la couverture, dans leur petit coin, un renfoncement de terrain hors de vue du chemin de halage hérissé de saules trapus et noueux qui longeait la rivière.

Ses doigts traçaient leur route avec paresse et détermination à l'intérieur de sa cuisse d'une blancheur de colombe, sur ses chairs aussi chaudes et souples qu'une pâte fraîchement pétrie.

Elle se pencha vers lui, l'embrassa, et sa langue força le passage de ses lèvres.

Il y retrouva le goût du vin blanc bon marché et se sentit excité par ses attouchements. Sa main s'approcha de ses seins, son pouce en effleura les bouts, comme elle aimait.

Quelques faveurs sexuelles en échange de vagues louanges. Était-ce réellement aussi simple?

Il refréna ses pensées, culpabilisant de sentir son esprit s'égarer du cœur de l'action.

Il n'avait pas besoin de s'inquiéter.

« Tu sais, fit Gloria, en se dégageant et en reprenant son souffle. Ce sera le Hampshire. Et la bataille d'Angleterre, on s'en fout. »

À son retour sur le campus, le mot l'attendait dans son casier. Il reconnut immédiatement l'écriture. C'étaient ces mêmes pattes de mouche à la limite du lisible qui ornaient ses dissertations hebdomadaires. Voici ce qui était écrit :

*Cher Monsieur Strickland,*

*Mes excuses si je vous adresse cette demande en plus de votre emploi du temps chargé, mais il y a une question dont j'aimerais discuter avec vous concernant votre thèse.*

*Pouvons-nous convenir de 17 heures, aujourd'hui, dans mon bureau, à la faculté ? (C'est le grand édifice en pierre au bout de Trumpington Street, au cas où vous auriez oublié.)*

*Sincères salutations,*

*professeur Leonard.*

Adam consulta sa montre. Un quart d'heure pour traverser la ville. Son bain allait devoir attendre.

Le professeur Crispin Leonard était une espèce d'institution, pas seulement au sein de la faculté, mais pour l'ensemble de l'université. Malgré ses soixante-dix ans bien sonnés, il était tout à fait différent de ses pairs du même âge, qui n'émergeaient, semblait-il, de leurs lugubres salles de classe qu'aux heures des repas, entrant ou sortant du réfectoire d'un pas traînant, drapés de leurs toges élimées, pour traverser ces pelouses veloutées, ce gazon sacré qu'ils avaient le privilège de fouler. Rares étaient ceux qui comprenaient ce que faisaient ces personnages vénérables (ou ce qu'ils avaient jamais pu faire) pour justifier la sinécure d'une chaire universitaire. Être l'auteur d'un livre, un seul, celui-là ou un autre, paraissait suffire, même si la valeur de cette œuvre se trouvait éclipsée depuis longtemps. Pour une raison obscure, on jugeait qu'ils avaient versé leur écot et, en échange, les universités leur assuraient de vivre leurs vieux jours dans un confort déchargé de toute responsabilité.

Le professeur Leonard était taillé dans une étoffe autrement plus robuste. Il enseignait et supervisait trois disciplines, continuait de proposer ses services de directeur d'études et restait actif au sein de bon nombre de sociétés savantes, après avoir fondé certaines d'entre elles. Et tout ceci en trouvant encore le temps non seulement d'écrire, mais de publier. À tous égards, cela représentait une force de travail considérable, qu'il donnait l'impression d'endosser avec une parfaite aisance.

Comment y parvenait-il? Il n'était jamais pressé, jamais en retard. Il bondissait de-ci, de-là comme un chat bien nourri, et on le sentait légèrement distrait, comme si son esprit flottait toujours dans les hautes sphères.

Quand Adam entra dans son bureau, le professeur était profondément assoupi. Au premier coup frappé à la porte, il ne broncha pas, et lorsque Adam pointa la tête par l'entrebâillement et le vit affaissé dans son fauteuil, un livre sur les genoux, il frappa encore, plus fort cette fois.

Le professeur Leonard remua, reprit contenance, considéra Adam.

« Je suis désolé, j'ai dû piquer du nez. » Il referma l'ouvrage et le mit de côté. Adam remarqua qu'il s'agissait d'une des œuvres du professeur, sur la sculpture de Mantegna.

« Aucun tribunal de ce pays ne vous condamnera pour ça. »

Le professeur Leonard invitait à l'irrévérence, il l'encourageait activement, mais, l'espace d'un instant, Adam craignit d'avoir dépassé les bornes.

« Votre réflexion serait plus amusante, monsieur Strickland, si vous aviez pris la peine de lire mon livre consacré à Mantegna. Ce qui me fait penser... comment va votre service?

– Pardon, mais je ne comprends pas...

– Eh bien, la dernière fois que je vous ai vu, vous rouliez à bicyclette dans King's Parade, et vous m'aviez l'air pressé. Vous teniez serrées deux raquettes de tennis, et la jeune dame assise derrière en amazone se serrait contre vous.

– Oh.

– Alors, ça s'améliore?

– Ça s'améliore?

– Votre service, monsieur Strickland. Nous serions tous tellement ravis, si vous aviez au moins un autre prétexte à fournir pour justifier votre absence.

– Je travaille dur, bêla Adam. Je travaille tard. »

Le professeur Leonard attrapa des papiers empilés sur la desserte, à côté de son fauteuil.

« Puisque vous êtes là, autant que vous récupériez ceci tout de suite. (Il parcourut la pile et en tira la dissertation d'Adam.) Je vous ai sans doute noté un peu sévèrement.

– Ah, fit Adam, un peu contrarié.

– En y repensant, j'aurais pu vous donner raison sur davantage de points que je ne l'ai fait de prime abord.

– De quels points s'agissait-il ?

– Ne vous haussez pas du col, monsieur Strickland. À ma connaissance... et je l'ai lue deux fois... vous n'avez développé qu'une seule argumentation. Les autres, vous les avez piochées directement dans les ouvrages que je vous ai suggéré de lire. (Il brandit un long index osseux.) Et dans quelques autres que je n'avais pas suggérés... en quoi, je vous l'accorde, vous avez fait preuve de plus d'initiative que la plupart de vos condisciples. »

Il lui tendit la copie.

« Nous débattrons de cela plus longuement une autre fois. Maintenant, votre thèse. Avez-vous approfondi votre réflexion ? »

Adam avait caressé deux idées – l'iconographie dans l'architecture romane, et l'emploi de la ligne dans le dessin du début de la Renaissance –, mais le professeur ne s'y tromperait pas : il saurait les apprécier à leur juste valeur, et y déceler de paresseuses spéculations dans des domaines d'étude déjà rebattus. Non, mieux valait rester silencieux.

« Pas vraiment.

– Vous avez encore un an, bien sûr, mais il est recommandé de vous y mettre dès maintenant, surtout si vous voulez nous révéler votre vraie personnalité. N'est-ce pas, monsieur Strickland ?

– Oui, acquiesça Adam. Certainement.

– Comment se porte votre italien ?

– Pas mal. Un peu rouillé.

– Bon, alors j'aurais peut-être quelque chose pour vous. »

Le professeur lui expliqua qu'il avait été récemment contacté par l'une de ses vieilles connaissances. La Signora Docci, la dame en question, était propriétaire d'une vaste demeure de campagne dans les collines de Toscane, juste au-dessous de Florence. « Un exemple impressionnant – quoique un peu dépourvu d'imagination – d'architecture toscane Haute Renaissance, dans le style local », c'était en ces termes que le professeur avait décrit l'architecture du bâtiment. Il avait réservé ses louanges au jardin, non pas pour l'arrangement solennel des terrasses Renaissance adossées à la villa, mais pour un ajout maniériste plus tardif, qui occupait un petit bois tout proche, dans une cuvette en contrebas. Conçue et dessinée par un mari endeuillé à la mémoire de son épouse morte, cette étendue de terrain boisée et assez pentue était alimentée par une source et suivait le modèle des jardins romains de la période, avec son lot de chemins sinueux et de ruisselets, de statues, d'inscriptions et de compositions néoclassiques.

« C'est un endroit qui sort de l'ordinaire, ajouta le professeur. Extrêmement impressionnant.

– Vous connaissez ?

– Je connaissais, oui, voilà quelques années. Il n'a jamais été modifié... ce qui est rare... et je sais de façon certaine que l'on n'a jamais effectué aucune étude convenable de cet endroit. Et c'est là que vous intervenez, enfin, si vous le souhaitez. La Signora Docci me l'a aimablement proposé comme sujet de thèse pour l'un de mes étudiants. »

Le maniérisme, c'était plutôt le mauvais côté, un peu trop ampoulé au goût d'Adam, et il allait devoir beaucoup potasser. D'un autre côté, l'Italie, c'était bien, c'était très bien.

« Un jardin, ce n'était peut-être pas tout à fait ce que vous aviez en tête, mais ne vous méprenez pas... L'Art et la Nature qui s'unissent pour créer une toute nouvelle entité... une nature tierce, si vous préférez. »

Adam n'avait pas besoin de plus d'encouragements.

« Oui, dit-il. Oui, s'il vous plaît. »

# 2

Les examens leur tombèrent dessus avant même qu'ils n'aient eu le temps de souffler, et furent aussi vite passés. Ils fêtèrent ça, se saoulèrent, sortirent en barque jusqu'au village de Grantchester avec des paniers de pique-nique, dansèrent aux bals de l'université et se balancèrent tout habillés dans la rivière qui baigne Cambridge – autant de souvenirs irrémédiablement ternis, chez Adam, à cause de la décision prise par Gloria de mettre un terme à leur liaison, la dernière nuit de l'année universitaire. Ce n'était pas négociable et, fidèle à son caractère, elle n'avait même pas tenté de feindre des remords qu'elle n'éprouvait visiblement pas. Toutefois, elle s'était arrangée pour lui offrir un maigre lot de consolation : comme il ne viendrait plus dans la maison sur pilotis que sa famille possédait en Écosse, il s'éviterait d'être la cible des attentions exaspérantes des moucherons, l'été.

« On a déjà vu du bétail se jeter du haut des falaises, à cause d'eux. » Ce furent les derniers mots qu'elle lui adressa, avant qu'il ne la plante là en fulminant et en claquant la porte derrière lui.

Le lendemain, chacun retourna tout doucettement aux réalités de son existence. Pour Adam, il s'agissait d'une banlieue anonyme du sud de Londres, et d'une villa de style Tudor, aux aspirations élisabéthaines. Construite à la hâte juste après la guerre, la demeure devait son existence à cet emplacement à un équipage allemand qui, jetant un œil à la grêle mortelle de DCA au-dessus de la ville, avait préféré larguer ici au plus vite son chargement de bombes avant de courir se réfugier au bercail.

Un jour, Adam et son frère avaient creusé une tranchée au fond du jardin – la première ligne de défense contre une force ennemie imaginaire –, pour finalement déterrer les vestiges des maisons mitoyennes qui occupaient auparavant leur parcelle. Harry avait sorti ces fragments de briques, de tuiles et de verre, les avait coulés dans du plâtre de Paris, créant ainsi une mosaïque en forme de maison : le premier signe révélateur de la vocation de son frère dont Adam gardait le souvenir.

Il alla retrouver d'anciens amis de son quartier. Ils burent une bière ensemble dans le jardin du Stag and Hounds, tout en s'échangeant des histoires et en feignant d'ignorer la vérité inéluctable – les liens qui les rattachaient jadis se relâchaient chaque année un peu plus et risquaient bientôt de se dissoudre tout à fait.

Sa mère était enchantée de l'avoir à la maison et tenait à le montrer, ce qui, d'ordinaire, signifiait qu'elle était malheureuse. Chaque fois qu'elle l'étouffait de son affection, il avait la sensation troublante qu'elle se servait de lui comme d'une badine avec laquelle frapper son père : *Tu vois ce que tu loupes ?* Son père était plus renfermé que jamais, et pas des plus ravis. Il aurait voulu que son fils consacre son été à une première expérience professionnelle – un stage auprès d'une de ses relations, au Baltic Exchange. Il serait en effet judicieux d'acquérir une certaine connaissance des rouages du Baltic Exchange, avant d'entamer une carrière dans l'assurance maritime à la Lloyd's. Ce serait judicieux, car c'est exactement par là qu'il était lui-même passé. Au bout du compte, toutefois, il dut s'avouer vaincu.

Tout s'était organisé sans la moindre anicroche : une lettre à la Signora Docci, et la réponse de cette dame (tapée à la machine, et dans un anglais impeccable) lui indiquant qu'elle lui avait réservé une chambre dans une *pensione* de la petite ville voisine. Hormis son modeste concours pour lui obtenir quelques subsides du département d'histoire de l'art, le professeur Leonard n'avait guère eu besoin d'intervenir. En revanche, il avait bien suggéré à Adam de le retrouver en ville, avant son départ pour le Continent.

Le lieu de rendez-vous proposé était un grand bâtiment en pierre, près de la gare de Cannon Street, dans le centre. Adam n'avait jamais entendu parler de l'Honorable Compagnie des Peaussiers, même s'il ne fut pas extrêmement surpris de découvrir que le professeur était associé à une guilde médiévale plongeant ses racines dans sept siècles d'histoire. Ils traversèrent des salles lambrissées, pour rejoindre le toit terrasse, où ils déjeunèrent sous un manteau nuageux aussi homogène qu'une couverture mangée aux mites, le soleil perçant à l'oblique, par intervalles, et rehaussant des parcelles de la cité.

Ils partagèrent une côte à l'os et une bouteille de bordeaux.

Le professeur était arrivé armé d'un lot de livres et d'articles destinés à l'édification mentale d'Adam.

« Lisez-les de bout en bout, lui conseilla-t-il, en lui remettant un exemplaire des *Métamorphoses* et des *Fastes* d'Ovide. Le reste, ce sera plus à titre de références. Vous découvrirez que la famille possède une bibliothèque impressionnante, et je suis convaincu que l'on vous en autorisera l'accès. » Le professeur manifesta sa réticence à davantage évoquer le jardin – « Il n'est pas souhaitable que j'influence votre jugement » –, mais ce fut bien volontiers qu'il lui brossa un peu le contexte.

La Signora Docci vivait seule à la Villa Docci, depuis le décès de son mari, survenu quelques années auparavant. Son fils aîné, Emilio, était mort lui aussi, tué à la fin de la guerre par les Allemands qui avaient occupé la villa. Il y avait un autre fils, Maurizio, qui devait reprendre la propriété d'ici peu, ainsi qu'une fille assez débauchée, Caterina, qui habitait désormais à Rome.

Le reste du déjeuner se passa à évoquer le voyage imminent du professeur en France. Il partait voir les peintures rupestres des grottes de Lascaux – c'était sa troisième visite là-bas, depuis leur découverte, un hasard, par un groupe de jeunes gens de la région, en 1940. Il se rappelait encore sa frustration d'avoir à patienter cinq ans, que la guerre s'achève, avant de pouvoir y faire son premier pèlerinage. Avec treize ans de recul, il croyait possible de déceler l'influence de cette imagerie primitive sur l'œuvre d'artistes contemporains. En fait, ce devait être le sujet d'un article, et d'un livre même, pourquoi pas.

« Les plus grands peintres européens vivants puisant leur inspiration chez les plus vieux peintres que nous connaissions à ce jour, à dix-sept mille années de distance. Si ce n'est pas de l'histoire de l'art, je ne sais pas ce que c'est.

– En effet.

– Vous n'êtes pas obligé de me faire plaisir, vous savez.

– Bien sûr que si, répliqua Adam. C'est vous qui payez le déjeuner. »

Plus tard, quand ils prirent congé, dans la rue, le professeur ajouta un mot.

« Francesca... La Signora Docci... Elle est âgée, maintenant, et fragile, à tous égards. Mais ne la sous-estimez pas.

– Que voulez-vous dire ? »

Le professeur Leonard hésita, en lançant un regard vers le bout de la rue.

« Je ne suis pas certain de le savoir, au juste, mais c'est un avis sensé que je vous donne là. »

Tassé sur son siège, et légèrement éméché, dans le wagon vide qui le ramenait chez ses parents, à Purley, Adam gardait l'impression perturbante que ces adieux en forme d'avertissement du professeur constituaient le véritable motif de leur rendez-vous.

Une semaine plus tard, Adam était parti. Il changea de train à Paris, bien conscient de n'être jamais descendu si loin vers le sud de toute sa vie. Suivant le conseil du professeur Leonard, il avait glissé quelques francs au chef de train et s'était vu attribuer un compartiment couchette à part, pour lui tout seul.

Il ne dormit pas. Il se tourna, se retourna dans l'obscurité, la France défilant sous lui dans un fracas métallique, et il songea à Gloria (bien plus qu'il ne l'aurait voulu) et à l'expression de son visage quand elle lui avait dit : « Je ne sais pas pourquoi. Je pense que c'est parce que tu es un tout petit peu barbant. »

Il se serait senti moins blessé s'ils ne venaient pas de faire l'amour. Deux fois.

« Barbant ?

– Non, pas barbant, ce n'est pas juste. Terne.

– Terne ?

– Non.

– Quoi, alors ?

– Je ne sais pas. Je ne parviens pas à mettre le doigt dessus. Je n'arrive pas à trouver le mot exact. »

Merveilleux. Il formait une catégorie à lui tout seul – une catégorie unique, qu'aucun terme ne saurait définir, située quelque part entre le « barbant » et le « terne ».

Il avait perdu son calme, il avait balancé un oreiller à travers la pièce en lui criant dessus. Il se rappelait encore, et dans ses moindres instants, le long trajet à pied du retour à son collège universitaire, après avoir redescendu sans un bruit l'escalier qui montait à la chambre de Gloria, et être sorti dans l'aurore pâle de Trinity Great Court, immunisé contre le regard assassin du concierge de garde à la loge par la saveur douce-amère de l'apitoiement sur soi.

Minable, vraiment, quand on considérait tout cela avec un peu de recul, depuis le compartiment sombre et endormi d'un train fonçant à toute vitesse dans la nuit française, par exemple. Il essaya d'endiguer le flot de ses pensées, ou tout au moins de le dévier de sa course. C'était peine perdue, alors il alluma la lumière et travailla sa grammaire italienne.

L'aube se leva, et fit surgir avec elle la masse à peine discernable d'une vallée alpine escarpée. Quelques heures plus tard, ils s'étaient dégagés des montagnes.

Tout ce qu'il entrevit de Milan, ce fut la magnificence fasciste de la Stazione Centrale, en se dépêchant entre deux quais pour attraper sa correspondance. Il perçut la chaleur et une odeur de tabac peu familière, mais pas grand-chose d'autre. Il aperçut « la plaine étale de Lombardie », si chère à Shelley, avant de s'endormir.

Un sommeil profond et sans rêve le transporta jusqu'à Florence, où il fut brusquement réveillé par le chef de train, qui lui parla dans une langue très différente de l'italien qu'il avait appris au collège, et récemment rafraîchi. Proprement éjecté sur le quai, il se dit que ce n'était certainement pas l'accueil qu'il aurait cru recevoir à son arrivée en Italie.

Il trouva une *pensione* sur Piazza Santa Maria Novella, à deux pas de la gare. Le patron lui apprit qu'il avait de la chance : une chambre venait à peine de se libérer. Il était facile de voir pourquoi. Adam inspecta d'un œil inquisiteur la petite mansarde lugubre et se rassura en se disant que c'était pour une nuit.

Il ôta sa chemise, s'allongea sur le matelas affaissé, et fuma une cigarette, peu accoutumé qu'il était à la moiteur pesant sur la ville. Était-ce normal? Si oui, pourquoi personne n'avait-il songé à le prévenir? De cela, ou des moustiques, d'ailleurs. Le plafond en était constellé, ils attendaient la nuit pour se laisser tomber et entamer leur festin.

Il se glissa dans la salle de douche, tout au bout du couloir, et laissa le filet d'eau le rafraîchir. C'était une parade temporaire. Le temps qu'il descende les quatre volées de marches jusqu'à la réception, une transpiration luisante lui plaquait déjà sa chemise propre contre la poitrine.

L'orage éclata dès qu'il mit le pied hors de l'immeuble, le craquement sec du tonnerre se répercutant tout autour de la *piazza*, et le déluge s'ensuivit quelques minutes plus tard, lorsque des nuages couleur d'améthyste déversèrent leur chargement. Il resta sous la marquise, suivit la danse des gouttes sur la chaussée. L'eau s'écoulait à flots des gouttières engorgées, des caniveaux disparaissaient sous des flaques qui allaient s'élargissant. Et quand cela cessa, ce fut aussi total et soudain.

Une cloche d'église sonna la demie, et immédiatement des gens firent leur apparition, sortis de leur abri, les pas de porte tout autour de la *piazza* – presque comme si les deux événements étaient reliés, la cloche alertant les habitants du quartier que le danger était passé, comme elle l'avait toujours fait. Le soleil surgit de la masse des nuages qui s'écartait. Et il cognait, il étincelait sur les dalles fumantes de vapeur.

Des silhouettes se précipitèrent, sautant par-dessus les flaques, se dépêchant de rattraper le temps perdu. Adam rejoignit leurs rangs, son plan à la main, et quitta la *piazza* en prenant la direction du sud. Dans Via dei Fossi, des torrents d'eau de pluie ruisselaient encore des avant-toits, tout là-haut, chassant les piétons des trottoirs vers le milieu de la rue, et les forçant à batailler avec des escadrilles de scooters et de voitures. L'étroite ruelle se remplit des clameurs des klaxons et des jurons, d'une cacophonie scandée de sauts, de bonds, de gesticulations frénétiques, et le grondement de l'orage à distance s'éloignait comme un sourd roulement de timbale en contrepoint de cet opéra déréglé.

Un tiraillement d'anxiété raidissait sa démarche, mais ce n'était pas à cause de ce chaos qui le cernait de toute part. Il connaissait intimement la ville, mais c'était une connaissance livresque. Et s'il était déçu? Et si « l'héritage culturel et artistique unique » de Florence, qu'il avait exposé en détail dans ses nombreuses dissertations avec une autorité un peu creuse, le laissait froid? Comme par un fait exprès, il se trouvait sur un pont enjambant l'Arno – pas un torrent vif et scintillant, mais un bras de rivière à l'eau brune et trouble, plus adapté à une zone industrielle.

Cinq minutes plus tard, il atteignait sa destination, et son appréhension se dissipa. Quand il entra dans l'église Santa Maria del Carmine, la chapelle Brancacci était déserte, et le resta pendant le quart d'heure qui suivit. Michel-Ange et Raphaël étaient tous les deux venus étudier ici, copier, apprendre au contact du jeune homme qui avait changé la face de la peinture européenne : Tommaso di Ser Giovanni, surnommé Masaccio par ses amis, le petit prodige dépenaillé, mort à vingt-sept ans, mais qui avait déjà laissé son empreinte déterminante sur ces murs, et de longue date. D'autres avaient contribué à ce même cycle de fresques – Masolino, Fra Lippo Lippi, des noms avec lesquels il fallait compter –, mais comparée à celle de Masaccio, leur œuvre était plate et sans vie.

Ses personnages exigeaient d'être entendus, d'être crus. Certains même menaçaient de jaillir des murs et de secouer les incrédules pour leur insuffler la foi. De vrais hommes, pas des ectoplasmes. Et de vraies femmes. Sa représentation d'Adam et Ève, expulsés du jardin d'Éden, ne requérait aucun élément de contexte pour qu'on l'apprécie. Plus de cinq cents ans après, elle vous atteignait encore au cœur : le couple déchu, avec ses membres nus, mal dégrossis, durs comme le granit à force de labeur, chassés comme deux journaliers agricoles par un propriétaire terrien impitoyable. Adam avait le visage enfoui dans ses mains. Un homme brisé. Saisie de honte, Ève couvrait sa nudité, mais elle gardait le visage levé, et elle implorait le ciel de ses larmes. Toute la douleur, la frustration et l'incompréhension du monde semblaient contenues dans le trou informe et béant dont Masaccio l'avait affublée en guise de bouche.

Plus Adam observait fixement cette image, plus il voyait, et moins il comprenait. Une définition de l'art véritable? Sa propre cuistrerie lui donnait encore envie de rentrer sous terre lorsqu'un couple pénétra dans la chapelle.

C'étaient des Français. Lui, il avait une épaisse chevelure noire gominée, plaquée en arrière, séparée en deux ailes symétriques et saillantes en léger retrait du front. Elle, était d'une sveltesse extrême, tout à fait l'opposé de l'Ève de Masaccio, ou peut-être telle qu'Ève serait apparue quelques années après son bannissement de l'abondance du Paradis – une allure pincée, émaciée.

« Bonjour », fit le Français dans un anglais teinté d'un fort accent, en relevant le nez de son guide.

Cela le chiffonnait d'être aussi aisément identifiable, non seulement comme l'un de ses semblables, un touriste, mais en plus un Anglais.

« Américain? s'enquit le Français.

– Anglais. »

Ce dernier mot fut prononcé de travers – aboyé, l'air indigné –, une parodie de la suffisance anglo-saxonne. Il y eut chez le couple un échange fugace de regards amusés, qui ne fit que le contrarier un peu plus.

Il posa le regard sur les cheveux parfaitement coiffés de l'homme et se demanda si cette averse éclair n'avait pas confiné pour lui au désastre. À moins que la brillantine n'arrange tout; qui sait si elle ne favorisait pas le ruissellement.

Il ne s'aperçut qu'il dévisageait le Français que lorsque celui-ci changea de position.

« Oui...? » fit l'homme, nerveux.

Adam désigna les fresques d'un geste.

« *Las pinturas son muy hermosas* », déclara-t-il dans son meilleur espagnol.

En quittant la chapelle, abandonnant le couple au génie de Masaccio, il se demanda si son hostilité à leur égard était due à leur intrusion au beau milieu de sa communion avec le peintre, ou si l'œuvre elle-même n'en avait pas été en quelque sorte l'amorce.

# 3

– *L'Anglais est-il déjà arrivé ?*
– *Non, Signora.*
– *Quand ?*
– *Demain.*
– *Demain ?*
– *C'est ce qu'il annonçait dans sa lettre. Le 12.*
– *J'aimerais le voir dès son arrivée.*
– *Vous l'avez déjà dit, Signora.*
– *Tu n'oublieras pas ?*
– *Pourquoi oublierais-je ? Déplacez-vous un peu sur le côté, je vous prie.*
– *Doucement. Ne me pousse pas.*
– *Je suis désolée. Retournez-vous, je vous prie.*
– *Tu n'es pas obligée de faire tout cela, Maria.*
– *Je sais.*
– *Cela ne m'ennuierait pas d'engager quelqu'un d'autre.*
– *Vous attendez vraiment de moi que je fasse la cuisine et le ménage pour quelqu'un d'autre ?*
– *Tu es une brave femme.*
– *Merci, Signora.*
– *Tout comme ton père était un brave homme.*
– *Il avait le plus grand respect pour vous aussi, Signora.*
– *Ce n'est vraiment pas la peine de se montrer si solennelle, pas quand tu me fais ma toilette dans mon lit.*
– *Il avait le plus grand respect pour vous aussi.*
– *Tu sais, Maria, je crois que tu cours le risque de développer un certain sens de l'humour, dans ton grand âge.*
– *Retournez-vous, je vous prie.*

# 4

Ils quittèrent Florence par la Porta Romana, en prenant la direction du sud, vers Galluzzo, puis continuèrent leur ascension dans les collines par une route sinueuse, en passant devant un vaste monastère cartusien.

La route grimpait, flanquée d'oliveraies, d'alignements d'arbres étagés en espalier, au feuillage argenté étincelant sous le soleil. Des vignes et des bouquets de pins parasols ponctuaient les coteaux. Çà et là, une avenue de noirs cyprès indiquait un chemin conduisant à une ferme isolée, elle-même invariablement gardée par une petite cohorte de hauts conifères à la silhouette fuselée. Mis à part l'asphalte de la route qu'ils empruntaient, peu de choses laissaient percevoir le moindre changement sensible que le passage des siècles aurait creusé dans la tapisserie du paysage.

Paresseusement installé sur son siège, Adam s'imprégnait de la vue, et la brise rafraîchissante venait le caresser et lui ébouriffer les cheveux par la vitre baissée. Le chauffeur du taxi n'arrêtait pas de jacasser, un vrai moulin à paroles, et pourtant Adam lui avait avoué tout à l'heure qu'il ne comprenait quasiment pas un traître mot de ce qu'il racontait. De temps à autre, il croisait l'œil de l'homme dans le rétroviseur, et hochait la tête avec un borborygme, en guise d'acquiescement – un compromis qui semblait porter ses fruits et entièrement satisfaire les deux parties.

Quand la route retrouva un terrain plat, il se retourna et scruta par la lunette arrière, guettant Florence au loin. La ville échappait au regard, perdue derrière l'amas de collines qui ondoyaient depuis le sud. D'une certaine manière, cela lui semblait juste : même à présent, elle se cachait.

Toute la matinée, il avait arpenté le maillage de ses rues, ces précipices de pierre taillés en elle. Ses bâtiments n'étaient pas plus accueillants – des palais de pierre rustique, construits sur le modèle des forteresses (c'était du moins ce qu'il semblait), des églises avec leur enveloppe extérieure austère, souvent coulées dans un fourreau de marbre noir et blanc, des musées abrités dans toutes sortes d'édifices sévères. Et pourtant, derrière ces façades austères s'étalaient d'innombrables richesses.

Il avait fait ses choix avec soin, presque de façon mathématique, limité qu'il était par le court laps de temps dont il disposait. Il y avait eu des déceptions, des œuvres encensées qui l'avaient laissé étrangement indifférent. Mais alors que le taxi s'acheminait toujours plus haut dans les collines, il se consola en sachant que c'était là une première incursion, un bref parcours de reconnaissance. Il aurait quantité d'autres occasions d'y retourner.

San Casciano se tenait blotti sur une haute éminence surplombant la campagne environnante. Apparemment, sa position dominante avait largement déterminé le cours de son histoire, même si la rubrique que le guide d'Adam y consacrait ne faisait aucune mention du dernier siège que la petite bourgade avait été contrainte de subir. À mesure que le taxi s'en approchait, il était évident que les vieilles murailles ceinturant la ville n'avaient pas été construites pour résister à un assaut conduit avec le type d'armement que déployaient les Alliés et les Allemands.

Ce n'étaient pas les premières cicatrices de la guerre dont il avait été le témoin. Même Florence, déclarée « ville ouverte » par les deux camps, en gage de respect pour son importance architecturale, avait souffert. Face à la progression irrésistible des Alliés, remontés du sud de la botte, les Allemands s'étaient retranchés en faisant sauter tous les ponts historiques de la cité, sauf un. Certes, ils avaient épargné le Ponte Vecchio, mais cet unique égard avait eu un prix. Les édifices qui s'élevaient sur les berges à proximité du pont avaient été minés, des tours médiévales et des palais de la Renaissance réduits à l'état de décombres, et le terrain dégagé en vue de la bataille qui s'annonçait. En réalité, les troupes alliées s'étaient contentées de franchir l'Arno ailleurs, sur les ponts Bailey du génie américain, et elles avaient promptement libéré la cité.

Bien des années plus tard, la blessure infligée en plein cœur de la vieille capitale toscane restait encore ouverte, à vif. Les efforts que l'on avait peut-être consentis pour restituer leur gloire d'antan à ces rues perdues n'étaient pas convaincants. Des constructions modernes aux façades lisses, aux lignes propres et tranchantes se dressaient dans la partie sud du front de rivière, comme des adolescents trépignant au milieu d'une file d'attente de retraités. Au mieux, tout ce que l'on pouvait dire, c'était que l'on avait rempli l'espace.

À San Casciano, ce travail était encore en cours. La ville était criblée de ruines, celles des bâtiments endommagés par les bombes, que l'on avait laissés tels quels, couchés là où ils s'étaient effondrés. Toujours impressionnante, sur ces parcelles, la nature avait récupéré ce qu'elle avait pu. De jeunes arbres poussaient dans une attitude de défi, des arbustes s'étaient débrouillés pour déceler juste assez d'humidité dans ces tas de pierrailles pour y planter leurs racines et prospérer, des mauvaises herbes et des fougères surgissaient des crevasses dans les murs croulants. Les bâtiments de béton neufs et ternes dont le centre historique était parsemé constituaient une preuve supplémentaire du violent pilonnage qu'avait encaissé la ville.

La Pensione Amorini avait été épargnée. On avait fait grimper une partie de l'ancienne vigne vierge agrippée à sa façade en stuc écaillé, jusqu'au-dessus de la pergola, qui ombrageait une terrasse située sur le devant, susceptible de recevoir le trop-plein du bar et de la trattoria qui occupaient l'espace du rez-de-chaussée. La Signora Fanelli l'attendait – il avait téléphoné à l'avance, depuis Florence – et elle fit venir son jeune fils d'une pièce située dans le fond pour aider Adam avec ses bagages.

« *Uffa* », fit Iacopo quand il eut tâté du poids des deux valises. Il laissa la plus lourde – celle qui contenait les livres –, confiant à Adam le soin de la hisser à l'étage. La chambre était bien mieux qu'il ne l'avait espéré. Vaste et lumineuse, elle avait un sol de tomettes cirées d'un rouge profond, un plafond à poutres apparentes et deux fenêtres ouvrant sur un jardin verdoyant, à l'arrière. Elle était meublée au plus juste : un lit en fer forgé, une commode et une penderie. Selon sa demande, il y avait aussi un bureau, mais pas de chaise, ce qui suscita une vive remontrance de la part de la Signora Fanelli.

Iacopo s'éclipsa pour aller en chercher une, non sans un regard à Adam, qu'il tenait visiblement pour responsable de cette humiliation en public. Il revint avec une chaise et disparut de nouveau, tandis que la Signora Fanelli était encore occupée à montrer à Adam les particularités de la plomberie de la salle de bains.

Il déclara la chambre « *perfetto* ».

« *Perfetta*, le corrigea-t-elle. *Una camera perfetta.* »

Elle le délesta de son passeport, le gratifia d'un sourire éclatant et partit. Seul son parfum subsistait – une vague essence de rose qui flottait dans l'air.

Il souleva sa valise pour la déposer sur le coffre mangé par les vers, au pied du lit, et commença par déballer ses affaires. Elle avait sans doute eu son fils très tôt – à dix-sept, dix-huit ans, et même plus jeune –, à en juger par son allure. Sans trop savoir pourquoi, il s'était représenté une femme âgée, de petite taille, les hanches droites. Au lieu de quoi, il était logé par une version plus longiligne de la Gina Lollobrigida de *Trapèze*.

L'idée était agréable.

Une autre image du même film s'imposa dans son esprit sans y avoir été invitée – le physique de Burt Lancaster, sa musculature imposante, moulé dans un justaucorps –, et cet instant s'effaça.

La route menant à la Villa Docci se révéla être un chemin blanc et poussiéreux suivant la ligne de crête d'un éperon rocheux, sur le versant nord de la ville. C'était une succession de montées et de descentes, on passait devant des fermes d'une couleur ocre délavée, des champs de foins cédant la place à des oliveraies et à des vignes nichées derrière des haies resplendissantes de chèvrefeuille, de mauve et de coquelicots rouge sang. Sa mère aurait été enchantée, elle se serait arrêtée tous les dix pas pour attirer son attention sur une plante ou une fleur.

C'était son genre. Mais Adam, lui, ne prêtait attention qu'au chant moqueur des cigales, cadencé à la mesure de cette chaleur sans merci.

Il était sur le point de revenir sur ses pas, convaincu de s'être trompé, quand il vit deux piliers de portail en pierre usée, plus loin devant lui. Au-delà, une avenue de cyprès hors d'âge, les troncs poudrés par la poussière blanche soulevée de l'allée, montait en pente raide vers une villa de belles dimensions. Il n'y avait aucun écriteau, à côté de ces deux piliers, mais un rapide coup d'œil au plan dessiné à la main par la Signora Docci lui confirma qu'il était enfin arrivé.

En s'approchant du sommet de l'allée, il s'arrêta. Il n'était pas sûr, mais il lui semblait avoir perçu quelque chose. Il se retourna, jeta un œil au bas de la déclivité, dans la perspective plongeante des cyprès qui la jalonnaient.

Quelque chose ne cadrait pas. Mais quoi? Il était incapable de le dire. Et il faisait trop chaud pour y réfléchir davantage.

Passé les derniers cyprès, l'avenue débouchait sur un terre-plein gravillonné, devant la villa. Il y avait là des dépendances, en retrait sur sa gauche, plus bas dans la déclivité, derrière un bouquet de chênes verts, mais il concentra son attention sur le corps du bâtiment principal.

En quels termes le professeur Leonard lui avait-il décrit l'architecture de la villa? *Dépourvue d'imagination*?

Il est vrai que sa propre connaissance du sujet provenait presque exclusivement d'une édition fatiguée d'un livre d'Edith Wharton sur les villas italiennes, mais il ne trouvait franchement rien d'ordinaire à la demeure qu'il avait devant lui. Quoique pas aussi vaste ou aussi grandiose que certaines de ses homologues, sa symétrie et ses proportions lui conféraient une allure de discrète noblesse, et même de majesté.

Disposée sur les trois côtés d'une cour dallée, elle s'élevait sur trois étages pour s'achever sous un toit en tuiles de faible pente, avec ses avant-toits en débord. Des loggias en arcades occupaient les étages médian et supérieur de la façade, tandis que les ailes se composaient surtout de colonnades aveugles et de fenêtres à fronton soutenues par des consoles. Ses prétentions s'arrêtaient à peu près là, mais tout tombait d'aplomb, jusque dans les moindres détails.

Ce bâtiment n'éprouvait aucun besoin de proclamer son pedigree. Il était visible de loin, comme un costume bien coupé. Vous ne pouviez guère douter que la main d'un maître ait été derrière sa conception – un maître mort depuis longtemps, méconnu, oublié. Car si l'un des architectes les plus illustres de la période avait été responsable de sa venue au monde, la chronique et les archives en auraient conservé une trace. Or, au cours de ses recherches préliminaires, il n'avait trouvé pour ainsi dire aucune référence à la Villa Docci.

Il contourna la fontaine plantée au milieu de la cour et monta les marches du perron. Il y avait un écusson de pierre enchâssé dans le mur, au-dessus de la porte d'entrée, un sanglier au galop, pièce centrale du blason des Docci. Il tira sur la poignée de sonnette en fer.

Elle avait dû l'observer de l'intérieur, attendre qu'il se soit approché, car la porte s'ouvrit presque aussitôt, d'un coup. Elle était petite et râblée, et portait un chemisier blanc glissé dans une jupe noire. Ses yeux sombres trouvèrent les siens et soutinrent son regard. Un étau.

« Bonjour, fit-il, en italien.

– Bonjour.

– Je suis Adam Strickland.

– Vous êtes en retard.

– Oui. Je suis navré. »

Elle s'écarta d'un pas, l'autorisant à entrer, non sans le jauger d'un œil décidé, comme s'il était un cheval sur lequel elle songeait à placer un pari (en lui laissant l'impression très nette qu'elle n'avait pas l'intention d'aller chercher son portemonnaie à la minute).

« La Signora Docci souhaite vous voir. »

Aux deux extrémités du long hall d'entrée, un escalier de pierre conduisait aux étages supérieurs. Quand elle se dirigea vers celui de gauche, il lui emboîta le pas.

« Puis-je avoir un verre d'eau, s'il vous plaît ?

– De l'eau ? Oui, bien sûr. (Elle changea de cap, et emprunta le corridor qui courait sous l'escalier.) Attendez ici », fit-elle.

Cela ne le gênait pas. Cette attente lui permettait de jeter un œil sur l'intérieur. S'il avait pu craindre que l'élégance paisible de l'extérieur de la villa ne soit due au hasard et rien de plus, ses doutes s'évanouirent aussitôt. On sentait l'œuvre de la même main pleine d'assurance dans les proportions du vaste salon qui occupait la partie centrale du rez-de-chaussée, et qui donnait sur une terrasse ceinte d'une balustrade, à l'arrière de la demeure. Les pièces attenantes communiquaient entre elles par une série d'embrasures en enfilade, parfaitement alignées, produisant une impression de perspective télescopique et offrant une vue ininterrompue d'un bout à l'autre de la villa.

Au bruit des pas qui s'approchaient, Adam battit en retraite, ne souhaitant pas être surpris en train de fouiner par la domestique, la gouvernante, enfin, peu importait son titre.

La Signora Docci était allongée dans un lit à baldaquin de bois sombre, le dos calé contre une épaisseur d'oreillers, et elle lisait. À leur entrée, elle inclina la tête vers la porte, en jetant un œil par-dessus ses lunettes.

« Adam, fit-elle, avec un grand sourire.

– Bonjour.

– *Grazie*, Maria. »

Maria réagit d'un signe de tête à cette invite à prendre congé, et sortit en refermant la porte, qu'elle tira derrière elle.

D'un geste, la Signora Docci pria Adam de s'approcher du lit.

« Je vous en prie, ce n'est pas contagieux, juste le grand âge. (Elle posa son livre de côté et lui sourit de nouveau.) Enfin, si, il se peut que le grand âge soit contagieux. »

Elle avait les cheveux défaits, en une vague argentée cascadant sur ses épaules. Une chevelure qui paraissait trop longue, trop épaisse pour une femme si avancée dans la vieillesse. Une fine dentelle de rides tissait comme un voile sur son visage, mais la chair restait ferme, tendue sur des os proéminents. Les yeux étaient sombres et espacés.

Il lui tendit la main.

« Très heureux de faire votre connaissance. »

Elle la lui serra, d'une poigne ferme et osseuse.

« Je vous en prie. (Elle lui désigna une chaise à haut dossier, près du lit.) Je suis contente que vous soyez ici, enfin. Maria s'est activée au rangement et au ménage depuis des jours. »

Il lui était difficile de se la représenter, cette Maria sévère et laconique, préparant tout pour son arrivée.

« C'est une personne très brave. Elle vous le montrera, dès qu'elle y sera disposée. »

Il était quelque peu agacé qu'elle ait su lire dans ses pensées.

« Alors, votre voyage, comment était-ce ?

– Bien. Long.

– Vous êtes-vous arrêté à Paris ?

– Non.

– À Milan ?

– Juste à Florence. Et seulement pour une nuit.

– Une nuit à Florence, répéta-t-elle, songeuse. Cela m'évoque le titre d'une chanson.

– Pas une très bonne chanson, alors. »

La Signora Docci lâcha un rire bref et sec.

« Non », concéda-t-elle.

Adam sortit une lettre de la poche intérieure de sa veste et la lui tendit.

« De la part du professeur Leonard. »

Elle posa la missive près d'elle, sur le lit. Il remarqua que sa main restait couchée dessus.

« Et comment va Crispin ? s'enquit-elle.

– Pour le moment, il est en France, il est parti voir des peintures, dans des grottes.

– Des peintures dans des grottes ?

– Elles sont très anciennes... tout un tas de bisons et de cerfs.

– Une grotte n'est pas un endroit approprié pour un homme de son âge. Il va le payer de sa vie. »

Adam sourit.

« Je suis sérieuse, insista-t-elle.

– Je sais, c'est simplement... votre anglais.

– Quoi ?

– Il est très bon. Très correct.

– Les bonnes d'enfants. Les bonnes d'enfants et les gouvernantes. C'est mon père le fautif. Il adorait l'Angleterre. (Elle changea de position dans son lit, retira ses lunettes et les plaça sur la table de chevet.) Alors, dites-moi, comment est-ce, la Pensione Amorini ?

– Parfait. Merci d'avoir tout arrangé.

– Combien vous demande-t-elle ?

– Deux mille cinq cents lires par jour.

– C'est trop.

– C'est la moitié de ce que j'ai payé à Florence.

– Eh bien, on vous a grugé.

– Oh.

– Pour une demi-pension, vous ne devriez pas payer plus de deux mille lires.

– La chambre est vaste, et propre.

– La Signora Fanelli connaît la force de ses attraits, j'en ai peur. Elle en a toujours eu conscience, même toute jeune fille. Et maintenant qu'elle est veuve, eh bien...

– Quoi ?

– Oh, rien. (Elle haussa les épaules.) Les hommes sont comme ils sont. En vertu de quoi faudrait-il qu'ils changent ? »

D'instinct, Adam avait envie de défendre son sexe contre cette accusation, mais cette nouvelle du statut marital de la Signora Fanelli était vraiment tout à fait plaisante à entendre. Il choisit le silence, et hocha la tête avec gravité.

« Combien de temps allez-vous rester parmi nous ?

– Deux semaines.

– Ce sera suffisant ?

– Je ne sais pas. Je n'ai encore jamais étudié de jardin.

– Vous constaterez qu'il est un peu négligé, je le crains. Gaetano est parti, l'an dernier. Cela relevait de sa responsabilité. Les autres jardiniers font ce qu'ils peuvent. (Elle pointa du doigt les portes-fenêtres, qui étaient ouvertes, alors que les persiennes restaient closes.) Au-delà de ces volets, il y a une vue. D'ici, vous ne pouvez pas apercevoir le jardin funéraire, mais je peux vous indiquer la bonne direction. »

Adam poussa les persiennes, plissa les yeux devant le flot de lumière du soleil qui l'enveloppa et noya toute la chambre derrière lui. Il se retrouva sur une loggia en arcades. Ses yeux s'adaptèrent peu à peu à la lumière, et il découvrit cette vue imprenable. Une marqueterie de collines s'étalait vers l'ouest, les plissements du relief déployant diverses nuances de gris sous le soleil déclinant. Ce panorama possédait un caractère intemporel, presque mythique – comme un paysage de Poussin.

« C'est singulier, n'est-ce pas ? fit la Signora Docci.

– Si l'on aime ce style de spectacle. »

Sa réponse provoqua un rire en retour. Adam porta le regard en contrebas, sur les jardins situés à l'arrière de la villa, cet agencement solennel d'allées gravillonnées et de haies taillées.

« Vous avez quelques pins parasols en bordure de la terrasse inférieure, sur la gauche. Vous y arriverez en poussant plus loin et si vous suivez jusqu'au bout le chemin qui descend. »

Juste derrière le massif des pins, le terrain décrivait une pente abrupte, en direction d'un vallon boisé.

« Oui, je vois. »

Il tira les volets derrière lui, pour les refermer en rentrant dans la pièce.

« Pourquoi l'implanter tout en bas ? Dans ce vallon, je veux dire.

– À cause de l'eau. Il y a une source. Ou il y en avait une. Elle est à sec, désormais, comme tout le reste. Nous avons besoin de pluie, nous avons besoin de beaucoup de pluie. Le raisin et les olives souffrent. (Elle tendit le bras, attrapa une mince chemise, sur la table de nuit.) Tenez. C'est mon père qui a réuni ce dossier. Ce n'est pas grand-chose, mais c'est tout ce que nous savons du jardin. »

Adam pourrait aller et venir à sa guise, poursuivit-elle. S'il souhaitait travailler en dehors du bureau, il était plus que le bienvenu, et naturellement la bibliothèque était à sa disposition. En fait, il aurait toute liberté de circuler dans la villa, excepté au dernier étage dont l'accès, pour des raisons qu'elle n'expliqua pas, était interdit. S'il en avait envie, Maria allait lui préparer quelque chose à déjeuner.

« Par ici, nous ne faisons guère de manières. Si vous avez besoin de quelque chose, il suffit de le demander.

– Merci, dit-il. Merci pour tout.

– *Non c'è di che*, lui répondit la Signora Docci, avec un petit salut de la tête faussement cérémonieux. Revenez me voir quand vous aurez terminé votre tour du jardin. »

Il quittait la pièce quand elle ajouta encore un mot :

« Oh, et si vous voyez une jeune femme, en bas, c'est sans doute ma petite-fille. (Un sourire flotta aux commissures de ses lèvres.) Ne vous inquiétez pas, elle est tout à fait inoffensive. »

Il traversa le salon et sortit par la terrasse dallée, sur l'arrière. De là, une volée de marches de pierre, creusées par des siècles d'usure, conduisait à un parterre solennel – une étendue de gravier plantée de basses haies de buis, agencées selon des motifs géométriques. Et puis des citronniers étaient disposés çà et là dans de gigantesques pots en terre cuite. Ses lectures lui suffisaient pour savoir que les roses trémières et les glycines treillissées au mur de soutènement constituaient un ajout tardif dans le « style anglais », qui avait essaimé le pays au siècle précédent, renvoyant tant d'anciens jardins au monceau de ruines de l'histoire. On avait arraché des parterres pour faire place à des pelouses aussi rases que des terrains de boules, qui n'avaient pas tardé à se calciner sous le soleil italien féroce. On avait creusé des platebandes pour abriter des plantes herbacées mieux appropriées à des climats beaucoup plus cléments, et lâché la bride à toutes sortes de vignes vierges et de plantes grimpantes, qui escaladaient les murs et les arbres au petit bonheur la chance comme autant d'enfants indisciplinés. Dans bien d'autres cas, les vents dominants de la mode avaient entraîné des destructions systématiques, mais il semblait qu'ici, à la Villa Docci, les terrasses Renaissance aient été conservées intactes, dans leur état d'origine.

Il en eut confirmation quand il descendit au niveau inférieur. Une fontaine circulaire trônait en plein centre, cernée de grands rideaux d'ifs taillés de près, subdivisant la terrasse en « salles ». Le jardin « à la française » s'achevait là, avec un haut mur de soutènement qui plongeait de sept mètres vers un coteau habillé d'oliviers occupant le versant ensoleillé de la colline. Il y avait là des bancs de pierre, à intervalles réguliers le long de la balustrade, d'où l'on profitait de la vue. À l'extrémité nord de la terrasse, une petite chapelle se nichait contre une basse falaise de grès. Son entrée était flanquée de deux cyprès imposants, tels deux noirs obélisques. À l'autre bout, c'était le bosquet de pins parasols sur lequel la Signora Docci avait attiré son attention depuis la loggia.

Il s'installa à l'ombre parfumée de résine de pins et alluma une cigarette. Il leva les yeux vers la villa, qui se dressait, fière et grave, sur son tertre, comme un capitaine sur la dunette. Toutes les fenêtres du haut étaient fermées par des volets, suggérant que l'étage supérieur était non seulement hors d'atteinte, mais hors d'usage. Il sourit à l'idée d'un parent dérangé, une Mme Rochester folle, cloîtrée là-haut.

Vu sous cet angle, l'édifice dégageait une impression d'austérité, une robustesse digne d'une forteresse. Et en même temps, dans un certain sens, cela semblait en accord avec son cadre et sa fonction. Ce n'était pas un palais de plaisirs, mais la pièce centrale d'une exploitation. Les bâtiments de la ferme, tout juste visibles depuis l'endroit où il était assis, s'organisaient autour d'une cour, en contrebas de la villa. Cette association n'avait rien de honteux, et la villa l'affirmait avec la franchise dépourvue d'artifice du visage qu'elle choisissait de présenter à la vallée. Là encore, il en retirait le sentiment palpable de la pensée qui avait présidé à sa conception.

En un rien de temps ou presque, il était tombé sous le charme de la Villa Docci, et l'idée de devoir consacrer son temps à l'étude d'une petite partie du jardin, d'une composante reléguée tout en bas de ce vallon, suscitait déjà en lui une frustration croissante.

Une solution lui apparut, claire et soudaine. Il allait changer le sujet de sa thèse. Qui pourrait protester ? Le professeur Leonard ? Sur quels motifs ? Le champ de recherche des étudiants était large, au point de pouvoir tout englober. Si un quelconque Tartempion s'était arrêté, au cours de sa thèse, sur une église romane tombant en poussière dans le Suffolk, une villa et un domaine de la Renaissance italienne soutiendraient-ils la comparaison ? Il allait devoir jouer la carte historique marxiste – une approche de plus en plus appréciée à la faculté –, non pas celle de l'art et de l'architecture en soi, mais compris comme les manifestations des courants socio-économiques de fond d'une époque.

La question étant déjà réglée en son for intérieur, il ouvrit la chemise que la Signora Docci lui avait remise, et entama sa lecture. La langue était ornée, formelle, très fin de siècle.

À sa mort, en 1548, Flora Bonfadio n'avait que vingt-cinq ans – c'était un an après que Federico Docci, son époux, et elle eurent pris possession de la nouvelle villa qu'ils avaient fait construire non loin de San Casciano. On en savait peu sur l'histoire de Flora. Certains ont émis des hypothèses sur sa relation avec le poète et humaniste Jacopo Bonfadio, mais il ne subsiste aucune preuve de ce fait. Quant aux Docci, c'était une famille de banquiers florentins, originaires du Mugello, comme les Médicis, une région montagneuse située juste au nord de la ville. Dès le XIV^e^ siècle, et sans avoir jamais atteint le degré d'importance des illustres Médicis – qui l'avait jamais atteint? –, ils avaient néanmoins assis leur réputation de financiers prospères. Il le fallait bien, pour que Federico Docci s'offre le luxe de se tailler une propriété de campagne pour sa jeune épouse et lui-même.

La Villa Docci devint instantanément une étape obligée pour les artistes et les écrivains, et l'endroit était apparemment réputé pour les fêtes extravagantes qu'y donnait son hôte généreux. Pareille évolution n'avait rien d'inhabituel. Créer une source de culture dans ces collines, tel était le but de beaucoup de Florentins fortunés, une étape presque nécessaire de leur expansion – l'occasion pour eux de partager un peu de leurs biens mal acquis avec de plus nécessiteux qu'eux, tout en frayant avec les plus grands talents de leur temps. La haute finance et le grand art se trouvaient ainsi réunis, comme ils l'avaient toujours été. Un commerce fort simple, dans une époque éprise de mécénat.

Adam ne reconnut que deux noms sur la liste des personnages réputés qui participaient aux réceptions de Federico à la Villa Docci. Le premier était Bronzino, le peintre de cour bien connu. La seconde, Tullia d'Aragona, une courtisane et une poétesse qui, sans posséder un grand renom, jouissait d'une certaine notoriété. Sa présence sur cette liste lui prêtait un parfum de scandale plutôt attrayant, en laissant supposer de sombres et dangereuses manigances à la Villa Docci. Que cela ait été vrai ou non, le rêve de Federico de tenir un salon campagnard se brisa brutalement, avec le décès de son épouse, l'année suivante. Aucun document n'indiquait la cause de la mort prématurée de Flora. Quoi qu'il en soit, le banquier avait dû être anéanti, car il ne s'était jamais remarié et, après sa mort, la villa ainsi que le domaine se transmirent à une autre branche du clan Docci.

Au milieu de tout ce flou historique, une chose était claire : en 1577, Federico avait fait aménager, suivant un dessin de sa conception, un petit jardin à la mémoire de Flora.

Adam tourna la page et découvrit un plan de ce jardin dessiné à la main. D'instinct, il referma le dossier. Pour cette première approche, mieux valait aborder l'endroit en aveugle, d'un œil vierge, comme le lui avait suggéré le professeur Leonard.

Le chemin serpentait paresseusement en s'enfonçant dans le vallon, un cordon de terre durcie, jamais entretenu, envahi par les mauvaises herbes. Les arbres, de part et d'autre, devenaient de plus en plus denses, de plus en plus sombres, les feuilles caduques cédant la place aux feuillages persistants : aux pins, aux ifs, aux genévriers et aux lauriers. Il entendait des oiseaux, mais leur chant était étouffé, diffus, difficile à localiser. Et puis ce fut le bout du chemin. Ou du moins c'est ce qu'il lui sembla. Un examen plus attentif lui révéla une étroite ouverture en angle, dans le haut rideau d'ifs qui lui barrait le passage.

Il s'immobilisa un instant, puis se faufila par cette fente.

Derrière la haie, le chemin était gravillonné, enserré d'arbres, l'entrelacs de leurs branches formant une voûte lugubre au-dessus de sa tête. Au bout d'une centaine de mètres à peu près, tout à coup, les arbres s'écartaient de part et d'autre, et il se retrouva dans une clairière, proche de l'entrée d'une large crevasse dans le flanc de la colline. À l'évidence, c'était le cœur du jardin, l'axe central le long duquel il se déployait.

Sur sa droite, presque tout en haut d'un amphithéâtre en gradins orné de pierres taillées, se dressait un piédestal supportant une statue en marbre d'une femme nue. Sa posture exagérée en *contrapposto* accentuait son déhanchement côté droit, avec rotation du torse vers la gauche, et la tête inclinée sur la droite, le regard par-dessus l'épaule. Son bras droit replié devant elle couvrait pudiquement ses seins, sa chevelure était piquée de boutons fleuris et une pluie de pétales s'écoulait sur ses pieds depuis un vase renversé, comme de l'eau coule d'une urne.

Sauf erreur de sa part, Federico Docci avait fait mouler cette statue de son épouse à l'image de Flora, la déesse des Fleurs. Ce n'était pas surprenant, mais cette vanité lui fit tout de même venir un sourire aux lèvres.

S'il subsistait le moindre doute quant à l'identité de la statue, sur la crête, en contre-haut, un arc de triomphe se détachait fièrement contre une barrière d'yeuses très noire. Sur le lourd linteau soutenu par des colonnes cannelées, et encadré de deux losanges décoratifs, ce mot était gravé :

FIORE

Le terme italien pour « fleur »; *Flora* en latin. La décision de Federico d'employer la forme italienne du prénom de sa femme évoquait une tendresse révélatrice – l'indication, peut-être, d'un petit nom ou d'un autre petit secret de leur intimité, perdu dans le flux de l'histoire.

Deux rigoles en pierre très pentues bordaient l'amphithéâtre, jusqu'à un long réservoir enfoncé dans la terre. Des feuilles et d'autres débris s'étaient amassés dans le fond, et un oiseau mort gisait sur ce matelas pourrissant, ses pâles ossements pointant au travers du plumage en décomposition. Un banc de pierre strié par les intempéries était installé devant ce réservoir, face à l'amphithéâtre. Il portait une inscription en latin, érodée par les éléments, mais que l'on pouvait encore discerner :

**ANIMA FIT SEDENDO ET**
**QUIESCENDO PRUDENTIOR**

« L'âme au repos gagne en sagesse. » Ou quelque chose de cet ordre. Un message opportun pour un lieu destiné à la contemplation.

La présence d'un dégorgeoir en cas de trop-plein, pratiqué juste sous le rebord du réservoir, attira son regard plus bas dans la pente, vers une éminence hérissée de lauriers et ourlée de cyprès. De là, deux chemins bifurquaient dans les bois noirs flanquant le pré envahi de végétation folle qui courait au pied du vallon, et tout au bout duquel une espèce de bâtiment en pierre se profilait au milieu des arbres.

Une volée de marches assez basses conduisait à cette éminence. Adam longea la base de ce monticule artificiel en se demandant ce qu'il représentait. Il découvrit qu'il ne représentait rien. Il n'existait que pour abriter une grotte aussi ténébreuse et profonde que le Styx.

L'entrée aux contours irréguliers, destinée à évoquer l'embouchure d'une caverne de montagne, était incrustée de roches taillées et de stalactites. La position du soleil était telle qu'il ne pouvait distinguer ce qui se trouvait à l'intérieur.

Il hésita un moment, s'affranchit d'un vague pressentiment, puis pénétra dans l'obscurité béante.

# 5

*– L'as-tu vu avant qu'il ne sorte ?*

*– Brièvement. Je lui ai dit que vous vous reposiez.*

*– Je voulais le voir. La prochaine fois réveille-moi.*

*– Bien sûr, Signora.*

*– A-t-il dit quelque chose ?*

*– À quel sujet ?*

*– Du jardin, voyons.*

*– Non.*

*– Rien ?*

*– Il est resté très silencieux.*

*– Silencieux ?*

*– Distrait.*

*– Il est beau garçon, ne trouves-tu pas ? Grand, brun, un rien dangereux.*

*– Il est trop pâle.*

*– Ce n'est pas sa faute, Maria, c'est un Anglais.*

*– Et il est trop mince.*

*– Un peu, je suis d'accord.*

*– Il a besoin de grossir.*

*– Cela viendra, avec le temps. Son corps ne s'est pas encore pleinement étoffé.*

*– Je le trouve étrange.*

*– Vraiment ?*

*– Quand il est sorti, je l'ai vu aller et venir entre les cyprès, tout en haut de l'avenue. À grandes enjambées.*

*– Intéressant.*

*– Inquiétant. Ce doit être la chaleur.*

*– Non, cela veut dire qu'il a compris.*

*– Signora ?*

*– Les cyprès se terminent en pointe vers le haut de l'avenue.*

*– En pointe ?*

*– Les deux rangées se resserrent au fur et à mesure que l'on approche de la villa… pour renforcer l'impression de perspective.*

*– Je ne le savais pas.*

*– C'est parce que je ne le dis à personne.*

*– Et pourquoi cela ?*

*– Pour voir si les gens s'en aperçoivent. Seules deux personnes l'ont remarqué, à ce jour. Trois, maintenant.*

*– Et les deux autres ?*

*– Elles sont mortes.*

*– Espérons pour cet Anglais qu'il n'y a pas de rapport.*

*– Tu sais, Maria, tu peux vraiment être assez amusante, quand tu veux.*

# 6

Adam fut réveillé par un poids vague mais insistant sur sa fesse droite. Ses doigts cherchèrent à tâtons l'objet fautif, mais il fut incapable de comprendre ce que c'était. Il ouvrit les yeux et dévisagea une bouteille d'eau minérale encore scellée. Au-dessus de lui, les pales du ventilateur généraient tant bien que mal un courant d'air descendant. Il était allongé sur le dos, dans son lit, encore tout habillé, et les appliques étaient éblouissantes, d'un éclat insoutenable.

Il fit basculer ses jambes hors du lit et se rendit d'un pas mal assuré vers l'interrupteur à côté de la porte. Le battement dans ses tempes lui rappela qu'il avait trop bu la veille au soir. Et puis il se souvint pourquoi.

Il démêla l'écheveau de ses souvenirs, craignant d'avoir eu un comportement impardonnable.

Rien. Non. Il était au-dessus de tout soupçon.

Il repoussa les volets, pour laisser la douce lumière de l'aube baigner la chambre.

Il dévissa le bouchon de la bouteille d'eau minérale, avala la moitié de son contenu tiédi, sans reprendre son souffle. Il ne s'en était pas encore aperçu, mais il y avait une gravure colorisée sur le mur, au-dessus du lit – une représentation du Christ dans des tons criards, entouré d'un paysage rocailleux, deux doigts levés en signe de bénédiction. L'artiste avait sans doute recherché une expression béatifique, mais le Fils de Dieu considérait les choses de haut, avec le regard de celui qui a déjà tout vu – comme si rien de ce qui s'était produit sur ce matelas ne pouvait jamais plus le surprendre. Il aurait même pu s'agir d'un juge dans un concours, notant un niveau de performance peu reluisant : deux sur cinq, pour récompenser un effort méritoire.

Harry, songea Adam. Pourquoi Harry? Pourquoi maintenant? Et pourquoi Adam n'avait-il pas refusé, dit non?

La seule consolation, c'était que lorsque la Signora Fanelli était entrée dans sa chambre, juste avant le dîner, pour lui annoncer que « Arry » était au téléphone, il avait supposé le pire, que leur mère ou leur père avait été l'objet d'un terrible coup du sort. En réalité, la nouvelle était à peine moins calamiteuse. Harry venait lui rendre visite.

Le motif de sa venue avait vite tari la menue sensation de solitude qui l'avait d'abord amené à se réjouir de cette idée.

« Pourquoi, Harry? lui avait-il demandé.

– Parce que tu es mon petit frère.

– Tu veux dire que tu as été incapable de te joindre à nous pour mon dîner d'adieux chez les parents, à Purley, mais que venir en Italie n'est pas un problème pour toi?

– Je ne fréquente pas les dîners d'adieux à Purley, pas quand je suis à Sheffield.

– Et qu'est-ce que tu fabriquais, à Sheffield?

– Cela ne te regarde pas. De toute manière, pourquoi faire tant d'histoires?... Je t'ai téléphoné, non?

– Non, justement.

– Bon, j'en avais l'intention. »

Comme de bien entendu, Harry était incapable de préciser quand il arriverait ou quand il repartirait – « Bon sang, Adam, je suis quoi, pour toi, un indicateur des chemins de fer, merde? » –, seulement qu'il avait à faire en Italie et qu'il caserait Adam sur son parcours.

Heureusement, cette fois, il serait seul, ce qui n'était pas le cas lors de sa dernière visite à l'improviste. Harry s'était pointé à Cambridge, plus tôt cette année-là, en remorquant derrière lui un copain sculpteur de Corsham, un Écossais volubile au tour de taille digne d'une matrone après plusieurs grossesses et au visage aussi anguleux qu'un sac de clefs à molette. Finn Dugan avait instantanément pris en grippe l'université et tout ce qui y était associé, aversion qu'il avait exprimée avec vigueur. Dès le premier soir, au Baron of Beef, se levant d'un bond, il avait mis au défi tous les « petits morveux et les petits merdeux » présents au dîner de le faire boire jusqu'à l'envoyer rouler sous la table. Un astrophysicien terne et effacé de Trinity Hall s'était empressé de lui rendre ce service, plongeant Finn Dugan durant tout le reste de la semaine dans une mélancolie aussi profonde que périlleuse. Après la réflexion malicieuse de Harry selon laquelle la bière du perdant avait été pimentée d'un produit chimique concocté dans l'un des labos de l'université, on avait évité l'accès de violence, mais de peu.

Pas question de Finn Dugan cette fois-ci, fort heureusement, mais avec Harry, il fallait toujours veiller, et même surveiller. Or Adam avait déjà l'esprit assez accaparé comme ça.

Pendant un court laps de temps, tout lui était apparu avec une telle clarté : changer le sujet de sa thèse, abandonner le jardin funéraire au profit de la Villa Docci elle-même. Mais c'était avant qu'il ne franchisse la brèche dans ce rideau d'ifs.

Même à présent, il était incapable de dire pourquoi l'endroit l'avait affecté à ce point. Tout ce qu'il réussissait à cerner, c'était une vague sensation de s'être momentanément senti transporté ailleurs, dans un monde parallèle, d'une beauté indiscutable, mais aussi inquiétante.

L'accès d'apparence anodine visait sans nul doute à produire cet effet, l'impression de tomber dans une Arcadie perdue, mais il y avait quelque chose d'illicite dans cette façon de forcer le passage à travers un rideau d'arbres, un léger parfum d'effraction, chaque pas, après cela, bravant d'une certaine manière un interdit. Cette sensation d'intrusion était renforcée par le caractère très personnel de ce qui se trouvait derrière cette haie : cet hommage touchant d'un époux éploré à sa défunte épouse. Les autres jardins de la Renaissance qu'Adam avait étudiés en préparation de son voyage étaient des théâtres bien plus majestueux, où se déployaient les idées les plus amphigouriques de l'époque – la coexistence malaisée de l'Homme et de la Nature ; l'Homme qui s'impose à la Nature, la façonne selon ses propres fins, en combattant sans relâche l'emprise qu'elle exerçait sur lui, tout en luttant pour se hisser au-dessus de ses plus bas instincts vers le rôle que Dieu lui avait assigné.

En réalité, Dieu ou le reste de l'imagerie chrétienne ne figuraient pas dans les parcours initiatiques sophistiqués présentés par de riches Romains et Florentins au milieu des parcs de leurs propriétés de campagne. La langue des jardins était purement païenne, son univers était celui d'un paradis terrestre mythique peuplé de dieux et de demi-dieux de marbre et autres créatures saugrenues, issues des légendes grecques et romaines, où l'eau jaillissait du mont Parnasse, se déversait par des chenaux, cascadait du haut de chutes, tombait en pluie des fontaines et ruisselait au bas des parois brutes de grottes creusées dans le sous-bois.

Le jardin funéraire de la Villa Docci s'inscrivait résolument dans cette tradition, et s'il ne pouvait rivaliser sur le plan de l'envergure et du grandiose avec ses homologues éminents comme ceux de la Villa di Castello, de la Villa Gamberaia et de la Villa Campi, il se distinguait par sa dimension humaine, sa pureté d'intention, ce message obsédant de l'amour et de la perte enchâssé dans ses édifices, ses inscriptions et ses groupes de statues enfouis dans les bois.

L'heure ou presque qu'Adam avait passée à flâner tout au long de ce parcours l'avait intrigué, perturbé, alors que la villa proprement dite l'avait simplement impressionné, avec sa perfection sereine. Pour lui, le choix n'était plus si clair. Auquel des deux fallait-il qu'il consacre son temps ?

C'était le dilemme dans lequel il s'était débattu au cours du dîner à la *pensione*, quand une bouteille de vin rouge avait atterri sur sa table avec un coup sourd.

Ladite bouteille était rattachée par le trait d'union d'un bras mince et mat à un homme qu'Adam avait remarqué en train de boire, seul au bar. Il était brun, élancé, beau garçon, dans le style débraillé. Il écarta une mèche de cheveux raides et ternes de ses yeux.

« Je peux? s'enquit-il en italien et, sans attendre la réponse, il s'affala sur la chaise en face de lui. (Il lança un coup d'œil à la chemise ouverte posée à côté de l'assiette d'Adam.) Ce n'est pas bon, fit-il.

– Quoi ?

– De lire et de manger en même temps. L'estomac a besoin de sang, pour la digestion. Quand vous lisez, le cerveau lui vole ce sang.

– Vraiment ?

– C'est ce que mon père me répétait, mais mon père était un idiot, alors qui sait ? Je m'appelle Fausto. »

Adam serra la main vigoureuse qui s'offrait à lui.

« Adam.

– Je peux ? (Fausto se servit dans le paquet d'Adam, arracha le filtre avant d'allumer la cigarette.) Vous êtes anglais ?

– Oui.

– J'aime bien les Anglais, lui déclara l'autre en se redressant contre le dossier de son siège, et il cueillit un brin de tabac resté collé sur le bout de sa langue. Londres Liverpool Manchester A-stings.

– A-stings ?

– La bataille de A-stings.

– Oh, Hastings.

– A-stings. Exactement », confirma l'Italien, pas du tout content de s'être fait reprendre, même si cela ne l'empêcha pas de lui verser dans son verre un peu du vin de la bouteille avec laquelle il était arrivé.

Adam en but une gorgée.

« Qu'en pensez-vous ? »

Adam connaissait le mot pour « buvable » en italien. Donc, « imbuvable » devait se dire « *non potabile* ».

« Excellent », répondit-il.

Fausto lui sourit.

« C'est pour ça que je vous aime bien, vous les Anglais. Merde, ce que vous êtes polis, vous autres. »

Il s'avéra que Fausto avait bien travaillé. Grâce à la Signora Fanelli, il avait appris le but de sa visite et même la durée prévue de son séjour. Ce qui, en soi, ne signifiait pas grand-chose – tout le monde était au courant, les touristes étant un peu une rareté, à San Casciano. Apparemment, les derniers visiteurs étrangers dignes d'attention étaient une troupe de Néo-Zélandais – ceux qui avaient libéré la ville des Allemands, à l'époque, en 1944. Fausto lui décrivit, avec un luxe de détails dont l'essentiel lui échappa, le siège acharné qui avait dévasté sa ville natale – un sort inévitable, étant donné le rôle de charnière tenu par San Casciano dans la principale ligne de défense allemande, au sud de Florence.

En dépit de tout cela, Fausto semblait nourrir malgré lui un certain respect pour la machine militaire nazie, qui avait su ralentir avec un tel succès l'avance alliée en direction du nord, en minant les ponts et les routes, les troupes allemandes livrant d'inlassables combats d'arrière-garde, malgré une infériorité numérique écrasante, et subissant de lourdes pertes sans jamais céder à l'indiscipline ou renoncer à leur volonté de se battre, passant leur temps à se volatiliser dans la nature et à différer l'ouverture du feu, attendant que l'ennemi soit à leur nez, et cessant les tirs dès que la Croix-Rouge pointait le bout du sien.

Fausto parlait d'expérience. Il était membre d'un groupe de partisans qui avait secondé les Alliés dans leur poussée vers Florence, en combattant aux côtés des Britanniques lors de leur entrée dans la cité, des hommes de « Londres Liverpool Manchester ».

Et Hastings ?

Non, ça, c'était autre chose, lui expliqua l'Italien – simple intérêt qu'il avait pour les grandes batailles de l'histoire.

Il mentait. Il en savait sur la bataille de Hastings plus qu'il ne convenait pour un homme sain d'esprit. Avant même d'en arriver au moment où Harold recevait sa flèche dans l'œil, ils avaient déjà largement entamé leur troisième bouteille de vin.

L'autre lui reconstituait l'épisode en le mimant avec un gressin au profil effilé, quand la Signora Fanelli fit son apparition à la table.

« Fausto, laisse-le tranquille, regarde-le, il est à moitié mort. »

Fausto jeta un coup d'œil à Adam.

« Laisse ce pauvre garçon en paix. Rentre chez toi. Il est tard, insista la Signora Fanelli avant de regagner le bar.

– Une belle femme, remarqua l'Italien, songeur, en se servant encore dans le paquet de cigarettes d'Adam.

– Qu'est-il arrivé à son mari ?

– La guerre. Une sale affaire.

– Quoi ? »

Les yeux de Fausto se réduisirent presque à deux fentes, manière de juger si Adam était digne d'une réponse.

« Nous combattions pour notre pays. Notre pays... Nous nous battions contre les Allemands, oui, mais aussi entre nous...

communistes, socialistes, monarchistes, fascistes. Pour l'avenir. Et il y a eu... pas mal de confusion. Ce sont des choses qui arrivent. Que la guerre autorise. Qu'elle exige. (Il tira sur sa cigarette et relâcha une bouffée.) Giovanni Gentile. Vous connaissez ce nom ?

– Non.

– C'était un philosophe. Un penseur. Appartenant à la droite. Un fasciste. Il possédait une maison, à Florence. Ils se sont présentés devant sa porte chargés de livres, comme des étudiants, chargés de livres pour le tromper. Et ensuite, ils l'ont abattu. (Il but une petite gorgée de vin.) Quand on commence à tuer des hommes d'idées, vous pouvez être sûr que le diable ricane.

– Vous les connaissiez ? lui demanda Adam.

– Qui ?

– Ceux qui ont fait cela ?

– Vous posez beaucoup de questions.

– C'est la première fois que j'ai cette chance. »

Fausto se fendit d'un sourire et s'esclaffa.

« Je parle trop, c'est vrai.

– Alors quoi ? s'écria la Signora Fanelli depuis l'autre bout de la pièce. Je ne te vois plus depuis des mois et maintenant je n'arrive plus à me débarrasser de toi ?

– J'y vais, j'y vais, fit l'ancien partisan, les mains levées en signe de capitulation. (Il se tourna de nouveau vers Adam, se pencha tout près.) Sur le moment, les choses peuvent posséder un sens, mais plus vous prenez de l'âge, moins ce genre de consolations vous aide à trouver le sommeil. C'est une vérité que j'ai apprise. Nous croyons tous connaître la réponse, et nous avons tous tort. Merde, je ne suis même pas sûr que nous sachions quelle était la question. »

En fait de consolation, Adam puisait la sienne dans le fait que Fausto soit encore plus saoul que lui.

L'Italien vida son verre et se leva.

« C'était un plaisir. Et vous, faites attention, là-haut, à la Villa Docci.

– Pourquoi me dites-vous cela ?

– C'est un sale endroit.

– Un sale endroit ?

– Ça l'a toujours été. Les gens ont tendance à mourir, là-bas. »

Face à cette déclaration mélodramatique, Adam ne put s'empêcher de sourire.

« Vous croyez que je plaisante ?

– Non... Je suis désolé. Vous faites allusion au fils de la Signora Docci ?

– Vous avez entendu parler d'Emilio ?

– À peine. Uniquement que les Allemands l'ont tué, pendant la guerre. »

Fausto écrasa sa cigarette dans le cendrier.

« Enfin, c'est ce que l'on raconte. »

Adam n'eut pas le temps de le reprendre sur ce dernier commentaire.

« Dehors ! » claironna la Signora Fanelli, et elle s'avança vers eux en maniant un balai.

Fausto se retourna face à son assaillante.

« Letizia, tu es une femme magnifique. Si j'étais plus riche, j'essaierais de faire de toi ma femme.

– Ahhh, roucoula-t-elle d'une voix sucrée. Eh bien, pour l'instant, tu es sur le point de devenir encore un peu plus pauvre. Trois bouteilles de vin.

– Je vais payer, proposa Adam.

– Il va payer, renchérit Fausto.

– Non, il ne va pas payer », répliqua la Signora Fanelli.

Fausto plongea la main dans sa poche, en sortit quelques billets de banque chiffonnés et les lâcha sur la table.

« Bonne nuit, tout le monde, salua-t-il, en s'inclinant, mais à peine. Il n'y a plus de Fausto. »

Et il s'en fut par la terrasse et, d'une certaine manière, lui parti, c'est la salle qui se vida de toute vie.

La Signora Fanelli se mit à empiler les chaises sur les tables.

« Fausto, Fausto, soupira-t-elle avec lassitude. Il ne faut pas le prendre trop au sérieux, il est un peu déprimé, en ce moment.

– Pourquoi ?

– Les communistes n'ont pas trop bien réussi, à l'élection de mai... Vingt-deux misérables pour cent, les pauvres », ajouta-t-elle sur un ton très net de fausse compassion.

Vingt-deux pour cent, cela lui semblait pourtant une portion non négligeable de l'électorat.

« Vous n'êtes pas communiste, vous, madame ? lui demanda-t-il.

– Le communisme, c'est pour les jeunes gens au ventre creux. Regardez-moi. »

Il l'avait regardée, et avec attention, et il aurait été ravi de lui servir le compliment qu'elle attendait, si les mots en italien ne lui avaient pas manqué.

« Fausto n'est pas si jeune, observa-t-il.

– Fausto est né idéaliste. Ce n'est pas sa faute. »

Il aurait eu envie de rester assis là, à bavarder de tout et de rien, en observant le jeu de ses hanches sveltes sous sa robe, tandis qu'elle passait le balai autour des tables. Mais elle l'avait expédié à l'étage avec une bouteille d'eau minérale, et la ferme consigne de la boire tout entière avant de se mettre au lit.

Consigne qu'il n'avait pas respectée.

Au lieu de quoi, il s'était laissé choir sur le matelas, et s'était occupé de mijoter un agréable petit scénario dans sa tête. Son dernier souvenir, avant de partir à la dérive dans un sommeil aviné, fut une vision de Harry faisant irruption dans la chambre juste à l'instant où la Signora Fanelli ôtait une robe de chambre de chenille vert émeraude.

# 7

La marche jusqu'à la Villa Docci ne suffit pas à lui éclaircir l'esprit. Elle agit à la rigueur comme un dérivatif à la migraine qui lui vrillait tout le crâne, du front jusqu'à la nuque où, il le savait d'expérience, pour l'avoir déjà vécu, elle resterait logée pour le restant de la journée. La chaleur montait rapidement, sous un ciel sans nuages et, quand il arriva, sa chemise lui collait au torse.

Il s'était attendu à devoir s'imposer une décision de force. Au bout du compte, elle lui vint naturellement, alors qu'il n'était pas arrivé à mi-parcours de sa petite excursion rondement menée dans le jardin funéraire.

Il y avait quelque chose dans cet endroit qui n'était pas tout à fait d'aplomb, et c'était là que résidait l'attrait. Il ne lui posait pas de grandes questions réclamant des réponses à cor et à cri. Il percevait plutôt d'inlassables chuchotements, quelque part au fond de sa tête.

D'après les archives, Flora était morte en 1548, un an après l'achèvement de la Villa Docci, alors pourquoi son mari avait-il attendu presque trente ans – la fin de sa vie à lui – pour concevoir un jardin à sa mémoire ? Ensuite, le jardin lui-même présentait de petites anomalies qui, sans être exactement des éléments discordants, détonnaient par rapport à l'atmosphère et à la tonalité de l'ensemble. Par exemple, pourquoi cet arc de triomphe où était gravé le prénom de Flora, sous sa forme italienne ? C'était une pièce d'architecture si pompeuse, couronnant cette crête comme une sorte d'enseigne publicitaire. À aucun autre endroit du parcours, le jardin ne visait à déclarer son objet. Bien plutôt, il le chiffrait au moyen de symboles, de métaphores et d'allégories.

Il eut l'honnêteté de reconnaître qu'une autre considération, plus pragmatique, le poussait aussi vers l'étude du jardin, plutôt que celle de la villa : le dossier concocté par le père de la Signora Docci. Il lui fournissait un modèle à partir duquel travailler, un étalon pour sa propre thèse, un document facile à manipuler, à étoffer, à s'approprier moyennant un minimum d'efforts. Il était court, un petit peu sec, mais d'une profonde érudition. Les références abondaient, tant dans le texte qu'avec les notes de bas de page, renvoyant pour la plupart à des ouvrages ou des documents originaux qu'il retrouverait dans la bibliothèque. Cela lui prendrait quelques jours, mais il faudrait au préalable vérifier l'ensemble de ces sources, et il conviendrait d'évaluer la pertinence de tout ce matériau de remplissage éventuel.

Battant en retraite vers la fraîcheur de la villa, il trouva Maria qui arpentait les lieux, formulant ses instructions à deux femmes de ménage intimidées, et distribuant les corvées à Foscolo, le ténébreux homme à tout faire.

Adam s'installa dans le bureau. Lumineux et spacieux, il occupait l'angle nord-ouest, juste après la bibliothèque, avec ses portes-fenêtres qui donnaient sur la terrasse derrière la maison. À l'inverse des autres pièces de la villa, meublées de façon ordinaire et spartiate, le bureau était encombré de mobilier, de tableaux, d'objets et de livres – comme si, d'une certaine manière, tout le fouillis accessoire dont l'absence crevait les yeux dans le reste de la demeure s'était regroupé ici.

Sur le mur attenant à la cheminée, il y avait le petit portrait monté sur un panneau de Federico Docci, dont la Signora Docci lui avait parlé la veille. Il montrait un bel homme d'âge mûr, au visage taillé à la serpe, que l'âge commençait tout juste à émousser. Il était représenté en buste, assis dans un fauteuil à haut dossier, les mains délicatement posées sur un livre, et le mur dans son dos était percé d'une fenêtre, par où l'on apercevait des collines ondoyant vers un océan lointain. Peint de trois quarts face, il y avait quelque chose d'impérieux et de farouche dans le port de tête et le regard fixe et courroucé de ses yeux noirs et bridés. Et pourtant, le soupçon d'un sourire flottait sur cette bouche large et généreuse – une contradiction, presque comme si le personnage se moquait de lui-même, ce qui le rendait fort séduisant.

Une grande armoire de rangement en acajou barrée par une vitrine occupait tout le mur derrière le bureau. Les rayonnages du bas étaient dédiés majoritairement aux ouvrages relatifs aux Étrusques. Une section très fournie était consacrée à des textes d'anthropologie. Publiés dans tout un assortiment de langues – italien, français, anglais et néerlandais –, ils dataient de plusieurs décennies. Les rayonnages du haut abritaient toutes sortes d'objets étranges, surtout de nature archéologique : figurines en argile, instruments en bronze, morceaux de poteries, fragments d'une sculpture en pierre, et ainsi de suite. À l'étage supérieur, il y avait deux crânes, leurs orbites creuses formant deux flaques d'ombre derrière la vitre.

Adam ouvrit la porte de cette armoire et, en s'aidant d'un escabeau provenant de la bibliothèque, se retrouva face à face avec ce macabre arrangement. Ce n'étaient pas des crânes humains, mais ils n'en étaient pas très éloignés – des primates d'une espèce ou d'une autre. Quoique de tailles similaires, ils présentaient de nettes différences. Le crâne de gauche était plus étroit et moins anguleux. Son compagnon avait les canines plus longues, les pommettes saillantes, et un pli osseux barrant l'occipital d'une oreille à l'autre, croisé à son point culminant par deux arêtes courant depuis les côtés des orbites.

Il tendit la main, la passa sur ce crâne, et ses doigts suivirent ces deux arêtes.

C'est alors qu'il entendit des pas.

Il se retourna et vit Maria entrer dans le bureau depuis la terrasse. La lueur de reproche qu'il vit dans son regard l'aurait poussé à glisser en bas de l'escabeau de la bibliothèque s'il n'était déjà en train d'en descendre.

« Très intéressant, fit-il, un peu piteusement, avec un petit signe de la tête derrière lui.

– Voudriez-vous un peu de café ?

– Oui, merci. »

À la porte de communication avec la bibliothèque, Maria s'arrêta et se retourna.

« *Orangotanghi*, lui lança-t-elle, avec un rapide coup d'œil vers les deux crânes.

– Oh, je vois », lui répondit-il dans sa propre langue.
Dès l'instant où elle s'éclipsa, il attrapa le dictionnaire. Il avait bien compris ce qu'elle venait de lui dire.

Malgré le café qu'elle lui avait proposé, Maria ne dissimula guère son soulagement de ne pas devoir le sustenter, à l'heure du déjeuner. Vers 15 heures, elle fit son apparition dans le bureau. La maîtresse de maison réclamait sa présence.

Il trouva la Signora Docci assise dans son lit, en train de se tamponner le visage et le cou avec un gant de toilette humide. Une machine à écrire était posée à côté d'elle sur le lit, une lettre inachevée prise dans ses mâchoires.

« J'ai prié Foscolo de vous préparer une bicyclette, lui annonça-t-elle. Afin de vous épargner cette marche, tous les jours.

– Je vous remercie, c'est très gentil.

– Je ne souhaite pas avoir votre mort sur la conscience, avec cette chaleur. »

Elle lui demanda comment avançait son travail, et il lui fit part de son dilemme, désormais tranché.

« La maison vous plaît ?

– Oui. Beaucoup. »

Elle le considéra d'un regard approbateur, tandis qu'il lui exposait en quoi exactement. Il lui demanda qui en avait été l'architecte.

« Personne ne le sait véritablement. Il existe une allusion quelque part à un jeune homme, un certain Fulvio Montalto. Mon père s'est penché sur la question, mais il n'a pu trouver aucune archive. C'est comme s'il avait disparu. Si c'était lui, il n'a jamais construit d'autres villas. C'est malheureux, non ? Un grand talent.

– Oui.

– Je suis heureuse que vous soyez de cet avis. La maison ne parle pas à tout le monde. Elle n'a jamais beaucoup inspiré Crispin. »

Adam hésita, il n'était pas encore habitué à entendre désigner le professeur Leonard par son prénom.

« Non, fit-il, c'est tout juste s'il me l'a mentionnée.

– Et qu'a-t-il mentionné, alors ?
– Eh bien, le jardin funéraire, naturellement. »
Il vit bien, à son expression, que ce n'était pas ce qu'elle entendait par sa question.
« Il m'a indiqué que vous étiez de vieux amis.
– Oui, de vieux amis.
– Il m'a également dit que votre mari était mort, il y a de cela quelques années. Et que votre fils aîné avait été tué pendant la guerre.
– Emilio, oui. Vous a-t-il expliqué de quelle manière, exactement ?
– Seulement que les Allemands qui s'étaient emparés de la villa étaient les responsables.
– Ils l'ont abattu. De sang-froid. Là-haut. Au-dessus de nous. » Sa voix resta en suspens.
Il avait envie de lui demander pourquoi et comment, et si c'était la raison pour laquelle l'accès du dernier étage était interdit. La douleur, dans ses yeux tirés, l'en empêcha.
« Vous n'êtes pas obligée de m'en parler.
– Non, il vaut mieux que vous l'entendiez de ma bouche. »
Elle lui raconta, sur un ton morne et détaché, qui jurait avec la tragédie sanglante de son histoire. Elle lui relata comment les Allemands avaient occupé la villa, en installant leur poste de commandement à l'étage supérieur, à cause de la vue panoramique qu'il leur procurait sur la campagne environnante. Son mari, Benedetto, et elle avaient été contraints de s'installer avec Emilio et sa jeune épouse, Isabella, qui habitaient dans la grande maison à flanc de coteau, au-delà des bâtiments de la ferme.
Il était arrivé parfois que leurs relations avec les nouveaux locataires soient tendues, mais elles demeuraient en général polies. Les Allemands s'étaient montrés d'emblée respectueux, les avertissant, de façon très correcte, de quitter la villa, en suggérant que toutes les œuvres d'art soient remisées en sûreté, et les secondant même dans cette opération. À aucun moment, les provisions n'avaient été mises à sac, le bétail massacré, ou la cave à vins pillée. Le domaine avait été autorisé à fonctionner comme en temps normal, pourvu qu'il fournisse à ses occupants le peu qu'ils en exigeaient.

Le jour en question – une journée de juillet d'une chaleur insoutenable –, dans sa remontée inexorable depuis le sud, l'avance alliée avait fini par atteindre San Casciano, et les Allemands avaient entamé l'évacuation de la villa. Toute la journée, des camions étaient arrivés et repartis au son de la bataille acharnée qui faisait rage au bout de la route. Son fils cadet, Maurizio, était revenu de Florence pour être aux côtés de sa famille en cet instant où devait se dérouler une nouvelle et difficile passation du domaine à une nouvelle force d'occupation. Pourtant, à la nuit tombée, San Casciano demeurait encore fermement sous contrôle allemand. C'est pourquoi la famille avait été surprise, alors qu'on finissait à peine de dîner, d'entendre le fracas d'une fusillade montant de la villa.

C'était Emilio qui avait insisté pour aller s'en enquérir, plus par curiosité qu'autre chose, car ces coups de feu s'accompagnaient d'un bruit aisément reconnaissable, celui de la musique et des rires. Maurizio accepta d'y aller avec lui, ainsi qu'un troisième homme, Gaetano le jardinier, qui avait entendu lui aussi tout ce grabuge.

Approchant de la villa par l'arrière, ils avaient vu des meubles que l'on balançait depuis les fenêtres du dernier étage, et qui venaient éclater en mille morceaux sur la terrasse en contrebas. Outré, Emilio était entré à l'intérieur en trombe et s'était précipité dans l'escalier, avec Maurizio et Gaetano sur ses talons. La quasi-totalité des Allemands était partie. Il n'en restait que deux, restés là pour brûler des documents et détruire des équipements, afin d'éviter qu'ils ne tombent aux mains des Alliés. Attisés par l'alcool, ils avaient outrepassé leurs ordres, prenant les fresques pour cibles d'exercice et jetant le mobilier par la fenêtre – gestes lamentables de destruction, qui avaient mis Emilio en rage.

Une violente querelle s'était ensuivie. Si Emilio n'avait pas dégainé son pistolet et tiré un coup de semonce, on en serait peut-être resté là, sur quelques propos vifs. Mais on n'en était pas resté là. Les Allemands avaient ouvert le feu, tuant Emilio avant de s'enfuir.

« C'est terrible.

– Oui, terrible. Encore quelques heures, et nous serions sortis de la guerre sains et saufs. »

Il avait envie de lui poser des questions, mais la Signora Docci orienta la conversation vers le professeur Leonard, en lui confiant qu'il s'était montré un très bon ami, dans le sillage de cette tragédie.

« Comment l'avez-vous rencontré ?

– Par l'intermédiaire de mon père. Ils avaient travaillé ensemble sur des fouilles archéologiques. Enfin, pas exactement ensemble. C'était sur un site étrusque, près de Sienne. Mon père avait la responsabilité de ces fouilles. Crispin faisait partie des jeunes gens qui se chargeaient de tout le travail... un étudiant, comme vous, venu en Italie pour l'été. C'était l'année du décès de votre reine Victoria. En 1901. Sa disparition nous a beaucoup touchés, par ici. Elle venait souvent à Florence. Papa avait même eu l'honneur de la rencontrer, en une occasion. (Elle marqua une pause.) Quoi qu'il en soit, un jour, il a amené Crispin à la maison, par pitié, je crois, comme vous accueilleriez un chien égaré. Il était si pauvre et si maigre, et tellement intelligent. Il est resté chez nous un mois, ce premier été. »

Elle sourit à ce souvenir.

« Mes sœurs étaient emballées de l'avoir chez nous. Pas moi, en revanche. Je me montrais très distante avec lui, très... hautaine. Et il m'ignorait complètement. C'était très contrariant, comme vous pouvez l'imaginer. Je trouvais qu'il était exactement comme mon père, et rien d'autre, perdu dans ses livres et ses artefacts archéologiques, aveugle au monde des vivants. Plus tard, j'ai découvert qu'il savait très précisément ce qu'il faisait.

– Et que faisait-il ?

– Il jouait. C'était sa danse, comme il appelait cela.

– Sa danse ?

– Sa cour, naturellement.

– Vraiment ? J'avais toujours cru... »

Adam n'acheva pas.

« Quoi ? »

Il hésita.

« Je ne sais pas, qu'il était, vous savez...

– Oui... ?

– Eh bien, homosexuel. »

Sa réponse la souffla, et l'incrédulité laissa place à un rire irrépressible. Rire qu'elle étouffa en portant le gant de toilette à ses lèvres.

Quand elle parvint à se ressaisir, Adam reprit la parole :

« Je vais prendre cela pour un "non".

– Non, fit-elle avec emphase. Non.

– Enfin, il n'a jamais été marié, n'est-ce pas ?

– Les occasions n'ont pas manqué. Il était fort bel homme. »

Adam était incapable de se représenter la chose, mais cela ne voulait rien dire.

« Il ne tarit pas d'éloges à votre propos, ajouta la Signora Docci.

– Sur moi ?

– Vous avez l'air surpris.

– Je le suis.

– Vous êtes ici, n'est-ce pas ? Cela ne vous met-il pas la puce à l'oreille ?

– Cela devrait ?

– Cela fait de nombreuses années que j'ai suggéré le jardin à Crispin... comme sujet d'étude pour ses étudiants, je veux dire. Il m'a toujours répondu qu'il attendait d'avoir la personne adéquate. »

Cela ne cadrait pas avec ce que lui avait expliqué le professeur : que cette proposition autour du jardin lui était parvenue tout récemment. Il se demanda lequel des deux mentait. Et pourquoi ?

« Apparemment, vous avez la tête bien faite, un esprit curieux. (Elle dut le voir minauder, se contorsionner.) La flatterie vous met mal à l'aise ?

– Oui.

– Il m'a aussi prévenue que vous étiez d'une paresse extrême.

– C'est déjà mieux. »

Cette dernière repartie lui valut un rire de la Signora Docci.

Malgré son trouble, il fut à même d'enchaîner deux heures de travail très productives dans la bibliothèque.

Pourquoi le professeur Leonard n'avait-il pas fait la moindre allusion à la véritable nature de sa relation avec la Signora Docci ? À moins qu'il ne l'ait mal comprise, tout semblait désigner une sorte d'histoire d'amour entre eux deux. Sans doute était-il excessif de parler d'une « histoire d'amour ». En 1901, cela n'allait sans doute pas au-delà d'une promenade dans les jardins – affranchie de la présence d'un chaperon –, ou d'un regard appuyé dans une pièce remplie de monde, et pourtant, il en doutait un peu. Les quelques propos de la Signora Docci sur le sujet laissaient pressentir bien d'autres choses en ce sens, demeurées inexprimées. Et quand il avait proféré cette médisance sur la sexualité du professeur Leonard, elle s'en était presque étouffée de rire.

Il ne put s'empêcher de se perdre en conjectures sur ce qui avait pu les séparer. Leur relation était sans doute vouée d'avance à l'échec – un étudiant désargenté et une jeune héritière. Quel qu'il soit, l'époux éventuel de la Signora Docci devait sans nul doute combler de grandes attentes. Il lui aurait fallu un véritable blanc-seing, l'avenir de la villa et du domaine primant ici sur toute autre considération. Et, à cet égard, un jeune étranger s'intéressant à l'archéologie étrusque n'aurait guère apporté beaucoup d'aisance matérielle.

Tout cela était évidemment le fruit de son imagination débridée, mais il laissa son esprit se hasarder à ces hypothèses, jusqu'à ce qu'il soit l'heure de partir.

Foscolo, l'infatigable homme à tout faire, insista pour être présent quand Adam prendrait possession de la bicyclette. Il avait une grosse tête carrée, plantée sur un petit corps non moins carré, et le cheveu gris fer taillé en brosse. Il n'y avait pas grand-chose à dire à ce sujet – c'était un vieux vélo noir muni d'un panier en osier –, et donc Adam serra la main noueuse de Foscolo et le remercia. Cela ne suffisait pas au bonhomme, qui souhaitait avoir la confirmation que l'engin soit bien en ordre de marche. Adam boucla consciencieusement plusieurs tours de la cour, devant son public composé d'un unique spectateur, et déclara les freins « *eccellente* ». Foscolo émit un grognement, l'air sceptique, et remonta la selle de quelques centimètres.

Pédalant sur la route du retour vers San Casciano, Adam s'écarta de son itinéraire, et partit en exploration. La piste poussiéreuse se perdait dans une oliveraie. Ce détour ne fut pas tout à fait une perte de temps. Il put ainsi découvrir une vue impressionnante sur la Villa Docci. À cette distance, les pièces silencieuses aux volets clos du dernier étage semblaient encore plus saisissantes, d'encore plus mauvais augure.

Ses pensées le ramenèrent au récit que la Signora Docci lui avait fait de la mort de son fils aîné, abattu par les Allemands. Et elles revinrent aussi sur ce commentaire curieux, à moitié marmonné, de Fausto, sur le même thème, pas plus tard que la veille au soir : « *Così dicono.* »

« C'est ce qu'on raconte. »

## 8

Soit il était trop distrait pour l'entendre marcher, soit elle s'était délibérément approchée de lui à pas de loup. Sans doute était-ce un peu des deux.

Il se tenait là, debout, en haut de la vallée, sur cette crête au-dessus de l'amphithéâtre, le regard levé vers l'arc de triomphe. La chaude lumière du soleil déclinant ensanglantait les frondaisons, baignant le jardin dans un flot ambré. Même le bois épais planté de sombres yeuses, derrière l'arc de triomphe, paraissait moins inhospitalier.

C'était ici, juste en retrait de la lisière des arbres, que se trouvait la source – une grotte artificielle en renfoncement, qui abritait une cuvette de pierre vieillie. En des circonstances normales, l'eau aurait rempli le réservoir avant de déborder dans un chenal qui courait au pied de l'arc jusqu'au sommet de l'amphithéâtre, où il se séparait en deux.

Il se tenait donc à cheval sur ce chenal, fixant l'arc du regard, quand il entendit sa voix.

« Bonjour. »

Elle était à quelques pas sur sa gauche, sous les basses branches d'un arbre. Ses longs cheveux noirs noués en queue-de-cheval dégageaient son visage, et elle portait une robe sans manches en coton, retenue à la taille par une ceinture.

« Depuis que je vous ai vu, vous n'avez pas bougé », reprit-elle, en anglais, avec un fort accent, en s'avançant vers lui.

De prime abord, il crut que c'était l'ombre pommelée qui créait une illusion trompeuse, mais lorsqu'elle s'approcha, il vit que son front haut et lisse était bel et bien marqué de cicatrices. La plus courte était placée juste sous l'implantation des cheveux, au centre. Et, à partir de là, une autre fendait la peau en diagonale jusqu'au sourcil gauche.

« Je me suis dit que le jardin accueillait peut-être une nouvelle statue », continua-t-elle.

Adam lui rendit son sourire.

« Je suis navré, je réfléchissais. »

Il soutint le regard de ses yeux très foncés, en amande, conscient d'éviter ainsi que le sien ne s'égare vers son front. Pourtant, songea-t-il, cela lui était sans doute égal. Si elle avait voulu dissimuler ce qui la défigurait, elle aurait aisément pu choisir une autre coiffure, au lieu de tirer ses cheveux en arrière et de révéler ainsi son visage.

« Vous devez être Adam.

– Oui.

– Je suis Antonella.

– La petite-fille, n'est-ce pas ?

– Elle vous a parlé de moi ?

– Elle m'a juste promis que vous étiez inoffensive.

– Ah, répliqua-t-elle, une lueur roublarde dans l'œil, c'est parce qu'elle croit me connaître. »

Elle étira son long cou, les yeux levés vers l'inscription sur le linteau de l'arche.

N FIORE N

« À quoi pensiez-vous ? reprit-elle.

– Elle n'est pas symétrique.

– Non ?

– Les panneaux décoratifs, sur le côté… regardez… les diagonales sont orientées dans le même sens. »

C'était difficile à discerner – la pierre était patinée, usée et maculée de lichens –, mais l'anomalie était incontestable.

« Je n'avais jamais remarqué, admit-elle tranquillement. Qu'est-ce que cela signifie ?

– Je l'ignore. Rien, probablement. (Il lança un coup d'œil dans sa direction.) C'est un peu ampoulé, vous ne trouvez pas ?

– Ampoulé ?

– L'arc. Dans ce cadre, je veux dire.
– Je ne connais pas ce mot.
– Ampoulé ? Cela veut dire... prétentieux.
– *Pretenzioso* ? Peut-être. Un peu, fit-elle. Vous n'aimez pas ?
– Non, si. C'est seulement que... »

Il s'interrompit, conscient qu'il risquait de passer lui-même pour un peu prétentieux.

« Non, dites-moi, insista-t-elle. Je crois comprendre ce que vous entendez par là. »

L'arc de triomphe était une forme architecturale classique qui avait connu un certain regain pendant la Renaissance, lui exposa-t-il, mais à ce jour, et à sa connaissance, celui-ci constituait un précédent, dont il n'avait jamais trouvé d'exemple ailleurs, dans aucun des autres jardins sur lesquels il avait effectué des recherches. Qui plus est, son ajout dans ce lieu lui semblait jurer avec le symbolisme discret et les motifs subtils du reste du parcours.

Peut-être Antonella voulait-elle se montrer polie, mais elle lui demanda s'il n'avait pas encore d'autres perceptions, qu'il souhaiterait partager avec elle. Il aurait dû lui avouer qu'il n'en était encore qu'au début de ses travaux, mais la perspective d'une promenade paisible en sa compagnie eut raison de ces scrupules.

L'amphithéâtre qui descendait dans la pente derrière eux n'était pas l'apanage de la Villa Docci, poursuivit-il, même s'il était plus resserré et plus escarpé que celui du Sacro Bosco, le Bois Sacré, à Bomarzo, près de Rome. Détail intéressant, Pier Francesco Orsini avait aussi dédié ce jardin à sa défunte épouse, Giulia Farnese, mais le parallèle s'arrêtait là. Le jardin funéraire de la Villa Docci était un exercice tout de retenue, comparé à la débauche d'imagination déployée dans le Sacro Bosco, avec son mausolée, ses nymphes, ses loggias et ses temples, et son aréopage stupéfiant de créatures sculptées dans la roche, des sirènes, des sphinx, des dragons, des lions, une tortue géante, et même un éléphant de guerre africain, qui tenait un soldat mort dans sa trompe.

À la Villa Docci, cette approche plus tempérée était illustrée par la statue de Flora, sur la plinthe, vers le sommet de l'amphithéâtre. La pose en hélice, la jambe gauche fléchie et posée sur un support, composait une posture traditionnelle, typique de la période comprise entre le milieu et la fin du XVIe siècle – une forme qui avait trouvé sa plus haute expression dans les sculptures de Giambologna et Ammannati. En fait, comme le soulignait le dossier rassemblé par son arrière-grand-père, la statue de Flora reprenait assez étroitement le modèle de la Vénus de marbre de Giambologna, dans les jardins de Boboli de Florence, même si, comme nombre d'imitations qu'a pu susciter ce chef-d'œuvre, il lui manquait la grâce et la vitalité de l'original.

« Je ne connais pas les autres, lui répondit Antonella, alors qu'ils tournaient autour de Flora, mais pour moi, elle est vivante. »

D'un regard, elle le mit au défi de contester cette affirmation. Il s'en abstint.

« Touchez sa jambe », ajouta-t-elle alors.

Il aurait préféré qu'elle ne le lui demande pas. Il aurait aussi préféré qu'elle ne tende pas le bras et ne laisse pas remonter sa main le long du mollet de marbre, depuis le talon jusqu'au creux du genou, car cela ne lui laissait plus d'autre choix que d'en faire autant.

Il essaya de ressentir quelque chose – il en avait envie –, et ce fut le cas, en effet.

« Que sentez-vous ? voulut-elle savoir.

– Je me sens, répondit-il, comme un Anglais qui transpire et qui importune une statue dénudée en la présence d'une complète inconnue. »

Antonella lâcha un rire subit, sonore, et porta aussitôt la main à sa bouche.

« Je suis désolée, s'excusa-t-elle. Peut-être finirez-vous par la voir différemment, avec le temps.

– Peut-être.

– Continuez, je vous en prie.

– Vraiment ?

– Je viens ici tous les jours, quand je le peux. »

Il n'était pas surprenant, continua-t-il, que la statue de Flora ait eu Vénus pour modèle, étant donné le lien étroit entre les deux déesses. Elles étaient toutes deux associées à la fertilité et à la saison du printemps. En réalité, il était fort possible que la déesse de l'Amour et la déesse des Fleurs apparaissent ensemble dans deux des tableaux les plus célèbres que nous ait laissés la Renaissance : *La Primavera* de Sandro Botticelli, et sa *Naissance de Vénus*.

« Vraiment ?

– C'est une nouvelle théorie, très nouvelle.

– Ah, fit-elle, sceptique.

– Vous avez raison, cela ne vaut sans doute rien. »

Il haussa les épaules, sachant fort bien que cela ne valait pas rien, pas pour elle, pas si elle visitait ce jardin aussi souvent qu'elle le prétendait.

« Dites-moi quand même. »

Il était inutile de lui relater l'histoire de Flora. Elle figurait dans le dossier, qu'elle avait sûrement lu. Son arrière-grand-père y avait même inclus les vers latins des *Fastes* d'Ovide détaillant la poursuite de la nymphe Chloris par Zéphyr, le vent d'ouest, qui l'avait violée, réparant ensuite ce méfait en la prenant pour femme, avant de la transformer en Flora, maîtresse de toutes les fleurs.

Personne ne contestait que Zéphyr et Chloris soient représentés dans *La Primavera* de Botticelli, mais jusqu'à présent, les chercheurs avaient toujours considéré la figure située sur leur gauche comme le Hora – l'esprit – du printemps, semant des fleurs. D'où le nom du tableau.

« Mais si c'était Flora, en réalité ? lui demanda-t-elle.

– Après sa transformation ?

– Exactement.

– Je ne sais pas. Et si c'était elle, donc ? »

Le tableau pourrait alors être lu comme une allégorie de la nature de l'amour. En associant Flora – un produit de la luxure, de la passion de Zéphyr – à la figure chaste de Vénus, Botticelli nous rappelait peut-être que l'amour véritable était l'union des deux : la passion tempérée par la chasteté.

Il était possible de déceler le même message enfoui dans la *Naissance de Vénus*. Zéphyr et Chloris étaient présents, là encore, suggérant que la figure féminine debout sur le rivage, et qui tient en main ce manteau pour Vénus, pourrait bien être Flora.

« Et Vénus représente la chasteté, là aussi ?

– Précisément. *Venus Pudica*. »

Il adopta la pose bien connue de Vénus dans son coquillage, couvrant sa nudité d'un geste pudique, et Antonella sourit.

« C'est une bonne théorie, lui dit-elle.

– Vous croyez ?

– Oui. Parce que si elle est juste, alors Flora est le symbole de l'érotique, du sexuel.

– Oui, ce que je pense aussi. »

Antonella tourna le regard vers Flora.

« Et maintenant, là, c'est ce que vous percevez ? »

Il leva la tête vers la statue.

« Voyez la manière qu'elle a de se tenir… les hanches effacées, mais qui sont aussi… ouvertes, engageantes. Ses bras couvrent ses seins, mais à peine, comme si cela ne la préoccupait pas trop. Et son visage, ses yeux, sa bouche. Elle n'est pas *una innocente.* »

Il comprenait bien où voulait en venir la jeune fille. En effet, il avait pu se fourvoyer en attribuant le léger relâchement de cette pose à l'infériorité du coup de main d'un sculpteur de second ordre. Dans ses efforts, peut-être ce sculpteur n'avait-il pas visé la délicatesse et l'équilibre, mais plutôt une sensualité plus nonchalante. Non, c'était une erreur. D'une certaine manière, il avait réussi à obtenir l'un et l'autre – une modestie d'allure allant de pair avec une charge érotique.

« Alors, je ne me trompe pas ?

– Hmm ? fit-il distraitement.

– Je ne suis pas la seule. Vous le percevez, vous aussi.

– C'est possible.

– Possible ? C'est là ou ce n'est pas là ! »

Telle fut sa réponse indignée.

« Vous ne vous trompez pas.

– Tout le monde est convaincu que si. Ma grand-mère considère que je me fais des idées, et que cela en dit long sur la personne que je suis.

– Et qu'est-ce que cela dirait sur la personne que vous êtes, selon elle ? »

À l'instant où ces mots franchirent ses lèvres, il se rendit compte de l'impertinence de sa question, une question bien trop personnelle.

« Peu importe, maintenant, lui répondit-elle, puisque nous avons raison, et qu'elle a tort. »

Il se surprit à sourire devant l'aisance avec laquelle elle avait esquivé sa demande, lui épargnant un surcroît d'embarras. En revanche, dans sa tête, tout se précipitait, et déjà les questions se cristallisaient. Était-ce fait exprès ? Et, si oui, pourquoi ? Pourquoi un mari endeuillé permettrait-il que l'on personnifie sa femme sous l'apparence de cette déesse prude et minaudante, une sorte de putain vierge ?

Cette question ne le quittait plus, tandis qu'ils descendaient la pente vers la grotte creusée dans ce promontoire planté de lauriers broussailleux. Ils y pénétrèrent en silence, et laissèrent leurs yeux s'accommoder à l'obscurité.

Pâles et fantomatiques, les figures de marbre se détachaient sur la roche noire incrustée dans la paroi du fond. Au centre, tournée vers la gauche, c'était Daphné à l'instant de sa transformation en laurier, avec ses orteils qui se muaient en racines, de l'écorce lui enveloppant déjà les cuisses, des branches et des feuilles jaillissant des doigts écartés de sa main gauche levée vers le ciel, dans un geste de désespoir et de supplication. Sur sa droite, Apollon, le dieu Soleil, qu'elle fuyait – juvénile et musclé, identifiable à la lyre qu'il tenait en main et à l'arc porté en bandoulière et qui barrait son large dos. À leurs pieds, un gentleman barbu et âgé, allongé au bord d'un grand bassin de marbre aux tons panachés de pourpre et de blanc. C'était Pénée, le dieu Fleuve, père de Daphné.

L'histoire venait en droite ligne des *Métamorphoses* d'Ovide : la nymphe Daphné, échappant aux avances importunes d'un Apollon éperdument amoureux, suppliait son père de la transformer en laurier, un vœu qu'il s'empressait d'exaucer. C'était là un mythe tout à fait approprié à un décor de jardin – l'Art et la Nature réunis dans la figure de Daphné. Comme le soulignait le mémoire de l'aïeul, il existait un panneau en relief dépeignant la même scène dans la Grotte de Diane, à la Villa d'Este de Tivoli. Mais ici, dans ce jardin funéraire, le mythe possédait une résonance supplémentaire, en reflétant l'histoire de Flora – une nymphe qui avait subi elle aussi une métamorphose, après avoir été poursuivie par un dieu amoureux.

Cette dernière observation venait d'Antonella. Elle ne figurait pas dans le document, et n'était pas non plus venue à l'esprit d'Adam, qui en fut légèrement contrarié, même si cela ne l'empêcherait pas, songea-t-il, de se la réapproprier dans le cadre de sa thèse.

Elle lui expliqua aussi que l'eau se déversait de l'urne tenue par Pénée, et remplissait le bassin de marbre. Une échancrure pratiquée dans le rebord permettait ensuite au trop-plein de se déverser dans un bassin circulaire peu profond creusé à même le sol de pierre. Ce dernier reproduisait les mouvements de l'eau avec en son centre un visage féminin en relief, le regard tendu vers le ciel, sa bouche béante tenant lieu de bonde. Les cheveux de ce visage désincarné étaient rehaussés de fleurs, ce qui le signalait comme étant celui de Flora : la déesse des Fleurs puisant la nourriture de ses créations dans cette source dispensatrice de vie.

C'était une composition exquise, sans défaut, tant pour sa beauté que pour sa pertinence par rapport au thème d'ensemble du jardin. La seule fausse note, c'était la corne brisée de la licorne accroupie aux pieds d'Apollon, la tête inclinée vers le bassin de marbre. C'était un motif courant dans les jardins de cette période. Une licorne plongeant sa corne dans l'eau signifiait la pureté de la source abreuvant le jardin. Elle annonçait que vous pouviez sans risque y plonger la main en conque et en avaler une gorgée sans craindre pour votre vie. Pourtant, à une certaine époque, la licorne avait perdu le segment principal de cette corne.

Adam toucha du doigt le moignon tronqué.

« Quel dommage.

– Oui. Qu'est-ce qu'une licorne sans sa corne ?

– Un cheval blanc ? »

Antonella sourit.

« Un cheval très malheureux. »

En ressortant de la grotte, ils prirent vers le couchant, décrivirent une boucle en suivant le sentier qui s'enfonçait dans les bois, avec leurs arbres à feuilles persistantes qui tapissaient les flancs du vallon. Ils flânèrent à l'ombre, et bavardèrent chemin faisant. Antonella habitait sur l'autre versant du vallon, dans une ferme qu'elle louait à sa grand-mère. La vieille bâtisse était d'une fraîcheur délicieuse en été, mais il y régnait un froid mordant en hiver; et elle avait donc pour règle, chaque fois que l'eau gelait, de lever le camp pour aller occuper l'appartement de son frère à Florence. Edoardo et elle étaient les enfants de la fille unique de la Signora Docci, Caterina, une femme que le professeur Leonard avait qualifiée de « débauchée », un jugement qu'Adam avait du mal à concilier avec la créature très maîtresse d'elle-même qui marchait à ses côtés.

Ses parents avaient divorcé, lui confia-t-elle encore. Sa mère vivait à Rome, son père à Milan, où il se consacrait à des entreprises commerciales d'un caractère manifestement douteux, porteuses de richesses incalculables (une promesse qu'elles ne réussissaient jamais à tenir). Elle lui dit cela sur un ton légèrement amusé.

À présent, ils avaient traversé la première clairière, avec sa triade de sculptures en pied représentant la mort de Hyacinthe, et ils approchaient du petit temple, situé tout en bas du jardin.

« Et vous, que faites-vous? lui demanda-t-il.

– Moi? Oh, je crée des vêtements. Ça ne se voit pas? »

Elle écarta les mains, pour mettre en valeur sa robe de coton sans manches toute simple.

« Je... si... »

Son sourire l'arrêta net.

« Mes créations sont plus colorées. Même si ce ne sont pas vraiment les miennes. Tout ce que je crée porte le nom de quelqu'un d'autre.

– Comment cela?

– Je travaille pour une maison de couture, à Florence. Un vêtement ne peut porter qu'un nom et un seul.

– Cela ne vous ennuie pas?

– Quelle question sérieuse...

– Je suis un garçon sérieux.

– Oh, vraiment?

– Cela ne se voit pas? dit-il, en écartant les mains. Tous mes amis sont à la plage. Et moi, je suis ici, occupé à étudier.

– Uniquement parce que vous y êtes obligé, et seulement pour deux semaines. D'après ce que j'ai entendu dire, vous verrez quand même sûrement le sable d'une plage d'ici à la fin de l'été. »

Cela signifiait au moins une chose : que sa réputation d'indolence, colportée par le professeur Leonard, ne s'était pas arrêtée à la Signora Docci.

« Je conteste.

– Quoi donc ?

– Tout ce que vous avez pu entendre.

– Même en bien ? (Ses yeux scintillaient de malice.) Ma grand-mère vous apprécie, je crois. »

Peut-être cela était-il lié à sa manière de révéler ses dents quand elle souriait, mais à cet instant, cela le frappa, la longue cicatrice en diagonale qu'elle avait au front était la réplique exacte du plissement osseux sur le crâne de l'orang-outang du bureau.

Antonella se détourna – était-ce sous l'effet du regard d'Adam, qui s'était trop attardé ? – et lança un coup d'œil à la figure couchée qui s'étendait à leurs pieds.

Narcisse était affalé en bordure du bassin octogonal, et contemplait d'un œil admiratif ce qui aurait dû être son reflet. Au lieu de quoi, ici, il avait l'air de chercher un objet qu'il aurait perdu, un colifichet égaré au milieu des débris de brindilles et de feuilles qui jonchaient le fond du bassin.

« Je suis désolée que vous ne puissiez le voir quand il y a de l'eau.

– Cette eau ne coulera plus jamais ?

– Qui sait ? Mais sans elle, rien n'est pareil. L'eau le rend vivant. Elle lui apporte sa respiration. »

Elle avait retiré ses sandales en cuir depuis un petit moment déjà – maintenant elles pendaient paresseusement aux doigts de sa main droite – et, en la regardant, là, dans sa robe de coton toute simple, il la vit comme l'enfant qu'elle avait dû être jadis, s'aventurant dans le jardin, contemplant les yeux grands ouverts ce cénacle de dieux, de déesses et de nymphes pétrifiés rejouant leurs légendes troubles sur cette scène luxuriante.

Quand elle se dirigea vers le temple, il la suivit sans se poser de questions. C'était un petit édifice – de forme octogonale, comme le bassin – et couronné d'une coupole basse à peine visible derrière le portique orné d'un fronton. Le sol était en pierre polie, les murs en stuc blanc, tout comme le dôme. Le monument était dédié à Écho, la nymphe infortunée qui tomba amoureuse de Narcisse. Et lui, trop préoccupé de sa propre beauté, il repoussa ses assiduités, sur quoi Écho, le cœur brisé, s'effaça jusqu'à ce que seule sa voix subsiste.

« J'aime cet endroit. »

Ses paroles résonnèrent contre les surfaces dures et dépouillées, un effet acoustique sans nul doute intentionnel. Des bancs en bois simplement peints couraient le long des murs, et une longue inscription en latin était gravée dans l'architrave, au-dessous du dôme. D'après le mémoire, c'était une citation de Socrate : *L'heure du départ est arrivée, et nous allons chacun notre chemin. Moi pour mourir, et vous pour vivre. Qu'est-ce qui vaut mieux, Dieu seul le sait.*

Il s'approcha de la grille en fer forgé, au centre du sol dallé. Cet élément l'avait déjà laissé perplexe, lors de ses visites précédentes. Il n'y était fait aucune référence, dans le dossier du grand-père, et toutes ses tentatives pour la desceller et découvrir ce qu'il y avait dessous avaient échoué.

« L'eau tombe dans un petit puits qui la conduit dans le bassin, à l'extérieur. Le bruit que l'on entend, là, au fond... n'est pas facile à décrire. (Elle réfléchit un instant.) *Sussurri*.

– Chuchotements.

– Oui. Comme des chuchotements. »

Ils couvrirent le reste de l'itinéraire presque en silence, s'arrêtant brièvement dans la dernière clairière, avec sa statue de Vénus penchée sur un Adonis mort – l'élément final du parcours, avec son message de chagrin et de mort, presque insoutenable après les autres mythes qu'ils avaient contemplés en ces lieux.

Au-delà, c'eût été l'excès. Le jardin vous transportait, mais sans aller trop loin. Dès que vous ressentiez l'emprise de cette lame de fond, il vous relâchait.

Même sans cet ensemble de sculptures, l'endroit aurait exercé sa troublante attraction. Ce vallon boisé possédait une dimension mystérieuse et détachée du monde. C'était peut-être dû à cette sensation de clôture, de réserve, alliée à la présence de l'eau, mais il s'en dégageait des relents de très anciennes assemblées, de très anciens événements. Vous sentiez que vous n'étiez pas le premier à vous être laissé attirer ici, que des sauvages nus s'étaient aussi hasardés en ces lieux et les avaient crus ensorcelés.

Federico Docci aurait eu du mal à trouver un site plus approprié pour son jardin funéraire que celui-ci, déjà hanté par ces figures vacillantes issues d'un passé spectral. Et il avait clairement transformé l'emplacement selon ses propres desseins, en y plantant un grand nombre d'arbres à feuilles persistantes pour en masquer la vue, pour guider l'œil, pour attirer et désorienter, quelle que soit la saison de l'année. Il avait percé des brèches dans cette sombre végétation, ouvert des clairières censées évoquer des bosquets sacrés, en les reliant à des sentiers sinueux qui allaient s'élargissant et se resserrant au fur et à mesure de leur tracé, suivant une géométrie flottante et presque musicale – un rythme plaisant d'espaces et de fermetures, de lumière et d'ombre.

Après avoir conçu ce nouveau royaume, Federico l'avait dédié à Flora, déesse des Fleurs, et peuplé des personnages issus de la mythologie antique sur lesquels elle exerçait sa domination : Hyacinthe, Narcisse et Adonis. Tous étaient morts tragiquement, et tous avaient continué de vivre sur les fleurs qui surgissaient de la terre, là où s'était répandu leur sang – ces mêmes fleurs qui émaillaient encore le sol, à l'intérieur de leurs périmètres respectifs, à chaque printemps.

Leurs histoires imprégnaient ce jardin d'un charme mélancolique. C'étaient des fables de désir, d'amour non partagé, de jalousie, de vanité et de mort prématurée. Mais elles parlaient aussi d'espoir. En effet, tout comme les dieux avaient intercédé pour immortaliser ces jeunes défunts, Federico avait veillé à ce que la mémoire de sa femme, arrachée à son affection à un âge délicat, continue de vivre.

Telles étaient les pensées qui tournaient dans la tête d'Adam, alors qu'Antonella et lui s'acheminaient vers le haut de la colline, pour rentrer à la villa. C'était la première fois qu'il avait pleinement appréhendé la beauté de cette composition – sa logique, sa subtilité, et sa cohérence – et il se demandait si, dans une certaine mesure, la compagnie d'Antonella n'avait pas contribué à cette révélation.

Il lui lança un regard furtif, elle marchait à côté de lui de son pas nonchalant, avec indolence, les épaules en arrière, un port de danseuse. Elle semblait tout à fait à son aise avec le silence qui planait entre eux.

Elle saisit son regard et un sourire flotta sur ses traits.

« C'est comme de se réveiller, n'est-ce pas ?

– Hmm ?

– De quitter ce jardin. Il faut du temps pour revenir au monde réel. »

Il éprouva un besoin pressant et un peu bête de lui dire combien elle était belle. Et pourquoi. Parce qu'elle portait sa beauté avec insouciance, sans vanité aucune – de la même manière que ses blessures à son visage.

Il se reprit juste à temps.

Elle tendit la tête vers lui.

« Qu'alliez-vous dire ?

– Quelque chose que j'aurais regretté.

– Oui, fit-elle paisiblement, le jardin peut aussi avoir cet effet. »

Ce fut l'idée d'Antonella de s'arrêter à la terrasse du bas et de s'installer sur l'un des bancs qui dominaient l'oliveraie. Elle lui demanda une cigarette, qu'elle fuma en cachette, en jetant de temps à autre des regards là-haut, vers la villa, pour vérifier qu'on ne la surveillait pas.

« Ma grand-mère désapprouve, lui expliqua-t-elle.

– Je pense que vous ne craignez rien. Je veux dire, elle est clouée au lit, non ? »

Antonella haussa les épaules.

« Peut-être. Elle aime bien créer des drames. (Elle marqua un silence.) Je ne suis pas juste. Elle a été très malade, cet hiver... *una bronchite*, comment dites-vous cela ?

– Une bronchite.

– Le docteur était inquiet. Nous l'étions tous. Depuis, elle a dû garder la chambre.

– Avez-vous essayé de la lever de son lit ?

– Si nous avons essayé ? »

Antonella avait l'air exaspérée.

« Vous croyez qu'elle simule ?

– Je pense que cela lui est égal, désormais. Elle s'en va bientôt, avant la fin de l'année.

– Où va-t-elle ? »

Elle se retourna et, quand elle pointa le bras, de la fumée de cigarette s'enroula entre ses doigts.

« Là-bas. »

Sur une hauteur, juste derrière les bâtiments de la ferme, une grande maison s'élevait, massive et carrée, avec ses murs en stuc baignés de la lumière orangée du soleil et zébrés par les ombres des cyprès alentour. Trop majestueuse pour un journalier, mais peut-être pas assez pour la Dame du Manoir.

« Pourquoi déménage-t-elle ?

– C'est sa décision. Elle veut que Maurizio... mon oncle... reprenne la villa.

– Elle a pu changer d'avis.

– Elle le dirait.

– Peut-être le dit-elle de la seule manière qui soit à sa portée.

– Vous ne connaissez pas ma grand-mère. Elle le dirait. »

En remontant vers la villa d'un pas tranquille, ils passèrent à proximité de la petite chapelle nichée contre la falaise de grès. Elle lui demanda s'il avait déjà vu l'intérieur. Il avait essayé, lui répondit-il, mais la porte était toujours fermée à clef.

Cachée sous une grosse pierre, juste à côté de l'escalier du perron, la clef était à la portée de tous les voleurs en puissance – il ne put s'empêcher de le remarquer.

« On ne sait jamais quand on risque d'en avoir besoin », lui répondit-elle simplement.

Devant l'assaut de la clef, la serrure grinça, puis concéda sa défaite. À l'intérieur, c'était un rougeoiement, la lumière rosâtre du soleil perçant les fenêtres à l'oblique. À part une poignée de vieux bancs d'église en bois, l'intérieur était presque complètement dépourvu de mobilier. Les voleurs n'auraient tout de même pas été déçus. L'autel en pierre tout simple supportait un triptyque peint de l'Adoration des Mages. Lorsqu'ils s'en approchèrent – en silence, avec révérence –, Adam essaya de le resituer.

Les perspectives heurtées, les figures allongées et la chaleur des tonalités suggéraient un peintre de l'école de Sienne. La date, c'était une autre affaire. Pour un œil plus ou moins exercé comme le sien, cela aurait pu aller du milieu du XIVe siècle au milieu du XVe, ou même être plus tardif. Sans être un chef-d'œuvre, ce triptyque était caractéristique, un mélange troublant d'innocence et d'intensité – comme le regard d'un enfant qui vous dévisage à travers la lunette arrière de la voiture qui vous précède.

« Je dois y aller, fit-il.

– Où ?

– À Sienne.

– Là, vous m'impressionnez.

– Il n'y a pas de raison. Je serais incapable de rien vous en dire.

– Personne n'en serait capable.

– Je suis sûr que si.

– J'espère que non. Parce que ensuite, il n'y aurait plus de mystère. »

Ils firent un tour rapide de la chapelle, en s'arrêtant devant une petite plaque mortuaire logée dans le mur, sous l'une des fenêtres. Il y avait un nom incisé dans la pierre :

**EMILIO DOCCI**
**27.7.1944**

« Mon oncle, dit Antonella.

– Votre grand-mère m'a raconté ce qui s'est passé. C'est une histoire terrible.

– Il est enterré là. (Elle désigna les dalles anonymes, à ses pieds.) Je ne l'ai pas vraiment connu. Nous vivions à Milan, et je n'avais que dix ans quand c'est arrivé. »

Ce qui lui ferait, quoi... ?

« Vingt-quatre ans, lui dit-elle, lisant dans ses pensées. Et vous ?

– Vingt-deux le mois prochain. »

Ces mots contenaient une note de désespoir, comme s'il essayait de combler le fossé qui la séparait d'elle, et il relança aussitôt la conversation :

« Pourquoi a-t-il conservé le nom de famille de sa mère ?

– Pour maintenir en vie le nom des Docci. Et Maurizio en a fait autant. Mais pas ma mère... c'est une Ballerini.

– Et vous ?

– Je suis une Voli. Antonella Voli. »

Il lui rendit son petit salut de la tête.

« Adam Strickland.

– Strickland », répéta-t-elle. Ce nom n'était pas conçu pour couler aisément d'une bouche italienne.

Adam jeta de nouveau un œil à la plaque mortuaire.

« Est-ce à cause d'Emilio que l'étage supérieur de la villa est fermé ?

– Oui. »

Apparemment, l'idée était venue du grand-père. Le lendemain du meurtre d'Emilio, les Alliés avaient libéré San Casciano. Des soldats étaient arrivés. Ils avaient fouillé la villa, en quête de renseignements laissés par les Allemands, avant de poursuivre leur avancée. Son grand-père avait ensuite fait remonter à l'étage tout le mobilier fracassé tombé sur la terrasse. Quand ce fut terminé, il avait fermé à clef les portes fermant le haut de l'escalier, condamnant l'étage supérieur. Depuis lors, les pièces étaient demeurées telles quelles – intactes –, sur l'insistance de son grand-père. À sa mort, quelques années plus tard, les gens avaient supposé que la Signora Docci les ferait rouvrir, aérer, repeindre, et les utiliserait de nouveau. Mais elle les avait laissées telles qu'elles étaient, exactement comme elles avaient toujours été.

Adam s'attarda un moment à leur sortie de la chapelle, pour jeter un dernier regard sur l'intérieur. À moins que les informations reprises dans le document ne soient incorrectes, quelque part sous ce dallage gisaient aussi les ossements de Flora Bonfadio, morte voici quelque quatre cents ans.

Ils trouvèrent Maria occupée à recouvrir la table sur la terrasse d'une nappe brute en lin blanc. Quand Antonella s'arrêta pour l'embrasser sur les deux joues, le regard chaleureux et spontané, dans les yeux de la vieille femme, était sans équivoque. Il s'estompa visiblement dès qu'elle aperçut Adam, resté un peu à distance, l'air hésitant.

« Il faut que vous restiez faire la connaissance de mon oncle et de ma tante. Ils seront bientôt là. Ainsi que mes cousins.

– Il faut que je m'en aille. »

L'expression de Maria suggérait que ce ne serait pas une si mauvaise idée. Elle tendait aussi à démontrer que sa compréhension de la langue anglaise était bien meilleure qu'elle ne se plaisait à le laisser croire.

« J'insiste », fit Antonella.

Il ne resta qu'une demi-heure, mais ce fut suffisant pour être gagné par le charme et la décontraction de Maurizio et par son épouse si malicieuse et pleine d'esprit. Ils formaient un couple séduisant. Il était brun, svelte, d'allure distinguée, les tempes à peine grisonnantes ; Chiara Docci était blonde, une beauté aux traits anguleux, et sa voix rauque trahissait sa passion pour les cigarettes, qu'elle fumait sans relâche, à l'évidente désapprobation de ses deux enfants, Rodolfo et Laura.

« Maman, s'il te plaît, s'écria Laura à un certain moment.

– Je suis un peu nerveuse, *cara*. Est-ce si souvent que l'on rencontre un beau jeune homme qui possède aussi une cervelle ? »

Adam capta son regard et sentit ses joues rougir.

« C'est vrai ? s'enquit Maurizio. Il a aussi une cervelle ?

– Je viens à peine de le rencontrer », lui répondit Antonella, avec une réserve très espiègle.

Chiara relâcha un panache de fumée en l'air.

« Il n'en faut pas davantage, ma chérie. Dès l'instant où j'ai rencontré ton oncle, j'ai su que si je voulais de la stimulation intellectuelle, j'allais devoir la chercher ailleurs. »

Pour Adam, c'était un spectacle singulier, de voir ces enfants rire ouvertement des plaisanteries de leurs parents. Et de si bon cœur qu'il se demanda un instant s'il n'y avait pas un petit grain de vérité dans cette petite pique sarcastique de Chiara. En réalité, il avait des doutes. Son époux riait, lui aussi, comme un homme qui sait que la vérité est tout à fait à l'opposé. Et Adam remarqua qu'il avait des dents d'une blancheur invraisemblable.

« Ton cerveau, ma beauté, ce n'était pas ça, le marché, entre nous ? répliqua Maurizio, bien conscient que sa femme le reléguait au rayon des apparences.

– Alors, d'où vient l'erreur ? », lâcha Antonella, avec un signe de tête à ses cousins, leur progéniture.

Et ce furent encore des rires. Et on but encore du vin. Ensuite, il y eut une discussion sur une fête à venir dans la villa, qu'Adam serait bien sot de manquer. Lui, toutefois, n'écoutait plus vraiment. Il les observait, tous, leur badinage plein d'entrain, cet air d'opulence facile, leur chevelure d'un noir de charbon et leur peau de miel. Une espèce à part.

Il éprouva un besoin subit de s'en aller. Maria lui épargna la nécessité d'invoquer un prétexte, car elle fit son apparition, en sortant de la villa, pour annoncer que la Signora Docci était prête à recevoir la famille.

Antonella accompagna Adam jusqu'à la cour, où la bicyclette était calée contre la margelle du puits.

« C'est celle de mon grand-père, lui apprit-elle, et ses longs doigts effleurèrent la selle en cuir. Quand nous étions petits, il nous installait dans le panier et nous faisait tous hurler : "*Ay caramba !*" »

Elle l'embrassa sur les deux joues et, en même temps, sa main toucha son bras avec légèreté.

Lorsqu'il négocia le virage en bas de l'allée, il sentait encore la délicate pression de ses doigts sur son coude.

# 9

– *Sont-ils déjà partis ?*

– *Vous n'avez pas entendu la voiture ?*

– *Serais-tu en colère, Maria ?*

– *En colère ?*

– *Tu réponds toujours à une question par une autre question quand tu es en colère.*

– *Ah oui, Signora ?*

– *Ou triste.*

– *Ils parlaient de la fête comme si elle leur appartenait déjà... tous ces amis qu'ils invitent.*

– *Nous avons besoin de leurs amis. Ils sont si nombreux les miens qui ont disparu.*

– *Mais c'est votre soirée, Signora, il en a toujours été ainsi.*

– *Je croyais que tu la détestais cette soirée.*

– *Je la déteste. Mais la question n'est pas là.*

– *Et qu'en est-il d'Antonella ? Comment t'a-t-elle semblé ?*

– *Antonella ?*

– *Crois-tu qu'elle l'apprécie ?*

– *Qui ?*

– *Qui, à ton avis ? Adam, naturellement.*

– *Je ne les ai guère vus ensemble. Comment pourrais-je le dire ?*

– *Parce que tu la connais mieux qu'aucun d'entre nous.*

– *Oui, je crois qu'elle l'apprécie.*

– *Beaucoup ?*

– *Cela se peut.*

– *Oh mon Dieu.*

– *Signora ?*

*– Assieds-toi, Maria. La chaise, là. Approche-la du lit. Plus près. Bien, maintenant donne-moi ta main. C'est cela.*

*– Signora... ?*

*– Il y a quelque chose dont je dois te parler, Maria, une chose dont nous aurions dû parler depuis longtemps.*

# 10

Adam baissa l'appareil photo.

« Flûte », marmonna-t-il, et ce n'était pas la première fois.

La lumière était parfaite, claire et limpide après trois jours de morne brume estivale, mais il constatait maintenant qu'il était incapable de cadrer la clairière dans son intégralité. Les trois statues réparties sur son pourtour refusaient catégoriquement d'entrer toutes les trois ensemble dans le cadre.

Enfoncé dans les lauriers jusqu'à la taille, à l'extrémité sud, il parvenait à prendre Zéphyr – le vent d'ouest, les joues gonflées, qui soufflait de toutes ses forces – et Hyacinthe, gisant sur son piédestal, mort, son disque couché à côté de lui.

En fait, où qu'il se place, le 50 mm du vieux Leica de son père (« Si tu le perds, il est inutile de revenir à la maison! ») était incapable de contenir plus de deux figures à la fois sur les trois.

L'histoire qu'elles illustraient était assez simple; ce qui ne faisait qu'accroître sa frustration de ne pas pouvoir les prendre groupées dans un seul et même cliché : Zéphyr, jaloux de l'amour d'Apollon pour Hyacinthe, un beau prince spartiate, décide de passer à l'action. Alors qu'Apollon apprend au jeune homme à lancer le disque, Zéphyr souffle une rafale de vent qui envoie le disque heurter le crâne de Hyacinthe, le tuant sur le coup. Après quoi, la fleur de hyacinthe surgit du sol, là où il est tombé un peu de son sang.

Apollon se tenait à la lisière nord du bosquet, le visage accablé de chagrin et les bras tendus vers le garçon gisant à terre. Il était juché sur un pic montagneux de forme conique, grossièrement taillé. Peut-être visait-il à évoquer le mont Parnasse, le domicile qu'il partageait avec les Muses, mais cet ajout paraissait un peu gratuit. Le mont Parnasse ne figurait pas dans l'histoire telle que nous l'a transmise Ovide et, en outre, Apollon était déjà identifiable à son arc et à sa lyre.

La statue de Hyacinthe ne faisait que soulever d'autres questions. Pourquoi le placer sur le ventre, dans la poussière, ses longs cheveux épars masquant ses traits, de sorte que seule une petite partie de sa bouche restait visible ? Et pourquoi vêtir un jeune homme réputé pour ses prouesses athlétiques d'une tunique ample à manches longues, au lieu de révéler son physique et sa nudité ?

Le mémoire n'apportait aucun éclaircissement là-dessus. Pas plus, d'ailleurs, que les notes abondantes amassées par le père de la Signora Docci lors de la préparation de ce document, même si ces dernières lui avaient livré quelques vers de l'*Endymion* de Keats sur le rôle joué par Zéphyr dans la mort de Hyacinthe. C'était une jolie pièce poétique assez riche qui l'aiderait à étoffer sa thèse, mais comme les autres menues découvertes qu'il avait accumulées au cours de ces derniers jours, elle le laissait étrangement indifférent.

Il était tranquille maintenant – il savait qu'il possédait suffisamment de matière pour rédiger un mémoire convaincant – et il aurait déjà dû fêter ça. Pourtant, il en était incapable, pas avec toutes ces questions qui le titillaient. Depuis son tour du jardin avec Antonella, depuis ce court moment où tout avait semblé si clair, si simple, elles n'avaient pas cessé de proliférer.

Cette déclivité abrupte qui abritait l'amphithéâtre était à l'évidence une construction artificielle, mais pourquoi Federico Docci s'était-il imposé la difficulté et la dépense consistant à déplacer toutes ces tonnes de terre, rien que pour ce seul et unique élément ? Une si vaste entreprise ne s'accordait guère avec la discrétion dont il faisait preuve ailleurs dans ce jardin. Et pour ce qui était de l'amphithéâtre proprement dit, pourquoi neuf paliers, au lieu des sept que comptait celui de Bomarzo ?

Comme autant de fausses notes dans une pièce de musique autrement sans défaut, ces questions avaient de quoi irriter, et elles refusaient de se laisser éluder. Il avait essayé de les traiter par le mépris, mais chaque fois qu'il pénétrait par effraction à travers le rideau d'ifs à l'entrée du jardin, il savait qu'il les y retrouverait. Même à présent, alors qu'il s'était lancé dans l'exercice purement pratique consistant à photographier le jardin, deux questions supplémentaires venaient de se présenter à lui, sous la forme des statues d'Apollon et de Hyacinthe.

Il prit un dernier cliché de Hyacinthe, puis retraversa le bois en direction de la grotte. Il lui vint à l'esprit qu'il était en train de développer une fixation malsaine sur ce jardin. Ce n'était guère surprenant. Depuis son arrivée, il n'avait pour ainsi dire pensé à rien d'autre. Quand il n'en sillonnait pas les allées, il était invariablement occupé à des lectures sur le sujet, à rapporter des livres et des journaux à la *pensione*, tous les soirs, dans le panier de son vélo, afin de pouvoir continuer à étudier pendant le dîner et jusqu'aux petites heures du jour.

Il n'y avait eu personne à la trattoria pour le réprimander de lire et de dîner en même temps. Constat décevant, Fausto n'avait plus montré sa figure depuis ce premier soir et, d'après la Signora Fanelli, il était peu probable qu'il revienne prochainement s'y risquer. Apparemment, c'était la première fois depuis longtemps qu'il s'arrêtait chez elle. Adam se l'était peut-être imaginé, mais il avait décelé une pointe de déception, de sa part à elle aussi.

Donc, pas de Fausto. Et pas d'Antonella non plus, pas pendant trois jours.

« Elle travaille très dur, lui avait assuré la Signora Docci lors d'une de leurs audiences désormais régulières, dans sa chambre. Il semblerait qu'elle ait des clients importants, en ville, des acheteurs de grands magasins américains. »

Elle n'avait pas fait beaucoup d'effort pour dissimuler la légère note de moquerie dans sa voix.

« Vous n'approuvez pas son métier ?

– C'est la mission des vieilles personnes, de désapprouver tout ce que font les jeunes.

– Ah, vraiment ?

– Si nous ne désapprouvions pas, les jeunes n'auraient rien contre quoi se battre, et le monde ne changerait jamais. Il n'avancerait plus.

– Je n'y avais jamais réfléchi sous cet angle.

– Je l'espère. Vous avez d'autres sujets de réflexion plus intéressants.

– Comme ?

– Oh, je ne sais pas... (Elle agita vaguement la main en l'air.)... Elvis Presley.

– Là, vous m'impressionnez.

– Antonella me tient informée de ces nouveautés.

– Et vous désapprouvez, comme il se doit.

– Elvis Presley est à l'évidence un jeune homme d'une morale douteuse.

– Vous vous fondez sur votre connaissance de sa musique.

– Et de ses films.

– Que vous avez vus ?

– Bien sûr que non. Vous ne comprenez pas. Les vieilles personnes sont autorisées à défendre leur point de vue à partir d'une position de complète ignorance. En fait, cela leur est essentiel. »

Adam éclata de rire, comme cela lui arrivait souvent quand il était en sa compagnie.

« Peut-être votre petite-fille aime-t-elle ce qu'elle fait, insista-t-il. Peut-être a-t-elle du talent.

– Mes amis qui s'y connaissent en ce domaine me certifient qu'elle possède un grand talent. Mais j'ai toujours vu en elle davantage qu'une couturière.

– Je suis convaincu que cela va bien au-delà de savoir coudre. »

La Signora Docci lâcha un profond soupir.

« Vous avez raison naturellement. Ignorez mes propos. Je crois que je suis encore un petit peu en colère.

– En colère ?

– Vous auriez dû la voir, avant, avant ceci. (Elle porta le bout de ses doigts à son front.) Elle était si belle. Maintenant, elle se cache dans une arrière-salle et elle travaille de ses mains. *La poverina.* »

Ses paroles le mirent en boule, surtout ces deux derniers mots, pleins de pitié : « la pauvre petite ».

« Je ne suis pas d'accord, s'insurgea-t-il. Je ne la vois pas se cachant.

– Non ? »

C'était dit sans ambages, sur un ton dubitatif.

« Je sais que je ne l'ai rencontrée qu'une seule fois, mais c'est ce qui m'a le plus frappé… le fait qu'elle n'ait pas honte, qu'elle n'éprouve aucune gêne. Sa manière de se coiffer, de se tenir. Elle ne se cache pas.

– Vous croyez qu'elle ne se regarde pas dans un miroir, tous les matins, en regrettant de ne pas être différente ?

– Il se peut. Je n'en sais rien. Mais elle n'en est que plus belle, du simple fait qu'elle le prenne ainsi.

– Vous croyez vraiment ?

– Je le crois. Oui. »

De prime abord, il crut que son regard exprimait un mélange de tolérance et de lassitude, et il se sentit soudain très jeune, il se sentit subitement comme un être qui se retrouve en présence d'un autre être qui a passé considérablement plus de temps que lui sur cette planète. Mais il percevait autre chose dans ces yeux-là, qu'il n'était pas certain de pouvoir cerner. Il comprit enfin ce que c'était, quand un lent sourire un peu malicieux éclaira tout le visage de la Signora Docci.

« Vous vous moquez de moi.

– C'est sympathique de vous voir prendre sa défense. Et vous avez raison… elle n'en est que plus belle.

– Comment est-ce arrivé ?

– C'était près de Portofino, un soir. C'était sa mère qui conduisait. Elle a eu de la chance, elle aussi. Elle ne s'est fracturé que deux côtes. »

La Signora Docci n'était pas entrée dans les détails. En fait, elle avait aussitôt mis un terme à la conversation, en invoquant un prétexte fallacieux, et l'avait renvoyé au rez-de-chaussée, à ses livres.

C'était peut-être là que résidait le problème, songea-t-il, en redescendant se promener, et en dépassant la grotte : tout ce train-train, cette comédie, ces longues phases d'étude entrecoupées de conversations avec une septuagénaire alitée. Ajoutez-y cette chaleur impitoyable pour faire bonne mesure, et il n'était pas très étonnant qu'il perde un peu pied.

Il grimpa les marches enfouies dans la pente, derrière la grotte, avec la ferme résolution, ce faisant, de rompre avec ce schéma, d'introduire un peu de changement dans son existence, pourquoi pas en sortant dîner dehors, en allant pédaler quelque part une demi-journée, ou même en se rendant à Florence en autostop – n'importe quoi, pour ajouter un peu de variété, pour le sortir de sa folle obsession.

Il s'arrêta au bas de l'amphithéâtre et observa fixement Flora, sur son piédestal, à proximité du sommet. Il ne serait plus jamais capable de la voir telle qu'il l'avait vue la première fois. Les propos d'Antonella avaient irrévocablement altéré son jugement. Il regarda donc la déesse, en se tournant d'un côté, puis de l'autre, et il ne la vit plus dans la pose classique empruntée à Giambologna, non, il vit une femme, le corps saisi d'une autre sorte d'émotion, il vit le déhanchement provocant de sa hanche droite.

Pourquoi la placer là, si près du sommet, mais pas tout à fait en haut ? En fait, pourquoi la placer là tout court, dans un amphithéâtre à neuf gradins ? Et pourquoi neuf au lieu de sept ? Ou de cinq, en l'occurrence ? Qu'est-ce que ce chiffre neuf avait de si particulier ? Les neuf vies d'un chat ? « Un point à temps en vaut cent », ou en vaut-il neuf ? Les neuf planètes du système solaire ? Non, à cette époque, on ne connaissait pas encore Pluton. Shakespeare, pourquoi pas... Macbeth – les sorcières répétant neuf fois leur incantation maléfique. Impossible. Quand on avait tracé les plans de ce jardin, Shakespeare ne devait être qu'un garçonnet. On n'était pas loin, tout de même. Et ce lien occulte était intéressant. Comment les sorcières formulaient-elles leur prophétie ?

*Trois fois pour toi, et trois pour moi,*
*Et encore trois qui font neuf fois.*

La trinité du pouvoir des trois – un nombre puissant – trois fois consacrée, comme le Saint des Saints, composé de trois trinités. Et puis autre chose encore, pourquoi pas une autre association obscure avec le chiffre trois. Mais laquelle ?

Il s'arrêta net, car la résolution qu'il venait de prendre était encore toute fraîche dans son esprit, et pourtant, il l'oubliait déjà. Il alluma une cigarette, lâcha l'allumette dans le réservoir au pied de l'amphithéâtre et remonta le sentier.

Il était à quelques mètres du rideau d'ifs qui barrait la sortie du jardin quand la réponse lui vint.

Les neuf cercles de l'Enfer, dans l'*Inferno* de Dante.

Il lui fallut un long moment avant qu'il ne fasse demi-tour et ne se précipite au bas du chemin qui menait à l'amphithéâtre.

Ce n'était pas le fait que la statue de Flora soit placée sur le deuxième gradin en partant du haut – il était incapable de se remémorer quelle catégorie de péché ou de dépravation humains Dante avait enchâssée dans le deuxième cercle de son *Inferno* –, c'était l'inscription sur l'arc de triomphe qui se dressait fièrement sur la crête, au-dessus, qui scellait le tout :

N FIORE N

Il lui fallut dix minutes pour dénicher un exemplaire de l'œuvre dans la bibliothèque, tout juste le temps de reprendre son souffle. Il s'affala dans un fauteuil en cuir et il examina le volume : *La Divina Commedia*, par Dante Alighieri, une édition italienne datant de la fin du XIXe siècle.

Son dictionnaire était resté à la *pensione*, mais avec un peu de chance il n'en aurait pas besoin, pas dans l'immédiat. Même son italien rudimentaire devrait suffire à établir quelle espèce de pécheurs habitait le deuxième cercle de l'Enfer de Dante, son *Inferno*.

Il n'avait jamais véritablement lu *La Divine Comédie* de bout en bout. Il l'avait parcourue, avait désossé deux ou trois textes de commentaires, et fait juste le nécessaire pour persuader un examinateur qu'il s'était assez familiarisé avec ce texte. Il aurait pu formuler une thèse convaincante sur l'attrait intemporel du poème épique de Dante, le couronnement de son existence, douze années d'écriture, achevé juste avant sa mort en 1321. Il aurait pu aussi dresser la liste d'un certain nombre de grands écrivains et poètes qui avaient ouvertement et bien volontiers admis leur dette envers cette œuvre – William Blake, T.S. Eliot, Samuel Beckett et James Joyce. Il aurait même pu citer quelques vers bien précis de *La Terre vaine*, qu'Eliot avait puisés directement dans *La Divine Comédie*.

N'ayant jamais lu *La Terre vaine* – ni aucune œuvre de Beckett ou Joyce –, il aurait eu du mal à exprimer au juste ce que ces hommes de lettres modernes avaient vu dans ce poème médiéval sur le voyage d'une âme perdue dans l'Enfer, le Purgatoire et le Paradis qui soit de nature à les inspirer.

Peu importait, d'ailleurs. Il en savait suffisamment pour comprendre qu'il y avait là un lien avec le jardin funéraire.

Se découvrant perdu dans un sombre bois, Dante est approché par l'esprit du poète Virgile, qui le guide à travers les neuf cercles de l'Enfer jusque dans le Purgatoire. L'esprit de Béatrice – l'amour de la vie de Dante, déjà morte depuis longtemps – reprend ce rôle de guide pour la dernière étape du voyage, escortant Dante là-haut, dans sa traversée du Paradis, vers une ultime rencontre avec Dieu.

L'intérêt d'Adam résidait surtout dans l'ouverture du récit : Virgile conduisant Dante hors de ce bois obscur et par les Portes de l'Enfer. Était-ce un hasard qu'un épais bois d'yeuses se dresse, menaçant, en tête du jardin funéraire ? Ou que l'arc de triomphe trône si près ? Ou que, si vous déchiffriez les deux motifs curieusement asymétriques flanquant le mot FIORE pour y lire la lettre N, vous obteniez l'anagramme d'*inferno*, l'« enfer » ? Était-il possible que Federico Docci ait déplacé, sinon le Paradis, du moins la terre, et par grosses masses, pour modeler la forte déclivité qui accueillerait un simple amphithéâtre ? Ou l'avait-il fait pour recréer les strates de l'Enfer dans toute leur épaisseur, décrites de manière si saisissante et si fouillée par Dante dans la première partie de son poème ?

C'était là quelques-unes des questions qui avaient conduit Adam tout en haut de la colline, depuis le jardin, au pas de course, et qui l'amenaient maintenant à tourner les pages du vieux volume avec frénésie.

Il trouva ce qu'il cherchait dans le cinquième *canto* de l'*Inferno* : *Così discesi del cerchio primaio giù nel secondo*... « Ainsi suis-je plongé du premier cercle au second... »

Il parcourut le texte des yeux : un lieu obscur... les cris et les imprécations des pécheurs emportés dans le tourbillon d'un vent cinglant qui ne cesse jamais... *i peccator carnali.*

Il poursuivit un peu sa lecture pour avoir l'assurance de ne pas se méprendre. Il ne s'était pas trompé.

Si le bois d'yeuses correspondait à la forêt obscure où Dante a perdu son chemin, et si l'arc de triomphe représentait les Portes de l'Enfer, alors Federico Docci avait choisi de placer la statue de son épouse morte dans le cercle de l'Enfer qui recevait les pécheurs coupables de luxure, les adultères.

Il en était encore à s'imprégner de tout cela quand Maria entra dans la bibliothèque en venant du salon.

« Maria.

– Monsieur. (Pourquoi s'était-elle mise à l'appeler « monsieur »?) La Signora Docci veut vous voir.

– Merci. »

Il ne bougea pas.

« Est-ce que tout va bien, monsieur?

– Oui. »

Il avait encore l'esprit ébranlé par cette découverte, oui, mais sa chemise trempée de transpiration était aussi collée au dos du fauteuil en cuir, et il s'inquiétait du bruit de succion que cela provoquerait s'il se levait en sa présence.

Il avait eu raison d'attendre qu'elle s'en aille. Ce fut un bruit d'arrachement, un peu comme celui du Velcro.

La Signora Docci n'était pas au lit, ce qui de prime abord le décontenança. Il l'avait toujours vue couchée. Mais cette fois le lit était vide, impeccablement bordé, le couvre-lit en coton blanc aussi lisse et plat que de la glace.

« Par ici. »

C'était sa voix, depuis la loggia.

Elle était assise dans un fauteuil en rotin, et elle était vêtue d'une jupe bleu marine et d'un chemisier de coton blanc. Ses pieds nus étaient posés sur un repose-pieds. Ses cheveux, qu'elle avait toujours portés défaits, étaient retenus par une queue-de-cheval et, dans le flot de soleil de la loggia, son visage avait perdu un peu de sa pâleur. Elle ressemblait à une passagère se prélassant sur le pont d'un transatlantique – le pont des premières classes.

« Aujourd'hui, je me suis dit que nous prendrions un thé *al fresco*, lui annonça-t-elle sur un ton très détaché. (Incapable de jouer longtemps la comédie, elle ne put masquer le sourire qui se dessinait peu à peu sur son visage.) Vous devriez voir votre tête.

– Je suis surpris.

– Ce n'est tout de même pas la résurrection de Lazare. Quoi qu'il en soit, c'est votre faute.

– Ma faute ?

– Eh bien, pas directement. C'est que j'ai honte de vous adresser la parole tous les jours depuis mon lit. Cela manque de dignité.

– Vous n'avez pas à vous soucier de votre dignité, pas à cause de moi.

– Oh, ce n'est pas pour vous... c'est uniquement de moi qu'il s'agit. (Elle tourna la figure vers le soleil.) Cela faisait longtemps que je n'avais plus senti le soleil sur mon visage. (D'un geste, elle désigna le service à thé disposé sur la table.) Cela vous ennuierait-il ? »

Adam servit le thé, comme il le faisait toujours. Elle était très maniaque – le lait d'abord, ensuite le thé, puis une demi-cuillerée de sucre.

« Vous avez couru ?

– J'ai couru ?

– Enfin, vous avez essayé. Je vous ai vu, de là. » Elle pointa le doigt vers le parapet de la loggia.

Son instinct lui souffla de garder sa découverte pour lui. Si c'était bien ce qu'il croyait. Peut-être avait-il plaqué Dante sur ce jardin, ou le jardin sur Dante. Il devait s'en assurer. Et cela prendrait du temps.

« Je croyais avoir trouvé quelque chose. Je me suis trompé. »

Elle n'allait pas le laisser s'esquiver aussi facilement.

« Quoi donc ?

– Zéphyr, lui répondit-il, en cherchant encore comment formuler sa réponse.

– Zéphyr ?

– Le vent d'ouest.

– Oui, je sais.

– Eh bien, dans le mythe, il est l'époux de Flora. Dans la vraie vie, Federico était le mari de cette dernière. Je me suis dit, soudain, je ne sais pas, peut-être la statue de Zéphyr s'inspire-t-elle du modèle de Federico. Je voulais voir s'il y avait une ressemblance avec le portrait du bureau.

– Intéressant.

– Sauf qu'il n'y en a aucune. » Il haussa les épaules.

Si elle perçut la dérobade, elle n'en laissa rien paraître. Et ce qu'elle lui proposa le surprit.

« Il y a une chambre, dans l'aile nord, grande, avec sa salle de bains particulière. Si vous le souhaitez, elle est pour vous. »

Il n'était pas certain d'avoir bien entendu.

« C'est une invitation.

– À résider chez vous ?

– Pas pour toujours, nuança-t-elle avec un petit sourire. Réfléchissez-y. Vous n'avez pas à vous décider tout de suite. Et si vous refusez, je ne m'en offusquerai pas.

– Je vous remercie.

– Cela vous évitera une dépense.

– Ce n'est pas mon argent, c'est celui de la faculté.

– Cela ne signifie pas que vous n'ayez pas le droit de le dépenser à autre chose. Crispin n'aura pas à en être informé. Et s'il l'était, il ne risquerait guère de vous le réclamer. Suis-je dans l'erreur ?

– Non.

– Donc ? »

Ce n'était pas pour l'argent. Son hésitation tenait à un tout autre motif.

« Mon frère vient passer quelque temps ici.

– Vous ne m'avez jamais mentionné que vous aviez un frère.

– J'essaie de ne pas trop y penser. »

La Signora Docci sourit.

« Quand arrive-t-il ?

– Ce n'est pas le genre de question que l'on pose à Harry.

– Et que fait-il, cet Harry ?

– Il est sculpteur.

– Sculpteur ? »

Elle parut intriguée.

« À sa manière. Il est très moderne... beaucoup d'acier soudé, récupéré chez des ferrailleurs.

– Est-il présentable ?

– C'est un mot que je n'ai jamais pu associer au personnage. »

La Signora Docci éclata de rire.

« Eh bien, il y a une autre chambre pour Harry, s'il le souhaite. À vous de décider. Quoi qu'il en soit, cela m'est égal. »

Mais cela ne lui était pas égal, il le voyait. Il voyait une femme âgée sur le point d'être délogée de chez elle et qui lui lançait une invitation, par pure hospitalité, peut-être la dernière qu'elle lancerait jamais. Ce qui régla la question, à ses yeux, ce fut l'occasion que cela lui offrirait de fréquenter davantage Antonella. Si leurs chemins ne s'étaient pas croisés ces quelques derniers jours, c'était seulement parce qu'il était toujours reparti depuis longtemps, de retour à la *pensione*, à San Casciano, quand elle arrivait pour rendre visite à sa grand-mère, dans la soirée.

## 11

La Signora Fanelli fut un peu vexée d'apprendre qu'Adam allait partir, mais le fut déjà moins quand il lui proposa de couvrir le coût de la chambre pour une semaine pleine.

« Quand partez-vous ?

– Pas demain, mais le jour d'après ce jour-là. » Il retint dans sa tête qu'il lui faudrait chercher le mot exact, en italien, pour désigner « le jour d'après le lendemain ».

La Signora Fanelli s'affairait dans la trattoria, elle essuyait des verres pour la clientèle du soir. Sa robe était plus décolletée que d'habitude, et une croix en or pendait de séduisante manière à la naissance de ses seins. Il ne s'en était encore jamais aperçu, mais elle avait quelque chose de Flora, dans le dessin de ses clavicules.

« La Signora vous a réellement invité chez elle ?

– Oui.

– Étrange.

– Pourquoi ?

– Elle est très réservée.

– Elle ne me semble pas si réservée que cela.

– Elle ne l'était pas. Avant. Elle était très… vive.

– Que s'est-il passé ? »

Elle leva les yeux au ciel, ses grands yeux noirs.

« Le meurtre, évidemment.

– Vous voulez parler d'Emilio.

– Une sale histoire. »

Elle se signa, d'un geste à peine ébauché, attirant une fois de plus le regard d'Adam sur son encolure très évasée.

La famille ne s'était jamais vraiment remise de la disparition d'Emilio, poursuivit-elle, et pourtant, le mari de la Signora Docci, Benedetto, l'avait pris encore plus mal qu'elle. Il dépérissait à vue d'œil. On le voyait rarement sortir de chez lui, même à l'époque des récoltes, quand on cueillait les raisins et les olives pour les porter au pressoir. Et puis, tout à coup, il était mort, d'une crise cardiaque. D'après elle, ces Allemands auraient tout aussi bien pu le fusiller, lui aussi, parce que du moment où ils avaient tué son fils aîné, cet homme-là était déjà mourant.

« Que leur est-il arrivé… aux Allemands ?

– Tués, tous les deux, dans la bataille de Florence.

– C'est justice.

– Vous croyez ? Deux vies contre une ? Dix, peut-être… cinquante… une centaine de leurs vies à eux. Le tuer comme ça, un homme qui les avait reçus sous son propre toit. »

Ce souvenir rallumait encore sa colère. C'était une réaction physique, choquante pour le regard d'un Anglais.

Elle balaya une mèche rebelle de son visage.

« Ils ont transformé cet endroit. Ce n'est plus pareil, ici. Tout le monde sait ce qui s'est passé, et nous le ressentons encore. Ce qu'ils ont fait sur l'impulsion du moment, nous vivons avec pour l'éternité. »

Plus tard, après avoir pris sa douche, il lut toute la lettre qu'il avait écrite à Gloria, soulagé de n'avoir pu se résoudre à la poster. Il estimait avoir trouvé le ton juste, avec assez de magnanimité, lui pardonnant d'avoir mis un terme brutal à leur relation, mais il subsistait encore dans ses propos, en filigrane, une tonalité d'apitoiement sur soi un peu pontifiante. Que lui importait ce qu'il pensait ? Ce qu'elle avait voulu, c'était un peu de compagnie, pour l'épauler jusqu'aux vacances d'été. Il ne devrait pas lui pardonner, c'est lui-même qu'il devrait réprimander, pour ne pas avoir su lire les signes avant-coureurs plus tôt.

Ses pensées revinrent à la Signora Fanelli, à cette flamme fugace dans ses prunelles, à cette voix sombre et passionnée quand elle lui avait parlé du meurtre d'Emilio. Il s'attarda aussi sur ses paroles d'adieu, au rez-de-chaussée.

« Je suis désolée que vous partiez, mais je comprends. »

C'était une déclaration assez simple, mais il avait vu son regard vaciller, comme si elle en éprouvait de la gêne, comme si elle lui avait révélé une trop grande part d'elle-même. Avait-il perçu un soupçon de provocation dans ce regard embarrassé, manquant d'assurance ? Ce n'était pas impossible. Depuis leur tout premier échange, quand elle l'avait repris avec un petit sourire ironique, leurs relations avaient oscillé entre une familiarité décontractée et le flirt. Ces derniers jours, elle avait plaisanté, elle l'avait flatté, en saisissant toutes sortes de prétextes pour le gourmander avec espièglerie. Cette relation n'avait en soi rien de très remarquable, mais on ne pouvait nier une certaine alchimie.

Quand il se dirigea vers le rez-de-chaussée, pour le dîner, rien dans les manières de la Signora Fanelli ne suggérait qu'aucune pensée de ce genre lui soit jamais venue à l'esprit. Elle était trop occupée pour l'accompagner à sa table, comme elle le faisait d'ordinaire. Au lieu de quoi, elle lui désigna la terrasse, en aboyant : « Dehors. » Et quand elle finit par venir prendre sa commande, il fut privé de l'habituel badinage, le temps qu'il tergiverse (toujours bien plus qu'il n'était nécessaire). Elle insista pour qu'il commence par le *cacciucco*, sans qu'il sache trop de quoi il s'agissait, et repartit aussi sec.

Le *cacciucco* se révéla être un plat de moules en cocotte marinées dans une sauce rouge épicée. C'était excellent, certainement trop bon pour s'occuper d'autre chose que du contenu de son assiette, d'autant que cette opération salissante n'autorisait pas la présence d'un livre à table, et à plus forte raison de trois. Dès qu'on l'eut débarrassé des reliefs de son dîner, il ouvrit *La Divine Comédie*. Beaucoup de mots ne figuraient même pas dans le dictionnaire, et il dut bientôt se résoudre au constat déprimant qu'il pourrait consacrer le reste de son temps en Italie à peiner sur ce texte sans en voir le bout. Néanmoins, il persévéra, car il avait encore le frisson de sa découverte essentielle présent à l'esprit.

Il en avait passé les indices au crible, mais tout indiquait encore un lien manifeste entre le jardin et l'*Inferno* de Dante. À l'exemple du poète toscan, Federico Docci avait construit son propre Enfer sur plusieurs niveaux. En plaçant Flora sur le second palier en partant du haut, il délivrait un message sur sa jeune épouse, annonçant au monde qu'elle était une putain adultère.

Il n'était plus question de savoir si Federico Docci avait proféré cette condamnation, mais pourquoi ? Pourquoi prendre la peine de concevoir un jardin à sa mémoire, si c'était ce qu'il éprouvait à son égard ? Cela n'avait aucun sens, à moins que cette histoire ne recèle d'autres secrets, que Federico avait enfouis dans le reste du parcours.

Voilà qui réclamait un examen plus attentif du poème de Dante. Cela exigeait de rechercher avec minutie d'autres associations avec le jardin, cela supposait de creuser l'œuvre, sans relâche. Et ce fut précisément ce qu'il fit – pendant tout le plat de résistance, un poulet du Val d'Arno rôti à la broche, tandis qu'une nuit chaude et sans vent descendait sur la terrasse.

Dante et Virgile s'étaient à peine engouffrés par les Portes de l'Enfer lorsque la Signora Fanelli arriva à sa table avec un cognac offert par la maison.

« Vous travaillez trop.

– Vous vous sentez mieux ? » s'enquit-il.

Elle lui lâcha un sourire contrit et faussement timide.

« Je suis désolée. La soirée a été difficile. Je vous expliquerai plus tard. »

Elle n'en eut pas l'occasion. Quand il finit par monter à l'étage se coucher, quelques dîneurs attardés et les piliers de bar habituels lui imposaient de travailler encore sans désemparer.

Il fut réveillé par un bandeau de lumière tranchant l'obscurité. Une silhouette se découpait sur le seuil de sa porte.

C'était la Signora Fanelli.

Il ferma les yeux, feignant de dormir, tâchant non sans mal d'intégrer ce fait nouveau. Ainsi, en fin de compte, il ne s'était pas trompé.

« Adam, chuchota-t-elle, en avançant à pas de loup dans sa direction. (Sa main se posa doucement sur son épaule.) Adam. »

Il fit semblant de se réveiller, et ce n'était pas très réussi.

« Oui… ? gémit-il, d'une voix enrouée, voilée.
– C'est Arry, lui annonça-t-elle. Au téléphone. »

Harry l'entreprit sans même se donner la peine de lui dire « bonsoir » et, à partir de ce moment-là, Adam eut du mal à suivre, et encore plus à reprendre le train en marche.

Il était question de Milan, où il se trouvait, il avait rencontré une fille à la gare, et la fille était suisse, et elle était perdue, il était tard et elle avait l'adresse d'un hôtel dans le quartier, où ils s'étaient rendus, c'était un établissement de troisième catégorie, sans porteurs, et Harry avait monté les bagages de la jeune fille à l'étage pendant qu'elle s'enregistrait et, quand il était redescendu, il avait constaté qu'elle avait rendu la chambre. Définitivement. Partie avec son sac. Celui qu'il lui avait innocemment confié. Celui qui contenait tout son argent.

Cette histoire n'était pas très différente de tant d'autres qu'il avait entendues de la bouche de son frère, au fil des ans.

« Harry, quelle heure est-il ?
– Bon, un peu tard pour une soirée à l'opéra, bordel, hein ? Nom de Dieu, d'accord, il est tard, et je suis bloqué dans cet hôtel merdique à Milan avec une valise pleine de journaux qui appartient à une Suissesse.
– Cela m'étonnerait que ce soit une Suissesse.
– Cela t'étonnerait que ce soit une Suissesse !?
– J'en doute, oui.
– Enfin, bon, elle n'avait pas de nattes ni de grosse vache à lait en laisse, si c'est ce que tu entends par là !
– Du calme, Harry.
– Du calme toi-même. Ce n'est pas toi qui te retrouves à Milan avec une valise pleine de journaux.
– Tu as ton passeport ?
– Bien sûr, soupira son frère, indigné.
– De l'argent ?
– Pas assez, pas de quoi m'acheter un billet pour repartir d'ici, sinon je ne t'appellerais pas.
– D'où téléphones-tu ? De l'hôtel ?
– Oui.

– Parlent-ils l'anglais ?
– Je crois.
– D'accord, écoute. Voici ce que je suggère... »

Tout en parlant, Adam observait la Signora Fanelli qui vaquait à ses occupations, fermant les lieux pour la nuit. Elle verrouilla les volets de la terrasse, mais laissa les portes ouvertes, afin de laisser circuler l'air frais de la nuit. Elle essuyait le comptoir, quand il reposa enfin le combiné sur l'appareil.

Subitement, il s'aperçut qu'il était debout, pieds nus, en pantalon de pyjama, avec un maillot de corps malpropre qu'il avait enfilé en vitesse.

« Des soucis ? lui demanda-t-elle.
– Avez-vous un frère ?
– Oui.
– Est-ce une calamité ? »

Elle rit. Elle rit encore plus quand il lui relata la situation critique où s'était fourré Harry. Ensuite, elle leur versa un dernier verre à tous deux et s'excusa d'avoir été aussi brusque, plus tôt dans la soirée. Lucrezia, l'une des cuisinières, était encore arrivée saoule. La Signora Fanelli savait se montrer compréhensive – le mari de Lucrezia était une brute, un homme violent, il avait toujours été violent, même enfant –, mais chez cette employée, ce penchant pour la boisson devenait de plus en plus incontrôlable. Elle ne savait plus que faire. Ils évoquèrent son dilemme, et aboutirent à une impasse, avant de monter chacun se coucher.

La chambre d'Adam se trouvait dans le couloir conduisant à son appartement. Quand ils eurent atteint sa porte, il lui dit bonne nuit. Pourtant, elle ne continua pas. Elle ne lui répondit même pas, pas tout de suite. Elle regardait le sol, puis elle leva les yeux vers lui.

« Iacopo n'est pas là, ce soir. Il est resté chez un ami. »

Il savait ce que ces mots-là voulaient dire – son fils était absent, elle était seule –, mais il ignorait ce qu'elle voulait dire par là. Et il n'allait pas courir le risque de se ridiculiser.

Il n'en eut pas besoin. Elle le prit par la main et l'attira dans sa chambre, en refermant la porte derrière eux.

Leurs gestes n'avaient rien de pressé, pas au début. Elle le conduisit vers le lit, dans l'obscurité, puis souleva son maillot pour le lui faire passer au-dessus de la tête, et le laisser tomber par terre. Ses mains coururent sur sa peau, ses doigts tiraillèrent doucement le maquis clairsemé qui lui tenait lieu de toison pectorale. Quand elle leva la tête vers lui, il se pencha pour l'embrasser. Sa langue était menue, pointue, inquisitrice. Elle avait dû le sentir remuer contre son ventre, car elle lui plaça une main dans le creux des reins et l'attira plus près.

Ils restèrent ainsi, debout, à s'embrasser, un long moment. Les mains d'Adam vagabondaient, se délectaient de ce qu'elles trouvaient sous la robe de coton, et le bout de ses seins durcissait sous ses attouchements.

Lentement, elle se laissa glisser à ses genoux et baissa son pantalon de pyjama sur ses cuisses. Il sentit son souffle tout contre lui et, l'espace d'un instant, elle parut réfléchir à la suite. Puis, elle referma les lèvres autour de lui.

Elle ne fit presque rien. Elle se contenta de le laisser grandir dans la chaude moiteur de sa bouche, les paumes de ses mains délicatement posées sur ses cuisses.

Et puis sa bouche s'en fut et elle se releva, lui tourna le dos.

Il fit coulisser la fermeture Éclair et dégagea la robe de ses épaules, jusqu'à ce qu'elle tombe en un petit tas autour de ses chevilles. Elle n'esquissa aucun pas pour s'en libérer, jusqu'à ce qu'il ait dégrafé la boucle de son soutien-gorge.

Pour la culotte, elle le devança, se baissa pour la retirer, avant de se retourner face à lui. Elle respirait avec plus d'âpreté, et quand leurs bouches se collèrent l'une à l'autre, elle l'agrippa fermement de sa main, et cette fois sa langue se planta dans celle d'Adam.

Sans avertissement, elle le repoussa sur le lit et le chevaucha avant qu'il ait eu le temps de se dérober habilement vers le milieu du matelas. Elle appuya le bassin contre sa virilité, et sa toison épaisse, râpeuse, était déjà humide.

Elle lui glissa une main derrière la nuque et souleva sa tête du lit, pour guider sa bouche vers ses seins.

Elle se pencha sur lui, porta ses lèvres à son oreille.

« C'est notre secret, chuchota-t-elle. Tu comprends ? »

Il gémit.

Elle lui retira son téton de la bouche.

« Est-ce que tu comprends ?

– Oui. »

Elle le repoussa de force sur le matelas. Il n'avait pas de désir plus ardent que d'entrer en elle, là, sans tarder, mais elle s'y refusait. Pas encore.

Elle remonta un peu sur son torse, jusqu'à ce que son but soit clair. Elle empoigna la rambarde en fer forgé, à la tête du lit, pour s'y retenir, enjamba son visage et s'abaissa sur lui.

## 12

Pour qui l'ignorait, rien dans leur comportement ne trahit ce qui s'était passé entre eux. Le couple romain âgé – les seuls autres locataires de la *pensione* encore en train de prendre leur petit déjeuner quand Adam descendit – lui sourit poliment, comme ils l'avaient fait les quelques matinées précédentes. Aucun signe, de ce côté-là, laissant croire que la Signora Fanelli ait pu partager avec eux les détails de ses ébats nocturnes avec l'Anglais. En fait, aucun signe que cela ait eu lieu.

Ce fut seulement quand elle lui apporta son café qu'il décela quelque chose. Elle posa sa tasse dans sa soucoupe, sur la table, et elle resta debout à côté de lui, un tout petit peu plus près que d'habitude.

Il s'attarda devant son petit déjeuner dans l'espoir qu'un moment intime se présenterait, une occasion pour au moins prendre acte de leur rencontre torride. Peut-être cela aurait-il revêtu moins d'importance si elle ne s'était pas glissée hors de son lit pendant son sommeil. Son dernier souvenir, c'était cette vision d'elle à cheval sur lui, l'exhortant avec des mots qu'il ne comprenait pas, le crucifix qui se balançait à son cou lui effleurant le torse. Cette deuxième fois avait presque eu immédiatement raison de lui. L'avait-il même tenue dans ses bras, après? C'était à espérer.

Les Romains finirent par aller leur petit bonhomme de chemin et, quand la Signora Fanelli refit son apparition, en revenant de la cuisine, elle lui demanda, très joviale :

« Un autre cappuccino?

– Merci. »

La machine à café du comptoir toussa, trépida et siffla avec des airs menaçants. Adam repoussa sa chaise et s'en approcha d'un pas nonchalant.

« Avez-vous bien dormi ? » lui demanda-t-elle.

La question semblait suspecte, comme une petite pique.

« Je suis désolé, lui dit-il.

– Pourquoi ?

– Je suis tombé de sommeil. »

Elle décocha un rapide coup d'œil vers la porte de la cuisine.

« C'était bien mon intention. J'ai un commerce à tenir, moi, ici. J'ai aussi besoin de sommeil. »

Elle avait dans la voix une petite nuance plaisante, pleine d'ironie.

Un jet de vapeur jailli d'une buse effilée fouetta un fond de lait dans une carafe en fer-blanc cabossée.

« Huit ans, dit-elle, la voix couverte par le vacarme. Que je n'avais plus fait l'amour.

– C'est long. »

Elle tourna la manette pour la fermer et releva les yeux.

« Cela valait la peine d'attendre.

– C'était très particulier. Non, incroyable. » Elle verrait bien, à l'expression de son visage, il l'espérait, que ce n'était pas une réponse de simple politesse. Elle l'avait conduit dans des parages qu'il n'avait encore jamais explorés.

À cet instant, Iacopo entra par la terrasse, essoufflé d'avoir couru. Adam crut percevoir, sans doute à tort, un air entendu dans le regard du garçon.

« Eh bien ? lui demanda sa mère.

– Il part dans vingt minutes.

– Signor Carnesecchi, expliqua-t-elle à Adam, en se tournant vers lui. Il descend à Florence. »

Elle avait pris les devants, elle s'était occupée de son cas. Il lui avait expliqué qu'il lui fallait envoyer de l'argent à Harry.

Iacopo passa devant eux, sortit de la salle.

« Personne ne doit savoir, jamais, l'avertit-elle.

– Je comprends.

– Je vis ici. Pas vous. C'est pour ça que c'est arrivé. »

Il dut avoir une expression un rien blessée, car, lorsqu'elle fit glisser la tasse de café vers lui, sur le comptoir, elle lui serra furtivement la main.

« Enfin, ce n'est pas la seule raison. »

Le Signor Carnesecchi gagnait sa vie en vendant des fruits et légumes, ce qui était plutôt divertissant. En effet, son nom, une fois traduit, signifiait « viandes séchées ».

Son épouse et son fils effectuaient le trajet avec lui, jusqu'au marché de Florence. Ils voyagèrent dans la cabine du vieux camion aux flancs ouverts, tandis qu'Adam s'était trouvé une petite place au milieu des cageots empilés à l'arrière.

Les tomates dominaient, et les haricots se classaient bons seconds. À en juger par leur parfum, il y avait aussi un lot de fraises enfoui quelque part. Ce fut un parcours rempli de cahots, mais très odorant, jusqu'en bas des montagnes.

Bringuebalé en tous sens sur les planches, regardant le monde refluer derrière lui, Adam se sentit gagné par une bouffée de fierté. Était-il anodin qu'une belle femme l'ait désiré ? Il avait l'intuition que oui. Alors était-ce de l'immaturité et de la vindicte d'imaginer Gloria ayant vent de cette aventure ? Certainement. Mais assis là, à l'arrière de ce camion, le visage chauffé par le soleil, il se sentait bien, il se sentait vivant. Et il ne s'était plus senti aussi vivant depuis un bout de temps, il s'en rendait compte, à présent.

Huit années depuis la dernière fois qu'elle avait fait l'amour – c'était ce qu'elle lui avait avoué –, autrement dit, il n'était pas le premier homme auquel elle s'était donnée depuis le décès de son mari. Araldo avait été tué en 1945, tout à fait au terme du conflit. Adam le savait parce qu'il le lui avait demandé, quand ils étaient restés allongés sur son matelas, moites et entrelacés, après leur premier assaut.

C'était une histoire lugubre, qui rendait son empressement à la partager avec lui d'autant plus touchant. Araldo avait été victime du bain de sang consécutif à la libération de l'Italie par les Alliés – une période d'incertitude et d'anarchie, quand ils avaient été nombreux à devoir rendre compte de leurs actes sous l'occupation allemande. Si elle en connaissait les détails exacts, elle ne les lui communiqua pas. Elle évoqua une vague accusation portée contre son mari. Le mot « collaboration » n'avait pas été prononcé, mais elle avait bel et bien fait allusion à un incident qui avait abouti à l'arrestation et à l'exécution de deux partisans, dans la région, par les Allemands.

Elle s'était montrée plus précise dans le récit de ce qui s'était produit par la suite. Araldo avait quitté la maison, un matin, pour Impruneta, où il travaillait comme tailleur de pierre. Il n'y arriva jamais. Ils l'avaient tiré de sa voiture, sur une paisible route de campagne, et lui avaient logé trois balles dans la tête.

Qui étaient ces « ils », elle ne le savait pas au juste, en dépit de ses soupçons. Un nom était aussi venu à l'esprit d'Adam. Heureusement, ce n'était pas le bon.

Fausto n'avait pris aucune part à la mort d'Araldo, avait-elle poursuivi, de cela, elle était à peu près certaine. Il s'était montré à l'enterrement. Un certain nombre de ses frères d'armes s'en étaient abstenus.

« Vous ne pouvez pas connaître un homme… je veux dire, vous ne pouvez pas réellement le connaître… à moins de l'avoir connu enfant. Je connais Fausto depuis toujours, lorsque nous étions deux bébés dans les bras de nos mères. Si je pensais un seul instant qu'il ait eu quoi que ce soit à voir là-dedans, ou même qu'il ait su ce qui allait se passer, et qu'il n'ait rien tenté… eh bien, je crois que depuis tout ce temps, je l'aurais déjà tué. »

Il était assis là, à l'arrière du camion, et le souvenir de cette déclaration conservait tout son poids. De quoi méditer. Sur le moment, pourtant, elle avait exercé un étrange effet aphrodisiaque.

L'entrepôt était un édifice bas et tout en longueur, d'acier et de béton, dans le quartier de San Lorenzo, à Florence. Les rues alentour grouillaient de monde. La foule se séparait devant eux comme la vague à l'étrave d'un bateau, et se refermait derrière le camion. Il était assis là, au milieu des cageots, la plupart de ces gens l'ignoraient, mais certains d'entre eux lui adressaient un signe de la main. Un petit noyau de gamins malpropres lui firent des gestes obscènes. Quand il leur rendit la pareille, ils le bombardèrent de cailloux ramassés dans le caniveau.

Il aida au déchargement des cageots, puis refusa l'offre du Signor Carnesecchi de le ramener à San Casciano d'ici une heure. Il lui répondit qu'il rentrerait par ses propres moyens.

La ville était sous l'emprise d'une chaleur étouffante, et il alla se rôtir un petit moment à la terrasse d'un café, Piazza della Signoria, avec des flots de touristes circulant devant lui par troupeaux fatigués. Il déposa deux pellicules dans la boutique d'un photographe, Piazza della Repubblica, et se délesta d'un peu de l'argent qu'il avait en poche pour s'acheter un rudimentaire chapeau de paille et une paire de lunettes de soleil – des achats qui auraient pu passer pour du gaspillage si ces espèces n'étaient pas destinées à Harry. Dieu seul savait à quoi ce dernier les dépenserait.

À l'agence de l'American Express, il n'y avait pour ainsi dire pas de file d'attente. Le guichetier le soulagea d'une liasse de billets et, en réponse à sa question, lui indiqua la direction d'une librairie réputée.

Ils ne possédaient pas d'édition en langue anglaise de *La Divine Comédie*, mais après une longue marche et quatre cents lires de plus, il était devenu le fier propriétaire d'un volume en piteux état, une traduction de Dorothy L. Sayers.

Il caressait l'idée de s'installer avec dans un coin ombragé des jardins de Boboli, ou de visiter quelques musées, galeries ou églises de sa liste. C'étaient là d'oiseuses pensées, pourtant. Il savait vers où il se dirigeait.

Il avait noté et mémorisé le nom de la maison de mode, ainsi que le quartier où elle était située. Antonella ne lui avait rien révélé de plus. Cela s'avéra suffisant. Un marchand de journaux sur Piazza Santa Croce lui indiqua la direction de la rue et du bâtiment.

C'était un grand *palazzo* plutôt délabré. Adam franchit un portillon encastré dans les imposants portails en bois et se retrouva dans une vaste cour à ciel ouvert. C'était un monde à part, reclus, immunisé contre le chahut des voitures et des vespas dans la rue étroite, à l'extérieur. On pouvait même entendre la chute feutrée de l'eau dans la fontaine. Il y avait là d'autres bruits, également, visions fugitives d'activité défilant derrière les fenêtres ouvertes, sur tout le pourtour de la cour : le staccato d'une machine à écrire, quelqu'un qui répondait au téléphone, le raclement d'une chaise sur un sol de pierre. Si l'on se fiait aux plaques de cuivre fixées au mur, à l'extérieur, ce bâtiment abritait quantité de sociétés.

La maison de mode où travaillait Antonella occupait toute l'aile nord du *palazzo*, et pourtant, depuis l'espace de réception, au rez-de-chaussée, on ne s'en serait pas aperçu. Cet endroit frais et tout en profondeur était aussi complètement anonyme – aucun nom de société n'était visible, aucune création n'était exposée. Quelques fauteuils modernes en cuir tenaient lieu de petite salle d'attente, et un bureau rococo très orné écrasait la réceptionniste déjà fort petite installée derrière.

Il s'en approcha, et les semelles en caoutchouc de ses souliers couinaient péniblement sur le sol dallé. Elle leva le nez de son magazine seulement après que le bruit eut cessé, quand il fut devant son bureau. Elle l'examina non sans intérêt, mais parut trouver peu de choses susceptibles de récompenser sa curiosité. Quand il demanda à voir Antonella, elle adopta aussitôt des manières plus obligeantes. Elle se redressa sur sa chaise, le pria de lui donner son nom et attrapa son téléphone.

En attendant, Adam jeta un œil autour de lui. Le décor était un savant mélange de neuf et d'ancien. Le lustre chromé pendu au très haut plafond à poutres apparentes était délibérément futuriste, et il y avait une sculpture abstraite en métal boulonnée au mur derrière le bureau de la réceptionniste – une large monstruosité circulaire, entre un mètre cinquante et un mètre quatre-vingts de diamètre, composée d'éclats d'acier soudés ensemble au hasard. Harry serait en extase.

« Adam... »

Antonella apparut au pied de l'escalier de pierre. Elle portait une robe en lin bleu marine qui épousait sa silhouette élancée. Elle s'approcha, l'embrassa sur les deux joues.

« Joli chapeau.

– Ils font fureur, cette saison, vous ne saviez pas ? »

Elle sourit.

« Je suis surprise.

– Moi aussi. Je n'étais pas certain d'être tombé au bon endroit. »

Elle lança un regard autour d'elle.

« Umberto trouve que c'est bon pour les affaires. Il dit que c'est... comment diriez-vous ?... énigmatique. Le reste n'est pas comme ça. Venez, je vais vous montrer. Vous avez du temps ?

– Je ne veux pas vous déranger. »

Elle écarta la question d'un revers de main.

Adam remercia la réceptionniste au passage.

« Je vous en prie, monsieur », lui répondit-elle, d'une voix sucrée, soucieuse de se gagner les faveurs d'Antonella.

Elle n'était pas la seule.

Les coupeuses et les couturières qui étaient à l'ouvrage dans l'enfilade des pièces de l'étage la saluèrent toutes avec chaleur. Cela ne le surprenait pas, qu'elle soit appréciée, mais elle semblait commander un respect qui paraissait très au-delà de son âge. La raison lui apparut clairement quand elle poussa encore une dernière porte.

« Et c'est ici que je travaille, lui annonça-t-elle. C'est très en désordre. »

Deux fenêtres, aux volets mi-clos pour se protéger du soleil, ouvraient sur la cour. Il y avait un bureau, quelques bibliothèques basses, ainsi qu'une grande table de travail qui occupait le centre de la pièce. Elle avait raison. Les moindres surfaces disponibles étaient encombrées de tout un fatras : des piles de croquis, des échantillons de tissu et de cuir, des pots de stylos et de pinceaux, des tasses vides et des cendriers débordants.

« Je tiens à vous signaler qu'en temps normal, ce n'est pas ainsi. »

Le seul espace vaguement dégagé était une table d'architecte repoussée contre le mur, et peut-être uniquement parce qu'elle n'offrait qu'un plan oblique. Un dessin à moitié terminé était scotché dessus, un croquis en couleur d'un sac à main en cuir. Il ne ressemblait à aucun autre sac à main qu'Adam avait pu croiser dans son existence.

« C'est notre nouveau truc. Umberto veut que l'on crée des accessoires... des sacs, des ceintures, des foulards, peut-être même des chaussures. »

Les murs étaient recouverts de papiers, encore des croquis, des robes, surtout. Elles possédaient toutes une ligne ample et fluide, et toutes étaient coupées dans les étoffes caractéristiques qui constituaient visiblement la marque de fabrique de la maison : des créations géométriques, audacieuses, dans des couleurs vives. C'étaient ces mêmes robes qu'Adam avait vues prendre vie dans les pièces voisines, derrière cette porte.

« Et Umberto, il fait quelque chose, ici ? s'enquit-il.

– Umberto est un génie. Et moi, je ne suis que les mains du génie. (Il n'y avait aucune trace de fausse modestie dans le ton de sa voix.) Je vous l'aurais bien présenté, mais il n'est pas là, pour le moment.

– Sorti avec les Américains ?

– Ah, vous avez parlé avec grand-mère ? Alors vous aurez compris qu'elle n'apprécie pas ce que je fais.

– A-t-elle vu ce que vous faisiez ? »

Antonella parut amusée par cette idée.

« Elle juge toute la mode futile, ce qu'elle est, naturellement. Mais elle ne comprend pas qu'elle peut aussi procurer du plaisir. (Elle attrapa un matériau sur la table de travail.) Tenez. »

Ce n'est qu'après l'avoir pris en main qu'il s'aperçut que c'était une pièce de daim, aussi douce que de la soie.

« Imaginez ça contre votre peau, lui dit-elle. Imaginez une jupe coupée là-dedans.

– Ce serait peut-être un peu trop me demander. »

Elle éclata de rire et lui reprit la pièce de daim.

« Quand venez-vous vous installer... dans la villa, je veux dire ?

– Elle vous a dit ?

– Évidemment.

– Demain.

– Vous n'êtes pas obligé. »

Il hésita.

« Vous trouvez que c'est une mauvaise idée ?

– Je crois que je n'avais plus vu ma grand-mère aussi alerte depuis pas mal de temps. Mais cela ne signifie pas pour autant que vous soyez obligé, uniquement parce qu'elle vous l'a demandé. Elle peut se montrer fort... *prepotente*.

– Despotique ?

– Je ne connais pas le mot exact, dans votre langue, mais cela me semble assez proche.

– J'en ai envie, avoua-t-il. Ce sera bon pour mon travail, je suis près du jardin, la bibliothèque est tout de suite à portée de main…

– Et ça, c'est votre travail ? »

Elle tendit la main vers son volume de *La Divine Comédie*, qu'il avait abandonné sur la table de travail.

« Non, mentit-il, simplement je ne l'avais encore jamais lu. »

Ce fut son idée à elle, qu'ils s'éclipsent en douce pour sortir déjeuner. Sous les arbres d'une petite *piazza* derrière le coin de la rue, ils partagèrent une carafe de chianti et une épaisse tranche de *bistecca alla fiorentina*, à peine saisie. Le patron du restaurant s'agitait autour d'Antonella comme si elle était une de ses filles depuis longtemps disparue.

Adam l'informa de la situation fâcheuse de Harry, ce qui l'avait amené en ville à la toute dernière minute.

« Quand arrive-t-il ?

– Dieu seul le sait. Peut-être jamais. Dès qu'il a un peu d'argent entre les mains, tout peut arriver.

– Mais vous avez envie qu'il vienne, sinon vous l'auriez prié de s'abstenir.

– Je suppose », admit-il, surpris que cela lui soit apparu si clairement.

Son propre frère, Edoardo, semblait avoir un tout autre caractère – pondéré, responsable et fiable.

« Je ne sais pas d'où il tient cela, mais il est la preuve que deux négations peuvent créer une affirmation.

– Et vous ? voulut-il savoir.

– Moi ? Oh, je ne suis pas facile.

– Quels sont vos pires traits de caractère ? »

C'était le chianti qui lui soufflait cette question.

Elle y réfléchit.

« Mes crises de colère.

– Vraiment ? Je ne vois rien de tel.

– Priez pour ne jamais voir. »

Il rit.

« Et donc ? s'enquit-elle. La réciproque. Votre pire trait de caractère ?

– Un sens de la justice sans compromis. Cela m'attire toutes sortes de tracas.

– Très drôle.
– La jalousie.
– La jalousie ?
– Oui.
– De quoi ?
– Je ne sais pas. De tout. Du succès des autres. Des anciennes conquêtes de ma petite amie. C'est très mesquin, de ma part, je sais.
– Vous avez une petite amie ? »

Il sentit dans sa question un accent plutôt flatteur d'indifférence forcée. Cela laissait supposer que la réponse lui importait. Il fut assez content de celle qu'il réussit à lui faire.

« Plus.
– Que s'est-il passé ?
– Je ne suis pas certain de le savoir. »

Néanmoins, il fit de son mieux pour s'expliquer, en remuant les braises refroidies de sa liaison avec Gloria.

Quand ce fut terminé, Antonella lâcha un jugement :

« Je n'aime pas ce qu'elle m'inspire.
– J'espère que non. Je vous l'ai dépeinte de la façon la plus noire possible. »

Elle éclata de rire, et le couple de la table voisine se retourna, pour les dévisager.

## 13

*– Avez-vous fini ?*

*– Oui.*

*– Alors, docteur, votre pronostic ?*

*– Vous me semblez avoir de très bons réflexes. Les muscles de vos jambes sont encore très faibles, tout de même, faute de travailler. Vous ne devriez vraiment pas vous déplacer sans aide. Il y a un risque de chute.*

*– Et la douleur ?*

*– Les comprimés que je vous ai déjà prescrits devraient y remédier.*

*– En effet.*

*– Vous avez déjà tout pris ?*

*– Quelque chose d'un peu plus fort vaudrait peut-être mieux.*

*– Je ne suis pas sûr que ce soit... conseillé.*

*– Mon fils vient dîner ce soir, pour régler les derniers détails de la soirée. Vous avez reçu une invitation, n'est-ce pas ?*

*– Oui, Signora, et mon épouse a répondu aussitôt. Nous sommes toujours honorés d'être invités.*

*– Traitez-moi de sotte, docteur, mais je souhaite être sur pied quand je vais accueillir Maurizio à la porte ce soir. Et comme je vous l'ai dit, la douleur peut être réellement insupportable parfois.*

*– Je comprends.*

*– Ce sera notre secret. Je ne voudrais inspirer d'inquiétude à personne.*

*– Je vais revenir cet après-midi avec quelque chose d'un peu plus... approprié.*

*– Haut les cœurs, docteur. À Noël, votre patiente était à l'article de la mort, et maintenant elle est debout.*

# 14

C'était l'idée d'Antonella, qu'Adam poireaute pendant deux heures après leur déjeuner. Sachant que l'on était un vendredi, elle pouvait quitter le bureau tôt et le raccompagner à San Casciano. Piazzale Michelangelo était le lieu de rendez-vous convenu entre eux, parce qu'il se situait sur sa route, quand elle sortait de Florence. La grande esplanade légèrement inclinée se trouvait à flanc de colline au sud du fleuve, et elle offrait une vue panoramique de Florence, avec les lignes brisées de ses toits en terre cuite, comme une mer boueuse encerclant ses tours, ses dômes et ses flèches.

Il s'y dirigea tout droit, la perspective de traîner dans les rues du centre le ventre plein de viande presque crue et de vin rouge n'étant pas particulièrement séduisante. Mieux valait fuir la chaleur, gagner les hauteurs et les pentes tapissées d'arbres. En outre, l'église romane de San Miniato al Monte était perchée juste au-dessus de la *piazzale*, et c'était l'un des rares endroits que le professeur Leonard l'avait enjoint de visiter.

Elle ne le déçut pas. C'était un petit édifice aux proportions magnifiques, au décor sophistiqué, avec un chœur surélevé tout à fait inusité. L'intérieur était sombre et d'une fraîcheur agréable. Il flâna à proximité d'un groupe d'Américains, auquel il se raccrocha pour profiter d'une visite guidée gratuite. À un certain moment, il les laissa pendre du champ. Quelque chose avait retenu son regard : un grand zodiaque serti dans le sol de pierre, comme un cadran d'horloge gigantesque, avec les signes astrologiques des douze constellations composés de fragments de marbre blanc.

Il en arpenta la circonférence, en se demandant ce que pouvait bien faire ce symbolisme païen dans une église chrétienne. Quelqu'un connaissait-il la réponse ? La guide avait-elle glissé sur la question parce qu'il n'existait aucune explication ? Elle avait bien mentionné le zodiaque avant de conduire son groupe hors de l'église, mais sans proposer de véritable éclaircissement. Sa présence en ces lieux prêtait encore à toutes sortes d'interprétations, avait-elle déclaré. Adam trouvait cela étrangement réconfortant. Si sa signification exacte s'était perdue dans le cours des siècles, alors pourquoi n'en serait-il pas de même pour le jardin funéraire ? Peut-être avait-il vraiment mis le doigt sur quelque chose ? Peut-être le livre qu'il tenait en main renfermait la clef d'une interprétation perdue.

Il n'avait encore trouvé dans les mots écrits par Dante aucune nouveauté suggérant que ce soit le cas, lorsque Antonella arriva au volant d'une voiture d'une extrême petitesse. Elle l'appelait sa « grenouille bleue » et lui confia qu'elle l'adorait. Cela ne cadrait guère avec le traitement qu'elle infligeait à la petite Fiat 600, en la précipitant dans les tournants à chaque coin de rue, et en poussant chaque rapport jusqu'à ce que la boîte de vitesses proteste en hurlant.

Engoncé à la place du mort, Adam se prit à regretter, alors qu'ils dévalaient une rue pavée très escarpée, de ne pas avoir plutôt opté pour le retour en autostop jusqu'à San Casciano. La ville s'interrompit brusquement, les pavés cédèrent la place à la terre et à la poussière, les murs de pierre à de hautes haies en espaliers. C'était une étroite route de campagne. Très étroite. Qui devait être à sens unique. Il le fallait bien, étant donné la vitesse à laquelle ils roulaient.

Elle n'était pas à sens unique. Mais c'était bon de savoir que les freins fonctionnaient.

Il lui demanda de le déposer aux abords de San Casciano. Ce n'était pas qu'il craignait pour la vie des riverains – même si cette pensée lui avait traversé l'esprit –, mais il craignait davantage qu'Antonella ne puisse percevoir quelque chose de ce qui s'était passé la nuit précédente, si on lui offrait l'occasion de se retrouver face à face avec la Signora Fanelli. Cela ne faisait que retarder l'inévitable. Quand Antonella suggéra de passer à la *pensione* dans la matinée et de l'aider à transporter ses bagages à la Villa Docci, il ne put guère refuser.

Il trouva la Signora Fanelli à quatre pattes, en train de récurer le sol de la trattoria. C'était une position qu'il reconnut. Elle se releva, essuya la sueur de son front du dos de la main, ce qui n'arrangea rien.

C'était de la luxure, il s'en aperçut, du désir brut, pur et simple, irréfutable. Il n'était pas différent de Paolo et Francesca dans le deuxième cercle de l'Enfer de Dante, ballottés pour l'éternité par des vents violents, condamnés par – comment Dante le formulait-il ? – leurs *dubbiosi disiri*. « Leurs désirs incertains. »

« Est-ce que tout va bien ?

– Oui, répondit-il, absent, songeant qu'il avait déjà atteint le cinquième cercle de l'Enfer dans la traduction de Dorothy L. Sayers et qu'il lui restait encore à découvrir un péché dont il ne se soit pas rendu coupable à un stade ou un autre de son existence.

– L'argent, pour Harry ?

– Oui. Pas de souci. »

Jusqu'où devrait-il descendre dans les Enfers si ordonnés de Dante avant de pouvoir enfin se déclarer innocent des transgressions que l'on y étalait ?

« Comment êtes-vous rentré ? »

Il le lui raconta.

« C'est une belle fille, n'est-ce pas ?

– Ah oui ?

– Vous ne trouvez pas ?

– Non. Si. J'imagine.

– Elle est déchaînée, celle-là. Enfin, plus maintenant. Mais avant, si.

– Déchaînée ?

– Comme sa mère. Mais maintenant, c'est autre chose. On dit qu'elle a changé.

– Changé ?

– C'est ce qu'on dit. »

Avant le dîner, il rejoignit le bar de Piazza Cavour, comme il le faisait tous les soirs, conscient que c'était la dernière fois qu'il regarderait les gamins en loques jouer au football, gambader entre les poteaux de but marqués à la craie sur les murs, et s'arrêtant de jouer pour s'asperger la figure avec de l'eau du vieil abreuvoir de pierre chaque fois que l'un d'eux marquait. La *piazza* commençait à se remplir – de rares spécimens humains, qui arrivaient lentement par les rues de traverse –, et les jeunes footballeurs durent céder leur terrain aux aînés, bien à contrecœur.

Vous pouviez vous rendre une journée entière dans San Casciano sans à peine voir âme qui vive, mais dès qu'arrivait le début de la soirée, la ville entière (du moins, à ce qu'il semblait) descendait dans les rues, et se dirigeait vers Piazza Cavour. Des couples, des familles, des veuves coiffées d'un châle noir et courbées sous le poids des ans : tous, ils se rassemblaient, pour une petite flânerie.

Pendant le dîner, il travailla, même si, à un certain stade, cela cessa d'être du travail, car il n'eut aucun mal à se laisser emporter par l'imagination débridée de Dante et toute cette imagerie spectaculaire. En atteignant le septième cercle de l'Enfer, il fut heureux de rencontrer enfin un péché qu'il n'ait pas commis : le meurtre. Étrangement, Dante le tenait pour un crime moins odieux que l'hypocrisie et la flatterie, qu'il avait placées dans le huitième cercle. Ici, un groupe d'âmes marchaient en cercle sans fin, un diable leur fendant le corps de la tête aux pieds à chaque passage, avant de laisser leurs blessures se refermer. C'étaient les Semeurs de Discorde et les Schismatiques, le prophète Mahomet figurant en tête de ce groupe. Fidèle à son principe, Dante leur avait concocté un châtiment approprié à ce péché, en les fendant en deux pour l'éternité, tout comme ils avaient cherché à diviser autrui durant leur existence.

Mais parmi tous ces malheureux éviscérés par des démons, ébouillantés dans des rivières de sang et étouffés par de l'excrément humain, il n'y avait toujours aucun signe des personnages du jardin. Contrarié, il se mit à sauter des passages, parcourant les pages en quête de leurs noms : Flora, Zéphyr, Daphné, Apollon, Hyacinthe, Écho, Narcisse. C'était à cela qu'il était occupé quand une silhouette apparut au-dessus de son épaule.

« Salut. »

Adam se retourna et leva les yeux sur Fausto. Il le trouva plus présentable que la fois précédente. Il avait encore le menton ombré d'une barbe naissante, mais il s'était passé un coup de peigne dans ses longs cheveux raides et ternes, et il portait une chemise propre, boutonnée jusqu'au col – autant de petites concessions à l'élégance qui ne masquaient pas tout à fait un mépris congénital pour les apparences.

« Je peux ? » s'enquit-il, en s'affalant sur la chaise en face de la sienne.

D'un regard lourd de sous-entendus, Adam contrôla le nombre de cigarettes qui lui restaient dans son paquet.

« Bien sûr. »

Fausto eut un sourire.

« Ne vous inquiétez pas, j'ai apporté les miennes, cette fois-ci.

– Comment allez-vous ?

– Bien. Fatigué. Je travaille trop dur.

– Je ne sais même pas ce que vous faites.

– Le minimum, lui lança-t-il, souriant à belles dents. J'ai un petit endroit à flanc de colline, par là-bas. Il y a toujours de quoi s'occuper. En ce moment, je construis une cabane, pour un cochon.

– Vous avez un cochon ?

– Pas encore. Mais quand je l'aurai, ce sera le cochon vivant le plus heureux du monde. (Il jeta un coup d'œil au livre d'Adam.) Dante, hein ? *Lasciate ogni speranza, voi ch'entrate.* »

C'était un vers bien connu du poème, l'inscription qui figurait sur les Portes de l'Enfer. *« Vous qui entrez, laissez toute espérance. »*

« Vous connaissez ?

– Si je connais ? Connaissez-vous Shakespeare ? Connaissez-vous Milton ? Dante est un fils de Toscane. (Fausto posa la main sur l'ouvrage.) C'est la raison pour laquelle la langue de Toscane est la langue de l'Italie, le saviez-vous ?

– Oui. »

Quand il écrivait *La Divine Comédie*, Dante avait évincé le latin au profit de son toscan, langue vulgaire, une rupture nette avec la tradition, et qui avait consacré ce dialecte comme langue nationale.

« Un grand homme… comme Machiavel, un autre Toscan.
– Je sais.
– Mais je parie que vous ne savez pas que Machiavel avait écrit *Le Prince* au bout de la route qui part d'ici.
– Vraiment ?
– À Sant'Andrea in Percussina, à même pas trois kilomètres. Il a été contraint de quitter Florence, comme Dante. Deux grandes œuvres écrites dans l'exil. Coïncidence ? Je ne le crois pas. »

Fausto ne mentait pas : il en savait beaucoup sur *La Divine Comédie*, jusqu'aux noms des papes que Dante avait expédiés dans son Enfer. En fait, il donnait l'impression d'en savoir beaucoup sur presque tout, ce qui n'était nullement surprenant – il était étudiant à l'université de Florence, quand la guerre avait éclaté.

Membre du parti socialiste, à l'époque, il disait s'être impliqué dans la lutte contre la mainmise sournoise des fascistes sur l'université. Ensuite, dès la signature de l'armistice, les Italiens se retrouvèrent subitement sous occupation allemande, leurs anciens alliés, et il s'était engagé dans la lutte pour la libération nationale. Au début, il avait participé à la diffusion des journaux clandestins aux titres incisifs comme *Avanti !* et *Avanguardia*. Ensuite, il avait pris un fusil et s'était jeté dans les combats, en gagnant les collines pour se joindre à un groupe de partisans. Beaucoup d'autres en avaient fait autant, des hommes de toutes sortes, de toutes classes. Le fils cadet de la Signora Docci, Maurizio, avait agi de même. Ce radical, à l'époque membre du Comitato Interpartiti de Florence, avait abandonné la politique pour le fusil.

« Je n'ai jamais combattu avec lui, mais il était réputé pour être un bon chef, un bon combattant. (Fausto marqua une pause.) Vous voyez, à la fin des fins, les mots ne comptent pas tant que ça. Votre ennemi, il faut le faire souffrir. Les Américains l'ont compris… vous, les Anglais, aussi. Il faut le frapper suffisamment fort, pour qu'il vous laisse en paix. »

Fausto ne devait pas être beaucoup plus âgé qu'Adam, à l'époque, et ce dernier se surprit à rechercher ce qu'il aurait vécu d'équivalent, dans sa propre existence. Il ne put rien trouver de mieux que sa période au sein du National Service, et l'ajout de son nom au bas d'une pétition censurant Anthony Eden pour sa gestion de la crise de Suez.

« La libération de l'Italie n'amena pas des temps plus heureux, continua Fausto. Les factions socialistes et communistes, unies sous la bannière d'une cause commune, se fragmentèrent une fois encore. Du diable si les Américains allaient livrer le pays à ce chien de Staline, et ils ne tardèrent pas à faire pleuvoir un déluge de dollars sur la démocratie chrétienne, dans une tentative pour acheter l'âme de l'Italie. Des années plus tard, on en était encore là.

– Vraiment ?

– Des millions de dollars, tous les ans. Mais un pays riche, anglo-saxon et protestant ne peut pas imposer ses valeurs à un autre, pauvre, latin et catholique. Nous sommes pauvres. Nous gagnons le quart de ce que vous gagnez en Angleterre... le sixième de ce que gagnent les Américains.

– Le pays s'enrichit, d'après ce que j'ai entendu dire. »

Fausto laissa échapper un soupir, et observa Adam fixement.

« Exact. Et si cela continue, peut-être que les Américains gagneront la partie, au bout du compte.

– Ah, les Américains, les Américains, soupira la Signora Fanelli, en s'approchant de leur table. Qu'est-ce qu'ils ont fait, cette fois, Fausto ?

– Tu veux le savoir, ce qu'ils ont fait, les Américains ?

– Pas franchement. »

Son visage s'illumina d'un sourire malicieux et elle remplaça leur carafe de vin vide par une autre, pleine.

« Offert par la maison. En cadeau de départ.

– Quelle femme, fit Fausto avec un mélange étrange d'indignation et de désir, en la regardant s'éloigner. (Il remplit leurs verres.) Vous partez ?

– Pas d'Italie. Je vais m'installer à la Villa Docci. »

Fausto opina, à deux reprises.

« Je croyais vous avoir conseillé la prudence.

– Vous me disiez que c'était un sale endroit.

– Et c'est la vérité. »

Les preuves apportées par Fausto étaient assez irréfutables. Quand il eut achevé de les lui exposer, Adam en conclut que si vous creusiez l'histoire de n'importe quelle famille, vous pouviez exhumer tout un lugubre catalogue d'intrigues, de tromperies et de décès insolites. Mais d'une certaine manière, il ne pouvait s'empêcher de penser que les Docci, eux, avaient eu plus que leur part de mésaventures, au fil des siècles.

Au gré des fluctuations de sa fortune, la famille avait perdu ou repris le domaine. Mais, d'une manière ou d'une autre, ils l'avaient quand même toujours récupéré. Un événement – un mariage de convenance, une trahison ou un pot-de-vin – avait toujours permis que la famille et la propriété ne restent jamais séparées trop longtemps.

Dans les époques où l'une et l'autre s'étaient trouvées réunies, cette union avait rarement été heureuse. Des gens mouraient dans les flammes, tombaient de leur cheval, étouffaient leur bien-aimé ou finissaient la gorge tranchée, au cœur de la nuit. Nombre d'entre eux avaient sans doute mené une existence paisible et assez heureuse à la Villa Docci, mais l'argument de Fausto était le suivant : c'était la demeure elle-même qui attirait la malchance, comme la flamme attire le papillon de nuit, et il avait soigneusement choisi les histoires susceptibles d'étayer sa démonstration.

« Et Emilio ? lui demanda Adam.

– Quoi, Emilio ?

– Vous pensez que ce qui s'est produit relève aussi de ce même phénomène ?

– Qui sait ce qui s'est réellement passé ? s'interrogea l'autre avec un haussement d'épaules.

– Moi, je le sais. La Signora Docci me l'a raconté.

– Et que vous a-t-elle raconté ? »

Adam lui exposa l'affaire dans les grandes lignes, telle qu'on la lui avait rapportée. Quand il eut terminé, Fausto demeura silencieux un moment.

« Eh bien, pour l'essentiel, c'est assez fidèle.

– Et le reste ? »

L'homme alluma une cigarette.

« Emilio était un fasciste, un membre du parti, le saviez-vous ?

– Non.

– C'est à cause de lui que les Allemands s'étaient montrés si respectueux quand ils se sont emparés de la villa. C'est aussi la raison pour laquelle il était si en colère quand il a constaté les dégâts qu'ils provoquaient, ce soir-là. Cela ne faisait pas partie de leur accord, de leur arrangement. Il a perdu son sang-froid, je le sais bien. Mais je ne le vois tout de même pas dégainer un pistolet.

– Mais il l'a dégainé. Il y avait des témoins. Maurizio et le jardinier… »

Adam était incapable de se remémorer son nom.

« Ah, Gaetano, compléta Fausto, dans un soupir. Qui sait ce qu'il a vu, celui-là, ou ce qu'il a entendu ? Il n'en avait pas l'air lui-même trop sûr, à l'époque. Cela lui est venu plus tard.

– Je ne comprends pas. »

Fausto se pencha plus près, au-dessus de la table.

« Il a changé son témoignage.

– Pourquoi ? »

L'autre eut un geste évasif.

« Je ne lui ai jamais posé la question.

– Pourquoi pas ?

– Vous connaissez l'histoire de Pandore ?

– Oui.

– Eh bien, quelquefois, il vaut mieux ignorer ce qui se chuchote à l'intérieur de la boîte. »

# 15

Antonella fut ponctuelle et se présenta à la *pensione* à 10 heures le lendemain matin. La rencontre entre la Signora Fanelli et elle se déroula de manière assez indolore, les deux femmes échangeant quelques civilités superficielles. Les valises furent chargées dans la Fiat et Antonella démarra en trombe vers la Villa Docci. Adam suivit à bicyclette. La Signora Fanelli l'expédia avec un baiser sur chaque joue. En guise d'au revoir, Iacopo lui tendit sa main molle et moite, mais seulement après que sa mère l'en eut prié.

À son arrivée à la villa, il fut surpris de trouver Maurizio occupé à décharger ses valises de la voiture d'Antonella. Une réunion de famille avait eu lieu la veille pour achever les derniers préparatifs de la réception à venir, et il était resté passer la nuit, afin de faire la tournée des employés du domaine.

« Il y a toujours des plaintes, mais cette année, c'est pire que la normale.

– À cause de la sécheresse?

– Exactement. »

Ils portèrent les valises à l'étage ensemble. Adam connaissait déjà la chambre qu'on lui avait attribuée, mais cet espace sombre, sentant le renfermé, qu'il avait rapidement entrevu était à peine reconnaissable, maintenant que les hautes fenêtres étaient grandes ouvertes, laissant la lumière et l'air pénétrer à flots dans ses moindres recoins. Des vases de fleurs au parfum sucré étaient disposés un peu partout dans la pièce.

Maurizio lui-même était impressionné.

« Maria s'est donné du mal. Je ne crois pas qu'elle ait jamais eu autant d'allure, cette chambre. »

Il prit congé pour aller s'acquitter de ses obligations, et Adam rejoignit la Signora Docci et Antonella sur la terrasse, pour le café. Antonella avait des courses à faire, et ne resta que le temps de l'inviter le lendemain, à un déjeuner dominical, dans sa ferme. C'était l'occasion de rencontrer son frère, Edoardo, et certains de leurs amis. Quand elle se leva pour s'en aller, Adam demanda aussi qu'on veuille bien l'excuser, il avait à travailler.

« Mais c'est la fin de la semaine.

– Il n'est pas ici pour s'amuser, Nonna. (Antonella se tourna vers lui.) Ne la laissez pas vous dicter ses quatre volontés. Si vous avez envie de travailler, travaillez.

– Il a tout l'après-midi pour travailler. Je ne serai pas ici pour le distraire. Je vais à Florence.

– Nonna ?

– Quoi ?

– Tu te sens d'attaque pour te rendre à Florence ?

– La question, ma chère, c'est de savoir si Florence est d'attaque pour me recevoir. »

Elle partit juste avant le déjeuner, dans une conduite intérieur bleu marine, une Lancia que l'on avait tirée d'une grange et dépoussiérée. Lorsque la berline démarra, elle leur adressa une parodie de salut royal depuis la banquette arrière. C'était peut-être à cause de ce signe de la main, ou de la vision de Foscolo au volant, coiffé d'une casquette de chauffeur, mais ce fut la première fois qu'Adam vit Maria sourire. Ce sourire lui allait bien au visage, et pourtant, dès l'instant où elle sentit ses yeux posés sur elle, le sourire s'effaça.

Il déballa ses valises, puis se rendit dans un coin ombragé de la terrasse, avec *La Divine Comédie*. Il essaya d'avancer, mais ses yeux glissaient sans cesse sur le texte. À la fin, il referma le livre, s'avouant vaincu face à la source de sa distraction.

On atteignait l'étage supérieur par un unique escalier de pierre, placé de façon centrale, bien dans l'esprit de la parfaite symétrie de la villa. Une double porte en bois en barrait l'accès, en haut des marches. Il ne fut pas surpris de la trouver fermée à clef. Il fut étonné, en revanche, quand une voix se répercuta dans la cage de l'escalier.

« C'est la Signora qui a la clef. »

Il se retourna en sursaut. Maria se tenait au pied des marches. Il sentit tout le poids de son regard morne, impénétrable, quand il redescendit vers elle.

« Puis-je vous préparer quelque chose pour votre déjeuner ?

– Un sandwich, merci.

– Vous devriez vous nourrir davantage. Vous êtes trop maigre.

– Je mange beaucoup au dîner.

– Je m'en souviendrai », lui promit-elle.

Il y avait dans cette dernière remarque une légèreté qui lui donna le courage de lui poser sa question.

« Maria, pourquoi est-ce fermé à clef ?

– C'était le souhait du Signore. La Signora a choisi de le respecter.

– Ne croyez-vous pas que c'est un peu... (Il chercha le mot...) macabre ?

– Un peu seulement ? Cela pèse sur cette maison comme une malédiction. Enfin, plus pour très longtemps. Le Signor Maurizio a des projets.

– Des projets ?

– J'en ignore les détails. Ce sera l'habituel ?

– Je vous demande pardon ?

– Jambon et fromage ?

– Oui, merci. »

Il emporta le sandwich avec lui au jardin funéraire. Il le mangea sur le banc de pierre au bas de l'amphithéâtre, les yeux levés vers Flora, sur sa plinthe. Elle semblait le narguer. Tout comme l'inscription gravée dans le banc – « L'Âme au Repos Gagne en Sagesse » – une citation d'Aristote, il le savait à présent.

Il était tout sauf « au repos », ses réflexions le ramenant encore à sa conversation avec Fausto la veille au soir. Cela l'avait privé de sommeil, et c'était resté toute la journée en suspens au-dessus de lui, comme un nuage.

S'il fallait en croire Fausto, Gaetano le jardinier avait donc modifié son récit de ce qui s'était produit la nuit du meurtre d'Emilio. Pourquoi aurait-il fait cela ? Plus important, comment avait-il pu s'en tirer à si bon compte ? La vérité, c'était qu'il n'aurait pas pu, pas sans la complicité de Maurizio. Il fallait que leurs récits concordent. Cela suggérait une forme de pacte conclu entre les deux hommes, effectif après la mort d'Emilio. À partir de là, il n'y avait plus qu'un pas vers l'impensable – un pas trop court pour ne pas être franchi, même si vous n'en aviez aucune envie.

Non, c'était une idée absurde. Il tirait des conclusions extravagantes, fondées sur deux échanges avec un communiste italien mal peigné qu'il avait rencontré dans un bar.

Il sortit ses cigarettes et en alluma une. Ce faisant, il aperçut Maurizio qui descendait le chemin d'un pas nonchalant, dans sa direction.

Adam se leva, l'air aussi dégagé que possible.

« Salut.

– Bonjour. »

Maurizio leva le nez vers la statue de Flora, puis porta le regard en contrebas, au-delà de la grotte, vers le Temple d'Écho, niché au milieu des arbres, tout au fond du pré.

« Je n'étais pas venu ici depuis longtemps.

– Vous n'aimez pas ? »

La question parut intriguer Maurizio.

« Je n'y ai jamais réfléchi. Mais non, je ne crois pas. Je trouve ça un peu... *sombro.*

– Sombre.

– Oui.

– La mort est sombre, je pense.

– Je pense, répéta l'autre comme un perroquet. Nous sommes souvent descendus ici, quand nous étions enfants. C'était notre monde. (Il lança un regard vers le réservoir creusé dans le sol, au pied de l'amphithéâtre.) L'eau était froide, même en été. Très froide. (Il releva les yeux, avec un sourire.) Une minute et dix-huit secondes... le record d'Emilio, quand il retenait sa respiration. J'étais loin derrière. Même pas une minute. »

L'idée d'Emilio à plat ventre dans l'étroit réservoir donna naissance à une autre image, noire et dérangeante : Emilio couché dans son cercueil, sous le sol dallé de la chapelle. Adam se débarrassa de cette pensée fugace.

« Et votre sœur ? s'enquit-il, incapable de se remémorer le nom de la mère d'Antonella.

– Caterina ? Oh, c'était elle qui tenait la montre.
– À quoi ressemble-t-elle ? »

Maurizio eut un sourire pincé.

« Difficile. Vous la rencontrerez à la soirée.
– Elle vient ?
– C'est la seule occasion où elle vient ici… pour la réception. (Il observa un temps de silence.) Vous serez encore là, j'espère.
– Oui. Je veux dire, si cela ne vous ennuie pas.
– Bien sûr que non. Il faut que vous soyez là… après tout ce que vous avez fait pour mère. »

C'était un compliment appuyé et, l'espace d'une seconde, Maurizio parut sur le point d'engager la conversation à ce sujet. Mais il n'en fit rien. Il demanda si Adam voulait bien l'accompagner pour un rapide tour du jardin.

Ils venaient de traverser la clairière de Hyacinthe quand le fils cadet des Docci lui posa une question :

« Puis-je vous demander de vous charger de quelque chose pour moi ? Un service ?
– Bien sûr.
– Cela concerne ma mère. Vous avez un effet très bénéfique sur elle.
– Ça, j'en doute.
– C'est la vérité. Elle le reconnaît elle-même. En tout cas, cela se voit. Nous le voyons tous. (Il s'interrompit une seconde.) Mais une chose m'inquiète, que Maria m'a rapportée. Elle prend des comprimés, contre la douleur. Pas Maria, ma mère, je veux dire… même si je suis convaincu que cela ne ferait pas de mal à Maria d'en prendre aussi, quelquefois. »

Adam sourit poliment à cette allusion plaisante.

« Récemment, elle en a consommé en quantité. Le docteur était là, hier. Il est venu deux fois. La deuxième, il lui a rapporté d'autres pilules. Maria les a trouvées. Elle pense qu'elles sont encore plus fortes que les autres. »

Son regard s'attarda sur Adam, un regard éloquent.

« Je ne suis pas certain de comprendre.
– Ma mère est une femme fière. Elle a toujours été très exigeante avec elle-même. Et peut-être en exige-t-elle un peu trop. Afin de vous faire bonne impression, pourquoi pas.
– Moi ?

– C'est possible. Son nouveau compagnon… »

Le ton de sa voix était empreint de moquerie, et Adam trouva l'allusion un peu saumâtre.

« Quel serait ce service ? lui lança-t-il, à la limite de l'animosité.

– Que vous ouvriez l'œil sur elle. Que vous ne l'encouragiez pas… à trop se malmener.

– Naturellement.

– Elle est encore faible.

– Je comprends. »

Pour le reste du parcours, ils réussirent à surmonter ce bref moment de légère hostilité. Adam se surprit même à rire quand Maurizio lui décrivit sa sœur qui avait un jour habillé la statue de Vénus dans l'une des vieilles robes de soirée de leur mère.

En revenant au pied de l'amphithéâtre, Adam récupéra son exemplaire de *La Divine Comédie* sur le banc.

« Un chef-d'œuvre, observa Maurizio.

– Absolument.

– Où en êtes-vous ?

– Au neuvième cercle de l'Enfer. »

Maurizio fouilla dans ses souvenirs.

« Le neuvième cercle… ?

– Caïna. Ceux qui ont commis des crimes contre leur propre chair et leur propre sang. Dante l'a baptisé du nom de Caïn, qui a tué son frère, Abel. »

Plus tard ce soir-là, allongé sur ce grand lit ancien, le regard fixe, perdu dans l'obscurité, il essaya de comprendre le sens de sa réplique à l'innocente question de Maurizio.

Les mots lui étaient sortis de la bouche et, à cet égard, c'étaient bien les siens. Pourtant, même en cet instant, il ne s'en sentait pas le propriétaire, il ne s'en estimait pas responsable. Il n'avait pas eu l'intention de les prononcer. Ils lui avaient échappé sans qu'il y prenne garde. Cela aurait pu être moins troublant s'ils avaient recelé davantage de vérité.

En fait, il avait progressé bien au-delà du neuvième cercle de l'Enfer – avec son lac gelé et sa horde de pécheurs pris dans la glace jusqu'au cou – pour accéder au Purgatoire.

L'aspect le plus inquiétant, pourtant, c'était le changement que ses paroles avaient provoqué chez Maurizio. À cette mention de Caïn et Abel, ses traits s'étaient pétrifiés, un très court instant, et ses yeux étaient devenus froids, durs comme le cristal.

# 16

Il se réveilla tard, après une nuit de sommeil agité. Cette nouvelle journée apportait avec elle une clarté nouvelle. Il avait laissé son esprit galoper, il s'était imaginé des choses qui n'existaient pas – ou, tout au moins, il avait mal interprété celles qui existaient. Cette prise de conscience le réconforta, et il s'obligea à ne plus penser qu'à des choses qui ne la mettraient plus en péril.

Sa résolution vacilla quelque peu quand il descendit au rez-de-chaussée et gagna le bureau. Il ne pouvait en avoir la certitude, mais il avait l'impression que quelqu'un avait fouillé ses papiers, sur la table. La topographie des différentes piles ne lui semblait pas tout à fait correspondre. Certaines d'entre elles étaient trop rapprochées, d'autres étaient trop proprement rangées. Sa première impulsion fut de s'y plonger et d'en extraire tous ses griffonnages relatifs à la mort d'Emilio. Ceux-là, il les brûla dans l'âtre.

Il se rendit dans la cuisine caverneuse, avec sa voûte briquetée, dans l'aile sud, le domaine immaculé de Maria. Elle était introuvable, et pourtant l'air était chargé d'une odeur âcre d'eau de Javel que l'on venait tout récemment de répandre en généreuse quantité. C'était dimanche. Elle avait pu partir pour l'église.

La pièce le renseigna peu sur sa principale occupante, si ce n'est que tout ici inspirait l'ordre, la vivacité et l'efficacité. Les surfaces étaient nettes, les fruits et les légumes frais étaient soigneusement empilés dans leurs jattes en terre cuite, avec ces casseroles en cuivre, rangées en retrait sur la longue étagère, de gauche à droite, en ordre croissant. Il n'y avait à l'évidence pas trace visible du petit festin que Maria leur avait préparé, à la Signora Docci et lui, pour le dîner de la veille.

De prime abord, ce dîner avait manqué d'entrain. Manifestement épuisée par son excursion à Florence, la Signora Docci lui avait néanmoins raconté ce court voyage assez en détail, lui évoquant une visite qu'elle avait rendue à une vieille amie – « Son mari est homosexuel, mais après toutes ces années elle refuse encore de s'en apercevoir ». Elle avait continué par la liste des nombreux achats qu'elle avait faits, un peu de tout, depuis un salami parfumé au fenouil jusqu'à une canne en ivoire, une antiquité, qu'elle lui avait tendue par-dessus leur table éclairée aux chandelles, sur la terrasse à l'arrière de la maison.

Elle se terminait par un pommeau en fanon de baleine, taillé en forme de crâne humain. Le regard d'Adam s'était arrêté sur la pâle tête de mort sculptée.

« C'est de circonstance, lui avait-elle annoncé. Je vais m'y agripper jusqu'à la fin. Que l'on me rappelle ce fait ne me gêne guère. »

Craignant de se laisser entraîner dans une conversation où il perdrait pied, Adam tenta de retrouver la terre ferme. Il la questionna sur les crânes dans le bureau, ceux qui étaient rangés tout en haut de l'armoire, derrière la table de travail – des crânes d'orang-outang, s'il avait compris correctement la réflexion de Maria.

« Mon père était naturaliste, et botaniste. C'était avant qu'il ne devienne archéologue. Il était quantité d'autres choses, d'ailleurs. C'était un... homme déboussolé, je m'en aperçois bien, maintenant. À l'époque, tout cela était, enfin, captivant. »

Il s'agissait en effet de crânes d'orang-outang, des souvenirs d'un voyage que la famille avait fait aux Indes néerlandaises, au siècle précédent. La Signora Docci lui avait avoué être incapable de se rappeler si sa mère s'était disputée avec leur père, quand il avait proposé que toute la famille l'accompagne dans ce voyage. En fait, c'était une bonne part de cette période de son existence dont elle était incapable de se souvenir, n'étant alors âgée, en 1884, que de six ans, l'année où ils avaient quitté Livourne à bord d'un vapeur.

« C'est votre M. Darwin le fautif, avec ses théories de l'évolution et sur la sélection naturelle. Mon père était un scientifique, mais c'était aussi un homme religieux, un catholique très strict. Il n'acceptait pas aisément les idées nouvelles. Il les a combattues pendant vingt années, par les mots, et ensuite il est allé rechercher les preuves matérielles qui manquaient à ses arguments. C'est pourquoi il nous a traînés dans le monde entier. »

Ses souvenirs d'Orient avaient beau être parcellaires, ils n'en étaient pas moins vivaces. Elle se rappelait encore la splendeur de la cabine de luxe de ses parents, à bord du navire. Elle se souvenait du changement de latitude affectant la forme des constellations, la queue de la Grande Ourse plongeant au-dessous de l'horizon à mesure qu'ils glissaient vers le sud, sur le canal de Suez. Ce phénomène lui avait été signalé par un Écossais de plusieurs années son aîné, avec lequel elle s'était étroitement liée (mais seulement, elle s'en rendait compte à présent, parce que Nanny, sa gouvernante, mourait d'envie de passer du temps en la compagnie de Walter F. Peploe – le « F » étant l'initiale de « foufou », lui avait assuré Nanny).

Walter F. Peploe se prétendait un expert dans toutes les questions relatives au climat, et il possédait assurément l'équipement qui le prouvait. Le capitaine l'avait autorisé à arrimer un meuble de rangement entièrement ajouré, équipé de thermomètres et de tout un attirail, à un espar fixé à la poupe du navire. Toutefois, l'instrument qui faisait sa fierté et sa joie, c'était ce qu'il appelait son « barographe Richard » – un engin qu'il avait installé dans sa cabine et qui oscillait librement, capable de fournir des mesures atmosphériques exactes, en dépit du roulis du bateau. Il était catégorique, s'ils voulaient éviter les périls d'une tempête soudaine, tous les bâtiments auraient dû être équipés d'un tel appareil. Son but déclaré, dans l'existence, consistait à persuader les autorités néerlandaises, à Java, d'adopter le barographe sur la totalité des navires appartenant au gouvernement qui naviguaient sur les eaux traîtresses des Indes orientales, lui permettant par là même de faire fortune.

Lorsque leur propre traversée de l'océan Indien s'était déroulée sans incident, il en avait été un peu désappointé, même si ce temps clément était corroboré par son barographe. Privé de l'opportunité de pouvoir avertir le capitaine d'une catastrophe climatique imminente, il avait consacré son temps à examiner les particularités des courants océaniques. Cela impliquait de lâcher de nombreux messages par-dessus le bord du navire et, à cette fin, il envoyait régulièrement la jeune Signora Docci piller des bouteilles de bière vides dans le garde-manger du paquebot – un nombre de bouteilles bien plus considérable, lui semblait-il, que le nombre réel des messages qu'il passait tant de temps à dicter dans sa cabine à Nanny, la gouvernante.

Certaines de ces bouteilles avaient peut-être été rejetées sur des rivages étrangers, avec à l'intérieur une réponse au message, adressée comme indiqué à l'adresse de son domicile de Glasgow. Si tel avait été le cas, il n'en aurait jamais rien su. Dans les six mois qui avaient suivi leur arrivée à Java, une malle-poste battant pavillon néerlandais avait disparu corps et biens, dans un typhon au large de l'archipel des Célèbes. Walter F. Peploe figurait parmi les portés disparus, et il était présumé mort. « Le pauvre fou, s'était écriée Nanny. Je le vois d'ici, à la poupe, avec son stupide barographe, oh, tellement content de lui, hurlant : "Vous voyez, je vous l'avais bien dit !" »

La nouvelle de la fin prématurée du météorologue n'était parvenue aux Docci qu'après leur embarquement à bord du bateau qui les ramenait chez eux, après une année éprouvante sous les tropiques. Ils avaient passé l'essentiel de leur temps à Bornéo, avec un bref interlude dans le nord de Sumatra, parce que cette île était aussi la terre des orangs-outangs – les grands singes qui avaient incité leur père à parcourir la moitié de la planète.

Là encore, ses souvenirs étaient fragmentaires, quoique précis. Elle se rappelait les messieurs hollandais, gentils et raffinés, s'habillant pour le dîner de lourdes queues-de-pie, malgré la chaleur et l'humidité débilitantes. Ils fumaient sans cesse le cigare et buvaient du gin tonic. Elle se souvenait aussi des dents noires des indigènes (considérées comme une marque de beauté), de l'eau blanche et laiteuse des récifs de corail, et de la fumée des volcans qui s'élevait en nuages brumeux sur fond de ciel bleu très pâle. Ensuite, il y avait la forêt vierge qui recouvrait presque tout, et qui ne se reconnaissait aucun maître. C'était là qu'ils avaient vécu la plus grande partie de leur temps, sous cette épaisse canopée verte, où seul un rayon de soleil égaré pénétrait jusqu'au sol de mulch de la forêt vierge. Dans cette forêt, il n'y avait ni vue, ni horizon, rien que les arbres qui se refermaient derrière vous au fur et à mesure de votre avancée. Et ensuite, il y avait l'imminence éternelle de la mort.

Elle conservait le souvenir très vivace des natifs de Sumatra se blottissant en haut des arbres chaque fois que les tigres surgissaient, ce qui arrivait souvent. Il n'y avait pas de tigres à Bornéo, mais le banteng – le buffle sauvage – qui était tout aussi craint. Il attaquait sans raison apparente, et à la vitesse de l'éclair. Un jour, un rhinocéros avait jailli d'un maquis de bambous, dispersant les rangs de leurs porteurs, et laissant derrière lui, dans l'enchevêtrement du sous-bois, un sillon aussi large qu'une piste de chariot. Et naturellement il y avait les serpents, l'objet de tous les cauchemars enfantins. Le roi cobra avait la réputation de poursuivre les hommes sur des kilomètres, même si vous aviez la présence d'esprit de lui jeter en pâture une partie de vos vêtements, car il s'arrêterait pour les attaquer, vous accordant ainsi de précieux instants de répit pour vous enfuir.

Elle lui avait décrit leur sortie de la hutte, un matin, quand ils étaient tombés sur un python géant enroulé dans une cage en bois, incapable de s'échapper, mais qui avait avalé la totalité de l'occupante précédente de la cage, une chèvre qu'ils gardaient avec eux pour en traire le lait.

Ses souvenirs les plus saisissants, toutefois, et les plus perturbants, étaient liés à son père, à sa dégradation physique, puis mentale. Quand il ne chassait pas les orangs-outangs, il préparait leur peau et leur squelette. Il émergeait de ce charnier improvisé exténué, puant la putréfaction, les mains rougies, entaillées, à vif à cause du savon à l'arsenic qu'il appliquait sur les os des singes afin de repousser les insectes. Les pieds de la table à tréteaux sur laquelle il travaillait étaient posés dans des bols d'eau – une barrière contre les fourmis omniprésentes qui trouvaient pourtant toujours un moyen ou un autre de s'attaquer à ses spécimens. Le jour où il s'était mis à considérer cela comme un affront personnel, sa mère avait fini par s'inquiéter. Quand il avait menacé d'abattre un des porteurs parce qu'il avait bu en cachette quelques gorgées de l'arak dans lequel son père conservait les peaux, il avait été grand temps de mettre un terme à l'aventure.

Il avait résisté à ce conseil, en soulignant que les peaux et les squelettes constituaient une source de revenus fort lucrative – ce qu'ils étaient en effet, les musées zoologiques étant disposés à verser de coquettes sommes pour les uns et les autres – et rejetant l'argument qu'on lui opposait, selon lequel ils avaient voyagé jusque dans les tropiques non pas au nom de Mammon, mais en celui de la Science.

Avec le recul, avait continué la Signora Docci, il était clair que l'expédition était condamnée d'emblée. C'était l'ultime tentative, le tout pour le tout tenté par un homme qui entendait discréditer Darwin. À la décharge de son père, il fallait reconnaître que sa position avait évolué depuis la première publication de l'*Origine des espèces*, puisqu'il avait renoncé à son premier réflexe, à son envie de le ridiculiser, pour procéder à une évaluation plus tempérée des faits scientifiques. La troisième phase de son évolution toute personnelle avait revêtu la forme d'une attaque préventive : il n'y avait rien de mal dans les théories de Darwin sur la sélection naturelle, car les penseurs chrétiens les plus dignes d'estime, y compris saint Augustin et saint Thomas d'Aquin, avaient déjà avalisé une sorte de « création dérivative » – leur argument étant le suivant : lorsque Dieu avait déclaré « que les eaux produisent » et « que la terre produise », il conférait aux éléments des forces leur permettant, en accord avec les lois de la nature, d'engendrer les diverses espèces d'êtres organiques. Cependant, tandis qu'il se débattait pour déformer les propos des vénérables théologiens afin qu'ils coïncident avec ses propres objectifs, les efforts de son père pour mettre cette nouvelle science en harmonie avec l'orthodoxie catholique ne tardèrent pas à s'embourber.

Au lieu de quoi, il avait abouti à une autre théorie – c'était sa dernière, celle qui les avait conduits, sa famille et lui, dans les Indes néerlandaises. Celle-ci concédait à Darwin le développement de nouvelles espèces par la sélection naturelle, l'homme inclus, tout en admettant l'existence d'un plan divin plus fondamental. En termes simples, son père prétendait qu'après avoir exercé son influence sur d'innombrables générations, la sélection naturelle avait poursuivi sur son élan, et finalement épuisé son énergie. Toute la vie sur terre était entrée à présent dans une ère d'« hérédité conservatrice », où la force d'adaptation des organismes avait faibli au point de devenir quasi inexistante. Cette théorie permettait de revenir à la vieille idée de la fixité absolue des espèces vivantes, avec l'homme au sommet de la pyramide, dans le respect des intentions de Dieu.

Où mieux rechercher la preuve de tout cela que parmi les anthropoïdes, dans l'ordre des grands singes dont l'existence hantait désormais l'homme comme le fantôme d'un ancêtre ? Des documents fiables l'attestaient, deux types d'orangs-outangs habitaient à Bornéo, où ils coexistaient et se nichaient parfois dans les mêmes arbres. Le mayas tjaping (comme l'appelaient les autochtones) était un animal de plus grand gabarit, avec une tête carrée, flanquée d'épaisses bajoues. Le mayas kassa était plus mince, le visage plus étroit, aux traits plus délicats.

De la présence des orangs-outangs sur l'île voisine de Sumatra – le seul autre endroit de la planète où l'on en trouvait –, on pouvait conclure sans risque que tous ces animaux partageaient un héritage commun datant de la lointaine époque où une liaison terrestre existait entre les deux îles. La grande question – celle à laquelle son père croyait avoir lui-même apporté une réponse – était celle-ci : étant donné la séparation intervenue entre les orangs-outangs de Bornéo et ceux de Sumatra voici des centaines de milliers, voire de millions d'années, pourquoi les deux populations n'avaient-elles pas évolué indépendamment l'une de l'autre, en vertu du modèle darwinien ? À tous égards, ils étaient identiques, jusqu'aux subtiles différences de physionomie entre les deux types de grands singes, tous deux également présents à Sumatra.

Cela ne revenait pas à dire que Darwin se trompait – il existait trop de preuves qui militaient en faveur de sa théorie évolutionniste –, mais simplement qu'il n'avait plus vraiment raison. Le pouvoir de l'hérédité s'était à l'évidence accru depuis l'ère primordiale, au point que les organismes vivants étaient désormais fixés, immuables.

Cette logique était valable, même pour les oreilles sceptiques de sa mère, sans quoi elle n'aurait pas consenti à accompagner son mari dans l'un des endroits les plus inhospitaliers de la planète.

Il ne subsistait qu'un seul problème.

Au bout de quelques mois à Bornéo, son père n'avait identifié qu'un seul type d'orang-outang – le mayas tjaping, ce grand singe à la tête carrée. Certains spécimens possédaient bien ces épaisses excroissances en forme de bajoues, tandis que d'autres pas, mais cette distinction ne semblait être rien de plus qu'une caractéristique due à l'âge, chez les mâles de l'espèce. Il paraissait de plus en plus invraisemblable qu'une logique solide repose sur des fondements douteux. Il n'y avait qu'un moyen de trancher.

C'était lors d'un voyage à Sumatra que son père avait failli perdre la raison et même la vie, en deux occasions (l'autorité néerlandaise dans la province du nord d'Aceh ne s'étendant pas au-delà de la portée de leurs fusils, pointés sur la jungle depuis un petit chapelet de fortins). Durant le temps qu'il avait passé là-bas, il avait abattu et dépecé plus de quinze orangs-outangs dont il avait préparé les squelettes. Ceux-là aussi appartenaient tous à un seul type – un type différent, plus petit que le mayas tjaping, à la face plus étroite et au pelage d'une teinte plus claire que leurs cousins de Bornéo. Car c'est ce qu'ils étaient : des cousins, à un degré très éloigné.

Son père avait dû percevoir la profonde ironie de la fâcheuse situation où il se trouvait, mais il avait refusé de l'admettre. C'était seulement après le retour de toute la petite troupe à Bornéo, et après une autre vague de massacres, qu'il avait été obligé de se résoudre à l'inévitable : les découvertes de ses pairs, les autres naturalistes qui avaient exploré l'archipel malais avant lui, étaient faussées et, en leur emboîtant le pas, il n'avait pas seulement failli à sa mission de remise en cause de la pensée darwinienne, mais il lui avait redonné du poids.

Il y avait deux types d'orangs-outangs, en effet, mais le premier peuplait Bornéo, et le second Sumatra. Géographiquement séparées, ces deux espèces de grands singes s'étaient adaptées aux exigences de deux environnements différents. Et il n'y avait pas la moindre raison de supposer que ce ne soit pas une situation durable.

Sa seule consolation lui était venue de sa femme. La mère de la Signora Docci, d'une patience à toute épreuve, avait tenté de lui faire comprendre qu'il avait apporté une importante contribution à la somme des connaissances zoologiques. Il se pouvait même qu'il ait identifié une nouvelle sous-espèce de primates. Il ne manquait certes pas d'arguments en ce sens. Beaucoup d'autres, dans sa position, auraient bondi sur cette opportunité de faire valoir leurs prétentions sur une partie de l'Arbre de la Vie, même si cela se limitait à une petite bouture à l'extrémité d'une branche.

Pas son père.

À leur retour en Italie, il avait démissionné de son poste à l'université, détruit tous les documents relatifs à l'expédition et tourné son attention vers l'archéologie, en s'immergeant dans la culture perdue des Étrusques. Il n'avait conservé que deux objets en souvenir de cette période passée aux Indes orientales, mais étrangement c'étaient les rappels les plus significatifs de son échec – les deux crânes d'orangs-outangs dans l'armoire du bureau, aux différences si manifestes : celui de Bornéo, et l'autre de Sumatra.

Adam n'avait pas prononcé un mot durant l'évocation de ses aventures d'enfance par la Signora Docci, plus qu'heureux de se laisser emporter par ces récits hauts en couleur et la tonalité douce et posée de sa voix. Quand elle était retombée dans le silence, elle aussi, il n'en avait pas retrouvé l'usage de la parole pour autant.

La Signora Docci avait alors eu un sourire contrit.

« Je suis navrée. Je vous ai ennuyé.

– Non. Pas du tout. C'est intéressant.

– Les réminiscences d'une vieille dame ? J'en doute.

– Si, franchement. Ce devait être une période captivante, un homme qui lutte pour prendre la mesure de ce qu'il était... de ce qu'il est réellement.

– Oh, je doute que nous y parvenions jamais. (Elle avait bu une gorgée de vin.) Les hommes comme mon père sont partis en quête de l'Éden, mais ils n'ont trouvé qu'un jardin beaucoup plus sauvage. »

Il avait hésité, n'étant pas sûr de vouloir aborder le sujet.

« La cicatrice au front d'Antonella... »

La Signora Docci avait encore souri.

« J'aurais dû me douter que vous vous en apercevriez. Ce plissement sur le crâne du spécimen de Bornéo...

– Oui.

– Qui sait ? Je ne suis pas superstitieuse, mais c'est peut-être la punition pour ce qu'il a infligé à ces pauvres créatures. Ce fut un massacre. Et après, une fois qu'ils étaient morts, il profanait leur corps. (Elle lança un regard dans la nuit, puis là-haut, vers la faucille de la lune, si pâle.) Ou alors c'est peut-être ma punition à moi… pour n'avoir pu l'en empêcher.

– Vous étiez trop jeune.

– Ne sous-estimez pas le pouvoir d'une fille sur son père. (Elle avait marqué une pause, elle était demeurée pensive.) Je connaissais certains d'entre eux… assez bien, en fait, et je suis restée là, à regarder. Il y en avait une… près de Marop… une femelle, une mère. Je l'appelais Sabinetta. Elle avait cette manie de casser des branches et de nous les jeter, chaque fois que nous nous approchions. Quand ils ont fini par lui tirer dessus, elle s'est réfugiée dans la fourche d'un durian et des hommes ont dû monter l'en déloger. (La Signora Docci avait laissé échapper un petit sourire.) Ils ne s'y sont pas risqués, pas tout de suite, ils s'imaginaient qu'elle simulait. Ces grands singes sont des simulateurs, vous savez. Et ils sont forts, très forts. Il existe quantité d'histoires, des histoires avec des pythons, des crocodiles… »

Elle s'était penchée en avant, les yeux luisants à la lumière de la chandelle, et Adam avait saisi une vision fugitive d'elle en jeune fille, penchée au-dessus d'un feu de camp, buvant chaque mot des récits qu'on lui racontait.

« Dans la forêt, rien n'est aussi fort, c'est ce que disent les Dayaks. Ils ont peut-être raison, je n'en sais rien. Mais j'ai vu un orang-outang casser net une branche aussi épaisse que votre bras, comme ça… »

Elle s'était accompagnée du geste, un tour de vis avec son poing fermé, levé en l'air. Et puis ses doigts osseux s'étaient dépliés, ils s'étaient approchés de la bouteille de vin rouge. Adam avait été le plus rapide. Il lui avait rempli son verre alors que Maria était apparue en silence, dans l'obscurité, en dehors de la lumière du chandelier.

Elle avait murmuré quelque chose à la Signora Docci. Les mots furent prononcés trop vite pour qu'il comprenne, mais cela ressemblait à une réprimande. Elle avait débarrassé leurs assiettes, non sans lui décocher un regard cinglant.

« Elle a raison, lui avait dit la Signora Docci. Il est tard et j'ai eu une longue journée. »

Adam s'était levé pour l'aider à se dégager de sa chaise.

« Merci, avait-elle fait, en s'appuyant sur sa nouvelle canne au pommeau à tête de mort. C'est étrange que vous m'ayez questionnée à propos des crânes.

– Pourquoi ?

– Parce que je suis allée la voir, aujourd'hui… Sabinetta. Elle se trouve au Musée zoologique de Florence. »

Il lui avait proposé de l'accompagner à l'étage, jusqu'à sa chambre.

« Restez, avait-elle insisté, terminez le vin. Peut-être Maria vous fera-t-elle un café, si vous lui demandez gentiment… enfin, ça, je ne sais trop pourquoi, mais j'en doute, avait-elle ajouté avec un sourire. Bonne nuit, Adam.

– Bonne nuit. »

Elle lui avait pris la main et l'avait serrée dans la sienne.

« C'est un plaisir de vous avoir. »

Il l'avait regardée traverser la terrasse d'un pas incertain. Avant d'entrer dans le salon, elle s'était arrêtée, retournée.

« Je vous ai dit que mon père avait détruit tous ses papiers. Il croyait les avoir détruits. Quand j'ai compris ce qu'il allait faire, j'ai caché un album de photographies. Si cela vous intéresse, il se trouve dans le meuble, sous les rayonnages de la bibliothèque, celle qui est près du bureau. La clef est derrière un exemplaire du *Paradis perdu* de votre M. Milton. »

Et c'est exactement là qu'Adam la trouva, douze heures plus tard, après son petit déjeuner solitaire du dimanche matin, sur la terrasse.

Il y avait plusieurs albums de photographies dans ce meuble, mais celui-ci se distinguait par son âge, sa reliure en cuir repoussée, éraflée et fendillée. Les photos qui se trouvaient à l'intérieur trahissaient aussi leur âge, des moments dans le temps, pris au piège de ces tonalités sépia, décolorées. Elles étaient souvent floues, les visages étaient enveloppés d'un voile spectral, lorsque les sujets avaient bougé. C'était presque toujours le cas du père de la Signora Docci – un signe peut-être de l'impatience à laquelle elle avait fait allusion pendant le dîner de la veille. Elle, en revanche – dans sa robe chasuble, avec son bonnet et ses bottines à lacets, déjà grande pour cet âge tendre –, elle avait visiblement eu à cœur d'obéir aux instructions du photographe. Sur chaque cliché, elle se tenait aussi raide qu'une marionnette, les bras ballants. Il la reconnut immédiatement au regard pénétrant de ses yeux espacés, qui fixaient droit l'objectif.

Les photographies étaient rangées par ordre chronologique, en débutant par le voyage en bateau. Sur l'une d'elles, un grand jeune homme élancé à la tête blonde, en costume sombre et col montant, était fièrement campé sur le pont à côté d'un meuble ajouré, dressé sur ses pieds. Ce ne pouvait être que Walter F. Peploe, le météorologue écossais voué à l'ensevelissement dans une tombe liquide, et il lui vint à l'esprit qu'il devait exister toute une autre famille, là-haut, quelque part en Écosse, qui chérirait cette image bien plus que les Docci ne l'avaient jamais chérie.

Il était difficile d'imaginer Walter F. Peploe manifestant pour « Nanny » un intérêt similaire à celui qu'elle lui avait témoigné, telle qu'elle apparaissait sur les clichés – trapue, costaude, et avec un soupçon de moustache –, même si la Signora Docci avait fortement insinué qu'une sorte de rendez-vous galant avait bel et bien eu lieu entre ces deux-là.

L'une des rares photographies comportant une légende manuscrite montrait son père avec un groupe d'autres messieurs européens, tous habillés en tenue de soirée et debout à côté d'une table de billard, dans un endroit baptisé « l'Harmonie Club de Batavia ». Il était l'un des deux seuls hommes dont le cheveu n'était pas coupé ras. Son épaisse moustache tombante dissimulait la bouche et prêtait à son visage une contenance grave, même si les yeux laissaient percevoir qu'il souriait, à l'inverse de ses compagnons.

Dès le moment de leur arrivée à Bornéo, on ne le verrait plus qu'en costume blanc, en général porté avec une cravate noire. C'était un personnage menu et vaguement comique, même quand il brandissait un fusil au-dessus d'un animal mort. La mère de la Signora Docci mesurait une bonne demi-tête de plus que lui, et son parasol omniprésent ne faisait qu'accentuer la différence de taille, tant elle le dominait de sa stature.

Debout, ensemble, devant un bungalow d'aspect étonnamment moderne, ils évoquaient plus les deux protagonistes d'une transaction immobilière qu'un époux et sa femme.

Il y avait ensuite une succession de photos qui apparemment ne rimaient à rien, prises depuis le sol, l'objectif pointé vers la cime des arbres. Après examen plus attentif, elles révélaient des silhouettes aux membres grêles suspendues aux branches, très loin, très haut. Ramenés à terre, les orangs-outangs devenaient des créatures très impressionnantes, même dans la mort – bien plus impressionnantes que le père de la Signora Docci ou n'importe lequel de ces indigènes tout sourire, aux traits anguleux, invariablement regroupés autour d'eux. Un spécimen géant, le poil broussailleux et le torse imposant, était ligoté par les poignets à la balustrade d'une véranda, crucifié pour l'appareil. L'envergure de ses bras dépassait en hauteur le plus grand des hommes présents à l'image de soixante bons centimètres. La mâchoire disloquée rendait la face vivante. La malheureuse créature donnait l'impression d'être restée avec un rire de travers, face à sa triste mésaventure.

Dérangé par cette image, Adam feuilleta les pages restantes. Il referma l'album, songea à le remettre en place, puis retira les autres et les posa sur le sol devant lui. Il pouvait s'autoriser un rapide coup d'œil. Maria n'avait encore donné aucun signe de vie et, à l'évidence, la Signora Docci s'offrait une grasse matinée, après sa journée éreintante.

Il y avait au total quatre albums, chacun d'eux couvrant une période de deux ou trois ans, comprise entre la décennie 1890 et le début des années 1920. Ils constituaient tous un témoignage de l'existence privilégiée dont jouissaient les Docci. Il y avait là des champs de courses, des roadsters décapotés et des vacances d'été dans de luxueux hôtels de bord de mer. Il y avait aussi des scènes de marche dans les Alpes, des promenades dans des gondoles vénitiennes, et des excursions à dos de chameau devant les pyramides.

Il feuilleta ces albums à deux reprises. La seconde fois, il les disposa dans l'ordre chronologique et étudia les photographies avec plus de soin. Il regarda la Signora Docci grandir, vit l'adolescente godiche se transformer en élégante jeune femme, en épouse, et finalement en mère. C'était la première fois qu'il voyait des photos d'Emilio, et elles contredisaient sa théorie toute personnelle selon laquelle les premiers-nés étaient en général plus petits que leurs frères cadets. Emilio était élancé, et il avait de longs membres, dès la naissance. Son visage tenait plus de sa mère, dont il avait hérité les grands yeux et les pommettes hautes et larges. Ces traits, allant de pair avec un long cou, lui donnaient un air un rien effarouché, ce qui lui rappelait quelque chose – il ne pouvait dire quoi au juste –, un animal ou un oiseau. Maurizio était plus proche de son père, tant par sa constitution que dans son allure : les épaules larges, la mâchoire carrée, des traits lisses et réguliers. Il chercha des signes d'Antonella chez sa mère Caterina, alors une fillette. Il y en avait peu, mis à part les cheveux raides et chatoyants et des traces de ce même sourire de diablesse.

La toute dernière photo était un portrait en studio de toute la famille, pris en 1921 à Madrid. Les femmes étaient assises sur un divan affaissé, les premières rides délicates de l'âge étaient aussi apparentes sur le visage de la Signora Docci. Caterina était assise à sa gauche, le regard noir, rebelle, maussade, un trait de caractère propre sans doute à ses treize ou quatorze ans, à moins que cette humeur n'ait été provoquée par sa coupe de cheveux au bol, qui ne la flattait guère. Les hommes se tenaient derrière, debout : Benedetto – le paterfamilias, les mains agrippées au dossier du divan, dans un geste empreint d'autorité – flanqué de ses deux fils. Le front de Maurizio était criblé d'une acné adolescente. La naissance des cheveux d'Emilio avait reculé plus haut sur le crâne que chez son père.

Adam considéra ce cliché un très long moment. Quelque chose dans cette image le gênait. C'était une sensation vague, impalpable. Cela lui suffit toutefois à la faire coulisser de ses coins dorés. Il remit les albums en place, ferma le meuble à clef et se rendit dans le bureau.

Il était encore absorbé par l'examen de cette image, un court moment plus tard, lorsque la Signora Docci fit son apparition. Elle entra dans le bureau par la terrasse sur l'arrière, le martellement de plus en plus proche de sa nouvelle canne lui donnant assez de temps pour glisser la photographie au-dessous du sous-main et attraper un livre posé tout près.

« Bonjour, fit-elle.

– Bonjour.
– Avez-vous bien dormi ?
– Oui, dit-il, mais il mentait.
– Ce doit être grâce à ce sédatif aux vertus si puissantes. »
Adam sourit.
« Vos histoires m'ont plu. Sincèrement. »
Elle portait des chaussures de randonnée, poussiéreuses d'avoir servi, et tenait une bouteille de vin dans sa main libre.
« Vous êtes sortie ? s'enquit-il.
– Marcher, oui. Une bonne marche. C'est amusant à voir.
– Quoi ?
– Ils n'arrivent pas à y croire... moi, de nouveau sur pied. Peut-être font-ils semblant, mais ils ont l'air réjouis.
– Je suis certain que non.
– Qu'ils ne font pas semblant ou que cela les réjouit ? »
Il sourit.
Elle posa la bouteille de vin sur le bureau.
« Pour votre déjeuner avec Antonella. Vous n'avez pas oublié, j'espère.
– Non.
– Il vient de la cave... un bon vin, pas le nôtre, ne vous inquiétez pas. »

Il tomba la cravate dès qu'il entra dans le jardin, après avoir franchi le rideau d'ifs. La veste suivit quand il atteignit le pied de l'amphithéâtre. Il ouvrit son carnet et en sortit la photographie des Docci, en levant les yeux vers Flora sur son piédestal, en invoquant son soutien.

Il se sentait bête d'en appeler ainsi à un bloc de pierre, mais s'il avait apporté le cliché avec lui, c'était pour une raison. Pourquoi le nier ? Il y avait quelque chose dans ce jardin qui l'amenait à voir le monde autrement, et même à agir autrement. Il le sentait à présent, une sorte d'énergie en lui – pas de la colère, pas de la méfiance, mais quelque chose de voisin, quelque chose d'autre. Quoi qu'il en soit, c'était cela qui l'avait poussé à proférer ces paroles au sujet du fratricide, devant Maurizio, il le savait, tout comme il savait que ce qu'il avait vu dans les yeux de ce dernier n'était rien d'autre que l'étreinte froide de la peur, de la culpabilité.

Dix minutes plus tard, il y avait deux mégots de cigarette sur le banc de pierre, et la photographie le narguait encore. Contrarié, il repartit brusquement, se dirigea vers le fond du jardin, choisit le chemin qui courait à travers bois, en coupant par la clairière d'Adonis.

Très haut, loin au-dessus de sa tête, les feuillages bruissaient sous une brise légère, le premier soupçon de vent depuis presque une semaine. L'ombre bienvenue reflua dès qu'il pénétra dans la clairière, le soleil vertical de midi frappant le pré circulaire. Il s'approcha de la statue, au centre.

Vénus était figée dans son mouvement, penchée sur son amour mort, sa main gauche tendue vers lui. Adonis gisait sur le dos, les membres écartés, les yeux clos, la bouche béante, comme si un cri terrible venait de mourir sur ses lèvres, avec son dernier souffle. Il s'accrochait encore à son arc, l'arme qui n'avait pas réussi à le protéger contre le sanglier sauvage, quand il était sorti chasser. Le dossier rassemblé par le père de la Signora Docci ne mentionnait qu'un animal sauvage. Pour sa part, Ovide s'était montré plus précis : Adonis avait été saigné à mort par un sanglier sauvage.

Il était content d'être remonté à la source. Peut-être était-ce une forme d'association symbolique avec la famille Docci. Un sanglier ne figurait-il pas en évidence sur leur blason ?

Un bruit détourna son regard de la statue. Le faîte des arbres ceinturant la clairière fut balayé par une petite brise pressante. Elle forcit promptement pour se muer en un vent stable et régulier. La cime des arbres oscillait comme des amoureux ivres sur une piste de danse. Puis ils plongèrent la tête à l'unisson sous une rafale plus soutenue et, quelques instants plus tard, le vent se rabattait au sol, couchant l'herbe brûlée et ébouriffant les cheveux d'Adam de sa main chaude.

Il éprouva une soudaine sensation de malaise, assez forte pour le conduire hors de la clairière. Regagnant le sentier en bordure des arbres, il lança un coup d'œil par-dessus son épaule, s'attendant presque à voir quelqu'un tenir compagnie à Vénus et Adonis. Mais ils étaient seuls.

Antonella lui avait indiqué la direction. Un chemin longeait le bas du jardin funéraire et, s'il le suivait en s'orientant au sud, il grimperait ensuite à travers les oliveraies et passerait devant sa ferme.

Il trouva le chemin sans difficulté, mais quelque chose lui imposa de faire demi-tour vers le Temple d'Écho et de jeter un dernier regard au jardin, en contre-haut. Le pré remontait en pente douce vers la grotte, escorté de cyprès, ses gardes du corps. De là, le terrain s'élevait vers l'amphithéâtre en pente raide – avec Flora, d'un blanc de perle dans sa coquille concave, et l'arc de triomphe en surplomb au-dessus d'elle, là-haut sur la crête.

Le vent avait enflé et filait droit vers lui, dans le vallon, où il se déversait comme un flot constant, comme un liquide invisible. Il resta immobile, cloué sur place, le regard fixé dans le vent, le laissa s'écouler autour de lui et s'enfoncer dans les arbres. Ses yeux se mirent à pleurer. Il cligna plusieurs fois des paupières.

C'est à ce moment que cela lui revint.

Gregor Mendel.

Un nom du temps de sa scolarité. Le cours de biologie. La génétique de Mendel.

Il sortit la photographie des Docci du carnet. Il la scruta d'un regard fébrile – le père, la mère, et puis chacun des enfants, chacun leur tour.

Emilio, Maurizio et Caterina partageaient tous les yeux d'obsidienne de leurs parents, et même si ce n'avait pas été le cas, même si l'un d'eux était né avec les yeux bleus, cela serait resté conforme à Mendel. Cela signifierait simplement que les deux parents étaient porteurs du gène récessif des yeux bleus. Il y avait davantage de probabilités pour qu'ils donnent naissance à une progéniture aux yeux sombres, mais cela restait possible. En revanche, il était impossible pour deux parents aux yeux bleus – chacun portant un double gène récessif – d'engendrer un enfant aux yeux sombres.

S'il ne se trompait pas, alors la même règle s'appliquait à d'autres caractéristiques physiques : les lobes d'oreilles. Les lobes décollés, là où il y avait une échancrure entre le bas de l'oreille et le côté du visage, symbolisaient le gène dominant.

Ce qui voulait dire, par conséquent, que deux individus « récessifs » aux lobes d'oreilles directement rattachés aux côtés du visage ne pourraient pas avoir un enfant aux lobes détachés. Cela semblait ridicule, mais c'était la vérité.

Il vérifia encore une fois la photo.

Il n'y avait pas d'erreur. Emilio Docci était le seul membre de la famille dont les lobes pendaient librement. Pas de façon très marquée, certes. Mais cela suggérait fortement qu'il n'était pas le fils de ses deux parents.

Non, il était possible d'être encore plus précis.

La claire ressemblance physique entre Emilio et la Signora Docci levait tous les doutes quant à son ascendance maternelle. Il s'ensuivait donc qu'Emilio n'était pas le fils de son père, ou plutôt, qu'il n'était pas issu des reins de l'homme photographié debout à sa gauche, cet homme qui agrippait le dossier du divan, dans une parodie de supériorité patriarcale.

La question inévitable s'était à peine formée dans sa tête que la réponse s'imposait déjà. Peut-être avait-elle toujours été là. Peut-être était-elle inscrite dans ses conversations avec la Signora Docci, mais il avait été incapable de la déchiffrer.

L'air légèrement inquiet d'Emilio, que lui conféraient ses grands yeux et son long cou, avait vaguement dit quelque chose à Adam, mais il avait eu tort d'attribuer ces traits à une similitude superficielle avec une créature indéterminée ou un oiseau. Il avait déjà vu ce regard, oui, mais c'était sur une vieille photographie encadrée, accrochée au mur d'une pièce, à Cambridge : une photographie de l'équipe d'aviron du Jesus College, huit jeunes messieurs dégingandés agrippant leurs pelles de rameurs comme des bois de lance.

« Ne vous laissez pas trop impressionner, lui avait dit le professeur Leonard quand il avait émis une remarque sur ce cliché. Je crois bien que nous n'avons jamais gagné une seule course. En fait, j'en suis même sûr. »

## 17

Adam arriva en retard pour le déjeuner, mais c'était sans grande importance. Les autres convives étaient considérablement plus en retard, et Antonella elle-même n'était pas du tout prête. En fait, elle farfouillait dans un carré de légumes d'aspect piteux, derrière la ferme, quand il se montra au bout du chemin. Elle portait un maillot de coton tout chiffonné, un short et pas de chaussures. Elle avait l'air magnifique. Et furibonde.

« Quelqu'un m'a volé mes tomates. »

Il était difficile d'imaginer quiconque cherchant à lui voler ses tomates. Elles étaient petites et pitoyables.

« Pardonnez-leur. Ils devaient être franchement dans le besoin, ces gens-là. »

La mine renfrognée, outragée, d'Antonella se radoucit pour se transformer en un sourire, et elle éclata de rire.

C'était une maison étroite bâtie de part et d'autre d'une cour ouverte, pavée de briques. Sur le troisième côté s'élevait une grange, reliée à la maison par un haut mur percé d'une porte en arcade, surmontée d'un écusson sculpté aux armes de la famille Docci, avec son sanglier lancé au galop. Le stuc de la maison s'était effrité par endroits, révélant les murs de pierre. Un escalier extérieur conduisait au logement du deuxième étage – « Les animaux habitent en bas, enfin, pas pour le moment ».

Les pièces étaient à peine meublées ; elles n'en avaient pas besoin. Les sols, les portes, les plafonds et les murs constituaient tous des ornements à part entière, tous très anciens, tous travaillés à la main. Sa chambre se résumait pour l'essentiel à un lit en fer forgé, une commode et deux tableaux. Cela suffisait. La vision de sa chemise de nuit jetée là, sur le lit défait, était un peu troublante.

Un jambon était en train de bouillir sur le fourneau, dans la cuisine, manifestement la plus grande pièce de la maison. Ses poutres étaient brunies par l'âge et la fumée, et il y avait une table, assez grande pour qu'on y déroule les plans d'une invasion. Pourtant, ils n'allaient pas déjeuner ici ; ils s'installeraient dehors. Et c'est là qu'Adam devait intervenir.

Sa mission consistait à monter une bâche en guise de parasol, dans la cour. Tout le nécessaire se trouvait dans la grange, notamment la table à tréteaux et les chaises.

Antonella approuva sa construction et, une fois qu'il eut mis la table, plié les serviettes et trouvé des coussins pour quelques-unes des chaises, elle le rejoignit dehors, et le récompensa d'un verre du vin qu'il avait apporté. Avant de le servir, elle examina l'étiquette d'un œil approbateur.

« Moi qui croyais que vous étiez étudiant.

– C'est l'une des meilleures bouteilles de votre grand-mère.

– À grand-mère, dit-elle, en levant son verre, pour qu'ils trinquent.

– À grand-mère. Puisse-t-elle vivre centenaire.

– Oh, ne vous inquiétez pas, elle y va tout droit. Maurizio en est convaincu.

– Maurizio ? »

Elle eut un sourire énigmatique.

« Quoi ? insista-t-il.

– Il est un peu sur les nerfs, je crois. Personne ne sait quels sont ses projets, maintenant qu'elle est… revenue à la vie. Il a attendu longtemps, d'avoir la villa. Il pensait qu'elle lui reviendrait, quand Nonna serait morte.

– J'espère qu'il ne m'en rend pas responsable.

– Vous ? »

Il lui rapporta de quelle manière Maurizio était venu le retrouver dehors, dans le jardin, et ses inquiétudes concernant sa mère. Il lui confia qu'il avait décelé chez lui un certain degré d'hostilité, sans pour autant lui confier qu'il avait su lui tenir la dragée haute. Il avait aussi mentionné les antalgiques, considérant qu'elle avait le droit de savoir. Antonella parut plus surprise par le fait que Maria ait accepté de partager cette information au sujet de la visite du médecin avec Maurizio.

« Elle n'apprécie pas Maurizio.

– Ou alors, c'est qu'elle est sincèrement soucieuse pour votre grand-mère.

– Peut-être.

– J'avoue que moi, je le suis. Elle pourrait finir par creuser sa propre tombe.

– Si c'est le cas, rien ne l'en empêchera.

– Vous voilà très fataliste. »

Cette légère pique n'échappa pas à la jeune femme. Ses yeux se rivèrent aux siens, sombres et durs.

« J'aime ma grand-mère, mais je la connais bien. »

Ils furent délivrés par le bruit d'un véhicule qui s'approchait en soufflant un nuage de poussière blanche : une voiture, trois couples entassés dedans. Outre la poussière, la cour ne tarda pas à se remplir aussi d'éclats de rire.

Deux heures plus tard, les murs retentissaient encore de l'écho de ces rires. Aucune quantité de nourriture ou de vin – l'une et l'autre ne cessant pas de dévaler l'escalier de la maison – ne suffit à les étouffer. Ils entamèrent même une partie de cerceau, entre deux plats. C'était un cadeau pour Antonella, de la part d'un de ses frères, Edoardo, une plaisanterie entre initiés dont le sens échappa au reste de la compagnie, et que le frère et la sœur refusèrent de divulguer.

Edoardo avait les cheveux de jais de sa sœur, et sa peau mate. Grand, exubérant, plein d'humour et d'astuce, il avait à peu près un an de moins qu'elle. Il était difficile de ne pas se laisser aspirer dans son sillage. La seule personne qui semblait rester imperméable à son magnétisme, c'était sa fiancée, Grazia – étudiante en droit comme lui. Elle était aussi la seule à ne pas parler un traître mot d'anglais, ce qui ne l'empêchait pas d'essayer, et avec le même débit affolant que dans sa langue maternelle. Le résultat, ce fut une Babel de mots qui faisaient la cabriole, et en français, pour la plupart. Chaque fois qu'Edoardo essayait de la reprendre, elle lui clouait le bec. *« Zitto! Capisce. Non è vero, Adamo? »*

« Tais-toi ! Il comprend, lui. N'est-ce pas, Adam ? »

À quoi Adam répliquait invariablement ceci :

« Absolument. »

« Absolument » devint une sorte de cri de ralliement. Cela commença lorsque Enrico, un jeune marié qui venait d'épouser Claudia, une Vénitienne aux yeux d'un bleu éclatant, se vit offrir un nouveau verre de vin. « Absolument », répondit-il. Et cela partit de là.

L'Italie change vite, maintenant que nous avons rejoint le Marché commun. Absolument. Domenico Modugno aurait dû remporter le concours de l'Eurovision avec *Nel Blu Dipinto di Blu*. Absolument.

Le mot ne se trouva démonétisé qu'avec l'arrivée du café, quand l'un des convives remarqua que la démocratie chrétienne était truffée d'anciens fascistes.

« Fais attention à ce que tu dis, se moqua le caricaturiste qui voulait devenir peintre. Leur oncle était fasciste, non ? »

Ce fut Edoardo qui lui répliqua.

« Absolument. Et ce sont des fascistes qui l'ont tué. Alors qu'est-ce que ça t'inspire ? »

Le caricaturiste s'excusa de son commentaire, fut pardonné, et le mot fétiche ne pointa plus le bout de son nez. L'humeur demeura enjouée, mais Adam s'aperçut qu'il avait du mal à suivre. Ces propos plaisants et cette bonhomie le changeaient un peu, fort à propos. Ils lui avaient permis d'oublier la photographie coincée entre les pages de son carnet, sur le buffet de la cuisine. Mais maintenant qu'Emilio s'était immiscé dans la conversation, pour revenir occuper ses pensées, il n'y avait plus moyen de l'ignorer.

Tandis que les autres s'agitaient à grand bruit autour de la table, son esprit s'aventura ailleurs – vers Gregor Mendel, les gènes récessifs, les lobes d'oreilles et la vieille photo de l'équipe d'aviron au mur des appartements du professeur Leonard, à Jesus College. Il essaya de lui interdire de s'égarer plus avant, vers un territoire plus obscur où le guettait le souvenir de ses conversations avec Fausto.

De temps à autre, il plaisantait, manière de masquer sa distraction et, quand les autres invités finirent par s'en aller, il fut soulagé d'être contraint de revenir dans le monde qui l'entourait, de serrer des mains, d'embrasser des joues et de faire au revoir de la main alors que la voiture disparaissait dans le mauvais chemin tout blanc en direction de San Casciano, emportée sur un nuage de poussière tourbillonnante.

Il lui dit qu'il allait l'aider à débarrasser, une proposition qu'Antonella accepta de bonne grâce. Ils s'affairèrent, ce fut méthodique, jusqu'à ce qu'il ne reste plus qu'une pile de vaisselle gouttant sur la paillasse, et une tache de vin rouge sur les briques de la cour, là où quelqu'un avait renversé un verre.

Ils se retirèrent sur un banc en bois de fortune, sur une éminence herbue, à côté de la grange. C'était un endroit calme et paisible, les ombres mouvantes retouchant le paysage à mesure que le soleil descendait lentement vers l'ouest.

« Vivre ici. Quel endroit..., remarqua Adam. Vous avez de la chance.

– Ah mais, je le paie. La propriété a besoin de tout l'argent qu'elle peut récolter.

– Ça va mal ?

– Pas seulement ici... partout. »

Elle lui expliqua que la famille qui avait occupé la maison depuis d'innombrables générations avait récemment changé de lieu de résidence, abandonnant la campagne pour la ville, à l'exemple de tant d'autres gens. Dès l'instant où l'on trouverait d'autres locataires, elle serait obligée de s'en aller.

Il fut surpris d'apprendre que la propriété était gérée en métairie – en *mezzadria* –, un arrangement par lequel une famille recevait des Docci une maison et un peu de terre, sans s'acquitter d'un loyer, mais en échange de la moitié de ce que produisait cette terre.

« Cela paraît presque féodal.

– Parce que ça l'est... depuis le Moyen Âge... mais les choses sont en train de bouger, maintenant. Il y a des politiciens, à Rome, qui soutiennent que la mezzadria doit disparaître. Si c'est le cas, tout ici va changer. Ma grand-mère s'inquiète beaucoup. Je lui dis qu'il ne faut pas. Maurizio est riche, il fera tourner le domaine.

– Que fait-il ?

– Il achète et il vend.
– Quel genre de choses ?
– Le genre qui rapporte des profits. Il possède aussi deux usines à Prato, des fabriques de vêtements. Il a gagné beaucoup d'argent, depuis la guerre. »
Adam hésita.
« À quoi ressemblait Emilio ?
– Emilio ? Pourquoi cette question ?
– Simple curiosité. Nous avons parlé de lui, au déjeuner. »
Elle prit une autre de ses cigarettes.
« Eh bien, c'était un fasciste, c'est vrai. Beaucoup de gens l'étaient, mes grands-parents aussi, au début. Et puis ils ont cessé d'y croire. (Son regard se perdit dans le lointain.) J'étais jeune, mais je me souviens de lui. Il était toujours en train de lire des livres. Et il me faisait rire. Il nous faisait tous rire. (Elle sourit, avec nostalgie.) Le fasciste rigolo.
– Comment s'entendaient-ils, Emilio et Maurizio ? »
Son coup d'œil fut éloquent : qu'est-ce que cela peut vous faire ?
Il y allait trop fort. Il fallait qu'il avance à pas comptés.
« Je veux dire, au plan politique, ils avaient fait des choix différents. Maurizio était un partisan, non ? »
Pour un meurtre, était-ce un motif suffisant ?
« Qui vous a raconté ça ?
– Un type, un nommé Fausto, de San Casciano. »
Elle ne le connaissait pas, mais le nom lui disait vaguement quelque chose.
« C'est vrai, Maurizio était un partisan, et un socialiste. Il prétend qu'il l'est resté. (Il perçut dans sa voix une note de cynisme dénué de méchanceté.) Ma grand-mère disait qu'il avait combattu les Allemands parce qu'il s'était toujours battu, même quand il était gamin. Il déteste que je dise cela. »
Mais la nuit où l'on avait tué Emilio, il ne s'était pas battu, n'est-ce pas ?
Adam garda cette dernière observation pour lui, comme les autres questions qui tambourinaient dans sa tête. Pourquoi son grand-père avait-il condamné le dernier étage ? Était-ce une espèce de sanctuaire ? Les sanctuaires étaient conçus pour être

visités ; c'étaient des endroits où vous entriez pour rendre hommage. Pourquoi fermer une porte, et à clef? Pourquoi obliger la famille à vivre avec ce pénible souvenir, au lieu de le laisser se dissiper au fil des ans? Qu'avait dit Maria au sujet de cet étage déserté, figé dans le temps? « Cela pèse sur cette maison comme une malédiction. »

Quand il partit enfin, c'était le crépuscule. Antonella lui proposa de le raccompagner à la villa ; elle n'avait quasiment pas vu sa grand-mère de tout ce samedi et ce dimanche.

Ils prirent un chemin qui serpentait à travers l'oliveraie, en contrebas de la ferme. C'était son chemin à elle, lui apprit-elle. Trois ans plus tôt, il n'existait pas ; elle était la seule à l'avoir foulé de ses pas pour le faire exister. Plus ils s'enfonçaient entre les rangées d'arbres très serrées, plus l'air fraîchissait. Les lucioles virevoltaient dans l'obscurité croissante, et l'odeur des herbes sauvages montait par vagues discrètes : thym, menthe et romarin. C'est à peine s'ils échangèrent quelques mots. Quand Antonella perdit l'équilibre sur un talus escarpé, elle se rattrapa à son bras pour se stabiliser et d'instinct, la main d'Adam vint se nicher dans la douce courbe de ses reins.

« Merci », dit-elle d'une voix feutrée, quand ils se lâchèrent.

Il éprouvait une sensation de contentement qui s'estompa un peu quand ils entrèrent dans le jardin funéraire. Il lui parla de ce vent surnaturel qui s'était abattu sur la terre, plus tôt dans la journée, en s'engouffrant dans le vallon.

« Oui, cela arrive quelquefois, l'été. Je ne sais pas pourquoi. (Ils progressèrent encore un peu.) Le souffle des dieux, lâcha-t-elle d'un air absent. C'est ainsi que les Grecs appelaient le vent. »

Ils s'arrêtèrent au pied de l'amphithéâtre et levèrent les yeux vers Flora, les lucioles s'agitant en tous sens autour d'elle comme des époux pleins de sollicitude.

Il ressentit un besoin soudain de partager le secret d'Antonella, leur secret à tous. Il résista à cette impulsion, mais cela ne dura pas.

Il confia à la jeune femme tout ce qu'il savait. Il lui parla du bois sombre et de l'arc de triomphe, de son inscription, l'anagramme d'*inferno*. Il lui évoqua les neufs cercles de l'Enfer de Dante et le deuxième cercle des adultères. Il lui livra tout tel quel, sans rien embellir. Et quand ce fut terminé, il se sentait comme affranchi d'un grand poids, qui avait cessé de peser sur ses épaules.

De prime abord, Antonella ne réagit pas. Et quand elle s'exprima, ce fut en italien.

« *Incredibile.*

– Peut-être ai-je tort.

– Non, dit-elle, avec une tranquille conviction.

– Je n'arrive pas à comprendre le reste du parcours. Cela n'a pas de sens.

– Vous trouverez. Il existe, ce sens.

– Il s'est produit quelque chose de terrible. Je le sens. Je le sens, voilà tout. »

Elle posa sa main sur son bras, et le serra, d'une pression délicate.

« Bravo, Adamo. Vraiment. Bravo. »

Il avait du mal à recevoir les compliments, mais quand il vit sa tête s'approcher de lui, sa nuque se cambrer, ses lèvres se tendre vers les siennes, il sut quoi faire.

Ils s'embrassèrent doucement. Et puis encore, avec moins de douceur, leurs langues se cherchant. Il sentit la chaleur qui émanait d'elle, et le poids jumelé de ses deux seins contre sa poitrine.

Quand ils se séparèrent enfin, elle lui souffla ceci, dans un chuchotement :

« Je m'étais dit que je m'abstiendrais.

– C'est intéressant. Moi, je m'étais dit que je ne m'abstiendrais pas. »

C'est à peine s'il discerna son sourire dans l'obscurité de plus en plus épaisse.

Quand ils sortirent du jardin, retraversant le rideau d'ifs en s'y frayant un passage de profil, ils se tenaient par la main. Ils ne se lâchèrent qu'aux abords de la villa, quand elle s'arrêta pour retirer un caillou de sa chaussure.

« Pourquoi te disais-tu que tu t'abstiendrais ? »

Elle renfila sa chaussure et se redressa.

« Parce que tu t'en vas bientôt.
– Dans une semaine.
– Cela ne fera qu'aggraver les choses.
– Mais pense un peu... quelle semaine. »
Il lui tendit la main et elle l'écarta d'une tape joueuse.

Cela leur parvint avec clarté dans l'air nocturne, immobile – un rire, là-haut, à la villa. Un gloussement démoniaque. Perturbant, si c'était la première fois que vous l'entendiez. Et plus encore si vous l'aviez déjà entendu auparavant.

« Oh, nom de Dieu.
– Quoi ? » s'enquit Antonella.

« Harry..., fit Adam, en atteignant le sommet des marches de la terrasse, sur l'arrière de la maison. Qu'est-ce que tu fabriques ici ?
– À ton avis ? Je dîne avec une jolie femme. »
La Signora Docci sourit avec indulgence.
« Moi qui pensais que tu ne recevrais pas l'argent avant demain.
– Arrivé le jour où tu l'as envoyé. »
Adam fit de son mieux pour prendre un air ravi.
« Bien.
– Ah non, pas bien du tout, rectifia Harry.
– Pas bien du tout ?
– C'est une longue histoire.
– En effet », confirma la Signora Docci.
Harry se tourna vers elle.
« Mais pas inintéressante, n'est-ce pas ?
– Non, pas inintéressante. »
*Oh, nom de Dieu*, se répéta encore Adam.
« Quand es-tu arrivé ici ? voulut-il savoir, en s'efforçant de masquer la tension dans sa voix.
– Il y a quelques heures. »
Assez longtemps pour avoir déjà provoqué des dégâts indescriptibles.
« Sympathique, votre déjeuner ? s'enquit Harry.
– Oui, superbe... ah, désolé... je te présente Antonella. »

Harry se leva. Il portait une chemise Aertex malpropre, un short kaki de l'armée qui descendait très au-dessous du genou, et ses pieds étaient serrés dans des chaussures de gymnastique noires, l'une des deux avec le bout si usé que son gros orteil pointait au travers. Il se cassa en deux pour baiser la main de la jeune femme, tout en éloignant sa cigarette, un geste plein d'égard.

« Antonella, fit-il.

– Harry, fit-elle.

– Jolie robe.

– Joli short.

– Merci. Pratique, par cette chaleur.

– Absolument, fit Antonella, à l'intention d'Adam.

– Je vous en prie..., ajouta Harry, en lui approchant une chaise.

– Merci.

– Avez-vous dîné ? » s'enquit la Signora Docci.

Adam leva les mains en l'air, en signe de capitulation.

« Assez pour deux jours.

– Antonella est une excellente cuisinière.

– Et comment », s'écria-t-il, en se demandant l'espace d'un instant s'il n'était pas pris dans les rets d'un roman de Jane Austen.

Heureusement, à cette seconde, Harry se remit à jacasser, les ramenant à une certaine forme de réalité.

« Mais Maria aussi. »

Maria venait justement de ressortir de la villa, en portant un plateau. Harry choisit d'adopter un accent italien exagéré.

« *Vitello con sugo di...*

– *Pomodoro*, acheva Maria.

– *Pomodoro*, claironna-t-il. *Magnifico !* »

Subitement, le roman de Jane Austen ne lui semblait plus une si vilaine perspective. Cela valait mieux que les impressions de Harry sur M. Manucci, qui leur vendait des glaces à l'arrière de sa camionnette, quand ils habitaient encore à Kensington.

Chose rare, Maria consentit à sourire, avec une fausse timidité surprenante.

« *Grazie*, fit-elle, en débarrassant les assiettes vides.

– Harry me racontait justement une plaisanterie », expliqua la Signora Docci.

Elle paraissait revigorée, et peut-être un peu ivre. À moins que ce ne soit les antalgiques, songea Adam.

« Nous étions donc dans la Manche, au large de l'Angleterre, poursuivit-elle, au XVIIe siècle.

– Exact, c'est cela, enfin… le capitaine de la frégate porte le télescope à son œil et voit cinq bateaux pirates à l'horizon, qui font route sur eux. "Apportez-moi ma chemise rouge, ordonne-t-il au second. – Votre chemise rouge, monsieur? – Faites ce que je vous dis, mon vieux."

« Donc, il engage le combat avec les navires pirates et il s'ensuit une bataille féroce. Le capitaine est au cœur de l'action, il se bat au corps à corps, transperce ses assaillants, étendus pour le compte un peu partout sur le pont. Et, contre toute attente, ils capturent les cinq vaisseaux pirates. Quand c'est terminé, tout le monde fête la victoire, et le lieutenant demande au capitaine pourquoi il lui a demandé sa chemise rouge. Le capitaine lui répond que s'il avait été blessé, ses hommes n'auraient pas vu le sang et n'auraient pas perdu courage. Tout le monde l'acclame… "Quel héros, notre capitaine." »

Harry tira une courte bouffée sur sa cigarette, puis l'écrasa dans le cendrier.

« Donc…, continua-t-il, une étincelle dans l'œil, quelques jours plus tard, ils patrouillent toujours dans la Manche, quand la vigie pousse de nouveau un cri, là-haut dans son nid-de-pie. Le capitaine porte son télescope à son œil et cette fois, ce sont vingt bateaux pirates à l'horizon, qui font route sur eux à vive allure. Le capitaine abaisse sa lunette et se tourne vers son lieutenant. "Lieutenant, fait-il. – Oui, capitaine. – Apportez-moi mon pantalon marron." »

Pour la défense de Harry, il faut avouer qu'il ne riait jamais de ses propres blagues. Mais il est vrai qu'elles ne faisaient jamais rire grand monde non plus. Celle-ci était différente, elle n'était pas si mauvaise. Même Adam se surprit à lâcher un petit rire, en partie soulagé que la chute n'ait pas été plus crue.

Harry se tourna vers lui.

« Avec celle-là, je les ai bien eues », lâcha-t-il.

La Signora Docci et Antonella riaient encore quand Maria apparut avec le plateau des fromages.

Le reste du dîner fut un supplice. Quand Adam regardait la Signora Docci, il voyait le professeur Leonard ; quand il regardait Antonella, il se revoyait l'embrassant dans le jardin ; et quand il regardait Harry, il se demandait lequel, d'eux deux, était un enfant adopté.

Harry était un individu dominateur, il prenait les commandes, vous priait de vous caler dans votre siège et de profiter de la balade, parce qu'on était parti pour un petit tour, que cela vous plaise ou non. Étrangement, ni la Signora Docci ni Antonella ne parurent s'en formaliser.

Il annonça qu'il était venu en Italie pour se rendre à la Biennale de Venise, la Foire internationale d'art contemporain. Pour Adam, la nouvelle était de taille, et pas si déplaisante que ça – cela signifiait que son frère avait un autre endroit où aller. Les artistes britanniques constituaient une phalange qui comptait sur la scène mondiale, désormais, souligna son frère, surtout dans le domaine de la sculpture, le sien. Lynn Chadwick avait arraché le prix de la sculpture au nez et à la barbe de Giacometti lors de la dernière Biennale, et il y avait quantité de contemporains britanniques de son niveau, dignes héritiers de Henry Moore et Barbara Hepworth : Meadows, Frink, Thornton, Hoskin – de simples noms, mais qu'il sut rendre très vivants grâce à ses descriptions de leur travail.

Ces sculpteurs formaient un nouveau mouvement, assurait-il. Très peu pour eux, l'abstraction sèche et plate de leurs prédécesseurs. Leurs créations étaient enracinées dans un monde de l'après-guerre, fait de bâtiments et d'êtres brisés. Leur langage était celui de la terreur et de la trépidation. Ils tiraillaient la forme humaine, l'écartelaient, lui arrachaient membre après membre, jetant ce dont ils ne voulaient pas. Et quand ils en avaient terminé, ils présentaient au monde une armée de créatures – mi-homme, mi-bête, et parfois un peu machine. Comme l'un des professeurs de Harry à Corsham le lui avait dit : « Quand vous avez vu l'intérieur d'un char Sherman après un coup direct, tout cela revient à une seule et même chose. »

C'était un mouvement à l'échelle européenne – une nouvelle géométrie de la peur – et, tant qu'il y aurait des guerres ou même la perspective de conflits, il conserverait toujours un sens.

Adam était déjà maintes fois resté assis à écouter ce discours, mais d'une certaine manière, cette fois-ci, son frère sut se montrer plus persuasif, c'était plus sincère et plus sensible. Antonella et la Signora Docci semblaient vraiment convaincues, et elles se lancèrent dans un feu roulant de questions, auxquelles Harry s'empressa de répondre. Et Adam resta là à observer la scène, pris, chose rare, d'une petite pointe de fierté pour son frère. Fierté qui fut vite tempérée par une légère jalousie : qu'il soit capable, lui, de se passionner à ce point pour la voie qu'il s'était choisie.

Quand la Signora Docci finit par se retirer à l'étage, Antonella comprit cela comme un signal : il était temps qu'elle rentre chez elle. Il fut impossible de la convaincre de rester ; elle avait une semaine de rude labeur devant elle. Ce n'était pas ce qu'Adam avait envie d'entendre, mais il dut se contenter d'un petit geste, une discrète pression sur le bras, quand elle l'embrassa pour lui souhaiter bonne nuit – manière de reconnaître ce qui s'était passé entre eux dans le jardin.

Réduit à un tête-à-tête avec son frère, Harry désigna la villa qui se dressait en surplomb derrière eux.

« Doit pas être de la tarte, de chauffer ça en hiver.

– En effet.

– Qu'est-ce qui lui est arrivé, au visage ?

– Accident de voiture.

– Tu la sautes ?

– Non.

– Mmh.

– Je ne la saute pas, Harry. »

Son frère l'étudia du regard, et se montra beau joueur.

« Je te crois.

– C'est pour moi un immense soulagement.

– Et la Signora Fanelli ? insista Harry, et ses doigts tracèrent une arabesque en l'air. À la Pensione Amorini ? »

Adam sentit une main lui étreindre le cœur. Comment diable Harry connaissait-il son nom ? Et puis il se souvint. Il lui avait dit de passer à la *pensione* pour se faire expliquer de quelle manière se rendre à la villa.

« Ne sois pas ridicule.

– Elle est carrément superbe. Et je parierais que tu es son genre.

– Dis-moi, Harry, combien de temps es-tu resté en sa compagnie, une minute ? Deux ?

– Tu es distant. Comme elle. Deux chevaux au pelage sombre. Et qui s'ébattent. Oui, je vois très bien la scène d'ici.

– Eh bien, tu te trompes. Ton fameux sixième sens doit te jouer des tours. »

Harry pesa les paroles d'Adam.

« Peut-être. Ouais. Tant que j'y pense, imagine… ce serait comme de baiser tantine Joan.

– Elle n'est pas si vieille. »

Il s'aperçut, mais un peu tard, qu'il venait de tomber dans l'un des pièges que Harry savait si bien vous tendre, dans le flot de la conversation.

« Je le savais ! clama-t-il.

– Baisse d'un ton, la chambre à coucher de la Signora Docci est juste au-dessus. »

Harry lança un coup d'œil vers la loggia.

« Quoi, pas elle aussi, non ?

– Harry… », siffla Adam.

Harry était rayonnant.

« Espèce de petit diablotin. Elle est superbe, et assez cochonne, à voir son allure. »

Adam n'allait pas se laisser entraîner sur ce terrain.

« Allez… des détails, quoi.

– Non.

– Quelque chose. N'importe quoi.

– Cela fait si longtemps que ça ? »

Son frère lâcha un bref éclat de rire.

« Un bout de temps, oui, en réalité. »

Harry était curieux de savoir si Adam avait l'intention d'en parler à Gloria. Son frère l'évoqua comme « la fille qui aime bien tuer les animaux », et ce n'était pas la première fois.

« Sa famille chasse à courre et au fusil.

– Et la tienne habite à Purley, autrement dit le trou du cul de Croydon.

– Et donc ?

– Donc tu vas le lui faire savoir ?

– C'est elle qui a rompu. »

Harry hocha la tête, à deux reprises.

« Eh bien, je ne vais pas prétendre que ça me bouleverse. Je ne l'ai jamais aimée.

– Je sais. Tu le lui as dit.

– Ah oui ?

– Tu ne te souviens pas ? Elle s'en souvient.

– Enfin, quelle importance, maintenant ? Elle est sortie de ta vie. Et toi, Ramdam, tu as enfin couché avec une belle femme.

– Gloria était jolie femme. »

Harry lâcha un soupir pesant.

« C'est comme les parents et leurs bébés. Ils sont trop proches d'eux. Ils sont incapables de voir à quel point leurs petits morveux sont hideux. (Il alluma une cigarette.) L'amour n'est pas seulement aveugle... il vous aveugle.

– C'est très profond. Qui a dit cela ?

– James Bond, je crois.

– Dans un de ses rares moments de mélancolie. »

Cela fit rire son frère, mais Adam évita soigneusement de baisser la garde.

Comme il fallait s'y attendre, Harry ramena la conversation sur les autres amis d'Adam à l'université.

« Allons, Ramdam, regarde la réalité en face... tu n'es pas l'un des leurs... Ils sont tellement... foutrement... enfin, riches, quoi.

– Ils n'en restent pas moins des êtres humains.

– Ce sont des êtres humains qui apprécient les êtres humains à leur image. Oh, maintenant, c'est très bien, tu es beau garçon avec une demi-mesure de cervelle et une demi-mesure de sens de l'humour. Mais ce mec avec qui tu traînes, comment il s'appelle, déjà ? De grandes oreilles, une trachée comme une lance de pompier, le père possède la moitié du Herefordshire...

– Tarquin.

– Exact, Tarquin. Tu ne vois pas qu'il se prête au jeu pour te faire plaisir ? Tu es sa source de divertissement, le petit gars issu des classes moyennes qui a bien tourné.

– Tu ne l'as rencontré qu'une seule fois.

– Je te préviens, dès qu'il sera de retour dans le monde réel, et que tu iras vendre des contrats d'assurance, il te laissera tomber.

– Je vais travailler à la Lloyd's.

– À vendre des assurances. »

Adam déploya un énorme effort pour se maîtriser.

« Tu ne sais rien de mes relations avec mes amis.

– J'ai vu tout ce que j'avais besoin d'en voir.

– Tu ne peux pas biffer deux années de mon existence comme ça d'un trait de crayon.

– Pourquoi pas ? Tu l'as bien fait, toi.

– Va te faire foutre, Harry. »

Son frère se pencha en avant et écrasa sa cigarette.

« Là-dessus, je pourrais te prendre au mot. Je n'ai pas dormi depuis plusieurs jours et je démarre tôt.

– Tu t'en vas ?

– Tu aimerais. Non, je pensais aller me taper Florence. »

Ils montèrent à l'étage ensemble, et Harry lui demanda s'il pouvait lui emprunter quelques vêtements. Il essaya un pantalon, une chemise et une veste en lin.

« Bon Dieu, s'écria-t-il, en s'inspectant dans le miroir de la penderie, c'est le petit Lord Fauntleroy ! (Puis il ajouta encore une requête.) Il va me falloir du liquide.

– Je viens de t'en envoyer !

– Crois-moi, tu n'as aucune envie que je te raconte le reste.

– Crois-moi, si, je veux.

– La Suissesse est revenue.

– Tu as raison, je ne veux pas. »

Harry quittait la pièce, quand Adam l'interrogea :

« Harry, pourquoi es-tu ici, en réalité ? En Italie ? »

Harry hésita.

« Je ne suis pas certain que tu sois prêt à l'entendre.

– Dites-moi, Holmes, ce n'est pas à cause du Rat géant de Sumatra ? »

Le visage dénué d'expression de Harry se fendit d'un sourire. C'était une de leurs plaisanteries entre initiés, une grande source d'amusement quand ils étaient petits : une référence à cette nouvelle de Conan Doyle où Sherlock Holmes mentionne en passant à Watson un incident terrible survenu dans son passé, où il est question de « Rat géant de Sumatra… une histoire que le monde n'est pas encore prêt à entendre ».

« Bon sang de bois, Watson, fit Harry, sur un ton cassant, je vous ai dit de ne jamais mentionner le Rat géant de Sumatra. »

# 18

Harry tint parole, il se leva tôt. En fait, quand Adam se réveilla, il avait déjà quitté la villa.

La perspective d'une journée entière affranchie de la présence si imprévisible de son frère était un grand soulagement. Il avait besoin de temps et d'espace, pour se concentrer. Ces derniers jours, son travail sur le jardin s'était presque complètement enlisé.

Il avait prolongé sa lecture très tard dans la nuit afin de terminer *La Divine Comédie*, s'élevant avec Dante vers le Paradis, jusqu'à la vision finale, aveuglante, du poète, d'un univers qui doit son unité à l'amour de Dieu. Toutefois, Adam n'avait jamais connu pareille épiphanie, aucune révélation de Damas. Autant qu'il puisse en juger, il n'existait pas d'autres associations entre le poème et le jardin funéraire, hormis une brève mention d'Apollon, juste après que Dante et Béatrice ont effectué leur ascension du Purgatoire vers le Paradis, lorsque Dante en appelle au dieu Soleil pour l'aider dans les dernières étapes de son voyage.

Dès le matin, tous ses espoirs de voir les choses d'un œil neuf s'évanouirent. Après le petit déjeuner, il relut ses notes assez fournies, recherchant les liens qui lui auraient échappé, mais n'en retira que néant. Il se dirigea vers le jardin, joua des coudes pour franchir la brèche dans la haie d'ifs et en boucla le tour d'un pas rapide, professant défiance et désintérêt. Cette logique un peu curieuse – en vertu de laquelle l'endroit serait plus enclin à lui parler s'il le traitait avec indifférence – se révéla bien fragile. En tout état de cause, il le trouva encore plus inerte, encore plus entêté dans son absence de réaction, que jamais à sa connaissance. Même les statues semblaient lasses du rôle qu'elles jouaient, comme une troupe de comédiens blasés à la fin d'une longue tournée.

Achevant son tour des lieux, il s'arrêta devant la grotte, et entra. Le soleil bas du matin pénétrait à l'oblique par l'embouchure, dispersant ces ténèbres lugubres. Apollon, Daphné et Pénée rayonnaient d'une blancheur éclatante, comme de l'os patiné se détachant sur la paroi du fond incrustée de rocaille, un moment tragique saisi dans le piège du marbre par un sculpteur inconnu à la main plutôt lourde.

Pénée semblait étrangement détaché de la scène qui se déroulait au-dessus de lui, tout à fait content d'être là où il se trouvait, affalé contre le bord du bassin de marbre, son urne pleine d'eau dans le creux des bras. Son expression n'était guère celle d'un homme qui venait d'exaucer la supplique de sa fille et de la transformer en laurier. Bien plutôt, il affichait un air résigné, fatigué, le genre de tête que pouvait faire le père d'Adam quand on le priait de se charger d'une corvée domestique assommante.

Quant à Daphné, son visage laissait entrevoir qu'il y avait des destinées bien pires que celle de subir une métamorphose. Elle était figée dans son mouvement, tournant la tête pour regarder derrière elle la silhouette d'Apollon lancé à sa poursuite. Son expression visait peut-être à traduire une libération fort bienvenue de toutes ces assiduités importunes, mais il y avait quelque chose d'extatique dans ces lèvres ourlées qui laissait plutôt supposer qu'elle y prenait du plaisir.

Il examina Apollon avec attention – Apollon, son dernier lien restant avec *La Divine Comédie*. Ce dernier tendait la main vers Daphné, mais le geste n'était nullement écrasé par le désespoir et l'impuissance, comme il l'était dans la célèbre sculpture du Bernin, sur le même thème, à la Villa Borghese. En fait, ici, dans la grotte, ils évoquaient davantage un jeune couple amoureux jouant à chat dans les bois.

Son regard retomba sur la licorne, avec sa tête inclinée vers le réservoir de marbre vide. Il passa les doigts sur le moignon de la corne manquante, et revint en pensée sur le dessin qu'il avait eu sous les yeux, parmi les papiers rassemblés par le père de la Signora Docci. C'était un croquis de la grotte, exécuté à la plume et à l'encre, à la fin du XVIe siècle, et donc presque contemporain de la construction du jardin. L'artiste anonyme n'était pas précisément accablé de talent, mais il était assez évident que la licorne était déjà privée de sa corne, dès cette époque.

Se pouvait-il qu'elle n'ait jamais possédé de corne ? Si tel était le cas, qu'est-ce que cela signifiait ? Si une licorne trempant sa corne dans l'eau signifiait la pureté de la source alimentant le jardin, quel sens revêtait une licorne sans corne ? Celui d'une eau impure, non potable ?

D'instinct, il se dit que rien dans la grotte n'avait été laissé au hasard, que chacune de ses particularités constituait l'élément nécessaire d'une autre histoire enfouie dans la composition d'ensemble, suivant les instructions de Federico Docci.

Cependant, plus il s'échinait à la déceler, plus elle le fuyait. Tout à sa contrariété, il se surprit à adresser la parole aux sculptures, à les exhorter de partager leur secret. Il en était encore là quand un mouvement des ombres, à ses pieds, lui annonça l'apparition de quelqu'un à l'entrée, derrière lui.

Maria était sortie cueillir des fleurs des champs. Un bouquet indiscipliné était couché dans le panier en osier peu profond qu'elle portait au creux du bras. Elle parcourut l'intérieur de la grotte du regard, afin de s'assurer – oui – qu'Adam était seul. Et que – oui –, il perdait manifestement la boule.

« Encore une magnifique journée, lui dit-il.

– Oui.

– Pas aussi humide qu'hier.

– Non. (Maria leva son panier.) Je dois aller les mettre dans l'eau. »

Dès qu'elle fut ressortie, il grimaça, le rouge de la honte lui fit monter une bouffée de chaleur aux joues, de la sueur lui perlait au front. Il tâcha de voir le côté divertissant de la situation, mais en vain. À l'évidence, Maria n'éprouvait pas tant de difficultés, car un instant plus tard, il perçut le bruissement inimitable d'un rire étouffé.

Il attendit un petit moment, avant de se glisser hors de la grotte, en plissant les yeux face à la lumière aveuglante. Il alluma une cigarette. C'était sa première de la journée et il eut soudain la tête qui tournait.

Il lança un regard furieux à Flora – à demi tournée sur sa plinthe, juchée en hauteur, au-dessus de son royaume – et il se prit à penser que c'était elle, la fautive. La déesse avait édicté un décret imposant le silence à ses sujets ; elle leur avait commandé d'éviter ses avances. Mais pourquoi ? Pourquoi l'autoriser à entrevoir une partie de l'histoire, avant de l'en exclure ?

Une seule réponse finit par se présenter à lui.

*D'accord*, songea-t-il, *procédons à ta façon.*

Il n'était plus très loin de la villa, toujours occupé à mijoter le meilleur moyen d'aborder le sujet avec la Signora Docci, quand il la vit sur la terrasse du bas, accoudée à la balustrade, plongeant le regard dans la pente de l'oliveraie. Il se demanda si Maria lui avait rapporté ses divagations solitaires dans la grotte.

Lorsqu'il s'approcha, son visage lui permit de comprendre qu'elle ignorait tout de l'incident.

« Bonjour, fit-elle.

– Bonjour.

– Encore une journée magnifique. Pas aussi humide qu'hier. »

Exactement les mots qu'il avait dits à Maria, dans la grotte.

Il lui répondit avec un vague sourire.

« Vous sentez-vous mieux ? s'enquit-elle.

– Je ne me suis jamais senti mal.

– J'ai une cousine… Alessandra… ils l'ont emmenée. Pour la même raison. »

Elle comptait visiblement s'offrir un petit moment d'amusement à ses dépens, que cela lui plaise ou non.

« Elle parlait aux sculptures ?

– Aux tableaux.

– Une perte de temps, trancha-t-il. Ils ont très peu de choses à dire. »

Elle éclata de rire.

« Où est Harry ?

– Parti pour Florence.
– C'est un jeune homme étrange.
– Il a eu une naissance difficile.
– Vraiment ?
– Non. Mais il a toujours été comme cela, aussi loin que remontent mes souvenirs. Il se moque de ce que les gens pensent de lui. Il se contente de, enfin… c'est Harry, voilà.
– C'est un bon sculpteur ?
– Je ne sais pas. J'imagine. Quand il a décroché son diplôme, l'an dernier, on lui a demandé de rester enseigner.
– Il doit bien avoir un petit quelque chose, alors.
– Oui, un désir étrange de consacrer le reste de son existence à souder des pièces de métal rouillées. »
C'était un coup bas, une revanche pour les assauts que Harry lui avait fait subir la veille au soir, mais cela divertit la Signora Docci.
« Vous me rappelez Crispin quand il était plus jeune. Lui aussi, il me faisait rire. »
C'était l'occasion qu'il attendait.
« Je voulais vous poser une question à son sujet.
– Au sujet de Crispin ?
– C'est une question personnelle.
– Oh.
– Très personnelle. »
Elle reprit sa nouvelle canne, avança en direction d'un des bancs et s'y assit.
« À une condition… que vous m'autorisiez à vous poser une question personnelle, moi la première.
– Accordé.
– Êtes-vous sur le point de tomber amoureux d'Antonella ?
– Non, lui répondit-il au bout d'un moment. Je crois que je le suis déjà.
– Pourquoi ?
– Cela fait deux questions.
– Je vous en accorderai deux.
– Je ne sais pas pourquoi. Je la connais à peine.
– Non, en effet.
– C'est inexplicable.
– L'attirance physique… c'est inexplicable.

– Cela va plus loin. (Essayer de cerner la chose avec des mots s'avérait impossible.) Je peux me voir heureux, avec elle.

– Et si je vous expliquais qu'elle a rendu un bon nombre de jeunes messieurs tout à fait malheureux?

– Je vous demanderais les raisons qui vous incitent à me prévenir.

– Vous ne me croyez pas?

– Je n'ai pas dit cela. Mais peut-être suis-je assez jeune pour commettre des erreurs et quand même survivre.

– Les erreurs commises à tout âge peuvent entacher une existence à jamais. Une erreur, une seule.

– Emilio, par exemple? »

Là, c'était fait, maintenant, il n'y avait plus moyen de reculer.

« Emilio? reprit-elle, sur ses gardes.

– Était-il votre fils?

– Bien sûr qu'il était mon fils.

– Je veux dire... avec le professeur Leonard. »

La Signora Docci se tourna, le regard fixe, perdu dans le lointain. Quand elle revint vers lui, il vit que ses yeux étaient brillants de larmes. Sa voix, toutefois, restait étonnamment égale, vide de toute émotion.

« Je souhaite que vous partiez.

– Que je parte?

– Aujourd'hui.

– Vous voulez dire...?

– Oui. Je veux que vous quittiez la villa. »

Adam entendit le sang lui battre aux oreilles. C'était à peu près tout ce qu'il parvenait à entendre.

« Je suis désolé de vous avoir offensée. »

Elle regarda au loin.

« Allez-vous-en, c'est tout. »

Il tria l'amoncellement de papiers sur le bureau en piles ordonnées. Il lui fallut trois voyages pour tout emporter à l'étage, dans sa chambre. Ce qu'il fit dans un état d'hébétude.

Il sortit ses valises de sous le lit et commença de boucler ses bagages. À un certain moment, il dut s'interrompre. Il se rendit à la fenêtre ouverte et fuma deux cigarettes d'affilée, en repensant aux conséquences de son attitude.

La Pensione Amorini, c'était hors de question : trop près de la cible. Il allait prendre une chambre à Florence, récupérer ses clichés chez le marchand, y séjourner peut-être un jour ou deux. Merde. Harry. Il avait complètement oublié Harry. Il allait devoir attendre au bas de l'avenue son retour de la ville. Que lui dirait-il ? La vérité ? Il ne pouvait pas lui révéler la vérité : qu'ils n'avaient plus de lit où dormir cette nuit parce qu'il s'était senti obligé, influencé par la statue d'une déesse classique, de poser des questions inquisitrices et impertinentes à propos du fils défunt de leur hôtesse.

Son seul réconfort, c'était qu'en fait d'explications, par rapport à celles qu'il avait pu entendre de la bouche de son frère, au cours de toutes ces années, cela se valait. Harry se contenterait sans doute d'un geste fataliste et de lui demander où était le bar le plus proche.

Peut-être irait-il à Venise, avec Harry. Pourquoi pas ? Ils n'avaient jamais voyagé ensemble.

Il se cherchait encore quelques motifs de consolation un peu creux quand il entendit un coup léger frappé à sa porte.

« Oui ? »

C'était la Signora Docci.

Elle traversa la chambre, jusqu'au fauteuil près de la cheminée, et s'y affaissa, l'air très faible.

« Emilio n'était pas une erreur, lui annonça-t-elle. Je savais exactement ce que je faisais. Même si Crispin n'en savait rien, lui. (Elle marqua un temps de silence.) Nous étions amoureux. Je peux encore ressentir la force de cet amour. C'était presque violent. Ce que j'ai fait... ce que j'ai laissé se produire... à l'époque, cela me semblait logique, tout à fait logique, comme peuvent l'être certains actes aux yeux des jeunes gens. Et j'étais très jeune... j'avais votre âge. Je n'attends pas de vous que vous compreniez, mais Emilio fut un cadeau que je me suis offert, car je ne pouvais pas vivre avec Crispin.

– Pourquoi pas ?

– L'argent, naturellement. Il n'en avait pas du tout, à l'inverse de la famille de Benedetto. Qui en possédait beaucoup.

À l'époque, la propriété était en péril. Mon père se sentait coupable, je le sais... il appréciait grandement Crispin... mais il s'est refusé à nous accorder sa permission. (Elle baissa les yeux.) Benedetto était un homme bon. Je n'ai pas eu une vie déplaisante.

– Savait-il ?

– Personne n'a su, pas même Crispin. Je ne lui ai jamais rien dit.

– Vous ne lui avez jamais rien dit ? »

Elle hésita.

« Je crois que cela l'aurait anéanti. Je venais de me marier quand... enfin, quand c'est arrivé. Il était très bouleversé. Il avait honte. Il appréciait énormément Benedetto. Quand Emilio a été assassiné, je lui ai écrit une lettre. Je l'ai déchirée. Qu'en serait-il sorti de bon ? (Elle inspira profondément.) Là, maintenant, vous savez, vous avez votre réponse. »

Adam ne voyait plus quoi ajouter.

« Comment avez-vous deviné ? » voulut-elle savoir.

Il lui parla de la photo de famille dans l'album, et de Gregor Mendel, avec sa théorie des gènes appliquée aux lobes d'oreilles.

Elle hocha la tête, impressionnée.

« Je l'ignorais, admit-elle, mais je suis surprise que Benedetto n'en ait rien su.

– Peut-être le savait-il.

– Si c'était le cas, il ne s'en est jamais ouvert à moi. »

Mais peut-être l'avait-il révélé à un autre membre de la famille, Maurizio, par exemple. Peut-être Maurizio savait-il qu'Emilio n'était pas son véritable frère.

La Signora Docci lui tendit la main. Adam la rejoignit et la prit dans la sienne.

« Ne partez pas, dit-elle. J'aimerais que vous restiez. »

Il aurait dû se sentir soulagé – et il l'était –, mais il entendait aussi dans sa tête une petite voix insistante lui soufflant de continuer de boucler ses bagages restés là, sur le lit, de reléguer la Villa Docci loin derrière lui, tant qu'il en était encore temps.

« Allez-vous me punir, maintenant ? s'enquit-elle, en se méprenant sur la nature de son silence.

– Non.

– Je suis désolée. Je n'aurais pas dû vous demander de vous en aller. J'ai été choquée par votre question.

– Et moi, je n'aurais pas dû vous la poser. »

Elle prit sa réponse pour une forme d'excuse, alors qu'en réalité ce n'était qu'une réprimande qu'il s'adressait à lui-même.

# 19

– *Avez-vous tout ce qu'il vous faut, Signora ?*

– *Oui, je te remercie, Maria. Tu n'as pas besoin de me border, je ne suis pas une enfant.*

– *Vous avez pleuré.*

– *Ce n'est rien. Des souvenirs. De la sensiblerie. Et tu sais que je déteste la sensiblerie. Harry est-il déjà rentré de Florence ?*

– *Pas encore.*

– *J'espère que tout va bien.*

– *Je ne pense pas qu'il faille vous préoccuper pour cela.*

– *Non. Il est très excentrique, n'est-ce pas ?*

– *Il est trop familier.*

– *Tu veux dire qu'il n'a pas peur de toi.*

– *Si vous le dites, Signora.*

– *Oh oui je le dis, Maria, je le dis. Et je pense que cela ne te déplaît pas du tout.*

– *J'ai eu une idée.*

– *Ne change pas de sujet justement quand je commence à m'amuser.*

– *Ils vont tous les deux avoir besoin d'une tenue pour la soirée.*

– *Harry va assister à la soirée ?*

– *C'est ce qu'il m'a annoncé au petit déjeuner.*

– *Oh, vous avez pris le petit déjeuner ensemble, c'est cela ?*

– *Je pensais que j'aurais pu déballer les costumes d'Emilio.*

– *Si les mites ne les ont pas mangés.*

– *J'ai vérifié. Elles ne les ont pas mangés.*

– *Il sera nécessaire de reprendre un peu les ourlets.*

*– Pas pour Adam. Quelques centimètres pour Harry. Je vais m'en occuper.*

*– Oui, je te remercie. Bonne nuit, Maria.*

*– Bonne nuit, Signora.*

*– Maria…*

*– Oui, Signora ?*

*– C'est une bonne idée.*

# 20

Adam fut réveillé par la lampe, celle qui se trouvait sur la table de chevet, celle qui flottait maintenant juste au-dessus de sa tête.

Il roula sur lui-même.

« Mais bon Dieu…, marmonna-t-il contre son oreiller.

– Oui, c'est bien moi, mon fils…

– Va te faire foutre, Harry. »

Harry se laissa choir sur le lit.

« Je suis amoureux, lui annonça-t-il.

– Comment s'appelle-t-il ?

– Ne te moque pas. Elle est finlandaise. »

Il alluma une cigarette.

« Finlandaise ?

– Suédo-finnoise.

– Suédo-finnoise ?

– Apparemment, il y en a plein, en Finlande, de ces Suédo-Finnois.

– Oh, nom de nom, Harry.

– Quoi ?

– Serait-ce une parente de cette fille de Milan, la Suissesse, par le plus grand des hasards ?

– Celle-ci n'en avait pas après mon argent.

– Après mon argent.

– Même si c'est moi qui lui ai payé à dîner.

– Oh, alors c'est ça, ce que je vois, là, sur ma veste.

– Elle m'en a été très reconnaissante, continua Harry, en soufflant en l'air un rond de fumée au contour parfait. »

Adam consulta sa montre – presque 2 heures du matin – et dut se résigner : il n'était pas près de pouvoir se rendormir.

« Et que fait-elle, cette Suédo-Finnoise ?

– À peu près tout ce que tu lui demandes. »

Durant presque toute la journée du lendemain, l'arrière de la villa grouilla d'ouvriers. Des électriciens tendirent une gigantesque toile d'araignée de câbles, aussi discrète que possible ; on dressa une tente aux dimensions impressionnantes sur la terrasse du bas, près du bosquet de pins parasols, et d'autres, plus petites, poussèrent çà et là comme des champignons. Maurizio et son épouse, Chiara, étaient arrivés en voiture, de Florence. Ils avaient passé l'essentiel de leur temps en compagnie de la Signora Docci, en grande conversation avec des traiteurs, des fleuristes et divers personnages d'allure officielle.

De temps à autre, leurs éclats de voix lui parvenaient jusque dans le bureau, chaque fois que la Signora Docci et Maurizio croisaient le fer au sujet d'un détail quelconque, ce qui leur arrivait souvent, Chiara faisant de son mieux pour arbitrer. À un certain stade, elle en eut assez. Adam le comprit parce qu'elle l'en avertit dès qu'elle fit son apparition dans le bureau, pour monopoliser une heure de son temps. Quels qu'aient été les soupçons qu'il aurait pu nourrir au sujet de son mari, il appréciait Chiara. Elle était chaleureuse, franche et irrévérencieuse.

« Tous les ans, ils se chamaillent, lui confia-t-elle, en allumant la première d'une longue série de cigarettes. Pourquoi, je l'ignore. Tout le monde va venir, tout le monde va se saouler, et ensuite chacun rentrera chez soi. Des hommes vont rencontrer les amants de leurs épouses, sans rien en savoir ; des femmes vont croiser les maîtresses de leurs maris, et le sauront immédiatement. Et beaucoup de gens vont se dégotter de nouveaux amants.

– Tout ça m'a l'air d'une histoire fort romantique.

– Vous êtes jeune, vous n'êtes pas déjà un homme.

– Pas encore un homme, la reprit-il, en corrigeant son anglais. Ou pas un homme, pas encore.

– Exactement. Pas un homme, pas encore. Vous y croyez déjà.

– Vous y croyez toujours. »

Elle balaya sa dernière réplique d'un geste dédaigneux.

« *Ma, questa lingua di barbari mi fa cagare.* Ce que l'on peut traduire par : "Mais ce que cette langue de barbares peut me faire chier."

– À quoi est-ce que je crois ? lui demanda-t-il, avec un sourire.

– À la vie. À l'amour.

– Comment le savez-vous ?

– Je vous vois, lui répliqua-t-elle en pointant sa cigarette vers lui.

– Que voyez-vous ?

– Je vois un garçon comme mon fils, mais en plus intelligent. Je vois votre manière de regarder Antonella. (Adam leva les yeux au ciel, espérant faire preuve d'une patience amusée suffisamment convaincante.) Si, je vous vois. Et je vois que vous êtes... (Elle fut incapable de trouver le mot anglais...) *un osservatore.*

– Observateur.

– Oui. Vous observez. Et vous réfléchissez. Vous êtes tout le temps en train d'observer. Mais vous êtes... *passivo.*

– Passif.

– Oui, passif.

– Vous devriez rencontrer mon ex-*girl friend*, vous auriez tant de choses à vous raconter. »

Elle réagit par un rire, grave et rauque. Adam se demanda si c'était une blonde naturelle. À son teint, c'était difficile à dire.

« Ah, vous voyez, s'exclama-t-elle. Vous êtes en train, là.

– Comment ?

– D'observer. À quoi pensiez-vous ?

– À rien.

– Menteur.

– D'accord. Je me demandais si vos cheveux blonds étaient naturels. »

Chiara se pencha au-dessus du bureau et écrasa son mégot de cigarette dans le cendrier.

« Je pourrais vous le prouver, lui lança-t-elle, mais je ne vous connais pas assez bien. »

C'était dit sur un ton si terre à terre que cela privait cette déclaration de tout caractère flirteur.

Cet échange quelque peu incongru ne déteignit pas sur le reste de leur conversation, même si l'image qu'il avait suscitée ne sortit jamais totalement de la tête d'Adam. Chiara lui parla d'un voyage qu'elle avait fait jadis en Écosse. Elle appréciait les Écossais, lui avoua-t-elle, c'était un peuple des hauteurs, comme les Italiens. Les gens des collines écossaises étaient singuliers. Leurs collines portaient des noms, des histoires y étaient rattachées. On y avait défendu des pics et des cols, des batailles avaient été livrées dans leurs vallées. Vous ne pouviez pas ignorer ces collines, elles vous imprégnaient la moelle des os, elles devenaient une part de vous-même.

Adam avança un argument analogue pour les plaines marécageuses du Cambridgeshire, la terre d'enfance de son père, mais Chiara refusait de laisser quoi que ce soit ternir sa théorie, et le débouta.

Elle lui parla de la campagne accidentée autour de Pérouse, où elle avait grandi, et où elle possédait encore une maison. Elle évoqua aussi devant lui les autres maisons qu'elle avait possédées, celle de Florence et une autre près de la mer.

« Et quel effet cela vous fait-il de vous installer ici? lui demanda-t-il, en orientant la conversation sur ce terrain.

– C'est le souhait de Maurizio, et ce n'est pas loin de la ville.

– Vous avez des doutes?

– Je ne me suis jamais sentie bien ici.

– C'est un bel endroit.

– Oui, je sais, bien sûr.

– Peut-être vous ferez-vous davantage à cette idée quand vous aurez réaménagé le dernier étage, insista-t-il.

– Peut-être.

– Maria dit que vous avez des projets.

– Bien entendu. Cela n'a rien de naturel. (Ses yeux filèrent vers le plafond.) Croyez-vous que ce soit naturel, vous?

– Non.

– C'est comme de...

– Quoi?

– *È come fosse sempre vivo*. "C'est comme s'il était encore vivant." Ce n'est pas naturel. Et je me moque de ce que pense Francesca.

– Apparemment c'était le souhait de son mari.

– Bah ! »

L'exclamation était d'une éloquence surprenante, tout comme le geste qui l'accompagnait – un petit mouvement vif de la main, pétri de dédain.

« Benedetto était obsédé, tout le monde le disait. Elle le disait aussi. Ensuite, quand il est mort, elle n'a rien fait.

– Peut-être l'en avait-il priée.

– C'est ce qu'elle prétend. Avant sa mort, il le lui a fait promettre. Mais il n'a pas imposé cette promesse à Maurizio.

– Êtes-vous déjà montée là-haut ?

– Une seule fois. Quand c'est arrivé.

– Vous étiez là, quand c'est arrivé ?

– Nous étions tous là, dans la maison, près de la ferme. »

Ils avaient festoyé, lui expliqua-t-elle, un grand repas très arrosé. Peut-être un peu trop, avec le recul – Emilio avait tendance à devenir belliqueux, quand il était ivre. Ils avaient de quoi être heureux, il est vrai. Les Alliés étaient aux portes de San Casciano et la famille avait appris de l'officier allemand qui commandait la villa son intention de désobéir aux ordres et de se replier sur la prochaine ligne de défense allemande, juste au sud de Florence.

De sa part, ce n'était pas de la lâcheté. Il savait que tenir la position à la Villa Docci risquait très certainement de mener à la destruction d'une demeure qu'il avait fini par aimer. C'était un homme bon, lui assura Chiara, un homme de très grande taille et très cultivé, originaire de Hambourg, et c'était triste qu'il n'ait pas survécu à la guerre. Elle se le remémorait encore, à son départ, les larmes dans ses yeux, quand Emilio lui avait promis qu'il serait toujours bienvenu dans leur maison, après la fin des hostilités.

Ils avaient survécu à l'occupation allemande et ils avaient tous le cœur léger, quand la pétarade des coups de feu avait fracassé le silence de la nuit. Ils n'ignoraient pas qu'une petite escouade d'hommes avait été laissée en arrière-garde pour parachever les opérations de retrait de la villa, et leur première pensée fut que ces soldats avaient été surpris par un détachement à l'avant-garde des troupes alliées. Pourtant, quand ils s'étaient précipités à l'intérieur, ils avaient aussi entendu des accords de musique et des rires provenant des étages supérieurs.

C'était Emilio qui avait eu l'idée d'aller s'en enquérir : une question de fierté, pour lui. C'était surtout grâce à ses subtiles interventions diplomatiques que la Villa Docci et ses occupants avaient franchi les phases successives de la guerre indemnes. En dépit de ce que racontaient les gens – et de ce que Chiara avait elle-même cru, à l'époque –, Emilio n'avait jamais été un fasciste, c'était un pragmatique. Il avait fait tout ce qui était nécessaire pour protéger sa famille et le domaine, s'affublant volontiers de tous les masques susceptibles de servir cet objectif, sans se soucier du préjudice porté à sa réputation.

Depuis lors, elle avait découvert qu'en deux occasions au moins, il avait usé de son influence auprès des autorités fascistes, à Florence, pour protéger Maurizio face à certaines « difficultés » – des problèmes survenus à cause de ses relations avec les mouvements socialistes clandestins.

Et tout comme Emilio avait su travailler ces hommes importants à Florence, il avait aussi su convaincre l'officier allemand dépêché pour établir un poste de commandement à la Villa Docci, en restant tard le soir avec lui, en discutant d'art, de littérature, de science et de philosophie. Pas une seule œuvre d'art n'avait été endommagée ou pillée, pas un seul journalier de la propriété n'avait été maltraité. Cette cohabitation s'était déroulée sans aucun dommage. Ensuite, alors qu'elle touchait à son terme, Emilio avait eu tout à coup sous les yeux le spectacle de ce mobilier ancien – ce précieux héritage familial – balancé depuis les fenêtres du dernier étage par un duo de fantassins.

Malheureusement, ce n'étaient pas des hommes qu'il connaissait bien ; ils n'avaient été affectés en poste à la Villa Docci que tout récemment, prélevés parmi les hordes d'Allemands qui battaient en retraite vers le nord. Emilio et Maurizio s'étaient jetés sur les deux gaillards alors qu'ils soulevaient une autre pièce de mobilier en direction de la fenêtre. Ils étaient fin saouls, ils rigolaient, et le gramophone braillait une chanson allemande. Emilio avait contemplé la pièce – les miroirs brisés, les tableaux tailladés et les impacts des balles dans les fresques du plafond –, puis il avait dégainé son arme et tiré un coup de feu sur le gramophone, réduisant la musique au silence. Il y avait eu quelques instants de stupeur, les quatre hommes qui se tenaient dans la pièce demeurèrent là dans un silence assourdissant, un tableau vivant, figé.

Les esprits s'étaient très vite échauffés. Il y avait eu beaucoup de gesticulations et de hurlements, des mots que Maurizio ne comprenait pas, car il ne parlait pas l'allemand. Les soldats lançaient des coups d'œil vers leurs propres pistolets, qu'ils avaient laissés tout près. Emilio leur avait ordonné de rester à bonne distance de leurs armes. Et c'est à cet instant que Gaetano le jardinier était entré dans la pièce, attiré dans la villa par tout ce tapage.

Chiara fit jurer à Adam de ne pas répéter ce détail particulier du récit, l'instant précis de l'arrivée de Gaetano, coïncidence malheureuse, car à bien des égards le pauvre jardinier était involontairement responsable de la mort d'Emilio.

Ce dernier s'était tourné instinctivement vers la porte, et l'un des Allemands avait attrapé au vol son pistolet, pour tirer deux fois, frappant Emilio à la poitrine et à la tête. Il s'était écroulé, mort. Gaetano avait replongé à l'extérieur de la pièce, mais sans nulle part où s'enfuir, Maurizio, lui, s'était retrouvé face au canon du pistolet de l'Allemand. Il avait eu la vie sauve grâce au deuxième soldat, qui avait persuadé son compagnon de ne pas presser sur la détente. Et les deux hommes avaient filé.

Chiara avait vu la pièce, le lendemain. On avait emporté le corps d'Emilio, mais son sang tachait encore le sol près de la cheminée, là où il était tombé. Des soldats alliés étaient arrivés dans l'après-midi, mais ils paraissaient moins préoccupés de ce qui était arrivé que de dénicher d'éventuels renseignements abandonnés là par les Allemands. Dès qu'ils étaient repartis, Benedetto avait fermé et verrouillé les portes en haut de l'escalier. C'était quelques jours avant qu'il n'annonce que ces pièces demeureraient telles qu'elles étaient. Il n'avait fourni aucune explication et s'était refusé à discuter de la question plus avant. Avec le temps, tout le monde avait fini par accepter cet état de choses assez peu ordinaire. Ce n'était redevenu un problème que des années plus tard, après la disparition de Benedetto et que la Signora Docci eut annoncé son intention de laisser le dernier étage condamné.

« Ce n'est pas juste, dit Chiara, en écrasant sa cigarette et en se levant. Nous avons des amis allemands. Ils seront présents à la soirée. C'est insultant pour eux. Ce n'est pas juste. C'est le passé. »

Adam avait envie de poser encore des questions, mais il avait déjà montré un intérêt excessif pour cet épisode, en multipliant les questions habiles, en lui soutirant ce qui devait se rapprocher du compte-rendu le plus « officiel » qui puisse être de ce meurtre. Sans trop savoir pourquoi, il s'imaginait mal un Maurizio aussi communicatif, et d'ailleurs jamais il ne se serait risqué à le lancer sur ce sujet.

Il raccompagna Chiara dehors, sur la terrasse, fuyant le brouillard de fumée qui noyait maintenant le bureau. Le plus stupéfiant, c'est qu'elle alluma aussitôt une autre cigarette avant d'aller se mettre en quête de son mari et de sa belle-mère.

Il resta un petit moment appuyé à la balustrade, se repassant la conversation dans sa tête, tâchant d'en saisir toute la logique. Il regarda les ouvriers qui s'affairaient sur les terrasses en contrebas, et il repéra l'endroit exact où il allait pouvoir remettre de l'ordre dans ses pensées.

L'air, dans la chapelle, était d'une fraîcheur étonnante. S'y trouvant seul cette fois, il put en examiner l'intérieur d'un œil plus critique. C'était le lieu de culte le plus simple et le plus banal qu'il ait jamais vu. Il n'y avait là pas une ligne, pas une proportion factice, aucun signe d'excès – pas de baldaquins aux entortillements baroques fixés au mur, pas de fresques recherchées ou de sculptures sophistiquées. C'était comme si l'édifice lui-même avait esquivé ces ornements-là, tout au long des siècles, comme si, en un sens, des générations successives de Docci avaient perçu l'aversion du lieu pour de telles frivolités.

Se tenant là, debout, respirant l'édifice, il ne doutait plus que la même main adroite qui avait façonné une imposante villa pour Federico Docci ait aussi modelé cette petite maison de Dieu.

Il avait effectué quelques recherches : la Signora Docci avait raison ; de l'architecte présumé de la Villa Docci – Fulvio Montalto – on ne savait presque rien. Il semblait avoir été l'apprenti de Niccolò Tribolo, sculpteur et architecte de la Renaissance. Une lettre dans les archives de Tribolo évoquait une rencontre entre Federico Docci et Fulvio Montalto – en l'absence du maître – au cours de laquelle les plans d'une nouvelle résidence de campagne avaient fait l'objet d'une discussion. Tribolo avait peut-être conçu ces plans lui-même mais, étant donné la lourde charge de travail qui était la sienne à l'époque – il supervisait la construction des jardins de Boboli pour le compte de Cosme Ier de Médicis –, il semblait plus vraisemblable qu'il se soit contenté de confier la commande à son jeune émule. Fulvio Montalto s'était acquitté de la confiance que l'on avait placée en lui, et au-delà, et il était regrettable que son nom se soit ensuite perdu.

Adam laissa ses pas le conduire vers cet emplacement, tout près du mur côté sud, où gisait Emilio. Il pensa à lui, là, tout au fond de cette terre sombre, humide et froide. À quoi ressemblait un corps, dans un cercueil, au bout de quatorze ans? Serait-il liquéfié? Momifié? Les parois de la bière avaient-elles cédé? Ses os s'étaient-ils déjà mêlés à la riche terre toscane?

D'abattement, il se posa sur un banc d'église tout proche. Il connaissait la raison de son humeur; cela montait en lui depuis le moment où Chiara avait mentionné l'arrivée intempestive de Gaetano le jardinier à la villa, le soir du meurtre d'Emilio. Cette simple petite déclaration avait foulé aux pieds les germes du soupçon qui le tenaillait.

Tout ce qu'il avait concocté dans sa tête au cours de ces dernières journées découlait de l'affirmation de Fausto selon laquelle Gaetano aurait été incohérent, en modifiant son témoignage sur l'endroit exact où il se trouvait au moment du meurtre. Eh bien, c'était compréhensible, évidemment. Qui, dans sa situation, n'aurait pas changé son récit? Son arrivée soudaine au dernier étage avait distrait Emilio, permettant à l'Allemand de se ruer sur son pistolet et de faire feu. Gaetano avait dû être anéanti, et Maurizio compatissant. On les imaginait aisément présenter à tout le monde une version remaniée des événements afin de ménager la sensibilité du jardinier, tout comme il était facile d'imaginer les colporteurs de ragots du coin, comme ce Fausto, s'emparant des incohérences du récit de Gaetano pour s'en donner à cœur joie en répandant de fausses interprétations.

Il était clair à ses yeux qu'il avait fait naître une sinistre conspiration par pur volontarisme. Il avait déformé les faits qui cadraient avec son raisonnement, et négligé ceux qui ne cadraient pas – des crimes dont il avait déjà été souvent accusé dans le passé par le professeur Leonard. En se tenant là, devant l'autel, il comprit aussi clairement pourquoi il s'était laissé emporter au gré de son imagination. Le jardin funéraire lui avait interdit de goûter davantage aux délices de l'intrigue, donc il était allé se les procurer ailleurs – il en avait fabriqué une de toutes pièces, à partir de sa propre frustration.

Cette prise de conscience de sa témérité n'allait pas sans quelque consolation. Il était libéré, relevé de ses obligations, plus du tout requis de conjecturer pour savoir qui, comment, et pourquoi, de rejouer des scénarios imaginaires dans sa tête, de rechercher le pire, où qu'il tourne le regard. Il était libre de profiter de la compagnie d'un homme qui ne s'était jamais montré autrement que poli et charmant.

Harry avait toujours été très doué pour se présenter à son avantage, et c'était heureux, car lorsque Adam alla le réveiller avant le déjeuner, il était affalé sur le ventre, au-dessus des couvertures, toujours habillé. Et il bavait. Par miracle, à peine vingt minutes plus tard, il entrait sur la terrasse d'un pas alerte, le visage frais, rasé de près et l'œil étincelant. Ses cheveux portaient même la trace d'une timide tentative de raie sur le côté.

Il arrivait alors que tout le monde prenait place autour de la table, sur la terrasse.

« Salut, bonjour, je me présente, Harry. » Maurizio et Chiara eurent l'air un peu abasourdis par la violence de sa poignée de main, et la Signora Docci pas tout à fait mécontente du baiser qu'il lui planta sur la joue.

Chiara remarqua leur étroite ressemblance physique – le même teint mat, le même profil de mâchoire, la même large bouche.

« Adam déteste que les gens le lui disent. Il se croit plus beau… plus grand et plus beau.

– Il est plus grand, en effet, observa Maurizio.
– Parce que je me tiens voûté. »
Harry se redressa sur son siège, histoire d'enfoncer le clou. Maurizio paraissait sceptique.
« D'accord, j'ai aussi les jambes petites et arquées. Mais au moins elles ne sont pas maigrichonnes. Et vous ne surprendrez jamais Adam vêtu d'un short comme le mien.
– Je ne peux pas le nier, fit Adam. On ne me verra jamais dans un short comme le sien, pour rien au monde. »
Le rire qu'il déclencha donna le ton du déjeuner. Ce fut un moment plaisant, la conversation s'enchaînant gaiement, jusqu'à ce que la Signora Docci demande à Harry ce qu'il avait pensé de Florence.
« Décevante.
– Décevante ?
– Si je peux être sincère.
– Ne te sens pas obligé », glissa Adam.
Son frère ignora cette réplique.
« J'ignore ce que j'en attendais, quelque chose de plus romantique, j'imagine. C'est tellement... (Il chercha le mot...) masculin.
– Masculin ? »
Cette fois, c'était Chiara.
« C'est grand, vigoureux, criard... dur. Je veux dire, prenez cette cathédrale...
– Le Duomo, précisa Adam, déjà tendu, manière de lui souffler : "Boucle-la, et tout de suite."
– Voilà, justement. Soyons franc, il n'y a pas franchement de quoi se précipiter sur son stylo pour griffonner des vers. »
Adam remarqua que Maurizio gardait le sourire. La Signora Docci et Chiara étaient déjà hérissées, sur la défensive.
« Beaucoup de poètes ont écrit sur Il Duomo, s'insurgea Chiara.
– Des poèmes courts, non ? »
Maurizio éclata de rire, s'attirant un regard cinglant de sa mère.
« Je comprends ce que Harry veut dire, osa-t-il. Florence n'est pas comme Sienne, ou Venise, ou Padoue. Elle est bien plus robuste. Je peux imaginer son désappointement. »

Chiara eut la malencontreuse idée de riposter en mentionnant l'héritage artistique inégalé de Florence, car sur ce sujet Harry se montra encore moins diplomate. Là aussi, il avait trouvé cet héritage artistique un peu décevant.

« Vraiment ? s'étonna la Signora Docci, incrédule.

– Un peu. »

Et cet aveu se révéla une sorte de litote. De l'humble avis de Harry, la Renaissance marquait un étiage dans l'histoire de l'art occidental. Comme pour la plupart des théories de son frère, l'originalité de l'hypothèse allant de pair avec sa conviction passionnée compensait presque les failles flagrantes de l'argumentation.

Il ne niait pas que les peintres et les sculpteurs de la Renaissance aient effectué de grands bonds en avant au plan du réalisme de la représentation, mais il doutait que ce soit là un progrès, et se demandait si cela engendrait vraiment un art supérieur. On pouvait avancer – et il ne s'en priva pas – que l'art médiéval, avec ses distorsions, ses disproportions et ses stylisations, était plus réel parce qu'il ne tentait pas de tromper l'œil. L'art de la Renaissance, en revanche, se livrait à un illusionnisme fervent. La prouesse technique consistant à simuler une impression de profondeur sur une image plane ou à restituer une figure humaine avec une précision quasi photographique paraissait parfois plus importante aux yeux des artistes que le sujet proprement dit, le but plus élevé, sacré, que leurs œuvres étaient censées servir. Avec quelques exceptions notables, l'essentiel de ce qu'il avait vu dans les galeries et les musées de Florence l'avait laissé froid. L'une de ces exceptions était la statue de *David* par Michel-Ange, à l'Accademia.

Celle-là, il l'avait détestée.

Un monument imposant dédié à la fascination mièvre de l'homme pour lui-même, le triomphe de la forme sur le contenu, du style sur la substance, c'était ainsi qu'il la leur dépeignit. Où était la terreur du jeune berger sur le point de s'en prendre au champion de l'ennemi en un combat singulier ? Le seul signe que Harry avait réussi à déceler se trouvait entre les jambes de David. La peur, comme le froid, pouvait avoir cet effet sur votre pénis, expliqua Harry, toujours prévenant, pour l'édification de ces dames. Non, le « Narcisse aux hanches reptiliennes » ressemblait davantage à « un adolescent un peu crétin se pomponnant devant un miroir avant une grande sortie nocturne ».

Les vues de Harry déclenchèrent un débat animé, et c'était fait exprès. Il y avait peu de choses qu'il goûtait autant qu'une échauffourée intellectuelle. Hélas, le vin rouge était du nombre, et il coula généreusement pendant tout le temps que l'on en resta au plat principal – une combinaison au potentiel explosif.

Adam choisit son moment avec soin. Dès les premiers coups d'œil torves de son frère, aux premiers signes d'agressivité, il l'éloigna, sous prétexte de lui montrer le jardin funéraire.

Quand Harry demanda s'il pouvait emporter son verre avec lui, personne ne parut s'en formaliser.

Lorsqu'ils descendirent vers le vallon par le chemin, Adam ne ressentit pas du tout son frisson de jouissance anticipée habituel. Il s'était senti vaincu par le jardin avant même que l'affaire de la mort d'Emilio n'ait commencé d'assiéger ses pensées. Il fournit à son frère un résumé des plus succincts, en ne mentionnant presque rien d'autre que le choix de Federico Docci de mouler son épouse en une statue de Flora, la déesse des Fleurs.

Quand ils se frayèrent un passage par la brèche dans le rideau d'ifs, et face au sombre tunnel d'arbres qui s'ouvrait devant eux, Harry s'arrêta.

« Marrant, comme endroit », lâcha-t-il.

Il ne dit plus un mot avant qu'ils n'aient débouché en terrain dégagé, au pied de l'amphithéâtre. Il leva les yeux vers la statue de Flora, avec l'arc de triomphe en surplomb, sur la crête au-dessus d'elle, puis il se retourna, pour embrasser du regard le reste du vallon, et les arbres enserrant le pré.

« À quoi penses-tu ? s'enquit Adam.

– C'est beau. Mais sinistre.

– Et puis ?

– C'est un examen ?

– Non. »

Ce n'était pas un examen, mais il avait envie de voir l'endroit à travers le regard de Harry – d'un œil neuf, pour la première fois. Peut-être en surgirait-il quelque chose.

« J'ai besoin d'aide, confia-t-il à son frère.
– De ma part ?
– J'en suis à ce degré de désespoir. »

Harry lut à voix haute l'inscription sur l'arc de triomphe, qu'il prononça de façon incorrecte.

« *Fiore*, rectifia Adam. C'est le mot italien pour "fleur".
– Comme dans Flora.
– Exactement.
– Et c'est elle… la statue ?
– C'est la déesse.
– Est-ce une sculpture d'après nature ?
– Il n'y a aucun moyen de le savoir, il n'existe pas de portraits de Flora. Toutefois, je pense que c'est bien possible. »

C'était une impression qui s'était insinuée en lui ces derniers jours. Le visage de Flora ne reflétait pas le canon de l'époque. Les traits ne s'accordaient pas tout à fait avec le raffinement fade et châtié de la fin du XVIe siècle. La bouche était trop charnue, le nez trop prononcé, le menton trop carré. Elle était trop réelle.

Ils grimpèrent la pente longeant le flanc de l'amphithéâtre, pour gagner le deuxième niveau. Harry tendit son verre de vin à Adam et leur alluma une cigarette à chacun. Ensuite, il procéda à l'examen de la statue, sous tous les angles.

« Bon, ce n'est pas mon style de travail, finit-il par admettre.
– Je m'en serais douté.
– Mais elle n'est pas dénuée d'une certaine qualité.
– Tu penses ?
– Oui-oui.
– Quoi ?
– Eh bien, elle est sexy.
– Sexy ?
– Excitée, même. Regarde-la. »

Il glissa la main le long de la jambe de la statue, le même geste qu'Antonella le jour de leur première rencontre. Cette fois, pourtant, c'était différent ; la main de son frère continua de remonter, pour s'introduire dans l'entrecuisse de Flora.

« Ben ouais, elle mouille.
– Oh, Harry, je t'en prie.

– Mais enfin, regarde-la, regarde comme elle se tord dans ce sens-là, et puis ensuite elle se dérobe... toute timide, mais pas vraiment.

– C'est une pose classique.

– Oh, une pose classique, se moqua son frère. Tout ce que je veux te dire, c'est que cela ne m'ennuierait pas du tout d'être le destinataire d'un regard pareil. »

Adam lança un coup d'œil vers le visage de Flora, les lèvres légèrement froncées, ses yeux en amande, très espacés, ce regard perdu au loin...

Mais où, au juste ?

D'un coup sec, il tourna la tête, puis revint à Flora. Elle regardait vers le bas de la pente, au-delà du vallon, dans le bois, avec ses arbres imposants et son épais sous-bois de lauriers. Ils dressaient une barrière impénétrable, mais il avait une idée assez précise de ce qui se trouvait derrière.

« Reste ici », lui dit-il.

Il dévala la pente, perdit l'équilibre, trébucha, un vilain faux pas, et douloureux en plus. Il se récupéra tant bien que mal sur la partie plate du terrain, et appela Harry.

« Dis-moi où elle regarde ?

– Quoi ?

– Où elle regarde. Dis-moi exactement à quel endroit elle regarde. »

Il pressa le pas, en claudiquant. Il s'était fait quelque chose à la cheville. Ce n'était pas encore trop pénible, mais il sentait bien que cela ne tarderait pas à le devenir.

Quand il atteignit la lisière des arbres, il se retourna et hurla.

« Ici ? »

Harry gesticula, et hurla en retour :

« Un peu plus haut. Encore. C'est ça. Non. Recule un poil. Je ne sais plus. Là. Oui. Là. »

Adam retira sa chemise et la balança sur la branche la plus proche. Il plongea le regard dans le sous-bois, les yeux rivés sur un arbre, un peu plus loin, dans l'axe de la statue et de sa chemise. Il ne quitta plus cet arbre du regard et s'enfonça dans l'épaisseur des lauriers. C'était un véritable combat, comme de marcher contre le courant d'une rivière torrentielle.

Quand il l'eut atteint, il se retourna. Il distinguait à peine sa chemise, pendue à la branche, là-bas.

Il fallait qu'il soit précis, ce qui impliquait de retirer son pantalon et de l'accrocher à une autre branche. Quand il se fut rechaussé, il remarqua que sa cheville s'était déjà mise à enfler.

Il choisit un autre arbre situé sur le même axe et poursuivit sa traversée du sous-bois. Les broussailles denses le griffaient, éraflaient sa peau nue. À une ou deux reprises, il écopa d'une brutale manchette dans la cuisse ou à mi-corps, suffisante pour l'arrêter net, l'espace d'un instant, mais il ne détacha pas les yeux de l'arbre pour si peu, pas avant de l'avoir rejoint.

Heureusement, il ne fut pas contraint de retirer son slip, en guise de balise supplémentaire. L'arbre suivant était assez proche de l'orée du bois pour qu'il puisse achever son trajet au jugé.

Il se retourna et vérifia une dernière fois qu'il était bien dans l'axe du regard de Flora, puis il s'avança d'un pas à découvert.

Il se trouvait sur le pourtour nord de la clairière de Hyacinthe, et là – droit devant ses pas – se dressait Apollon, sur son promontoire en forme de cône, le bras tendu vers Hyacinthe, à plat ventre sur sa plinthe, à l'autre bout de la clairière.

Cela lui vint subitement, et son pouls se mit à battre la chamade.

Apollon était la clef qui résolvait le mystère.

Il ferma les yeux et accomplit un rapide tour du jardin dans sa tête, chaque élément du tracé de Federico Docci défilant mentalement, revêtant une nouvelle signification, racontant une autre histoire, enfouie juste sous la surface.

Deux jurons tonitruants le forcèrent à reprendre ses esprits. C'était Harry qui émergeait du bois, franchissait le laurier en trombe, son verre levé très haut. Détail remarquable, il semblait en avoir à peine renversé une goutte.

Le regard de Harry parcourut la clairière, avant de se poser sur Adam.

« Bon Dieu, Adam, regarde-toi, planté là en slip et en chaussures, tout griffé de partout. C'est à cela que te mène l'enseignement de Cambridge ?

– Tu t'exprimes comme papa.
– Je commence à comprendre ce qu'il ressent. »
Adam l'attrapa et le serra contre lui.
« Tu es un génie, Harry. »
Son frère lui administra une série de petites tapes dans le dos.
« Là, là, les gentils messieurs en blouse blanche seront bientôt là. »
Adam rigola et le lâcha.
« Ce n'est pas un jardin funéraire.
– Non ?
– Ou plutôt, si.
– D'accord.
– Sauf que non.
– Très bien, alors maintenant, je commence vraiment à m'inquiéter.
– C'est les deux. C'est un jardin funéraire et un aveu.
– Un aveu ?
– De meurtre. Il l'a tuée. Federico Docci l'a tuée.
– Qui ?
– Flora.
– Non, pas elle… lui. Qui c'est, ce Federico, bordel ?
– Son mari. Il l'a tuée parce qu'elle avait une liaison. »
Harry prit une gorgée de vin et hocha la tête avec componction.
« Cela me paraît un peu… excessif. »

Harry n'était pas vraiment ravi de se voir renvoyé dans le bois pour récupérer le pantalon de son frère, mais dès qu'ils furent de retour devant l'amphithéâtre, et quand Adam lui désigna du doigt l'anagramme sur l'arc de triomphe, et les neuf cercles de l'*Inferno* de Dante, sa mauvaise humeur se dissipa.

Le temps qu'ils soient arrivés à la grotte, Adam avait embarqué Harry dans son histoire, et ce dernier semblait ravi de l'aventure. En fait, c'était là, devant l'histoire de Daphné et Apollon, qu'il avait deviné la méthode choisie par Federico Docci pour commettre ce meurtre : le poison.

Il leur fallut plus d'une heure pour achever le parcours, entravés qu'ils étaient par la cheville blessée d'Adam ainsi que par leurs discussions interminables.

Ils ne quittèrent le jardin qu'une fois tous deux convaincus que leur nouvelle hypothèse tenait.

À proximité de la villa, Harry s'arrêta subitement et se tourna vers son frère.

« Ce doit être le truc le plus bizarroïde qu'on ait jamais fait ensemble.

– Plus bizarroïde que la fois où on a escaladé le mur du fond pour espionner Mme Rogan ?

– D'accord, le plus bizarroïde après le mur de Mme Rogan, alors. »

Harry réussit à patienter jusqu'au soir, avant de renier sa promesse de ne pas révéler la nouvelle à propos du jardin.

Maurizio et Chiara étaient déjà partis depuis longtemps, mais Antonella venait de faire son apparition pour le dîner, en arrivant directement de son bureau, avec un cuissot de jambon fumé – un cadeau de son patron reconnaissant, en raison de la commande lucrative qu'ils venaient de recevoir d'un de leurs acheteurs américains.

Maria découpa le jambon à l'os et ils l'engloutirent en l'accompagnant d'un champagne millésimé. On en avait livré des caisses cet après-midi et il méritait d'être « essayé » avant la soirée, avait suggéré la Signora Docci. Même Maria s'était autorisé un verre.

Adam leva le sien en l'honneur d'Antonella et à ses créations, qui seraient bientôt en vente à New York.

« Mais si elles ne se vendent pas ? demanda-t-elle avec un air peiné.

– C'est simple, fit Harry, ils n'en commanderont plus. (Là-dessus, il leva de nouveau son verre.) À Adam. Lui aussi, il a de bonnes nouvelles.

– Moi ? Ah oui ?

– Tu sais bien que oui.

– Harry...

– Cesse de geindre et dis-leur.

– Le jardin…, devina Antonella.
– Un jardin pas si clair qu'il n'en a l'air, insista Harry. Pas si clair du tout. »
Antonella souriait à Adam.
« Vous avez résolu le reste de l'énigme ? »
La Signora Docci se pencha en avant sur sa chaise.
« Le reste de l'énigme ? »
Antonella se tourna vers sa grand-mère.
« Il m'en a déjà révélé une partie.
– Traîtresse.
– Je ne partage pas tout, avec toi, Nonna.
– Cela me semble évident, à présent. »
Elles tournèrent leur regard vers Adam, elles attendaient.
« Je n'y serais jamais parvenu sans Harry.
– C'est vrai, confirma ce dernier, il n'y serait jamais parvenu. »
La Signora Docci leva brusquement la main.
« Ne dites rien. Pour vous entendre nous raconter tout cela, je veux être sur place. Dans le jardin.
– Nonna, nous sommes sur le point de dîner et la nuit tombe.
– Alors, demain. Demain matin, avant que vous ne vous mettiez au travail.
– Comment allez-vous descendre jusque là-bas ? »
La Signora Docci se flanqua une petite tape sur les cuisses.
« Avec ceci, naturellement. Et j'ai deux messieurs jeunes et forts pour m'aider.
– Mais je veux savoir tout de suite, moi.
– Eh bien, rien ne t'empêche de les convaincre… une fois que je serai au lit. »
Mais quand la Signora Docci eut regagné l'étage, après le repas, Antonella ne leur demanda rien. Elle choisit de vivre encore un peu plus dans l'attente. Harry lui promit qu'elle ne serait pas déçue.
Ils prirent tous les trois leur verre et descendirent vers la terrasse inférieure. Ils s'allongèrent dans l'herbe, sous les étoiles, et parlèrent des films qu'ils avaient vus, des livres qu'ils avaient lus, de la vie en Angleterre, de la vie en Italie, et même – jusqu'à ce qu'Adam prie son frère de se taire – de la récente montée du

club de football de Crystal Palace au sein de la Division 4 nouvellement formée au plan national.

Adam se sentait bien, allongé là sur la pelouse, à savourer le doux air nocturne et cette conversation, à se laisser bercer par la satisfaction sereine d'avoir su percer à jour le jardin funéraire. C'était seulement maintenant, une fois le secret levé, qu'il mesurait le véritable poids qu'il avait dû endosser depuis sa première visite dans ce sombre vallon, au bas de la colline. L'endroit l'avait immédiatement perturbé, contaminé. Il avait consumé toutes ses heures de veille, et aussi bon nombre de ses heures de sommeil. La vie avait continué, mais en se déployant autour de lui dans un demi-brouillard. Il avait vécu comme en retrait.

Maintenant que le sortilège était rompu, tout reprenait sa netteté. Même Antonella lui apparaissait changée : plus vive, plus piquante, plus réelle. Et plus désirable que jamais. Il aurait souhaité, non sans un certain sentiment de culpabilité, que Harry ne soit pas là, pour être tout seul avec elle. Il se flattait même de croire qu'elle avait la même pensée en tête.

Il était contrariant qu'elle soit arrivée en voiture ; cela le privait de l'opportunité de la raccompagner chez elle à pied. Il n'avait pas oublié que c'était lors d'une promenade dans le jardin, par une soirée identique, qu'elle l'avait embrassé. Il gardait encore en mémoire la douceur ourlée de ses lèvres pleines contre les siennes, et sa main qui s'était faufilée autour de sa taille pour l'attirer contre elle.

Il attrapa ses cigarettes et entrevit une fois encore la chapelle, au bout de la terrasse, tapie à la périphérie de son champ de vision, comme depuis le début de cette soirée. Jusque-là, il était arrivé à se la sortir de la tête. Cette fois, il fut moins chanceux. Tandis que Harry continuait son bavardage à propos des héroïnes négligées de l'âge d'or du blues, il s'aperçut que ses pensées se tournaient à nouveau vers les ossements d'Emilio enfouis sous le dallage de ce sol. Une vie fauchée, abrégée par deux balles – une dans la poitrine, une autre à la tête –, Chiara avait été très précise.

Il ne pouvait s'empêcher de penser que ce luxe de détails avait un aspect artificiel. Chiara ne pouvait tenir cela que de Maurizio, mais quel homme irait décrire le meurtre de son propre frère avec une telle précision clinique? Et tous ces autres détails, aussi : la balle tirée sur le gramophone, les Allemands lançant des regards vers leurs armes qu'ils avaient abandonnées. Cela sentait la scène de théâtre concoctée par un dramaturge. Comme un médiocre mensonge, l'ensemble était trop lesté d'informations inutiles.

Il avait lui-même commis la même erreur, l'été précédent, quand, roulant trop vite histoire d'impressionner ses amis, il avait perdu le contrôle de la voiture de sa mère, pour finalement froisser l'aile de la Morris contre un arbre. Il lui avait raconté qu'il avait dû faire une embardée pour éviter un épagneul springer sur la route. « D'origine anglaise ou galloise? » s'était-elle enquise, avec ce regard entendu dont elle avait le secret.

Ensuite, il y avait Benedetto, le mari de la Signora Docci. Qu'est-ce qui l'avait incité à préserver le site de la tuerie, obligeant sa famille à vivre avec ce souvenir, tout en lui refusant l'accès à la scène elle-même? Sur cette question, Benedetto Docci n'avait consulté personne, et n'avait manifestement éprouvé nul besoin de justifier ce choix. Même en le sachant accablé de douleur, cela trahissait une facette de son caractère, et même une méchanceté, qui ne lui ressemblaient guère. Cela sentait vaguement l'acte de pénitence, comme s'il se punissait lui-même. Ou comme s'il punissait quelqu'un d'autre, pourquoi pas?

Peut-être Benedetto savait-il la vérité sur ce qui s'était produit cette nuit-là.

C'était sûrement une explication possible. Et assez convaincante. Oui. Benedetto était parvenu à exhumer la vérité, mais il avait choisi de garder cette découverte pour lui. En fin de compte, il n'avait rien trouvé de mieux que de condamner le dernier étage, comme un constant rappel à Maurizio…

Adam se surprit à commettre cette folie – se perdre en spéculations sur la culpabilité d'un homme qu'il avait déjà acquitté. Pourquoi ne parvenait-il pas à se débarrasser de ses soupçons? Ils persistaient, comme un vent qui soufflerait dans son dos.

« Alors? fit Harry.

– Quoi?

– Toujours une araignée au plafond, hein? Je disais, et si on se débouchait une autre bouteille? »

Antonella leva les mains, manière de signifier qu'elle abdiquait.

« Pas pour moi. Si je bois encore un verre, je n'arriverai jamais jusque chez moi.

– Eh bien restez ici, proposa Harry. On est un peu à l'étroit et il fait noir, mais je suis sûr qu'on pourra toujours vous trouver un petit coin où vous pieuter. »

Antonella sourit.

« Non, je dois y aller.

– Je vous raccompagne à votre voiture.

– Adam vous raccompagne à votre voiture, et vous lui rappellerez de rapporter une autre bouteille de champagne. »

Elle embrassa Harry sur les deux joues.

« Bonne nuit, Harry. »

Dès qu'ils furent sortis du champ de vision de son frère, masqués par une rangée d'ifs, elle le questionna :

« Pourquoi t'appelle-t-il Ramdam? »

Adam lui expliqua que c'était la première tentative de son grand frère pour prononcer le nom de son cadet qui venait de naître. Sans que l'on sache trop comment, le surnom lui était resté, durant toutes ces années, sans doute parce que Harry savait que cela irritait Adam.

« J'aime bien », lui déclara-t-elle, en lui glissant le bras dans le pli du coude. C'était un geste simple – intime et formel à la fois –, et il lui donna le courage de poser la question qu'il venait de se jurer à l'instant même de ne pas poser.

« Tu es déjà montée là-haut?

– Où? »

Il désigna le dernier étage de la villa.

« Là.

– Non.

– Cela ne t'intrigue pas?

– Bien sûr que si. Mais ce n'est pas possible.

– Et si je le demandais à ta grand-mère?

– Elle dirait non.

– Comment le sais-tu?

– Parce que je lui ai demandé. C'était pour l'anniversaire de mes dix-huit ans. Je pensais que cela suffirait. Cela n'a pas suffi. J'étais dans une telle colère que j'ai failli prendre la clef et monter quand même.

– Tu sais où elle garde cette clef? »

Antonella s'immobilisa.

« Pourquoi cela t'intéresse-t-il tant?

– Pour la même raison que toi, je suppose. Par curiosité. Curiosité morbide. Ce doit être un spectacle insolite. Et bientôt cela aura disparu, pour toujours.

– Et quand ce sera le cas, nous en serons tous heureux. »

Sa voiture était garée en bordure de la cour.

« Te sens-tu capable de conduire?

– Je pense.

– Vas-y doucement.

– J'essaie, dit-elle. Mais j'ai du mal. »

Il put distinguer suffisamment son expression sous le clair de lune pour comprendre qu'il ne s'était pas mépris sur le sens de ses paroles.

« Alors fonce. »

Ses dents luisaient, toutes pâles, entre ses lèvres souriantes.

« D'accord. »

Ils s'embrassèrent avec plus de fougue que la première fois. Sa main s'égara sur ses fesses, sa paume partit à la dérive sur ses formes rondes et fermes, s'imprégna de toutes ces informations, les fit remonter vers son cortex. Elle ne tenta pas de lui retirer sa main. Bien au contraire. Ses doigts s'enfoncèrent dans les muscles de son dos, pour l'encourager.

Quand ils se séparèrent enfin, il lui fit une confidence essoufflée :

« Mon Dieu, tu as un très beau... derrière.

– Merci. Toi aussi. »

Il la retint près d'elle et ses doigts parcoururent ses longs cheveux.

« Quand pars-tu? lui demanda-t-elle.

– Je ne sais pas. Bientôt. C'est pour cela que je ne voulais pas que Harry dise quoi que ce soit au sujet du jardin. Je n'ai plus d'excuse pour prolonger mon séjour, maintenant.

– Avais-tu raison? Il s'est passé quelque chose de mal? »

Il hésita.
« Oui. »
Ils s'embrassèrent encore, brièvement, et puis elle monta dans sa voiture. Elle leva le nez vers lui, par la fenêtre baissée.
« Si tu me promets de ne pas te faire prendre, je te dis où est la clef.
– Je te le promets. »
Elle le lui dit. Elle lui rappela aussi d'attraper au passage une autre bouteille de champagne, pour Harry. Ensuite, elle fit démarrer le moteur et s'éloigna.
C'était peut-être une illusion, un jeu d'ombres, mais il aurait juré avoir saisi le flou d'un mouvement furtif, derrière l'une des fenêtres du deuxième étage, lorsque les phares avaient balayé la cour.

En son absence, Harry s'était retiré sur un banc de pierre. Il reposait, allongé sur le dos, fixant son regard sur le ciel maculé d'étoiles. Adam fit sauter le bouchon et remplit leurs verres.
« Tu l'as embrassée ?
– Oui.
– Saligaud. Elle est trop bien pour toi.
– Merci.
– C'est la vérité, protesta son frère. Je veux dire, tu es un jeune homme brillant et tout... (Il s'interrompit soudain, se redressa d'un coup et dévisagea son frère d'un regard intense.) Bon sang, tu es un brillant jeune homme, hein, n'est-ce pas ?
– Quoi ?
– Oui, tu es brillant. Je veux dire, je n'en ai jamais douté... mais as-tu la moindre idée de ce que tu as accompli, aujourd'hui ?
– De ce que nous avons accompli, Harry.
– N'importe quoi. Tu y étais presque, tu étais déjà à un pas du but, à peine. Tu aurais compris tout seul. »
Guère habitué à entendre des gentillesses dans la bouche de son frère, Adam ne savait pas trop comment réagir, au juste.
« Tu es le premier qui pige en combien d'années ?
– Trois cents et quelques.
– Ah. Je pensais que c'était plus.

– Nous pourrions pousser jusqu'à quatre cents, si tu penses que ça peut encore bonifier l'histoire. »

Harry rigola.

« C'est une superbe histoire. Cela va tout changer.

– Pourquoi?

– Eh bien, après ça, tu ne peux plus rentrer vendre des polices d'assurance.

– Pourquoi pas?

– Pourquoi pas!? N'importe qui est capable de vendre des polices d'assurance. Mais combien de gens sont capables de ça? » Et la main de Harry partit dans la direction du jardin funéraire.

« Et si je n'ai pas envie de continuer avec cette histoire?

– Tu es obligé.

– Pourquoi?

– Pourquoi? Parce que tu vois des choses que les autres ne voient pas.

– Mais non, pas du tout.

– Mais si. Depuis toujours. Même quand nous étions gamins. C'est la vérité, Ramdam. Tu étais toujours occupé à démonter les choses, à les inspecter de fond en comble. Maman répétait tout le temps : le seul bébé qu'elle ait jamais vu qui ait essayé de casser son hochet pour voir ce qu'il contenait. Nous en rions encore.

– Ah? Je suis très content pour vous deux.

– Tu regardes les choses différemment, tu vois les choses différemment.

– Alors comment se fait-il que j'aie regardé Flora et que je ne l'aie pas vue? Pas la vraie. Je n'ai vu que des livres.

– Eh bien, tu auras appris quelque chose. Tu n'en seras que meilleur, la prochaine fois.

– Il n'y aura pas de prochaine fois, Harry. »

Son frère devint grave, presque agressif.

« Écoute-moi. Ce n'est pas comme l'autre soir. Je ne suis pas en train de te parler de tes copains de la fac, je ne te parle plus des deux dernières années de ta vie... je te parle du reste de ton existence.

– Je sais.

– Tu ne peux pas devenir agent d'assurances.

– Je n'ai pas le choix ! Il faut bien que quelqu'un s'en charge, et ce ne sera pas toi ! »

La véhémence de cette repartie le choqua presque autant qu'elle choqua Harry.

« Nom de Dieu, Ramdam…

– C'est vrai. À la minute où tu as dit non à papa, il fallait forcément que cela me retombe dessus. »

Harry joignit les paumes.

« Écoute-moi. C'est ta vie, pas la sienne. Tu as envie de vivre sa vie ? Bon, enfin, c'est de ça que tu as envie ? Vivre dans un endroit comme Purley, avec deux gosses ? C'est ça que tu veux, prendre le même train à la con, tous les matins, gémir sur les tickets de rationnement, te soucier de ta retraite… baiser ta secrétaire parce que tu n'aimes plus ta femme ?

– Ne sois pas ridicule.

– Baiser… ta… secrétaire, répéta Harry, avec une lenteur délibérée.

– Papa ne baise pas sa secrétaire.

– Ah bon ?

– Tu es ivre.

– Si je n'étais pas ivre, je ne te raconterais rien de tout ça. »

Adam scruta son frère un instant, et puis il éclata de rire.

« C'est bien, Harry. Tu es toujours aussi fort, je t'accorde au moins cela. »

Il avait déjà mordu suffisamment souvent à ses inventions, par le passé, pour savoir ce qui allait suivre.

« Sur la tête de maman », jura son frère, solennel.

Adam en fut vite dessoûlé.

« Sa secrétaire… ?

– Vanessaaaa. »

Vanessa était très intelligente, elle s'exprimait à la perfection. Son père était haut fonctionnaire, et elle connaissait toutes les dates du calendrier mondain par cœur.

« Celle qui aime l'opéraaa. Tu vois ça d'ici, non ? Papa ronflant pendant tout un Wagner, et puis cavalant pour rentrer à la maison par le dernier train.

– Comment le sais-tu ?

– Maman.

– Elle te l'a dit ?

– Je lui ai posé la question. Tu as dû remarquer quelque chose… la maison… ses cheveux… ses chaussures… elle laisse tout aller à vau-l'eau. »

Avait-il été vraiment aveugle à ce point ?

« Elle mourait d'envie qu'on la lui pose, la question. »

Découragé, Adam se laissa choir sur le banc à côté de son frère.

« Ils en ont parlé, reprit ce dernier. Il ne sait pas trop ce qu'il veut faire.

– Lui a-t-il annoncé, ou est-ce elle qui l'a découvert ? »

D'une certaine façon, il lui paraissait important de le savoir.

« À ton avis ?

– Salopard.

– C'est toi, dans trente ans, si tu ne fais pas gaffe. Il a fait le mauvais choix, lui aussi. Tu te souviens comme il nous faisait rire ? Il a été drôle, cet homme, jadis. Depuis combien de temps n'est-il plus drôle ? Combien de temps depuis que maman n'a plus soupiré d'aise ? »

Adam alluma une cigarette, puis se tourna vers Harry.

« Le Rat géant de Sumatra ?

– Comme je disais, tu es un brillant jeune homme. »

# 21

Il n'était pas surprenant qu'il se soit réveillé entortillé dans les draps. En soi, ce qui le surprit, c'était déjà qu'il ait réussi à s'endormir. À une heure indue de la nuit, il avait même renoncé à espérer trouver le sommeil, capitulant devant le tumulte qui régnait dans sa tête.

Il n'avait jamais glorifié l'union de ses parents, ne l'avait jamais mise en avant comme un mariage modèle, ni aux yeux des autres, ni aux siens. Mais il s'était toujours attendu à la trouver là, et à les trouver là, ensemble. C'était l'une de ces réalités qu'il tenait pour acquises, comme le passage des saisons. Harry était d'avis qu'il fallait leur laisser affronter cela tout seuls. D'instinct, Adam se serait précipité à la maison pour leur venir en aide par tous les moyens possibles.

Ces quelques heures d'oubli de soi furent donc les bienvenues, car elles l'aidèrent à apaiser un peu sa réaction de panique. Cela l'aida aussi d'avoir autre chose en tête, dès qu'il posa les pieds par terre.

Il fut le dernier à se présenter pour le petit déjeuner. Même Antonella était déjà là, aussi impatiente que la Signora Docci de se mettre en route sans tarder. Elles l'autorisèrent cependant quand même à avaler d'abord une petite tasse de café d'un noir profond.

Sa cheville foulée avait gonflé dans la nuit, devenant monstrueuse, et elle poussa des cris de protestation tout le long de la descente à pied depuis la villa. Pourtant, il avait l'esprit ailleurs, mijotant dans sa tête la meilleure manière de leur révéler cette histoire. À la fin, il la leur exposa telle qu'elle était, en prenant chaque composante du jardin tour à tour, pour leur en dévoiler les deux facettes.

Quand il pointa du doigt l'anagramme d'*inferno* sur l'arc de triomphe, la Signora Docci tomba dans le silence et, à partir de ce moment-là, ne prononça plus un mot.

*La Divine Comédie* de Dante était le texte clef, leur expliqua-t-il, et non *Les Métamorphoses* d'Ovide, avec ses récits de dieux et de déesses et toutes leurs manigances. Ovide était un leurre. Il ne fallait en tenir aucun compte.

L'histoire de Daphné et Apollon dans la grotte n'était rien de plus qu'une façade, un voile, un artifice. En revanche, il convenait de voir cette composition de sculptures comme l'image instantanée d'un drame purement humain : un jeune couple folâtrant gaiement pendant qu'un gentilhomme, leur aîné, broie du noir non loin de là. Cela n'avait rien à voir avec le mythe antique que la scène était censée représenter. C'était une peinture de Flora et son amant, et d'un Federico Docci inconsolable.

Harry lui avait apporté un éclairage décisif avec son commentaire au débotté sur l'expression du visage de Flora. Du haut de son perchoir, au deuxième niveau de l'amphithéâtre, l'épouse adultère ne détachait plus son œil enamouré de la silhouette lointaine d'Apollon, dans la clairière de Hyacinthe. Apollon démasquant l'amant de Flora, telle était la clef qui ouvrait la serrure du mystère, exposant toute la supercherie au grand jour. Il y avait un autre indice de l'importance du dieu Soleil dans le dessein caché de Federico Docci : un indice littéraire, enfoui dans le texte de *La Divine Comédie* quand, juste après son ascension au Paradis, Dante en appelle à Apollon pour qu'il l'inspire et l'aide à achever les étapes ultimes de son voyage.

Qu'est-ce que la grotte révélait d'autre, une fois ses protagonistes mis à nu comme les trois parties prenantes d'un triangle amoureux de la Renaissance ? Il y avait Federico Docci – sous les traits de Pénée –, tenant une urne serrée contre lui, remplissant d'eau le réservoir de marbre, qui débordait ensuite dans la bouche béante de Flora, le visage creusé en relief dans le sol – non plus un dieu Fleuve apportant sa nourriture à la déesse des Fleurs, mais Federico donnant à sa femme quelque chose à boire. Mais quoi ? Si ce symbole de pureté, la licorne penchée au-dessus du réservoir, n'avait jamais possédé de corne, comme le suggérait un dessin du XVI$^{e}$ siècle, alors ce breuvage, quel qu'il soit, devait être imbuvable.

« Du poison..., fit doucement la Signora Docci.

– Je le crois.

– Mais vous ne pouvez en être sûr.

– Il existe un autre indice. Nous allons y venir. »

À partir de la grotte, ils poursuivirent l'itinéraire dans le sens des aiguilles d'une montre, en s'arrêtant à la clairière d'Adonis, avec sa sculpture de Vénus pleurant son amour défunt. Il n'était pas besoin d'expliquer cette composition à la Signora Docci et Antonella, maintenant que l'on avait exhumé la principale tromperie de Federico. Dès que l'on ignorait les identités « officielles » des personnages, on était en face d'une représentation de Flora pleurant son amant mort.

« Vous pensez que Federico l'a tué ? s'étonna Antonella.

– Il semblerait, en effet. Dans le mythe, Adonis est tué par un sanglier sauvage.

– Notre blason..., murmura la Signora Docci.

– Exactement. »

Elle semblait un peu bouleversée par cette révélation. Elle n'ajouta rien de plus, mais ses yeux adressèrent à Adam un compliment qui venait du fond du cœur.

Au pied du jardin se dressait le Temple d'Écho, devant lequel était allongé Narcisse, le regard perdu dans le bassin octogonal : deux jeunes gens, leur amour voué à l'échec, avec la mort pour récompense. S'il fallait en croire la correspondance des deux récits, Flora – comme Écho – était morte d'une mort lente et qui avait pris son temps. Que le poison en ait été la cause, cette hypothèse était renforcée par l'inscription qui courait sur toute l'architrave, au-dessous du dôme : *L'heure du départ est arrivée, et nous allons chacun notre chemin. Moi pour mourir, et vous pour vivre. Qu'est-ce qui vaut mieux, Dieu seul le sait.* Ces paroles étaient celles de Socrate, prononcées peu de temps avant qu'il ne se donne la mort, en s'empoisonnant avec la ciguë.

La clairière de Hyacinthe, l'élément final du jardin, se reflétait dans la clairière d'Adonis, de l'autre côté du vallon. Mais alors que la première clairière qu'ils venaient de visiter mettait en scène la mort de l'amant de Flora, celle-ci racontait la mort de Flora elle-même.

À bien des égards, c'était la partie la plus intéressante du programme soigneusement élaboré par Federico Docci. C'était la plus révélatrice de l'homme qui se tenait derrière ces meurtres, car elle permettait d'entrevoir la pensée qui l'animait. En effet, Federico Docci s'était trouvé confronté à un problème.

Il était facile d'imaginer la fâcheuse posture où il se trouvait.

« Le subterfuge est parfait. Le jardin qu'il a tracé à la mémoire de son épouse bien-aimée – le jardin dont il souhaite que le monde le juge d'après ses seules apparences – est sans faille sur un plan thématique. Flora est là pour revivre sous les traits de Flora, déesse des Fleurs. Il la place en tête du jardin, une reine qui embrasse ses sujets du regard – Adonis, Narcisse, Hyacinthe –, la mort de chacun d'eux étant marquée par la genèse d'une fleur. Tragédie, Survie, Renouveau, Métamorphose : les thèmes s'entrelacent avec naturel. Seule l'histoire de Hyacinthe soulève une difficulté.

« Elle sert idéalement les buts de Federico, trop pour qu'il puisse envisager d'y renoncer. À force de jalousie envers Apollon, Zéphyr, le vent d'ouest, devient fou et tue l'objet de leur affection commune. Tout cela serait parfait, n'était le fait que Hyacinthe était un prince spartiate, et pas une princesse. Il y a donc un problème de sexe. Federico le contourne en plaçant Hyacinthe face contre terre, ses cheveux lui recouvrant le visage, et le corps drapé d'une encombrante tunique.

« C'est une tricherie, qui n'est pas à la hauteur de son excellence habituelle, et Docci le sait. Il ne s'en préoccupe pas davantage, car cela l'oblige à semer derrière lui un indice – cette pose incongrue de Hyacinthe –, or il sait qu'il doit laisser au moins un indice transparent dans chaque partie du jardin. C'est à l'évidence le défi qu'il s'est lancé. Il veut que les gens sachent la vérité, mais seulement quand il ne courra plus qu'un risque minime. C'est certainement la raison qui l'amène à attendre trente ans, jusqu'à ce qu'il soit parvenu au terme de sa propre existence, avant de composer son jardin. »

Adam n'avait plus rien d'autre à ajouter, donc il se tut. Harry lui passa un bras autour de l'épaule et se tourna vers ces dames, tout sourire.

« Pas mal, hein ? Pour un jeune gars.

– Oui, pas mal du tout. »

Antonella se montra bien plus excessive dans ses louanges, proposant un dîner dès ce soir pour fêter la nouvelle, en l'honneur de la remarquable découverte d'Adam.

Adam et Harry soutinrent une Signora Docci affaiblie sur le chemin du retour vers l'amphithéâtre, chacun d'eux la tenant par le coude, qu'elle avait osseux, et Antonella fermant la marche. Ils se perdirent en conjectures sur l'identité de l'amant de Flora, concluant qu'il devait certainement s'agir d'un des nombreux artistes et écrivains fréquentant les cercles raffinés que Federico recevait à la Villa Docci. Un homme plus jeune, sans doute, plus proche de l'âge de Flora que de celui de son mari. Ou une femme, pourquoi pas ? Harry tendait à prendre ses désirs pour des réalités, mais il n'avait pas tout à fait tort. Tullia d'Aragona, la poétesse et courtisane romaine, avait brusquement disparu de la scène florentine en 1548 – l'année de la mort de Flora. Peut-être y avait-il un lien, en fin de compte. Adam garda ces conjectures pour lui.

En arrivant à l'amphithéâtre, la Signora Docci demanda si elle pouvait se reposer un petit moment sur le banc de pierre. Elle demanda aussi qu'on la laisse seule.

S'étant retirés à l'écart, ils la virent lever les yeux vers Flora, en séchant délicatement ses larmes du dos de la main, de temps à autre.

Il s'écoula dix minutes avant qu'elle n'appelle Adam à la rejoindre.

« Est-ce que ça va ? s'enquit-il, en s'asseyant à côté d'elle.

– Vous ne savez pas ce que vous avez fait.

– Qu'est-ce que j'ai fait ?

– Quelque chose d'extraordinaire. Crispin sera fier de vous. Je suis fière de vous. (Elle lui tapota le genou.) À mon âge, on ne s'attend plus à rien apprendre de nouveau. »

Antonella proposa à Harry une place dans sa voiture, et il saisit cette occasion pour retourner en excursion à Florence, malgré l'avertissement d'Adam. Il le prévenait, en montant dans cette voiture avec elle, il jouait sa vie. Lorsqu'ils démarrèrent, il fit un signe de croix, façon de bénir le véhicule.

Une fois rentré à l'intérieur de la maison, il ne vit plus la Signora Docci nulle part. Il l'appela. La réponse lui parvint, faible et lointaine.

« Par ici. »

Elle était dans le bureau, debout à gauche de la cheminée, elle étudiait le petit portrait de son ancêtre, Federico Docci.

« Je vous en prie, appelez-moi Francesca.

– Francesca, dit-il, en guise de premier essai.

– J'insiste.

– Cela ne me semble pas juste.

– Et cela ne l'a jamais été. Je n'ai jamais été une Francesca. Je me suis toujours considérée comme une Teresa.

– Peut-être avec un peu trop de sainteté. »

L'espace d'un instant, il craignit d'être allé trop loin, mais son visage s'éclaira d'un sourire.

« Ah, mon cher, vous en savez vraiment trop sur moi, n'est-ce pas ? »

Elle revint au portrait.

« Je songe à le brûler.

– Mais vous ne le brûlerez pas. »

Elle secoua la tête.

« Cela explique son expression, pour une bonne part, ne trouvez-vous pas ?

– Je pense que nous voyons ce que nous voulons voir.

– Seigneur Dieu, s'écria-t-elle, vous vous exprimez déjà comme un sage et vieux professeur. »

Adam prit l'air assagi qui convenait.

« J'aimerais me rendre à la chapelle, lui annonça-t-elle. Cela vous ennuierait de m'aider ? »

Il y avait des jardiniers au travail sur les terrasses, occupés à tailler des haies, à ratisser le gravier et à refaire une beauté aux plates-bandes, en vue de la soirée. La Signora Docci les salua, mais sans s'arrêter pour échanger quelques mots avec eux.

« Êtes-vous croyant ? voulut-elle savoir alors qu'ils approchaient de la chapelle.
– Non.
– Pas même quand vous étiez enfant ?
– Les histoires me plaisaient. »
Il redoutait un débat métaphysique. Il n'en fut rien.
« Oui, ce sont de bonnes histoires », répondit-elle simplement.
À son entrée dans le petit édifice, elle se signa et se dirigea vers l'autel, le claquement de sa canne se répercutant sur les murs.
« Je doute qu'Il vous terrasse dans Sa demeure », lui dit-elle, percevant son hésitation.
Il la rejoignit devant l'autel, où elle sortit un cierge de sa poche – une chandelle votive dans un pot en verre rouge. Il lui proposa son briquet, pour lui épargner d'avoir à manipuler la boîte d'allumettes.
« Merci. »
Elle alluma la bougie et la plaça devant le triptyque.
« Peut-être pourra-t-elle reposer en paix, désormais. »
Ses paroles le prirent au dépourvu. Avait-elle senti cette même présence perturbante ?
« Personne ne sait précisément où elle est enterrée, n'est-ce pas ? fit-il.
– Quand nous avons inhumé Emilio, nous avons trouvé quelques ossements, mais cela ne veut rien dire.
– Pourquoi a-t-il été enterré ici ?
– Emilio ?
– Je veux dire, combien de Docci sont dans ce caveau ?
– La plupart d'entre eux sont au cimetière de San Casciano. Il y a une place pour moi, là-bas, aux côtés de Benedetto. (Elle observa un silence.) C'était l'idée de Benedetto. Il a insisté. Il refusait même d'en discuter. Il voulait qu'Emilio soit ici. »
Elle s'avança de quelques pas et resta là, au-dessus des restes de son fils mort.
« Ce sont de vieux messieurs qui font les guerres, mais ils envoient de jeunes messieurs livrer bataille. Cela ne me semble pas juste. Ils devraient y aller eux-mêmes. (À cette pensée, elle sourit avec mélancolie.) Je me demande combien de guerres

nous aurions, si cela se déroulait ainsi. (Ce n'est qu'à cet instant qu'elle leva les yeux vers lui.) Tous ces garçons. Les parents ne devraient pas voir leurs enfants mourir avant eux. Ce n'est pas facile, de vivre avec ça. Benedetto en était incapable. Dès que c'est arrivé, il a changé. J'ai cru qu'il perdait la raison. Il a même refusé qu'Emilio soit enseveli avec les balles qui l'avaient tué. Elles ont été extraites. (Elle se tourna vers le mur.) Elles sont là, derrière la plaque mortuaire, avec le pistolet d'Emilio.

– Vraiment ?

– Personne d'autre ne le sait. Rien que moi. Et vous, maintenant. »

Il essaya de chasser ces pensées, mais elles ne cessaient de l'assaillir, de le ballotter. Il n'y avait que deux explications plausibles à l'étrange comportement de Benedetto concernant ces balles et ce pistolet. Il savait déjà quelle était la première : le pauvre homme avait réellement perdu la boule. La seconde explication méritait d'être sondée plus avant, et cela supposait d'accéder au dernier étage, cela signifiait qu'il fallait mettre la main sur la clef, dans le secrétaire de la chambre de la Signora Docci.

L'ennuyeux, c'est qu'elle s'y retira dès leur retour de la chapelle, invoquant son épuisement et réclamant que Maria vienne lui servir son déjeuner à la loggia de l'étage. Adam surmonta cette contrariété. S'il devait attendre encore un peu plus longtemps que se présente une opportunité, soit. De toute manière, il avait une autre question à régler – après qu'il aurait téléphoné chez lui.

Dès que la voix de sa mère fut audible à l'autre bout du fil, il eut la sensation de perdre toute capacité de raisonner, de perdre même l'usage de la parole. Et ce n'était pas entièrement dû à son habitude irritante de répondre au téléphone par cette formule :

« Domicile des Strickland.

– Maman, c'est moi.

– Adam, mon chéri. Comment vas-tu ? »

Où puisait-elle la force de s'exprimer sur ce ton si sincèrement chaleureux, et avec cet enthousiasme, vu son état ?

« Bien. Je vais bien. Oui. »

Il avait envie de lui dire qu'il s'était montré aveugle, insensible, égocentrique. Il avait envie de lui dire qu'il savait ce qu'elle devait endurer. Il avait envie de la rassurer, en fin de compte, tout irait bien, quoi qu'il arrive, et même si papa la quittait, elle les aurait toujours, Harry et lui, et la vie vaudrait la peine d'être vécue.

En fait, ils parlèrent surtout du temps qu'il faisait en Italie et de sa façon de s'organiser pour son linge sale. Quand elle aborda le sujet de son travail sur le jardin, il éluda la question, ne voulant pas banaliser l'histoire de sa mère en lui opposant le récit de son modeste triomphe.

Au bout de dix minutes environ, il était flagrant qu'il n'allait jamais soulever la question de l'infidélité paternelle. Comment le pourrait-il? C'était un langage qu'ils ne s'étaient jamais tenu. Ce vocabulaire leur faisait à tous les deux défaut.

« Maman, il faut que j'y aille.

– Bien sûr, il faut. Veille à rembourser cet appel à la Signora Docci. Tu n'oublieras pas, n'est-ce pas?

– Maman...

– Oui, mon chéri?

– Je t'aime, maman.

– Oh, mon Dieu, fit-elle avec un petit rire flûté, toi, tu dois passer un moment épouvantable.

– À la semaine prochaine.

– Quel jour m'as-tu dit, déjà?

– Je ne t'ai rien dit. Je te rappellerai et je te tiendrai au courant. Au revoir, maman.

– J'embrasse ton père pour toi?

– Oui, s'il te plaît.

– Au revoir, chéri. Et tâche d'empêcher Harry de se créer des embêtements. »

Il reposa le combiné sur son support et se rendit droit à la cuisine. Il annonça à Maria qu'il n'aurait pas besoin de déjeuner aujourd'hui. Il allait sortir faire une balade à vélo.

Deux hommes étaient occupés à piocher avec énergie dans leur bol de pâtes, sur la terrasse, devant la Pensione Amorini –

des tailleurs de pierre, à en juger par leur allure, poudrés de blanc des pieds à la tête. La Signora Fanelli avait dû insister pour qu'ils mangent dehors, en dépit de la chaleur.

Elle était à l'intérieur, à bavarder avec l'unique autre client, un homme affligé d'un bel embonpoint, arborant un costume sombre et une cravate criarde. À l'entrée d'Adam, elle se retourna, une lueur d'inquiétude dans les yeux. Elle se ressaisit aussitôt, et vint l'accueillir en lui souriant avec chaleur.

« Comment allez-vous ?

– Bien.

– Comment est la vie à la villa ?

– Bien.

– Voulez-vous déjeuner ?

– Non, merci.

– Quelque chose à boire, alors ? Une bière ?

– Pourquoi pas ? »

Son arrivée la déconcertait. Peut-être n'avait-elle plus aucune envie de se remémorer leur rendez-vous galant. Ou pire encore, peut-être pensait-elle qu'il était venu faire un saut dans l'espoir d'un revenez-y, à l'étage. Avant qu'il ait pu la tranquilliser, elle avait disparu en direction de la cuisine.

Elle était réellement très belle, plus belle encore que dans son souvenir, et il se demanda – et ce n'était pas la première fois – ce qui avait bien pu l'inciter à s'offrir à lui.

Il but une gorgée de bière et appuya le verre glacé contre sa joue. C'était bon de sortir, de s'éloigner de la Villa Docci, d'échapper à son emprise un moment. C'était ce qu'il se racontait. Pourtant, tout au fond de lui, il savait qu'il se faisait des illusions.

La Villa Docci ne l'avait pas libéré. Si elle l'avait relâché, à l'heure qu'il est, il vagabonderait dans les rues de Florence, il se plongerait dans ses églises, ses galeries et ses musées avec Harry. Pourquoi était-ce son frère qui se trouvait là-bas, à faire tout cela ? La Renaissance était son domaine, pas celui de Harry. Toutes ces œuvres d'art majeures à deux pas de là, vouées à ne pas être vues par lui, ces chefs-d'œuvre qu'il traitait par le mépris. Et pour leur préférer quoi, au juste ?

Il essaya de ne pas trop réfléchir à la raison pour laquelle il s'était laissé rattraper par l'abîme noir de ses soupçons. Ses raisons défiaient le sens commun, elles violaient les lois de la logique, qu'il respectait pourtant, du moins il aimait à le croire. Pour lui, il pénétrait en terrain inconnu, guidé par son seul instinct.

Il lui vint à l'esprit qu'il ne serait pas assis là, sur un tabouret de bar de la Pensione Amorini, si ce même instinct ne lui avait pas si bien réussi, là-bas, dans le jardin funéraire. Comme toujours, tout émanait du jardin et tout y retournait.

La Signora Fanelli servit son plat au monsieur solitaire, puis le rejoignit au comptoir. Qu'elle se soit attaché les cheveux, le temps qu'elle était en cuisine, cela revêtait-il une signification?

« C'est sympathique de vous voir.

– Je suis venu vous dire au revoir. Je m'en vais bientôt.

– Avant la soirée? s'étonna-t-elle.

– Vous êtes au courant de la soirée?

– Tout le monde est au courant. Ici, les enfants vont toujours jeter un œil... à distance, bien entendu. J'y allais toujours, quand j'étais petite.

– J'aurais bien envie d'aller aussi dire au revoir à Fausto, mais je ne sais pas où il habite. »

Elle lui dessina un plan sur une serviette en papier. Il avait oublié qu'elle était gauchère.

Quand il sortit quelques pièces de monnaie de sa poche pour lui payer sa bière, elle refusa.

« Ne soyez pas bête, je ne veux pas de votre argent. »

Elle l'accompagna dehors, jusqu'à sa bicyclette.

« Vous ne lui raconterez rien, pour nous deux, n'est-ce pas? À Fausto, j'entends.

– Ne vous inquiétez pas, je suis bien trop gêné. »

Elle sourit, l'air contrit.

« Ce n'était pas mon but. Mais vous ne direz rien, n'est-ce pas?

– Non. »

Elle lança un regard fugace vers les tailleurs de pierre, avant de l'embrasser sur les deux joues.

« Au revoir, Adam.

– Au revoir. »

« Bonjour. »

Fausto leva le nez, plissa les yeux.

« Vous ?

– Moi. »

Fausto était occupé à gâcher du mortier dans un vieux seau en fer-blanc. Il était torse nu, révélant un corps tout en nerfs et en muscles. Du dos de la main, il essuya la sueur de son front, et se leva.

« Ça vous plaît ? » D'un signe de tête, il désigna la construction basse, en pierre, au toit de tuiles, sur laquelle il travaillait. Le bâtiment proprement dit était achevé ; il était en train de monter les murs d'une courette, sur le devant.

« Pour le cochon ?

– Pour toute une famille de cochonnets.

– C'est beau. (Il regarda autour de lui.) Tout est très beau. »

Ce n'était pas de la politesse. La modeste ferme était plantée au milieu d'une succession de terrasses creusées au flanc de ce coteau boisé, tout de suite au sud de San Casciano. C'était un endroit isolé, accessible par un chemin de terre escarpé à peine praticable à pied, ce qui expliquait sans doute la vieille Jeep de l'US Army stationnée à côté du corps de ferme.

« Oui, ce n'est pas mal. Vous avez soif ?

– Oui.

– Allez chercher deux bières dans le frigo. Il faut que je me charge de ça, sinon le mortier va prendre. »

Comme pour la ferme d'Antonella, le logement se situait à l'étage. À l'inverse de chez la jeune femme, le repaire de Fausto était bourré de meubles, de photos, de livres et d'autres curiosités. Au milieu de la table de la cuisine, il y avait un casque allemand retourné à l'envers, peint en rose et qui servait de pot de fleurs. Une fougère broussailleuse y poussait. Les rayonnages branlants, dans un coin de la pièce, étaient presque exclusivement consacrés à des livres sur la guerre et les grandes batailles de l'histoire. Sachant que s'attarder davantage laisserait entendre qu'il fourrait son nez là où il ne fallait pas, il attrapa deux bières dans le frigo et ressortit.

Dès que Fausto eut terminé de plâtrer du mortier à grands mouvements de truelle autour de quelques autres blocs de pierre, il emmena Adam visiter. Ils inspectèrent les vignes, les oliviers, le verger, le maïs et le tournesol. Il y avait aussi un carré de légumes complet, ainsi qu'un vaste poulailler construit de bric et de broc, avec des poulets très occupés à transformer des reliefs de repas en œufs. Les récoltes souffraient visiblement du manque de pluie, mais cela ne semblait pas inquiéter Fausto.

« Tout ce dont un homme a besoin, déclara-t-il avec fierté. À part une femme pour le partager avec lui. »

Ils burent les deux bières suivantes à l'ombre d'une pergola tricotée de vigne vierge, au flanc de la maison. Adam le questionna au sujet des ouvrages de batailles entassés sur les étagères, dans le coin de la cuisine.

« Ça m'intéresse, c'est vrai. Une si grande part de qui nous sommes, de ce que nous sommes, vient d'une bande de types qui se sont affrontés quelque part sur un champ de bataille. »

Adam sourit. Il n'y avait jamais réfléchi en ces termes.

« En 1260, continua Fausto, Florence et Sienne se sont déclaré la guerre. Le 3 septembre. C'était un samedi. »

L'italien d'Adam ne lui permettait pas de saisir tous les détails, mais à ce qu'il comprit, les choses s'étaient déroulées ainsi. Sienne était déjà une cité divisée, et les Florentins n'étaient pas des sots. Ils attendirent que les diverses factions se sautent mutuellement à la gorge avant d'envoyer leurs messagers, deux cavaliers porteurs d'un ultimatum à la fois simple et sévère : si la république de Sienne ne capitulait pas tout de suite devant Florence, la cité serait rasée. Ce n'était pas une vaine menace. L'armée florentine qui se massait à l'est était plus que capable de la mettre à exécution.

Le seul élément avec lequel les Florentins n'avaient pas compté, c'était que les Siennois enterreraient leurs différends du jour au lendemain. Le soir même, ceux qui étaient des ennemis jurés se réunirent devant la cathédrale et se saluèrent comme des frères. Ensuite, ils appelèrent la Vierge Marie à les soutenir dans la bataille qui s'annonçait.

Les deux armées s'affrontèrent le lendemain, à Montaperti. Selon les témoins oculaires, à un moment donné de la bataille, il coula suffisamment de sang pour faire tourner quatre moulins à eau. Et ce fut surtout du sang florentin. Ce champ à proximité de Montaperti fut le théâtre d'un massacre, et il s'écoula des années avant que des animaux osent s'aventurer aux alentours.

« Imaginez, termina Fausto. Le lendemain était un dimanche. C'était le jour du retour de l'armée de Sienne. Ils traînèrent le drapeau florentin dans les rues, derrière un âne. Vous croyez que ces salopards de Siennois ont oublié cette journée ? Bien sûr que non. C'est ce qu'ils enseignent à leurs enfants, à l'école. Cela se lit dans leurs yeux, chaque fois qu'ils jouent au football. »

Il s'accorda une pause, pour allumer une cigarette.

« Les gens pensent à l'Italie comme à un vieux pays. Erreur. Nous sommes jeunes, plus jeunes que les États-Unis. Notre unité ne date que de 1870, même pas cent années d'ici. Nous ne sommes pas encore un pays, et nous ne le serons pas avant un moment. Ces choses-là prennent du temps. Non, ces enfoirés de Siennois n'ont pas oublié Montaperti. Cela fait partie de ce qu'ils sont. De la même manière que Hastings fait partie de ce que vous êtes, vous, les Anglais. C'est une de ces grandes batailles. Vous savez pourquoi ? Parce que la bande de types qui a combattu dans ce champ-là a changé tout le cours de l'histoire de votre pays. »

Il prit une rasade de bière.

« Mais vous n'êtes pas venu ici pour m'entendre raconter ce genre de truc. Je me trompe ?

– Non.

– Alors dites-moi.

– J'ai une question. Cela concerne Gaetano.

– Gaetano ?

– Le jardinier qui est parti, l'an dernier.

– Je sais qui est Gaetano.

– Où est-il, maintenant ?

– À Viareggio. Près de la mer. Il possède un bar, là-bas, un endroit chic... La Capannina.

– Vous y êtes allé ? »

L'autre ouvrit grands les bras pour désigner son allure dépenaillée.

« À votre avis ?

– Combien ça coûte, un bar chic à Viareggio ?

– Apparemment, il aurait hérité de l'argent de sa famille, dans le Sud. »

Il y avait une note de scepticisme dans sa voix.

« Vous n'y croyez pas ?

– Est-ce que je sais, moi ? Et surtout, qu'est-ce que cela peut vous faire ? »

Adam rassembla son courage et se jeta à l'eau.

« La dernière fois que je vous ai vu, vous disiez que Gaetano avait changé son récit concernant ce qui s'était passé, la nuit de la mort d'Emilio.

– J'étais saoul.

– Vous m'auriez menti ?

– Pourquoi voulez-vous le savoir ?

– Dites-moi simplement ce que vous aviez en tête. »

Fausto soupira.

« Écoutez, c'est une chose que l'oncle de Gaetano a rapportée à mon père, le lendemain.

– Quoi donc ?

– Il lui a expliqué que les Allemands avaient failli le piétiner en repartant.

– Gaetano a dit ça ?

– À son oncle. »

Adam digéra cette nouvelle.

« Il est arrivé après. Il n'était pas là au moment du meurtre.

– C'était il y a longtemps. Qui sait ce qui s'est réellement passé ? Qui s'en soucie ?

– Moi. »

Fausto se pencha sur sa chaise.

« Écoutez-moi. Les affaires des Docci les regardent. Qui êtes-vous ? Vous êtes ici depuis... quoi ?... une semaine ? Vous ne les connaissiez pas, avant, et vous ne les reverrez sans doute jamais. Alors laissez tomber.

– Comment savez-vous que je ne les connaissais pas, avant ?

– Quoi ?

– Comment savez-vous que je ne connaissais pas les Docci, avant ?

– C'est vous qui me l'avez dit.

– Non, je ne vous l'ai pas dit.

– Mais si.

– Non.

– *Porca l'oca!* Regardez-vous. Regardez-vous ! Je vous viderais un seau d'eau sur la tête, si le puits n'était pas à sec. Je vous ai averti, au sujet de cet endroit. Je ne vous ai pas mis en garde ? Ressaisissez-vous, ce n'est pas normal, votre comportement, là ; vous vous conduisez comme un dingue. Laissez tomber. »

Adam avait envie de lui rétorquer qu'il avait essayé de laisser tomber – plus d'une fois –, mais il en était incapable. Et en l'occurrence il n'avait plus le choix.

« Maurizio a-t-il tué Emilio ? lâcha-t-il sans détour.

– Je ne vous répondrai pas à cela.

– Pourquoi pas ?

– Parce que comment le saurais-je, moi, nom de nom ?

– Mais vous pensez que c'est possible...

– Tout est possible.

– Eh bien, je pense qu'il l'a tué.

– Et alors ? Et s'il l'avait tué ?

– Je crois pouvoir le prouver.

– Et après ?

– Vous ne croyez pas en la justice ? »

L'autre laissa échapper un rire bref, désespérant.

« C'est de la folie. Vous devriez filer, maintenant. Je suis sérieux. Partez. Allez-vous-en. »

Et, pour bien insister, il se leva. Il n'ébaucha pas un geste pour serrer la main d'Adam. Celui-ci se retourna donc et s'en alla.

# 22

– *Signora, êtes-vous réveillée ?*
– *Oui.*
– *Dois-je ouvrir les volets ?*
– *Merci, Maria.*
– *Avez-vous réussi à dormir ?*
– *Pas beaucoup.*
– *Antonella a téléphoné. Elle a acheté du poisson pour le dîner de ce soir.*
– *Quel genre de poisson ?*
– *C'est important ? Elle sait que je n'aime pas cuisiner le poisson.*
– *Je suis sûre qu'elle ne l'a pas fait pour te contrarier.*
– *Je vais le rater. Je le rate toujours.*
– *Maria, je ne t'ai jamais rien vue rater.*
– *Sauf le sanglier sauvage en sauce chocolat.*
– *Oui, ça c'était vraiment épouvantable. Mais cela remonte aussi à vingt ans.*
– *Vingt-trois.*
– *Il est bon de voir que tu as surmonté l'épisode.*
– *Maurizio et Chiara sont arrivés.*
– *Sont-ils venus à la villa ?*
– *Non, j'ai vu leur voiture là-bas à la ferme.*
– *Nous devrions les inviter à dîner.*
– *Antonella les a déjà invités.*
– *Oh, vraiment ?*
– *J'aime bien Chiara.*
– *Moi aussi, Maria. Où est Adam ?*

*– Il est allé se promener à vélo.*
*– Par cette chaleur ?*
*– Je me suis trompée à son sujet.*
*– N'essaie pas de m'amadouer maintenant.*
*– Signora ?*
*– Depuis toutes ces années que nous nous connaissons, je ne t'ai jamais entendue admettre une seule fois que tu t'étais trompée sur quoi que ce soit.*
*– Ce n'est pas un imbécile.*
*– Non. Mais il est jeune, et donc naïf.*
*– Il aura vingt-deux ans le mois prochain.*
*– Il te l'a dit ?*
*– J'ai vu son passeport.*
*– Je ne suis pas certaine qu'il soit acceptable de fouiller dans les affaires de nos invités.*
*– Je faisais le ménage dans sa chambre. Il était sur le buffet.*
*– Alors tu es pardonnée.*
*– Je crois que je vais le faire au four.*
*– Je te demande pardon ?*
*– Le poisson, Signora.*

# 23

Le dîner fut une affaire éprouvante.

Pour tout arranger, le repas fut présenté comme se tenant en son honneur. Il avait toujours eu du mal à accepter ce genre de situation. Certains enfants respiraient le contentement de soi et la suffisance, lors de leur goûter d'anniversaire; mais il en était d'autres qui rougissaient, même quand ils réussissaient à souffler toutes leurs bougies d'un coup.

En plus de cela, il était assis juste en face de Maurizio, à une extrémité de la table, et Harry et Antonella, qui étaient rentrés de Florence passablement éméchés par deux cocktails chacun, gloussaient comme deux ados éperdument amoureux. Enfin, pour couronner le tout, il avait à présent la certitude que quelqu'un – l'une des personnes présentes autour de cette table, ou la personne qui leur servait à dîner – avait épluché ses papiers, dans le bureau.

Il le savait, parce qu'il avait tendu un piège, en empilant ses carnets de notes dans un désordre apparent (et cependant bien particulier), en posant son stylo-bille sur une pile de feuilles volantes, de sorte que la pointe bic soit orientée droit sur le coin supérieur gauche de la feuille du dessus. Simple, mais efficace. L'idée de garnir le piège d'un appât empoisonné ne lui était venue qu'au tout dernier moment. Il avait glissé une feuille au milieu des papiers. Dessus, il était écrit ces mots en grandes lettres capitales : JE SAIS QUE VOUS FOUILLEZ DANS MES AFFAIRES.

Celui ou celle qui avait fait cela avait fort bien su brouiller les pistes. Mais pas assez bien, tout de même. Les carnets étaient trop soigneusement empilés, le stylo légèrement mal aligné.

Heureusement, Antonella était au-dessus de tout soupçon. Il avait tendu ce piège avant son départ pour Florence avec Harry, et ses mâchoires s'étaient refermées avant leur retour.

La ruse de la feuille de papier lui avait moins bien réussi qu'il ne l'aurait cru. En fait, la seule chose ou presque qu'il avait apprise, c'était qu'il s'avérait impossible d'anticiper les actes de quelqu'un qui sait que vous allez tenter d'anticiper ses actes. Où qu'il se tourne, il voyait des signes de culpabilité.

Maurizio et Chiara étaient venus s'installer dans la maison au-dessus de la cour de ferme plus tôt dans la journée. Ils souhaitaient être dans les parages pour aider aux ultimes préparatifs en vue de la réception, dans seulement deux jours, maintenant. Dans un élan d'altruisme qui ne lui ressemblait guère – suscité, sans nul doute, par l'effet tonique du gin-fizz –, Harry proposa de libérer sa chambre afin qu'ils puissent dormir à la villa.

La Signora Docci lui témoigna gentiment sa gratitude pour son noble geste, non sans souligner une évidence : le manque de chambres à coucher était rarement un souci, à la Villa Docci. Non, en fait, c'était une question de principe.

« C'est leur ferme, et ils n'en ont presque jamais l'usage. Il est bon qu'ils l'occupent.

– Ma mère a raison. Il est bon que nous l'occupions, renchérit Maurizio, l'air pincé.

– Ce sera l'une de leurs dernières occasions. »

Tout le monde se tourna vers la Signora Docci. Elle savoura ce moment, avant de continuer :

« Je prévois de m'y installer moi-même le mois prochain.

– *Mamma...?* fit Maurizio, en fronçant le sourcil.

– C'est vrai, je quitte la villa. Et toi et Chiara, vous allez vous y installer, je l'espère.

– En es-tu certaine ?

– Évidemment, que j'en suis certaine. Le mois prochain. (Elle baissa pudiquement les yeux, et ajouta, en italien :) Je suis navrée que cela ait pu prendre plus de temps que vous ne le pensiez. »

Adam n'éprouva que mépris pour ce qu'il vit sur le visage de Maurizio : l'étincelle d'une profonde satisfaction, au fond de ses prunelles, et l'effort pour ne pas sourire. Il serait bientôt le maître de la Villa Docci. Les longues années d'attente touchaient à leur terme. Enfin, son crime avait un mobile concret, tangible.

Maurizio dut sentir qu'Adam l'étudiait, depuis son côté de la table, car il lui lança un rapide regard et cette expression s'effaça de son visage. Ce fut le même masque soudain dont il s'était affublé dans le jardin, quand Adam l'avait entrepris sur le sujet du fratricide dans l'*Inferno* de Dante.

Rien n'autorisa plus ce masque à se lever de tout le reste du dîner. Même quand vint l'heure pour Adam de reprendre le récit détaillé de ses découvertes, cette fois à l'intention de Chiara et Maurizio, l'expression de ce dernier ne vacilla pas une seconde. Il ne fut pas ébranlé par tous ces propos, ces histoires de meurtres et ces intrigues amoureuses. Bien au contraire. Il s'en repaissait, couvrant Adam d'éloges pour ce qu'il avait mené à bien et déclenchant un feu roulant de questions pour alimenter la conversation.

Adam finissait par douter du tableau qu'il s'était peint de cet homme, quand il assista à un autre faux pas dans la prestation de Maurizio. Ce nouvel écart survint vers la fin de la soirée, juste avant le départ d'Antonella.

La Signora Docci énonça une théorie selon laquelle le meurtre de Flora et son amant par Federico, tel qu'il demeurait incarné dans ce jardin, avait agi sur la famille comme une sorte de malédiction, faussant la destinée des occupants de la villa, confinant les Docci dans des siècles de malheur, de violence et de tragédie.

Ses propos assombrirent momentanément les traits de Maurizio, une tristesse empreinte d'un apitoiement sur soi assez éloquent.

« C'est très intéressant », fit-il.

Chiara lança un regard surpris à son mari.

« Depuis quand es-tu superstitieux? » lui demanda-t-elle, en italien.

Depuis qu'il s'était lui-même disculpé de son propre crime, songea Adam. Depuis qu'il s'était permis de se considérer comme la victime d'un plus vaste dessein, mis en œuvre par un ancêtre meurtrier. Maurizio s'était trop promptement emparé de la théorie extravagante de sa mère. C'était là son erreur, et elle raffermit les soupçons d'Adam.

Ce fut seulement au départ d'Antonella qu'il s'aperçut qu'il ne lui avait guère prêté attention. Elle avait déployé beaucoup d'efforts pour transformer ce dîner en événement un peu singulier, elle avait acheté deux magnifiques poissons, que Maria avait cuisinés à la perfection, et il avait à peine réagi. Pire encore, il ne la reverrait plus avant la réception. Personne ne la reverrait. Il s'était présenté une nouveauté, au bureau. Elle espérait s'échapper tôt, vendredi prochain, si elle réussissait à s'éclipser, mais elle ne pouvait promettre de les rejoindre avant l'arrivée des premiers invités. Ce furent à peu près ses dernières paroles, avant qu'elle ne disparaisse dans la nuit.

Maurizio et Chiara l'imitèrent peu de temps après. Adam remarqua qu'ils s'étaient arrêtés pour s'embrasser, tandis qu'ils traversaient le parterre. Quand la Signora Docci annonça qu'elle était prête à monter se coucher, elle aussi, Harry la pria d'attendre un moment, il avait quelque chose pour elle. Il disparut à l'intérieur de la demeure, et fut vite de retour avec son sac à dos en cuir tout râpé. Il en sortit un objet enveloppé dans un bout de tissu maculé de peinture. Il posa l'objet avec précaution, presque avec révérence, devant lui, sur la table. Il mesurait une trentaine de centimètres environ, et n'était pas très épais – comme une bûche plutôt mince.

« J'avais l'intention de l'offrir à Adam. Mais il est pour vous, en remerciement. S'il ne vous plaît pas, donnez-le-lui. Et si ça ne lui plaît pas non plus... eh bien, je me tire une balle dans la tête. » Il lâcha un rire nerveux.

C'est alors qu'Adam s'aperçut qu'il s'agissait d'une des créations de son frère, emmaillotée dans ce vieux chiffon. Il aurait pu le deviner plus tôt, mais il n'avait jamais rien vu de Harry qui soit à cette échelle. Toutes ses autres œuvres mesuraient au moins deux ou trois fois cette taille, et même beaucoup plus, dans le cas du « pénis mécanique géant ».

À cause de cet intitulé, formulé dans une relative innocence par Adam, les deux frères en étaient presque venus aux mains, au studio de sculpture de la Bath Academy de Corsham, à l'occasion de la seule et unique visite d'Adam sur les lieux. Soudée à partir de « pièces de récupération » – la formule chic employée par Adam pour désigner de la vulgaire ferraille –, l'œuvre en question était moitié bâtiment, moitié machine et l'inspiration phallique était flagrante. En tout cas, il était fermement de cet avis.

Il eut alors un moment d'horreur, en songeant à cette chose posée sur la table, que Harry était sur le point de dévoiler et de remettre à la Signora Docci, craignant qu'il ne puisse s'agir d'un modèle réduit de la même sculpture, une « ébauche » préparatoire en miniature.

Ce n'était pas cela. C'était la première pièce figurative de son frère qu'il ait jamais vue. Et c'était une belle pièce. Il comprit qu'elle était réussie dès la seconde où il posa les yeux dessus, parce que sa toute première pensée fut qu'elle avait failli lui appartenir, et que maintenant elle ne lui appartiendrait plus jamais, à moins que la Signora Docci ne l'aime pas. Mais il vit à son regard qu'elle l'aimait.

C'était une créature, presque un homme, mais pas tout à fait. Montée sur un socle en ardoise, elle avait de longues jambes grêles d'acier soudé qui remontaient jusqu'à un torse puissant, évoquant un thorax d'insecte. Il n'y avait pas de peau en tant que telle, rien qu'un maillage irrégulier d'entretoises d'acier effilées, jamais plus épaisses qu'une allumette, qui plongeaient au cœur de la créature, laissant ouverte la question de savoir si elle avait été construite à partir de l'intérieur ou de l'extérieur. La tête consistait en deux protubérances informes en acier. Les bras, comme les jambes, étaient d'une minceur squelettique, levés au-dessus de ce moignon de non-tête, les poignets croisés.

En un sens, ce petit homme insecte était à la fois robuste et délicat, noble et pourtant fragile, brave et pleutre.

« C'est en acier doux, pauvre en carbone. Cela vous plaît? s'enquit timidement Harry.

– Suis-je autorisée à apprécier cet homme? lui répliqua-t-elle. J'en ai envie, mais je ne suis pas sûre qu'il en ait envie, lui. »

Harry était rayonnant, heureux de sa réponse. Il tourna subrepticement la tête vers Adam.

« Bravo.

– Vraiment?

– Harry... vraiment. »

La Signora Docci leva la sculpture à la lumière du chandelier.

« Il est si sûr de lui, mais il a si peur. (Elle se tut un instant.) Je vois Mussolini à la fin, avant qu'ils ne le pendent à une corde à piano sur Piazzale Loreto.

– C'est bien, acquiesça Harry.

– Cela tient peut-être à sa manière de croiser les bras au-dessus de la tête, mais je nous revois, toi et moi, dans l'abri des Anderson, au fond du jardin de Kennington, sous les bombes.

– C'est bien aussi, ça, approuva Harry.

– Merci, fit la Signora Docci. Je l'aime et je vais vivre avec lui pour le restant de mes jours. »

Avant d'emporter son trophée au lit avec elle, elle leur dit de ne pas se soucier de ce qu'ils allaient porter lors de la réception. On avait prévu quelque chose, pour tous les deux. Elle ajouta également qu'elle descendrait à Florence dans la matinée, avec Maria, pour le dernier essayage de sa robe. Ils refusèrent l'un et l'autre la place qu'elle leur proposait dans sa voiture, mais chacun pour des raisons différentes.

Adam savait que Maurizio et Chiara avaient aussi prévu de partir le lendemain dans la matinée – ils descendaient faire un saut dans le Sud, chez des amis. C'était le moment rêvé. L'occasion d'aller fureter discrètement au dernier étage de la villa prenait gentiment forme.

« Qu'est-ce qui se passe? s'enquit son frère, dès qu'ils se retrouvèrent seul à seul.

– Rien ne se passe.

– Allons...

– Je ne te mentais pas, Harry, j'adore cette sculpture.

– Ce n'est pas de ça que je voulais parler et tu le sais.

– Je vais bien, je suis juste fatigué et un peu ivre.

– C'est maman et papa, c'est ça? »

Il n'était pas fier de saisir au vol la perche qu'il lui tendait, mais il devrait s'en satisfaire. Et il s'en satisfit. Ils bavardèrent encore un peu au sujet de la situation, chez eux. Entre-temps, Adam avait déjà la tête complètement ailleurs. Il pensait à la matinée et au moyen de se débarrasser de son frère avant de monter visiter le dernier étage.

La solution la moins intuitive qui soit lui vint alors qu'ils empruntaient l'escalier pour aller se coucher.

« Tu as envie d'aller jeter un œil à l'étage du haut ? » lui demanda-t-il.

Que pouvait répondre Harry ? Adam lui avait déjà suffisamment évoqué cette histoire pour que cela devienne une perspective assez intrigante. Dès qu'il eut ajouté certains des détails les plus crus glanés auprès de Chiara, Harry brûlait d'y aller.

# 24

La Signora Docci et Maria partirent pour la ville peu après le petit déjeuner. Harry était d'avis de profiter tout de suite de l'opportunité pour se rendre là-haut, mais Adam se montra plus prudent. Il lui sembla qu'il s'était écoulé une éternité avant que la berline haut de gamme de Maurizio et Chiara ne s'engage devant la façade de la demeure et jusqu'au bas de l'avenue.

La clef était exactement là où Antonella l'avait prévenu qu'elle serait : dans un tiroir caché du secrétaire de la Signora Docci. Elle était plus petite qu'il ne se l'était imaginée, mais elle fonctionna. Elle correspondait à la porte située au sommet de l'escalier et, en forçant un peu, avec mesure, elle actionna le mécanisme.

La première impression fut décevante.

Ils se retrouvèrent sur un palier austère, carré, d'où partaient deux corridors. C'était à peu près tout ce qu'ils furent à même de discerner, jusqu'à ce que Harry dissipe l'obscurité avec la flamme de son briquet. Ils repérèrent l'interrupteur et Adam tourna le bouton de céramique. Rien. Avec un peu de chance, ce ne serait que l'ampoule.

La flamme vacillante révélait une haute porte conduisant à un couloir qui s'enfonçait vers l'arrière de la villa. Elle était verrouillée, mais la clef était dessus. Une fois de l'autre côté, ils localisèrent l'interrupteur, mais il ne fonctionnait pas non plus.

« Merde, souffla Adam.

– Merde, répéta Harry, en lâchant le briquet, les plongeant tous deux dans le noir. Je me suis brûlé la main, nom de Dieu. »

Il put l'entendre chercher par terre à tâtons.

« Attendons juste un moment, nos yeux vont s'habituer. »

Et en effet, trois vagues panneaux de lumière émergèrent de l'obscurité : trois fenêtres qui laissaient filtrer la lumière à travers leurs persiennes, à l'autre bout de la pièce.

« Il va falloir en ouvrir une, décida-t-il. Donne-moi le briquet. »

Le gaz baissait, mais il réussit à gagner l'une des fenêtres, en contournant des meubles. Il poussa celle du centre et sépara les volets en pesant dessus. Ils grincèrent sur leurs gonds rouillés, et un nid d'oiseau desséché chuta en voletant vers la terrasse en contrebas.

La lumière du soleil tailla un bandeau de lumière brutal à travers la pièce. La première chose qu'ils remarquèrent furent les empreintes de ses pas dans l'épaisse poussière qui recouvrait le sol – preuve d'une intrusion, mais ils ne pouvaient plus y faire grand-chose, maintenant.

Quoique pas aussi spacieuse que celles du bas, la pièce conservait une certaine majesté. Il y avait là une imposante cheminée de marbre blanc, les murs étaient habillés de panneaux de bois jusqu'au lambris d'appui, et le plafond était décoré de fresques.

« Eh ben, s'exclama Harry, quelle pagaille. »

Des meubles fracassés et tordus gisaient, épars. Il y avait des consoles rococo, des fauteuils dorés et tapissés, un délicat divan aux pieds brisés, le dossier cassé.

Du miroir ancien au-dessus du manteau de la cheminée, il ne restait qu'un cadre aux moulures chargées. Le verre était éparpillé par terre, devant l'âtre, et parmi tous ces débris figurait le cendrier en marbre que l'un des Allemands avait, à l'évidence, lancé sur le miroir.

« Ramdam », fit son frère. Il avait les yeux fixés au plafond.

À première vue, les fresques étaient du XVIIIe siècle : surchargées et un rien étouffantes, elles étalaient beaucoup de chairs dodues et de chérubins aux joues rubicondes. La partie centrale était une représentation de Diane et de son équipage de chasse, mais tout cela évoquait davantage les séquelles d'une escarmouche sanglante. Diane avait reçu une balle entre les deux yeux. Elle arborait aussi deux impacts de projectiles en lieu et place des tétons. L'un de ses domestiques avait été foudroyé à l'entrejambe et les chérubins s'étaient fait cueillir comme d'infortunés oiseaux.

« Putain de philistins », murmura Harry.

Adam s'attarda pendant que son frère s'aventurait dans les pièces adjacentes. Le gramophone, sur le guéridon, contre le mur, suggérait que c'était ici la scène du meurtre d'Emilio.

Selon Chiara, Emilio avait tiré sur le gramophone pour faire taire la musique et attirer l'attention des deux Allemands qui étaient occupés à balancer un autre meuble par la fenêtre. Ce détail de son récit semblait fidèle la réalité. Il y avait en effet un orifice de projectile dans le boîtier en bois. Il était profond, mais pas au point que la balle ait pu le traverser de part en part. Autrement dit, elle devait toujours être dedans, fichée dans le bois. Sauf qu'elle n'y était pas. Quelqu'un l'en avait extraite à l'aide d'un couteau ou de quelque autre instrument. L'orifice était griffé d'ébréchures et d'encoches, là où quelqu'un l'avait évidé pour dégager la balle.

« Regarde ça », s'écria Harry depuis la pièce voisine.

Il avait ouvert les volets en grand. Adam risqua un regard dehors. Les ouvriers qui frappaient à coups de marteau les planches d'une estrade basse, au centre du parterre, étaient complètement absorbés par leur travail, mais il referma tout de même un peu les volets.

« Hé, se plaignit son frère.

– Tu y vois encore. »

Visiblement, la pièce avait servi en quelque sorte de dortoir. Il y avait là quatre lits de camp en toile avec leur literie, leurs couvre-lits pliés, des coussins rembourrés. Ils avaient fait leurs lits, sachant même qu'ils seraient partis à la tombée du jour.

« On n'a touché à rien », observa Harry.

Ce n'était pas vrai. Il y avait deux meubles de rangement en bois, dans le coin. Leur contenu avait été fouillé, les papiers remis en place sur les rayonnages, à la hâte. Quelques chemises éparses s'étalaient par terre, enveloppées de poussière, comme des poissons plats attendant leur proie.

La pièce suivante était une pièce d'angle, et c'était manifestement le centre d'opérations des Allemands. Il y avait là des bureaux et des armoires en métal, et une boîte aux lettres fermée par des croisillons et fixée au mur. Deux machines à écrire avaient raté le dernier camion et, à en juger par le monceau de cendres dans l'âtre, une grande quantité de paperasses était partie en fumée. Harry semblait plus qu'heureux de fouiner, et donc Adam s'éloigna.

Il revint sur les lieux des coups de feu et tâcha de se représenter le déroulement des événements : Emilio et Maurizio arrivant par la porte, les deux Allemands affairés près de la fenêtre, dos à eux, ne se rendant pas compte qu'ils avaient de la compagnie à cause du gramophone qui beuglait. Il vit Emilio contemplant tous ces ravages autour de lui – le miroir brisé, les impacts de balles dans les fresques du plafond – avant de pointer son arme sur le gramophone et de tirer.

Il était facile d'imaginer la dispute qui s'était ensuivie, comme l'avait décrite Chiara. Que lui avait-elle raconté d'autre? Qu'Emilio se tenait près de la cheminée, quand on l'avait abattu.

Adam s'y rendit. Il examina l'entourage en marbre et les murs de part et d'autre, en quête d'indices d'une balle perdue, mais ne trouva rien. Ce fut alors qu'il remarqua que le tapis devant la cheminée n'était pas centré. On l'avait tiré de quelques dizaines de centimètres sur le côté. Il s'accroupit et replia le bord du tapis.

La tache était large et irrégulière. Emilio avait beaucoup saigné.

Quand on l'avait recouverte, la flaque de sang était encore fraîche, au vu de l'empreinte symétrique laissée sur le dessous du tapis. Toutefois, ce ne fut pas ce qui attira son attention – ce fut plutôt le trou percé par une balle, dans les planches, près du centre de la tache, facile à manquer s'il n'y avait eu la lumière oblique.

Il se pencha plus près, passa le doigt sur le rebord en creux. Comme pour le gramophone, il y avait des marques d'éraflures dans le bois, à l'endroit où l'on avait extrait la balle. Cela avait dû se produire quelque temps après les faits, sinon du sang frais aurait suinté dans ces entailles, à l'endroit du bois propre visible sur la tranche.

La balle avait pu disparaître, mais la lugubre vérité subsistait : Emilio ne s'était pas fait tirer dessus par les Allemands depuis l'autre extrémité de la pièce; il avait été exécuté de près, alors qu'il était déjà au sol.

Entendant Harry revenir, Adam rabattit le tapis et se releva.

Le reste de la journée s'écoula dans une agitation nébuleuse. Harry passa un coup de téléphone, puis annonça qu'il se rendait en ville. C'était sa dernière chance de revoir la Suédo-Finnoise. Ce week-end, son *boy friend* serait de retour, et Harry prévoyait de partir pour Venise dimanche.

« Une journée pour me remettre de la fête, et ensuite tu ne m'auras plus dans tes pattes. Dis-moi que je vais te manquer.

– Tu vas me manquer.

– C'était presque convaincant.

– C'est la vérité.

– Alors ce serait peut-être le moment de te demander de m'avancer une petite somme pour le reste du voyage.

– Dès que j'aurai arrêté mes propres projets. »

Ce qui était plus facile à dire qu'à faire.

Après sa découverte du dernier étage, il se sentait engourdi, incapable de penser clairement. C'était ce qui ressemblait le plus à une preuve matérielle contre Maurizio – non, c'était même jusqu'à présent le seul élément se rapprochant d'une forme quelconque de preuve. Le reste, ce n'étaient que conjectures enracinées dans des ouï-dire et l'intuition.

Le trou de cette balle dans le plancher changeait tout. Emilio avait été exécuté alors qu'il était à terre. C'était en complet désaccord avec le récit que Maurizio et Gaetano avaient fait des événements de ce soir-là, et poussait à conclure à leur collusion dans cet assassinat. Quant à Benedetto, il était clair désormais qu'il avait découvert la vérité. Qui d'autre que lui avait extrait ces projectiles du plancher et du gramophone? Déchiré entre sceller la perte de son unique fils survivant et rester passif, il avait opté pour une solution tierce – condamner le dernier étage et enterrer Emilio dans la chapelle de famille, rappels sévères et précis, pour Maurizio, du crime atroce qu'il avait commis.

Mais Benedetto ne s'était pas arrêté là. Son comportement bizarre, immédiatement après la mort d'Emilio, laissait entrevoir une autre intention cachée. En fermant le dernier étage, il avait préservé la scène du crime, avec ses indices révélateurs. Pourquoi avait-il fait cela ? Pour que quelqu'un d'autre puisse déchiffrer la vérité ? Et pourquoi avait-il ensuite emporté le pistolet pour le dissimuler derrière cette plaque mortuaire, dans la chapelle, avec les balles ? Parce que ces reliques du meurtre apportaient la preuve matérielle, balistique, qu'Emilio avait été tué avec sa propre arme ? Cela semblait tout à fait vraisemblable. Cela semblait plus que vraisemblable.

Tout cela aurait été bel et bien, n'était le fait qu'Adam se trouvait maintenant confronté au plus grand dilemme de son existence. Devait-il agir, ou imiter l'exemple de Benedetto : ne rien faire ? Pourquoi faudrait-il qu'il approfondisse cette affaire, alors que le propre père de la victime avait choisi de s'en abstenir ? C'était une question grave. Il s'agissait d'un meurtre. Et il était surpris que l'énormité de l'histoire dans laquelle il s'était embarqué ne lui soit pas apparue plus tôt.

D'instinct, il avait envie de se diriger vers le jardin funéraire. C'était là qu'il allait, d'ordinaire, pour reprendre ses esprits. Pas cette fois, pourtant. S'il devait affronter de rudes et franches vérités, il ne pouvait courir le risque de s'exposer à son influence.

C'était une idée ridicule, et qu'il n'aurait certes jamais partagée avec quiconque, mais il conservait encore la sensation troublante que Flora Bonfadio, morte en 1548, était largement responsable de la fâcheuse impasse où il se trouvait. C'était elle qui l'avait lancé sur cette voie, elle qui n'avait plus cessé d'éclairer son chemin depuis lors. L'éclair de culpabilité dans les yeux de Maurizio, la révélation de la filiation d'Emilio – et d'autres intuitions, aussi –, tout cela lui était venu en traversant son royaume.

Et il ne parvenait pas davantage à s'affranchir de la sensation qu'elle avait également exercé une emprise similaire sur des questions plus directement liées à sa propre personne. Elle l'avait incité, enjôlé, tourmenté, lui révélant sa propre histoire tragique par étapes successives, comme par un effet de sa volonté. Comment pouvait-on attendre de lui qu'il profite d'un dîner en son honneur quand il n'avait rien découvert qu'elle n'ait pas déjà choisi de partager avec lui ? Et maintenant qu'elle avait enfin rompu son silence vieux de plusieurs siècles, pourquoi éprouvait-il ce sentiment perturbant qu'elle attendait quelque chose de lui en retour ?

Non, le jardin funéraire n'était pas le lieu où se rendre quand on était en quête de clarté. Il avait besoin de recul, de beaucoup de recul. Et c'est pourquoi il alla enfourcher sa bicyclette et pédala vers les collines.

Au moment où il vit l'écriteau, il comprit que c'était là qu'il irait. Sant'Andrea in Percussina n'était pas tant un village qu'un hameau, un chapelet de quelques bâtisses le long d'une route de campagne, le genre d'endroit que vous traversiez sans vous retourner, sans y repenser. Mais si l'on devait en croire Fausto, c'était là que Niccolò Machiavelli avait écrit l'une des œuvres les plus controversées et les plus prophétiques de la science politique : *Il Principe*.

Fausto avait raison. La première personne sur laquelle il put mettre la main lui indiqua la modeste propriété en pierre qui avait été jadis la résidence de campagne de Machiavel. Elle était là, dans le sommeil de la désuétude, ses fenêtres closes par des volets, et pas seulement contre la chaleur. Il la contourna pour entrer dans le jardin envahi de mauvaises herbes, sur l'arrière, et tâcha de s'imaginer Machiavel flânant sur ces quelques arpents, affinant ses idées, ou voûté à une table, griffonnant avec une plume.

Il connaissait bien ce livre. Il était court, il allait droit au but, une suite d'opinions sans compromis – un manuel pour les gouvernants, sur la manière d'accéder au pouvoir politique, et de le conserver. Jamais Machiavel ne s'effarouchait devant les réalités les plus déplaisantes du monde politique. Tout était acceptable, pourvu que cela serve l'objectif premier : la survie de l'État. C'est ce qui avait la préséance sur tout le reste. Le souverain devait même ignorer les impératifs moraux et religieux, dès lors qu'ils rivalisaient avec ses intérêts propres.

Au cours des siècles qui avaient suivi, des hommes de toutes convictions politiques avaient plié le modèle de l'habileté politique selon Machiavel à leurs propres fins, et Adam se retrouvait maintenant à puiser conseil dans *Le Prince*, dans le pragmatisme sans fard qui imprégnait l'ouvrage.

Quel que soit l'acte que Maurizio avait commis ou non au dernier étage de la Villa Docci quatorze ans plus tôt, qu'allait-il faire, lui, Adam, à cet égard ? Confronter Maurizio à une accusation directe, sur la foi de quelques pièces à conviction fragmentaires ? Se précipiter auprès de la Signora Docci et lui exposer ses arguments ? Bien sûr que non. Il avait porté l'affaire aussi loin qu'il était possible. Maurizio ne serait pas plus traduit en justice que ne l'avait été Federico Docci. Pourquoi faire semblant d'imaginer le contraire ?

Après quoi, la décision s'imposa facilement à lui.

## 25

Il fut réveillé par le bruit de l'eau qui coulait, en provenance de la salle de bains.

« Oui… ? s'écria-t-il, d'une voix faible.

– La tienne aussi, elle est marron. »

Il consulta sa montre. Il avait dormi dix heures. Il était incapable de se remémorer la dernière fois qu'il avait dormi dix heures d'affilée.

« Quoi ? »

Harry fit son apparition sur le seuil de la salle de bains.

« L'eau… la tienne aussi est marron. » Il n'était pas rasé, et il portait les mêmes vêtements que lorsqu'il était descendu à Florence.

« Tu viens de rentrer ?

– Oui, oui.

– Tu as passé la nuit là-bas ?

– Tu es toujours aussi vif, au réveil ? Oui, j'ai passé la nuit là-bas. Et maintenant je suis de retour et j'ai envie de prendre un bain et l'eau est marron. »

Adam roula sur lui-même, pour se tourner de l'autre côté.

« Eh bien plains-toi à la direction. Exige d'être remboursé. »

Harry se laissa choir sur le matelas.

« Alors, une bonne soirée, non ?

– Difficile de le prétendre, en ton absence.

– Et pour la mienne, tu veux savoir ?

– Pas particulièrement. »

Harry pointa le doigt vers sa joue.

« Son *boy friend* est rentré en avance. »

Adam essaya d'y voir net. Le côté de la bouche de son frère présentait une sorte de décoloration.

« Il t'a frappé ?

– Je veux. Il m'a giflé.

– Il t'a giflé ?

– C'est humiliant, crois-moi, pire que tu ne penses, d'être giflé par un homme, un Italien, tout petit et très en colère.

– Pourquoi t'a-t-il giflé ?

– Eh bien, pas parce que j'ai sifflé tout le lait qu'il avait dans son frigo.

– Je croyais qu'elle habitait avec deux filles.

– Nous sommes allés chez lui.

– Enfin, Harry, qu'est-ce que tu es allé fabriquer chez lui, nom de nom ?

– La vue. Là-bas, la vue est superbe, tout le fleuve en enfilade, le Ponte Vecchio, tout. Il n'était pas censé rentrer avant aujourd'hui.

– J'abandonne.

– C'est pile ce qu'il a dit.

– Hein ?

– Quand je l'ai attrapé à la gorge : "J'abandonne." Il le parlait bien, l'anglais. »

De la part de Harry, l'emploi de l'imparfait était plus qu'un peu préoccupant.

« Tu ne l'as pas tué ? Dis-moi que tu ne l'as pas tué.

– Bien sûr que non, mais après ça, nous ne pouvions plus franchement rester là-bas.

– Non, sans blague ?

– Nous sommes donc retournés chez elle. Elle avait la tête à l'envers. Elle m'a supplié de rester, donc je me suis exécuté. Elle vient tout juste de me déposer, en scooter. C'est une Lambretta.

– Harry, je m'en moque.

– Je crois que je vais m'en procurer une... une Lambretta noire.

– Avec quoi ? Tu es fauché. Tu es tout le temps fauché. »

Harry se tourna et gratifia Adam d'un grand sourire.

« Je suis content que tu abordes le sujet.

– Combien te faut-il ?

– Je l'ignore. Tout ce qui ne te privera pas.
– Tu peux tout prendre.
– Vraiment ?
– Je pars dimanche, comme toi. Tu peux récupérer tout ce qui me reste. »

Harry prit la mesure de cette nouvelle.

« Pourquoi pars-tu ?
– J'ai envie de rentrer à la maison, j'ai envie de voir maman. Cela paraît lamentable, non ?
– Non, fit Harry. Pas si ça veut dire que je peux récupérer tout ton fric. »

En milieu de matinée, une petite armée s'était abattue sur la villa. Des camions et des fourgons se bousculaient pour obtenir une place dans la cour, avant de dégorger un peu de tout, des fleurs, de la nourriture, de la vaisselle et des lanternes chinoises. Il y avait même deux cochons sur leurs broches, tout prêts à rôtir.

L'ensemble de l'opération se déroula avec une précision militaire, coordonnée par une poignée de généraux embauchés pour l'occasion, avec la Signora Docci et Maurizio dans le rôle des chefs d'état-major. Elle semblait bien plus encline à ce qu'il participe et à ce qu'il ait son mot à dire que ce n'était le cas l'autre jour.

Maria s'affairait en tous sens, à sa manière efficace et assez phénoménale, toujours très désireuse d'exercer son autorité sur les étrangers – une catégorie à laquelle appartenaient Adam et Harry, c'était l'évidence. Ils se virent assigner de nombreuses commissions. Ce fut au retour d'une de ces expéditions subalternes qu'Adam se retrouva seul dans la cuisine avec Maria.

« La Signora veut vous voir dans le bureau. »

Ce furent les premières paroles qu'il l'ait jamais entendue prononcer dans sa langue. Elle avait un accent chargé, mais l'intonation était parfaite. Il espérait que la tonalité légèrement menaçante de sa voix soit fortuite.

La Signora Docci était en effet dans le bureau. Elle était assise à la table de travail où il avait passé tant de temps. Et, posé au milieu de cette pièce, il vit un nid. Poussiéreux et desséché, il était aussi démantibulé, après sa chute de la fenêtre du dernier étage. Adam se maudit en silence de sa négligence.

« Maria l'a trouvé sur la terrasse, hier. Il ne peut provenir que d'un seul endroit. » Il n'y avait aucune hostilité dans sa voix, mais une dureté dans le regard, qu'il ne lui avait encore jamais vue auparavant.

Inutile de jouer les imbéciles. Leurs empreintes de pas étaient partout sur le sol, là-haut. Elle avait probablement déjà vérifié.

« Est-ce Antonella qui vous a indiqué où était rangée la clef? Je l'espère. Je n'aime pas l'idée que vous auriez fouillé dans mes affaires pour la chercher.

– Ce n'est pas sa faute. Je n'ai pas arrêté de la harceler.

– Pourquoi? »

Il haussa les épaules.

« Curiosité morbide. Une scène de meurtre demeurée intacte. Un moment fixé dans le temps. »

Toutes les choses qu'il avait ressenties, c'était vrai. Cela lui paraissait presque convaincant, même à lui.

« Et cela en valait-il la peine?

– La peine?

– De mettre ainsi notre amitié en péril? »

L'esprit d'Adam se figea dans un frisson. Il ne put songer qu'à une chose : bon sang, ce qu'elle parlait bien l'anglais!

« Je suis confus, fit-il, penaud.

– Peu m'importe que vous m'ayez insultée, mais vous avez insulté Benedetto. Vous saviez que c'était sa volonté.

– Oui. »

Au bout d'un long moment, elle joignit les mains.

« Bon. Enfin, ne laissons pas cela gâcher votre dernière semaine ici.

– Je pars dimanche avec Harry.

– Oh. Elle eut l'air surprise, et même désappointée.

– J'ai terminé mon travail sur le jardin.

– Je pensais qu'il vous restait encore quelques questions. »

Il en restait, et non des moindres : le jardin contenait-il un indice relatif à l'identité de l'amant de Flora? La bibliothèque n'avait pas livré plus d'informations sur Tullia d'Aragona, après sa disparition subite, l'année de la mort de Flora. Tullia s'affirmait véritablement comme une solide prétendante. Girolamo

Amelonghi, le poète bossu, paraissait un candidat moins probable, et quantité d'autres noms de cette liste étaient exclus, au seul motif qu'ils lui avaient survécu, et de plusieurs années. Il subsistait encore quelques personnages pour lesquels il devait s'en assurer, mais cela requérait une bibliothèque bien plus complète que celle offerte par la Villa Docci.

« Rien dont nous ne connaîtrons jamais la réponse de façon certaine.

– Non, probablement pas », concéda la Signora Docci.

La première chose que fit Adam fut de se mettre à la recherche de Harry. Il le trouva dans la cour, où deux camions chargés d'eau remplissaient le puits de la villa, dont le niveau était fort bas. Antonella était là, elle aussi – elle venait à peine d'arriver –, ce qui signifiait qu'il n'aurait cette conversation qu'une seule fois.

« Un foutu nid d'oiseau ? lâcha Harry.

– *Merda*, siffla Antonella.

– Elle n'avait pas l'air trop contrariée. »

Antonella n'était guère convaincue.

« Nous verrons.

– Je suis désolé, c'était complètement ma faute.

– C'est incontestable », renchérit Harry.

Ils prirent tous part à la transformation du parterre en salle à manger de plein air. Des tables circulaires tendues de lin blanc poussèrent comme des champignons sur les pourtours, et ne tardèrent pas à être rehaussées de porcelaine, d'argenterie et de cristal. La réception se déroulait tous les ans de la même manière : un verre sur la terrasse, le dîner au parterre, puis le bal sur la terrasse du bas. Une descente progressive vers la débauche, releva Harry. Apparemment, il ne se trompait pas trop. L'événement avait acquis une certaine réputation, au fil des ans.

Pour Adam, la grande épreuve survint quand il se retrouva par hasard avec Maurizio, à décider du placement des photophores sur les terrasses. Ils passèrent une bonne demi-heure en compagnie l'un de l'autre, et il fut soulagé de constater que, pas une fois durant tout ce temps, il n'avait faibli dans sa résolution. Il n'avait pas même eu à s'appliquer. La question de la culpabilité ou de l'innocence de Maurizio avait cessé d'être une préoccupation pressante, pour la simple raison que toute spéculation supplémentaire eût été futile, au bout du compte. En outre, il existait une explication innocente à toute chose, même si vous deviez malmener un tantinet les lois de la probabilité.

Ils bavardèrent avec décontraction tout en s'occupant de ces photophores. Il y avait même une forme d'intimité dans les moqueries qu'ils échangèrent. Il estimait que son propre changement de perception n'était pas seulement dû à cette toute nouvelle familiarité. Pour une part, la tension palpable chez Maurizio s'était elle aussi évanouie, depuis l'annonce que sa mère quitterait bientôt la villa, laissant la place à son fils.

La bibliothèque et le bureau étaient destinés à servir de réserves pour la cohorte de serveurs, de serveuses chargés de la tenue du bar qui investissait les lieux. Adam fut prié de débarrasser tous ses livres et tous ses papiers. Quand il les emporta au premier étage, il tomba sur Maria, en train de coucher un smoking sur son lit, ainsi qu'une chemise de soirée, un nœud papillon, des boutons de col et de manchette. Il y avait même une paire de souliers vernis tout neufs. Ceux-là, il pouvait les garder, lui expliqua-t-elle. C'était un cadeau de la Signora Docci. Un rapide coup d'œil dans la chambre de Harry lui révéla le même ensemble préparé sur son lit.

La Signora Docci expédia promptement leurs remerciements, puis elle se retira dans sa chambre pour s'accorder un peu de repos, avant le début des festivités. Antonella annonça qu'elle repassait chez elle. Son frère, Edoardo, et Grazia restaient coucher à la ferme cette nuit, et elle avait encore les lits à faire, des choses à organiser. Adam l'accompagna à sa voiture, qu'elle avait garée dans la cour de la ferme, très à l'écart. Ils empruntèrent le chemin qui conduisait au bas de la pente, en partant de la terrasse du bas. Il avait flâné dans cette cour de ferme en deux occasions, mais il n'avait jamais remarqué les hautes portes en bois encastrées dans l'éminence de grès sur laquelle était perchée la Villa Docci.

« C'est là que sont fabriqués le vin et l'huile d'olive », lui expliqua-t-elle. Quand elle lui proposa une rapide visite, il ne refusa pas. En deux jours, c'était la première opportunité qu'il avait d'être seul avec elle.

D'abord, il y eut cette chute spectaculaire de la température. Ensuite vint l'odeur. Avec les siècles, les parois de pierre tendre s'étaient imprégnées de tous ces effluves comme une éponge. Les énormes cuves où l'on foulait le raisin avant de le laisser fermenter étaient tachées par les vendanges passées et impeccablement récurées dans l'attente de la prochaine, qui mûrissait déjà sur les coteaux.

Ils passèrent de ces senteurs un peu entêtantes de la *tinaia* au parfum musqué du *frantoio*. À la lumière des ampoules suspendues nues au-dessus de leurs têtes, Antonella lui expliqua comment l'on écrasait d'abord les olives sous une gigantesque meule tirée par des bœufs, dont les sabots ferrés avaient creusé un sillon circulaire dans le sol pavé de pierres centenaires. La presse ressemblait à un engin de torture médiéval, avec sa vis imposante et ses poutres armées de ferrures. L'ensemble de cette installation avait besoin d'être modernisé, lui expliqua-t-elle aussi, mais la Signora Docci répugnait à se défaire de l'ancien matériel, tant qu'il fonctionnait.

« Il faudra venir voir comment ça marche.

– C'est une invitation ?

– Tu n'as pas besoin d'une invitation. »

Ils repartirent en suivant ce labyrinthe souterrain.

« Nonna me dit que tu pars dimanche.

– C'est ce que je prévois.

– C'est passé si vite, ton séjour ici.

– Trop vite. »

Antonella s'arrêta devant la porte.

« Je vais faire ça maintenant, car après il sera trop tard. »

Elle s'avança d'un pas vers lui et l'embrassa, un baiser fragile et qui se prolongea. Quand elle éteignit la lumière à l'interrupteur, les plongeant dans l'obscurité, il supposa que c'était le prélude à une suite plus intime. Mais elle se glissa dehors, en esquivant avec espièglerie son brusque mouvement vers elle.

Il la rattrapa alors qu'elle montait dans sa voiture.

« Ne sois pas en retard, lui dit-elle.

– En retard ?
– Pour le verre de Nonna, sur la terrasse. »

Il n'arriva pas en retard, même s'il perdit dix minutes à batailler avec son nœud papillon. Au bout du compte, ce fut Harry qui le lui noua, ce qui était inattendu. La première chose qu'ils remarquèrent en descendant au rez-de-chaussée, c'était que la sculpture de Harry avait chassé de sa place de choix le bronze d'un tigre qui rôdait là d'habitude à grandes foulées, sur la table du vestibule – un honneur indéniable, mais aussi la cause d'une certaine consternation pour Harry.

Pour l'heure, ce n'était qu'une petite réunion, la famille rapprochée, et les compagnes et compagnons. Adam reconnut la mère d'Antonella immédiatement : les mêmes cheveux noirs et chatoyants, les mêmes yeux en amande, le même port fier du menton. C'était une belle femme, et il en émanait un parfum de danger très attirant. Elle était aussi plus âgée qu'il ne l'avait imaginé, ou alors c'était juste l'aura d'une vie pleinement vécue, et qui la rattrapait très vite. Riccardo, son chevalier servant, était l'avertissement qu'elle lançait au monde : elle possédait encore un ou deux temps d'avance. Cet homme brun, aux joues creuses, la trentaine, était d'une beauté invraisemblable. Contre toute attente et en dépit des apparences, il était aussi cultivé et amusant. Il était violoncelliste au sein d'un orchestre, à Rome, mais il n'en parlait qu'avec réticence. C'était le premier vendredi soir depuis des mois qu'il pouvait passer loin des pupitres, et la dernière chose dont il avait envie, c'était de discuter musique – il avait plutôt envie de se remémorer à quoi les gens raisonnables passaient leur vendredi soir.

Dès leur arrivée, Antonella et Edoardo saluèrent tous deux leur mère avec chaleur. Ni l'un ni l'autre n'avaient vu Riccardo auparavant et, tandis que Caterina se chargeait des présentations, Adam put admirer cette vision.

La robe d'Antonella était coupée dans une soie bleu nuit chatoyante, qui habillait sa silhouette svelte et mordorée comme un liquide. Le dos nu offrait ses épaules, ses omoplates et ses bras au regard, et le profond décolleté en V flirtait avec le désastre le plus alléchant qui soit. Ses cheveux cascadaient librement sur ses épaules, mais ils étaient dégagés du front par des épingles, révélant ses cicatrices sans gêne aucune.

Il devait la dévisager comme un idiot, car Harry se pencha tout près de lui et chuchota à son oreille :

« C'est superbe, hein, quand tu surprends Dieu à l'œuvre, non ? »

La réception fut agréable, et les serveurs attentifs qui ne cessaient de remplir les flûtes à champagne y contribuèrent amplement. La Signora Docci avait magnifique allure, dans une robe vert émeraude, une couleur éclatante et audacieuse qui allait de pair avec son humeur. Seul Maurizio ne semblait pas dans son assiette – dès qu'il était en compagnie d'Adam. Ce dernier sentait l'hostilité brûlante qui émanait du personnage, pulvérisant les souvenirs des rapports décontractés qui avaient marqué leurs échanges précédents, au cours de la journée. Il n'eut guère le temps de s'attarder sur le sujet, avant que Maria ne se présente sur la terrasse pour annoncer l'arrivée des premiers invités. La Signora Docci s'éclipsa dans le vestibule, pour aller s'acquitter de ses devoirs. Ses deux enfants et ses quatre petits-enfants se joignirent à elle.

« Il est temps que les Docci sourient et fassent mine d'être une famille », lâcha Riccardo, non sans injustice, estimait Adam.

La réputation de la soirée se révéla une prophétie non dénuée de fondement. D'emblée, il était clair que les gens avaient l'intention de s'amuser. Presque tout le monde arriva dans la première demi-heure, un flot régulier d'humanité ne tardant pas à remplir la terrasse de derrière, jusqu'au débordement. Certains gagnèrent le parterre et la terrasse du bas. C'était une vision idyllique : des couples bien habillés déambulant dans le soleil déclinant sur fond de collines ondoyantes, avec l'accompagnement du quatuor à cordes.

Prenant son frère à part, le souffle court, Harry lui annonça qu'il venait de rencontrer une femme étourdissante. Le fait qu'elle soit mariée ne paraissait rien changer à l'affaire, et Harry se précipita pour aller se livrer à quelques modifications dans les places à table.

Adam chercha la Signora Docci, qui était en discussion avec un couple d'âge mûr. Elle se servit de son arrivée comme d'un prétexte pour s'esquiver, glissant son bras sous le sien et le conduisant à l'écart.

« Où allons-nous ?

– N'importe où, loin d'ici. »

Ils descendirent avec précaution les marches menant au parterre, et elle lui expliqua que l'homme était un ami de Maurizio, l'un de ses camarades partisans, du temps de la guerre. Et, comme beaucoup de partisans qu'elle avait connus, il s'était moins risqué à combattre les Allemands qu'à piller les fabriques que l'ennemi détruisait dans sa retraite. En arrivant la première sur les lieux, la résistance était souvent la mieux placée pour s'assurer le contrôle du marché noir de toutes les marchandises qui en avaient réchappé. Tout d'abord, ce furent des chaussures de Poggibonsi, ensuite des chapeaux d'Impruneta.

« Lui, ajouta-t-elle, avec un sec petit mouvement de la tête derrière elle, il s'est présenté à notre porte avec les deux. Il pratiquait des prix ridicules. (Elle lâcha un rire léger.) Regardez-les, maintenant... rien n'a changé. »

Adam se sentit obligé de lui poser sa question.

« Et Maurizio ?

– Disons simplement qu'il ne nous a jamais rien vendu. À nous. »

Elle sourit et désigna le musicien qui dirigeait le quatuor à cordes, tandis qu'ils traversaient le parterre. Ils s'arrêtèrent à la balustrade, contemplèrent la terrasse du bas, les collines au-delà, déjà réduites à de simples silhouettes.

« Cela change si vite.

– Quoi ? »

Elle ne songeait sans doute pas à la vue. Des paysans du Moyen Âge n'auraient pas été déplacés, dans ce cadre.

« Le monde. À moins que l'on ne pense la même chose à toutes les époques.

– Peut-être.

– De grands changements s'annoncent. Je vois cela partout... musique, théâtre, films, art. Regardez la sculpture de Harry. Avez-vous déjà rien vu de tel ? N'écoutez pas les politiciens, observez toujours les artistes, ils sont les premiers à nous indiquer où nous allons.

– Vous lui avez parlé ?

– À Harry?

– Oui, ce n'est pas la première fois que j'entends ce raisonnement. »

Elle rit.

« Eh bien, là, tout est de moi. »

Ils approchaient d'un couple qui passait par là. On échangea quelques civilités, la Signora Docci présenta Adam, mais le couple ne tarda pas à saisir l'allusion à peine voilée de leur hôtesse et passa son chemin.

La Signora Docci enfonça la pointe de sa canne dans le gravier à leurs pieds, observant un instant le résultat avant de relever les yeux.

« Vous avez un don, Adam, ne le gâchez pas.

– Vous avez vraiment parlé à mon frère, vous.

– Il a raison. Vous percevez des choses que les autres ne perçoivent pas.

– À moins que je ne sois ordinaire au point que tout ce qui ne l'est pas me dérange. »

Elle rit.

« Je suis navrée que vous partiez. Et je ne trouve pas moins désolant que cette rencontre intervienne à la fin de ma vie. Je pense que nous aurions pu devenir très bons amis. »

L'embarras le laissa coi. Personne ne lui avait jamais parlé en ces termes.

« Souvenez-vous de ces paroles, lui conseilla-t-elle.

– Je m'en souviendrai. »

Elle se retourna vivement et considéra la villa d'un œil approbateur – l'animation et la rumeur, sur la terrasse, les rayons du soleil déclinant rasant le toit.

« Maintenant raccompagnez donc cette vieille dame vers ses invités. Il est temps d'annoncer le dîner. »

Harry avait manigancé les choses de sorte que la Signora Pedretti – le nouvel amour de sa vie – soit assise entre eux deux.

« Mets-moi en valeur, lui demanda son frère, en la voyant approcher de la table.

– Comment?

– Sois toi-même, c'est tout. »

La Signora Pedretti était jeune, petite, d'une beauté espiègle. Ses poignets délicats scintillaient d'or, et sa bouche était une flaque de rouge saisissante. Elle paraissait bien moins surprise que Harry que la providence les ait de nouveaux réunis. Et n'en avait pas l'air fâchée non plus.

Elle se révéla de bien meilleure compagnie que la femme assise à la gauche d'Adam, qui s'anima seulement lorsqu'il eut finalement remarqué les bijoux qui brillaient de mille feux à son cou. Elle était française, parisienne, mariée au gentleman américain qui dissertait à l'autre bout de la table sur les avantages des engrais et des blés hybrides qu'il vendait aux Italiens. Dieu sait combien d'argent il avait gagné en important « un produit américain supérieur », c'étaient ses termes – un magot conséquent, si l'on devait se fier au collier que l'on voyait au cou de sa femme –, mais il s'exprimait comme un homme lancé dans une mission humanitaire. L'Italie était pauvre, ravagée par la guerre et avec un besoin impérieux qu'on l'entraîne dans le xx^e^ siècle. Lui, naturellement, il était fier de tenir son rôle dans cette mission de miséricorde.

Ses propos restèrent visiblement sur le cœur des Italiens présents autour de la table, mais par politesse, ou peut-être sous le coup de la stupéfaction, ils se contenaient. Il fallut qu'une Anglaise mette le feu aux poudres. On la lui avait présentée plus tôt dans le cours de la soirée – une grande et pâle créature, émaciée, l'air d'une ascète, avec un nez osseux, planté très haut, et des yeux aux paupières lourdes qui lui donnaient un faux air de s'ennuyer. Elle avait cette allure particulière, si familière, cette sorte de laideur réservée à la haute bourgeoisie anglaise.

Ces mêmes yeux lugubres pétillaient maintenant d'une méchanceté malicieuse quand elle se pencha en avant, scrutant les visages des Italiens autour d'elle.

« Il se trouve que je connais beaucoup d'Américains, dit-elle avec son accent aussi tranchant que du cristal taillé, et je vous en prie, ne croyez pas un seul instant qu'ils soient tous comme Seymour.

– Vera... »

Il y avait dans la voix de Seymour une note de patience affectueuse suggérant qu'ils étaient très au fait l'un de l'autre.

« Tu ne vois pas qu'ils ne font que te tolérer ? Ils trouvent tes points de vue offensants. Tout comme moi.

– Je ne cherche pas à me montrer offensant.

– Je sais, riposta Vera avec un sourire mauvais, cela te vient naturellement. »

Seymour rit de bon cœur.

« Touché.

– Si les États-Unis s'inquiètent tant du communisme et de l'intérêt de la Russie pour l'Italie, ce qui est une notion douteuse maintenant que ce drôle de petit bonhomme, ce Khrouchtchev, est premier secrétaire, tu devrais franchement consacrer moins de temps à traiter ce pays comme un marché pour tes produits et davantage à te créer des amis. »

Le débat qui s'ensuivit se prolongea depuis l'entrée, du mulet bleu, jusqu'au plat principal, un porc rôti à la broche fourré d'ail et de romarin (aussi savoureux en bouche que nous l'avait annoncé son fumet tout l'après-midi). Ce fut une discussion animée et dans l'ensemble plutôt bon enfant autour des fascistes, des monarchistes et de la démocratie, de la pauvreté, de la surpopulation et du désir de l'Amérique de créer le monde à son image. Même Harry et la Signora Pedretti suspendaient de temps à autre leur flirt discret pour y ajouter leur grain de sel.

Seymour défendit vaillamment son point de vue, et avec dignité, sans jamais se départir de sa désinvolture très étudiée, tandis que sa femme devenait de plus en plus grincheuse et venimeuse. Sa foi inconditionnelle dans la puissance rédemptrice de la prospérité économique portait tous les signes distinctifs du fanatisme religieux. Son dieu était le seul vrai dieu, et tous les incrédules étaient voués à la damnation, ou pire encore : au communisme.

Devant le dessert, le débat s'enlisa et, à cette heure-là, les étoiles s'étaient levées, les torches avaient été allumées tout autour du parterre, et Adam se demandait combien de temps encore il pourrait se passer de voir Antonella. Au moment où l'orchestre entama ses premiers accords sur la terrasse du bas, il vida le reste de son café et se mit à sa recherche.

Les gens se levaient de table, attirés par la musique. À travers la foule qui se massait, il la vit s'entretenant avec Maria, qui avait abandonné le refuge de la villa. Elle souriait – ce qui était en soi une rareté –, mais c'étaient ses mains qui semblaient changées. Elles accompagnaient ses propos de gestes rapides et expressifs. Dès qu'elle vit Adam s'approcher, ses yeux noirs perdirent un peu de leur éclat, et elle ne resta que le temps de répondre à son salut.

« Pauvre Maria, fit Antonella.

– Il y a un problème ?

– C'est juste qu'elle est un peu pompette. (Elle le prit par le bras.) Viens, je voudrais que tu rencontres quelqu'un. »

L'homme âgé en question était sur le point de piquer un somme, son crâne chauve dessinant une auréole paresseuse dans l'air nocturne. La table où il était assis avait été désertée, à l'exception d'un couple installé en face, absorbé dans sa conversation, une jeune femme et un jeune homme serrés l'un contre l'autre, l'image du désir à peine contenu. Quand Antonella et Adam prirent une chaise à côté de l'homme, il sursauta comme un soldat auquel on ordonne de se mettre au garde-à-vous.

« Rodolfo, voici Adam », fit Antonella, en italien.

La tête de Rodolfo se tourna d'un coup sec.

« Adam ?

– Et le jardin...

– Oh, l'Adam du jardin. Parle-t-il italien ? Bien sûr qu'il le parle. Crispin ne l'aurait jamais envoyé ici s'il ne parlait pas l'italien.

– Vous connaissez le professeur Leonard ? s'étonna Adam.

– Oui, oui, naturellement. (Rodolfo lui empoigna l'avant-bras avec une vigueur surprenante.) Félicitations. Je connais ce jardin depuis toujours, ou presque. Ce que vous avez fait, c'est, enfin, exceptionnel. En avez-vous déjà parlé à Crispin ? Bien sûr, suis-je bête.

– Non.

– Ah non ? Et pourquoi pas ?

– Je ne sais pas.

– Eh bien, il faut, il faut. Il savait qu'il y avait quelque chose, dans ce jardin. Il le savait. Il le répétait souvent. Et cela le contrariait de ne pas réussir à mettre le doigt dessus. Nous étions jeunes... votre âge... mais évidemment, nous avions bien plus belle allure que vous. (Il trouva cette réflexion extrêmement amusante.) Quoi qu'il en soit, nous y sommes souvent descendus, dans ce jardin, avec Francesca... (Il pointa un doigt crochu vers Antonella...) sa grand-mère. Je devrais préciser qu'à l'époque, elle haïssait Crispin. Voyez-vous, je savais que je n'étais là que pour une raison, une seule et unique raison... parce qu'ils ne pouvaient rester tous deux seul à seul.

– Et pourquoi pas ?

– C'était il y a longtemps. Ce n'était pas permis. Moi, le garçon qui l'avait toujours aimée, je devais rester là en sentinelle et la regarder tomber amoureuse de lui. »

Pour Antonella, la nouvelle était manifestement inédite.

« Vraiment ? »

Elle eut un regard furtif vers Adam. Il feignit une égale surprise.

« Oui, mais la question n'est pas là. La question c'est que Crispin avait perçu quelque chose dès cette époque. Parfois, nous y descendions tout seuls, tous les deux, lui et moi... c'est ainsi que j'ai appris à l'apprécier. Il l'avait senti, voyez-vous ? (Rodolfo tapota la main d'Adam.) Vous m'enverrez votre thèse, et je la ferai traduire. Je m'occuperai même de vous la publier. Oh, rien de très passionnant... une revue d'un département universitaire... mais c'est ainsi que tout commence, pour nous tous. (Il lâcha un ricanement bref et légèrement dément.) Et, dans soixante ans, si vous abattez bien vos cartes, vous serez tout pareil à moi... sans le sou, à moitié ivre dans une soirée, vous demandant ce que vous avez fait du cigare de votre voisin de table. »

Il chercha à tâtons autour de lui.

« Il est dans votre main, lui signala Antonella.

– Ah c'est cela. Maintenant, jeunes gens, allez rejoindre les singes qui cabriolent dans la cage. »

Il esquissa le geste de rallumer son cigare. Antonella lui souffla son allumette.

« Une danse, proposa-t-elle.

– Non.

– J'insiste.

– Convainquez-moi.

– Ce pourrait être notre dernière danse.

– Bon argument. Aidez-moi à me lever. »

C'était un grand orchestre, avec beaucoup de cuivres, et qui jouait des morceaux de grand orchestre. Ce qui convenait très bien pour ceux qui savaient danser ces morceaux-là, et pas tant que cela pour qui ne savait rien danser du tout. Pour aggraver son cas, Rodolfo savaient danser – il savait vraiment. Il possédait aussi une endurance remarquable pour un homme de son âge, ce qui laissa tout le temps qu'il fallait à Adam pour redouter le moment de la passation des pouvoirs. Quand il survint enfin, il se sentit le devoir de confesser à Antonella qu'il avait deux pieds gauches – et l'un d'eux était encore raide et endolori, après son faux pas dans le jardin funéraire.

L'alcool l'aida, tout comme le fait de garder les mains posées sur elle, un pur prétexte.

La musique était installée sur une estrade en gradins, juste en face de la balustrade de pierre. La piste de danse était un vaste plancher circulaire, monté au milieu de la terrasse, avec la fontaine en marbre en son centre. Elle était bordée de hautes haies d'ifs taillées de près, où étaient accrochées des lanternes chinoises, et flanquées de torches flamboyantes qui projetaient des ombres remuantes et folles. Cernée par ces haies, la musique engloutissait tout.

« Le dîner t'a plu ? s'enquit Antonella alors qu'ils défendaient leur pré carré sur la piste bondée.

– Oui.

– Nonna pensait que ça te plairait. Vera est très… *provocativa.*

– C'est certain.

– Elle est lesbienne, tu sais ?

– Curieux, elle n'en a rien dit. »

Poussé contre elle par la cohue, il laissa sa main s'égarer.

« Tu ne portes pas de sous-vêtements.

– Je ne peux pas, avec cette robe.

– Quel effet cela fait-il ?

– C'est agréable. Tu devrais essayer, de temps en temps. »

Il espérait que l'ambiguïté était voulue.

« Mon Dieu, ce que tu es belle, fit-il, la tête enflée de désir.

– Merci.

– J'ai envie de t'embrasser.

– Nous ne pouvons pas. (Elle ponctua d'un geste vif du poignet.) Le scandale...

– Je m'en moque. Demain, c'est mon dernier jour.

– Je sais. C'est pour cela que tu es invité à déjeuner. À Sienne. Tu disais que tu voulais voir Sienne. Ce sont des amis d'Edoardo. Harry peut venir, lui aussi. Tout est organisé.

– Je veux être seul avec toi. »

Ses lèvres vinrent frôler son oreille.

« Alors ça, c'est une chance, j'ai un plan. »

Elle refusa d'entrer dans les détails.

Un peu plus tard, il la perdit au profit de toute une file de rivaux, à commencer par son frère, Edoardo. En échange, Adam reçut Grazia. Il enchaîna deux morceaux avec elle, en clopinant, puis elle aussi, on la lui arracha, et c'est alors qu'il renonça à la piste de danse pour le bar tout proche. Il attendait qu'on le serve, lorsque Harry vint le rejoindre, l'air de comploter en douce.

« Son mari n'est pas là. »

Il fallut un moment à Adam pour comprendre qu'il parlait de la Signora Pedretti.

« Je sais, elle l'a dit, au cours du dîner.

– Mais tout un groupe de ses amis est là. »

Harry alluma une cigarette et lui lança un regard furibond.

« Harry, tu essaies sérieusement de séduire une femme mariée ?

– Je crois. Oui. Pourquoi ? Tu penses que c'est une mauvaise idée ? (Il hésita.) Merde, c'est une mauvaise idée, hein, c'est ça ?

– Cela ne te suffit pas de savoir qu'elle... enfin, en d'autres circonstances, je veux dire ?

– Peut-être.

– Eh bien, pose-lui la question.

– Lui poser la question ?

– Oui. Ensuite, tu seras fixé. Et ensuite les amis de son mari ne seront pas forcés de te tuer. »

Adam suspectait Harry d'être séduit par cette suggestion qui répondait à une logique simple. Et en effet, Harry détala aussitôt pour se mettre en quête de la Signora Pedretti, saluant la mère d'Antonella au passage. Caterina s'approcha d'Adam à pas comptés, comme quelqu'un qui s'est égaré au-delà d'une certaine limite, et qui le sait.

« Où est Riccardo ? lui demanda-t-il.

– Il discute avec ma mère. (Elle lâcha un sourire sardonique.) Je crois qu'elle approuve.

– Il est formidable.

– Et Antonella aussi. (Elle eut un signe de tête vers la piste de danse.) Je vous ai vu danser avec elle. Vous l'aimez bien, n'est-ce pas ? »

Quelque chose dans sa voix tendit à le mettre sur la défensive.

« Est-ce si difficile à comprendre ?

– Bien sûr que non, je suis sa mère.

– Oui, je l'aime bien.

– Les hommes l'apprécient. Ce n'est jamais un problème, pour elle. »

Intentionnellement ou non, ses paroles le reléguaient dans une longue liste de prétendants bien téméraires, et il fut heureux que le barman profite de cet instant pour lui demander ce qu'il souhaitait boire.

« La même chose que ceci », lui répondit-il, en pointant du doigt le verre à cocktail de Caterina.

C'était imprononçable. Et presque imbuvable.

« Vous a-t-elle raconté ce qui était arrivé à son visage ? »

Sur le moment, le caractère direct de la question le désarçonna.

« Votre mère s'en est chargée.

– Je conduisais.

– Je sais.

– Et c'est Antonella qui me réclamait de rouler plus vite. Ma mère vous l'a-t-elle dit, ça ?

– Non.

– Non, bien sûr que non. Personne ne s'en souvient plus. »

Il la regarda et vit une mère ivre et pétrie de culpabilité s'efforçant encore de se trouver des excuses, à des années de distance.

« Vous ne me croyez pas ? C'est vrai. Elle était... *selvaggia*. Pas comme Edoardo. *Una piccola selvaggia.* »

« Une petite sauvage. »

Cela le hérissait franchement, à présent. Tenter de diluer sa responsabilité, c'était une chose; nourrir un dédain haineux envers sa fille qu'elle avait défigurée, voilà qui semblait proprement exagéré.

« Étiez-vous saoule, quand c'est arrivé ? lui lança-t-il, en ripostant sur un ton plus agressif.

– C'est ce que vous avez entendu dire ?

– Non. »

Tout son corps irradiait la tension. Au bout d'un moment, elle finit par confesser, d'une voix sourde :

« Oui, j'étais saoule. Emilio était mort... tout juste deux mois auparavant. (Elle détourna le regard.) J'aimais mon frère. »

Encore un autre nœud dans ce jeu de ficelles des causes et des effets : le meurtre d'Emilio et la cicatrice au visage d'Antonella.

Il se tourna vers la piste, où la jeune femme tournoyait dans les bras d'un nouvel admirateur.

« Regardez-la, fit-il. Regardez sa façon d'être. Elle s'en moque. Pourquoi faudrait-il que cela vous préoccupe ? »

Caterina semblait sur le point de formuler une réponse, mais elle s'éloigna sans dire un mot.

Un instant plus tard, Harry arriva vers lui à grands pas.

« Superbe idée, Ramdam.

– Quoi ?

– Elle a dit oui.

– Qui ?

– Qui, à ton avis ? Je lui ai demandé et elle a dit oui, elle accepterait, si les circonstances étaient différentes.

– Bon, donc, maintenant, tu es fixé.

– Non, reprit Harry, maintenant je dois y aller et l'attendre dans l'oliveraie. (Il flanqua une tape dans le dos d'Adam.) Sacrément bonne tactique.

– Harry... »

Son frère ne se retourna pas. Il agita juste les doigts en l'air, en se faufilant à travers la foule.

« Oh merde », marmonna Adam.

Du coup, il refit face au barman et lui demanda une bouteille d'eau minérale.

Peu de temps après, les rangs commencèrent de se clairsemer. Le champagne était monté à la tête de Grazia, qui n'était plus capable de rester en position debout, ni à plus forte raison de danser et, à ce stade, Edoardo et Adam la chargèrent dans la voiture. Antonella prit le volant. Elle précisa qu'elle revenait chercher Adam et Harry à 11 heures, c'est-à-dire dans moins de huit heures. Adam se mit en quête de Harry, en vain. Puis il se dirigea vers son lit.

Maurizio avait dû le guetter, suivre ses mouvements à la trace, attendre son heure. Il intercepta Adam en haut de l'escalier qui conduisait au parterre.

« Vous avez une cigarette ? » lui demanda-t-il, d'une voix un peu traînante.

Adam plongea la main dans la poche intérieure de sa veste, pour en ressortir son paquet et son briquet.

La main de Maurizio jaillit.

« C'est ce que je pensais, fit-il, en indiquant l'étiquette cousue près de la poche intérieure. C'est le costume de mon frère.

– Ah oui ? »

Maurizio se saisit de son poignet, dégageant le bouton de manchette.

« Et cela aussi lui appartenait. »

La voix était calme, les yeux attentifs et froids, mais ses doigts tremblaient d'une rage à peine réprimée.

« Je l'ignorais.

– Ah oui ? (Maurizio prit une cigarette du paquet d'Adam et l'alluma.) Et quand vous avez volé la clef dans la pièce de ma mère, saviez-vous ce que vous faisiez, alors ? (Il eut un sourire pincé, se délectant de la gêne d'Adam.) Maria m'a informé. Elle a estimé que c'était son devoir.

– Je me suis excusé auprès de votre mère.

– Et qu'êtes-vous monté chercher, là-haut ?

– J'étais juste curieux de voir l'endroit.

– Et qu'avez-vous vu ?

– Quantité de poussière et quelques bureaux allemands. (Peut-être cela tenait-il au ton autoritaire de Maurizio, mais il se sentit l'envie d'ajouter une pique.) J'ai aussi vu l'endroit où Emilio a été assassiné. »

Le visage de l'autre paraissait d'une étrange pâleur, à la lumière chatoyante des photophores.

« Près de la cheminée, poursuivit-il, enhardi. Mais enfin, cela, vous le savez… vous étiez là. »

Maurizio retrouva une contenance, une moue plus qu'un sourire flottant sur ses traits.

« Il est bon que votre travail soit terminé et que vous partiez. (Il lui rendit les cigarettes et le briquet.) Merci. »

Il tourna les talons, et descendit l'escalier de pierre.

Adam sentit monter en lui un flot de colère soudaine. Il avait envie de courir après lui, de l'empoigner, de le secouer, de lui crier : *Espèce d'idiot ! Tu ne vois pas ? J'étais trop heureux de lâcher prise, j'avais envie de lâcher prise, de m'éloigner. Mais maintenant je ne peux pas. Il t'aurait suffi de ne rien dire, jusqu'à mon départ.*

En portant fébrilement une cigarette à ses lèvres, son regard alla errer sur la terrasse en contrebas – vers la masse sombre de la chapelle qui se profilait, menaçante, au-delà du clair de lune, dans l'ombre du promontoire de grès. Et à cet instant cette idée le frappa : il avait tort. Ce n'était pas la faute de Maurizio. Il ne possédait pas plus la maîtrise des événements qu'Adam. Ils étaient tout simplement les acteurs d'une tragédie, leurs rôles étaient écrits d'avance.

# 26

Harry était assis à l'avant avec Antonella, et il s'adressait à elle en hurlant par-dessus la musique de l'autoradio qui braillait. Adam était affalé en travers de la banquette arrière, faisant mine de dormir. Et pourtant, il avait étonnamment bien dormi ; en fait, il avait juste envie d'un moment à lui pour mettre au point les détails de la machination qu'il avait concoctée.

De temps à autre, il glissait un coup d'œil à la dérobée vers Antonella, qui avait les cheveux noués en queue-de-cheval, révélant ses petites oreilles. Harry était remarquablement guilleret, sachant qu'il avait attendu dans l'oliveraie plus d'une heure avant de s'endormir au pied d'un arbre, et de se réveiller avec le soleil dans la figure. Il se raccrochait encore à la croyance que la Signora Pedretti était venue à sa recherche, alors qu'Antonella lui soutenait avec insistance que cette femme était connue pour être une vile séductrice.

Elle avait écarté l'option de la nouvelle route de Sienne pour lui préférer la vieille Via Volterrana, qui serpentait à travers les collines. Cette route flattait bien son insouciance au volant – une autre bonne raison pour inciter Adam à fermer les yeux. Ils s'arrêtèrent brièvement à San Gimignano, avec ses vieilles tours, témoignage des vanités rivales de ses marchands médiévaux. Pas très différent de ce qui se passait à Londres en ce moment même, observa-t-il. Harry le pria d'arrêter de crâner.

Sienne les réduisit tous deux au silence, avec ses rues sinueuses, montantes et descendantes, les façades incurvées de ses palais, et sa grande place, le Campo, pas une place du tout, mais une cuvette creusée en forme de coquillage au cœur de cette cité montueuse. Sienne était tout ce que Florence n'était pas – douce, tout en courbes, féminine –, et il était facile de voir pourquoi ses citoyens avaient conçu une affection toute spéciale pour la Vierge. Alors que Florence proclamait son pouvoir, Sienne respirait la force paisible et retenue. On avait l'impression, enfouie dans ses rues serpentines et ses briques aux couleurs chaudes, qu'elle saurait absorber tout ce qu'on lui jetterait. Elle pouvait plier un peu, mais elle ne romprait jamais.

Ils prirent leur déjeuner dans le jardin entouré de murs d'un vaste appartement de plain-pied. Edoardo et Grazia étaient déjà là, ainsi qu'une dizaine d'autres invités à peu près. Leur hôte était un petit professeur de droit avenant et sans prétention. Adam n'eut jamais l'occasion de lui adresser la parole. Dès que les plats de pâtes furent débarrassés, Antonella annonça qu'elle emmenait Adam voir les « Crete Senesi ». Il n'avait aucune idée de ce qu'elle désignait par là, mais il ne protesta pas. Harry répondit qu'il allait rester, et il repartirait pour Florence en voiture, avec Edoardo et Grazia.

« Je t'ai prévenu que j'avais un plan, lui souffla Antonella tandis qu'ils sortaient de l'immeuble dans la rue déserte.

– Où allons-nous, en réalité ?

– Oh, je n'ai pas menti. »

Les Crete Senesi se révélèrent être cette vaste succession de collines ondoyantes au sud de Sienne – un océan de pâturages, ponctué de crêtes, qui se fondait dans le lointain. Monotone et pelé, ce paysage était tout à fait différent de celui qu'ils avaient traversé durant le trajet de la matinée.

Il vit d'après la carte que leur route les conduisait non loin de Montaperti, la scène de la bataille féroce décrite de manière si vivante par Fausto. Un détour était hors de question ; un programme serré les attendait.

Ils foncèrent vers le sud, par des routes de campagne poussiéreuses, en traversant de petits villages aux bâtisses disséminées. Des fermes semblables à des forteresses dominaient les vallées, perchées sur des collines couronnées de cyprès, vestiges d'un temps où vous n'aviez pas seulement à stocker le blé, mais aussi à le protéger des maraudeurs. Les perspectives étaient sans fin et pas un nuage ne venait rompre la monotonie du ciel bleu pâle.

Pour Adam, c'était un monde morne et inhospitalier. Il l'était encore davantage à la fin de l'été, lui apprit-elle, une fois que les moissons étaient rentrées et quand ce patchwork de coteaux s'était mué en paysage désertique, à force d'avoir été labouré. Elle s'extasia sur cette région qui ne souhaitait pas être aimée, soulignait-elle, mais ce n'était pas une raison pour ne pas l'aimer. Adam commençait seulement à comprendre ce qu'elle voulait dire quand ils atteignirent leur première destination.

L'abbaye de Monte Oliveto Maggiore était perchée en équilibre précaire sur un éperon rocheux, au milieu de gorges de grès qui s'effritaient. Pour ces moines en soutane blanche, c'était une existence vécue à la limite de l'abîme, au sens littéral et métaphorique du terme. Les fresques hautes en couleur du grand cloître représentaient la vie de saint Bernard. Ce cycle était émaillé de jeunes messieurs à la fesse ferme et qui faisaient la moue, laissant peu de doute sur la manière dont le peintre siennois Giovanni Antonio Bazzi avait hérité de son sobriquet, « il Sodoma ».

Vingt terrifiantes minutes plus tard se dressait Pienza, adossée à la haute terre, avec les Crete qui venaient mourir à ses pieds. La parfaite place Renaissance de la petite cité était tout ce qui restait du rêve d'un pape siennois de transférer le Saint-Siège dans cette partie du monde d'où il était originaire. Loin vers l'ouest, au-delà de cette terre ridée de collines, la masse impressionnante du Monte Amiata ressortait en relief sur fond de ciel clair – une parodie de cône volcanique, aujourd'hui en sommeil.

Ils replongèrent vers les Crete, en prenant la direction de Montalcino, une fois de l'autre côté. Ils n'y arrivèrent jamais. Dix minutes plus tard, fonçant à toute pompe sur un chemin blanc de terre durcie, Antonella sauta sur les freins. La voiture dérapa du train arrière avant de s'immobiliser.

« J'ai failli le louper. »

Le véhicule était encore noyé dans des tourbillons de poussière. Adam était encore agrippé à la planche de bord.

« Quoi ? Tu l'as heurté ? Qu'est-ce que c'était ? »

Antonella éclata de rire.

« Le virage. »

Une piste trouée d'ornières fendait une déclivité plantée de tournesols imposants qui descendait en pente raide vers une cuvette au creux des collines, et une oasis d'arbres épais et sombres.

« Suis-moi », fit Antonella, en abandonnant la voiture à la lisière des arbres et poursuivant à pied.

Il commença par la sentir, cette autre odeur qui luttait avec la senteur forte et sucrée de la résine de pin. C'était l'odeur de la décomposition, de quelque chose de mort et de passé. Antonella continuait de marcher, se frayant un chemin à travers les arbres. Il était à quelques pas derrière elle quand ils pénétrèrent dans la clairière.

« Sensass », siffla-t-il doucement.

Les parois d'une piscine rectangulaire étaient composées de blocs de travertin, et certains d'entre eux avaient été délogés par les racines d'arbres enchevêtrés. Une étroite volée de marches conduisait tout en bas, au bord de l'eau, qui était d'un blanc de craie, à la fois claire et opaque. Des bulles crevaient mollement à la surface, par intervalles, et l'odeur du soufre flottait lourdement dans l'air.

« Elle descend du Monte Amiata, lui expliqua-t-elle. Il y a plein de sources thermales, dans la région. Mais celle-ci est particulière. Elle est très ancienne, probablement d'époque romaine. »

Son oncle Emilio la lui avait fait découvrir, à Edoardo et elle, quand ils étaient plus jeunes. Il leur avait dit qu'ils pouvaient partager ce secret avec une seule autre personne, une seule chacun. Il le leur avait fait jurer. Elle semblait un peu embarrassée par cet aveu.

« Suis-je vraiment cette personne ? »

Antonella lâcha un sourire penaud.

« En fait, tu es le quatrième. »

Il rit, la prit dans ses bras et l'embrassa avec douceur sur les lèvres.

« Eh bien, merci quand même.

– Allons-y, entrons dedans. »

Elle expédia ses chaussures, puis se retourna dos à lui, en écartant ses longs cheveux.

« Cela t'ennuie ? »

Quand il fit coulisser la fermeture Éclair de sa robe, sa main tremblait légèrement. Elle la lui dégagea des épaules, la laissa retomber au sol. Elle portait des dessous assortis – unis, simples, d'une blancheur saisissante sur sa peau ambrée. Elle se tenait là devant lui, presque nue, étonnamment peu décontenancée.

« Tu m'observes.

– Je ne crois pas avoir jamais rien vu d'aussi beau. »

Elle retira son soutien-gorge et, d'un pas, sortit du cercle de sa culotte.

« D'accord, j'ai parlé trop vite. »

Elle sourit.

« À ton tour. »

Ses doigts défirent gauchement sa boucle de ceinture. Les vapeurs de soufre qui émanaient de la piscine ne lui piquaient plus les narines ; elles l'enveloppaient par vagues entêtantes, enivrantes.

Quand ce fut fait, et quand ses vêtements gisaient en tas à ses pieds, elle s'avança vers lui et pressa son corps svelte contre le sien, sa peau sombre contre sa peau pâle. Ils s'embrassèrent, leurs mains s'aventurèrent, s'enhardissant à mesure que le même besoin pressant les dévorait. Elle lui attrapa le poignet et guida ses doigts vers cette fente chaude, entre ses cuisses, sa toison déjà mêlée d'humidité. Quand il introduisit un doigt en elle, elle laissa échapper un long gémissement feutré. Ses hanches remuèrent, lui imposant leur rythme.

« Ne t'arrête pas, ronronna-t-elle. J'y suis presque. »

Quelques instants plus tard, elle jouit, en frémissant contre lui, et leurs bouches se collèrent l'une à l'autre, étouffant ses cris.

Elle resta pendue à ses bras, relâchée, vidée.

« Merci. Tu es très doux.

– Ah oui ?

– Oui. »

Elle l'embrassa tendrement, ses longs doigts se refermèrent un court instant sur lui, et le caressèrent. Puis elle lui prit la main et le conduisit en silence à la piscine. Les degrés de pierre s'arrêtaient juste au-dessous du niveau de l'eau, et ils s'y plongèrent jusqu'à ce que leurs pieds s'enfoncent dans la boue molle et visqueuse qui en tapissait le fond. L'eau était chaude, mais pas au point que ce soit inconfortable.

Ils nagèrent en cercle, lentement, leur tête dansant à la surface laiteuse, et s'arrêtèrent de temps en temps dans les parties les moins profondes. À ce qu'il semblait, ces eaux curatives le soigneraient de tous les maux connus de l'homme, même si tout semblait en ordre de marche, ajouta-t-elle, en tendant la main vers son intimité, sous la surface. Elle ne le relâcha pas. Ils s'embrassèrent avec voracité. Il la souleva, baissa la tête pour embrasser ses seins. Elle crocheta ses jambes autour de sa taille et se rattrapa en tendant la main derrière elle, en le guidant en elle. C'est alors qu'il perdit l'équilibre et ils s'enfoncèrent tous deux sous la surface. Ils en resurgirent avec des rires.

Les marches offraient le support parfait. Elle fit porter le poids de son propre corps sur ses coudes, face à lui, et ses yeux ne se détachèrent pas un instant des siens. Au début, il se contenta de rester là, se délectant de son étreinte ferme et huileuse, la vase suintant entre ses orteils. Puis il commença de bouger lentement, ses mains s'emparant de ses hanches étroites. Des tourbillons et des volutes tournoyaient en spirales autour d'eux. Elle l'aiguillonna avec des mots essoufflés, jusqu'à ce qu'il vienne en elle. Elle jouit encore, juste avant lui. Son propre jaillissement le cueillit avec tant de violence qu'il dut se rattraper aux marches derrière lui pour s'éviter de basculer.

Plus tard, bringuebalés sur le chemin qui remontait vers la route gravillonnée, leurs vêtements collés à leur peau mouillée, Antonella se tourna vers lui.

« Tu es très silencieux. Dis quelque chose.

– Chaque fois que je sentirai l'odeur du soufre, je penserai à toi. »

Elle lui ficha un coup de poing dans le bras.

Ils n'avaient plus le temps d'aller visiter Montalcino, ni rien d'autre, d'ailleurs. Antonella avait promis à sa grand-mère d'être de retour à la Villa Docci d'ici 20 heures, pour le dîner d'adieux en l'honneur d'Adam.

« Il se pourrait que ce ne soit pas mon dîner d'adieux », lui laissa-t-il entendre, non sans une hésitation.

Il lui raconta qu'il voulait aller voir les fresques de Piero della Francesca, à Arezzo, avant de repartir d'Italie, et qu'il avait prévu d'attraper un train pour s'y rendre quand Harry irait prendre le sien pour Venise. Il pourrait laisser ses valises à la Villa Docci. Cela signifierait au moins encore une nuit ensemble, quand il reviendrait les récupérer.

Il s'en voulait de lui mentir. Ce fut pire encore quand elle lui proposa de le conduire elle-même à Arezzo. Il refusa son offre, en grommelant une lamentable excuse qu'elle ne remit pas en question, mais qui l'enferma dans un silence un peu boudeur. Quand ils s'arrêtèrent devant la ferme, elle lui parut avoir surmonté ce mouvement d'humeur. En fait, non seulement il se crut pardonné, mais il pensa qu'il allait être invité à monter là-haut dans sa chambre. Sinon, pourquoi ne pas avoir tout de suite pris la direction de la Villa Docci ? Parce qu'elle voulait y monter à pied, lui expliqua-t-elle.

Ils prirent le sentier qui serpentait à travers l'oliveraie, celui-là même qu'ils avaient emprunté moins d'une semaine auparavant, presque exactement à la même heure. Adam fut frappé de tout ce qui s'était produit au cours de ce bref laps de temps. La dernière fois qu'ils avaient arpenté ce chemin, ils ne s'étaient pas encore embrassés, Harry n'avait pas encore fait son apparition, et ses soupçons sur le rôle de Maurizio dans la mort d'Emilio n'étaient guère plus que ceci : de vagues perceptions instinctives que n'étayait aucune preuve.

Il possédait maintenant les fondements d'une accusation contre Maurizio et, avec un peu de chance, il en détiendrait bientôt la preuve. Ce qu'il en ferait, il ne le savait pas encore.

Ils continuèrent leur parcours en franchissant le jardin funéraire, s'enfonçant dans des ombres de plus en plus denses, son bras sur son épaule, et le sien autour de sa taille. Elle s'arrêta au pied de l'amphithéâtre et leva les yeux vers Flora.

« Quoi ? s'enquit-il.

– C'est une vision magnifique.

– En effet. »

Il allait repartir, mais Antonella le retint contre lui, refusant de bouger.

« Attends », lui dit-elle.

Au début, il crut que c'était le vent. Cela bruissait comme une brise légère qui brasserait des feuilles mortes. C'est seulement lorsqu'elle pointa le doigt qu'il s'aperçut que c'était le bruit de l'eau. Ils virent deux ruisseaux de mercure refléter le miroitement bleu acier du ciel crépusculaire, tracer autour de l'amphithéâtre une ceinture liquide et frémissante, ruisseler dans le long réservoir à leurs pieds qui, il le remarquait à présent, avait été nettoyé de tous ses détritus depuis sa dernière visite.

Il se tourna vers Antonella.

« C'est pour toi, lui annonça-t-elle. Un cadeau.

– De toi ?

– Et Nonna. C'est elle qui a payé les deux camions d'eau.

– Ils sont tous là-haut ?

– Cela n'a pas été facile.

– Tu m'as tendu ce piège ?

– On m'a un peu aidée. »

Elle désigna le haut de la pente. La Signora Docci, Harry, Edoardo et Grazia apparurent sur la crête, en contre-haut.

« Ne reste pas planté là, nom de Dieu », lui lança Harry.

La Signora Docci agita sa canne avec impatience.

« Vite, allez voir, cela ne durera pas longtemps. »

Le réservoir se remplissait vite, et ils se dépêchèrent de dévaler les marches menant à la grotte.

L'eau se déversait de l'urne de Pénée, remplissait le bassin de marbre, débordant de la bouche béante de Flora creusée dans le sol. C'était beau, et c'était un acte meurtrier ouvertement affiché.

Ils coururent main dans la main à travers le pré, en direction du Temple d'Écho. L'eau s'écoulait déjà dans le canal qui sillonnait le sol entre le temple et le bassin octogonal. Bientôt, Narcisse aurait une bonne raison de fixer le vide de son regard si languissant.

Ils s'installèrent sur un banc, dans le temple, épaule contre épaule, tâchant de réduire au silence leurs deux respirations essoufflées. Sous la grille de fer forgé, au milieu du sol, l'eau s'écoulait dans une sorte de réceptacle peu profond. À l'oreille, c'était ce qu'évoquait ce bruit – un bruit dilaté par le caveau creusé en sous-sol – puis elle se rua par la grille, remonta vers le dôme du toit, s'éparpillant, se répercutant, emplissant l'espace, restituant au temple sa plénitude.

Antonella lui avait évoqué des chuchotements. Elle avait raison. Mais c'étaient des chuchotements pressants.

« Il a changé.

– Quoi ?

– Le bruit.

– Comment cela ?

– Je l'ignore. »

Peu importait. Flora avait parlé, et Adam avait pu entendre ce qu'elle disait.

Maurizio n'était pas au dîner. Il leur envoyait ses excuses, avec Chiara – après les festivités de la nuit précédente, il ne se sentait pas bien. Adam essaya d'imaginer l'expression de son visage quand Chiara rentrerait avec la nouvelle qu'Adam avait remis son départ à plus tard. La Signora Docci semblait plus qu'heureuse que la raison d'être de ce dîner soit vidée de sa substance. Harry souligna qu'il partait pour de bon, lui, dès le demain matin, et donc le dîner n'avait rien perdu de son véritable objet.

Le seul adieu de Harry qui ne pouvait être reporté au lendemain matin, c'était celui qui concernait Antonella. Il insista pour la raccompagner jusqu'à sa ferme. Adam se joignit à eux.

Elle sortit une bouteille de cognac de seconde catégorie, dont ils burent la moitié au goulot, derrière la grange, étalés sur des coussins disposés autour de deux bougies qui coulaient.

Quand ils finirent par repartir, Harry profita au mieux de son baiser d'adieu avec Antonella, en la serrant contre lui, histoire d'explorer un peu mieux son corps.

Ils remontaient par l'oliveraie, lorsque Harry s'adressa à son frère :

« Tu peux rester, si tu veux.

– C'est bon.

– Ce qui veut dire que vous avez eu un après-midi crapuleux. »

Adam ne réagit pas. Harry le bouscula, joueur.

« Tu n'obtiendras rien de moi.
– Abandonne tout de suite, tu sais que tu vas céder.
– Harry, qu'est-ce que tu fiches ?
– Une brûlure chinoise.
– Eh bien, ça ne marche pas.
– Merde », pesta Harry, en relâchant le poignet de son frère.

# 27

La Signora Docci prit congé d'eux avec élégance, en les renvoyant à bord de sa Lancia bleu marine. Foscolo les conduisait, un homme peu loquace. « *Arrivederci* » fut l'un des rares mots qu'il marmonna de son air maussade en les déposant à la gare de Santa Maria Novella, à Florence.

Adam s'acheta un billet pour Arezzo, afin de préserver les apparences. Il pourrait l'échanger plus tard, une fois que Harry aurait pris son train. Ils avaient une heure à tuer avant celui de Venise. Ils se dirigèrent vers le buffet de la gare, où Harry proposa qu'ils boivent jusqu'à revisiter toutes les couleurs de l'arc-en-ciel – un truc qu'il avait appris auprès de la Suédo-Finnoise.

« Elle habite juste derrière, lui précisa-t-il, avec mélancolie.

– Elle a un petit ami.

– J'en doute, plus maintenant.

– Tu la connais à peine. Toi, tu vas monter dans ce train.

– D'accord. Mais alors tu bois tous les rouges. »

Harry ne partait pas les mains vides. La vieille valise en cuir fauve, un cadeau de la Signora Docci, était bourrée de beaucoup de vêtements d'Adam (que Maria, de sa propre initiative, avait lavés, séchés et repassés en l'espace d'une seule journée). La seule chose qui lui manquait, c'était de l'argent. Mais quand son frère lui tendit la plus grosse part des espèces qui lui restaient, Harry lui exhiba une liasse généreuse, sortie de sa poche, et la fit défiler entre son pouce et son index.

« Une commande.

– Une commande ?

– De la Signora Docci. Elle veut une autre sculpture. J'imagine que ce n'était pas seulement de la politesse, en fin de compte. »

Adam se pencha en avant sur sa chaise.

« Harry, écoute, c'est une fine mouche, elle sait qu'elle t'obtient pour pas cher. »

Son frère pencha la tête d'étrange façon.

« Ça, ce doit être à peu près la plus jolie gentillesse que tu m'aies jamais dite. (Il alluma une cigarette.) Je ne te l'avais pas encore annoncé, je ne voulais pas, et puis je peux encore me retirer... »

Sa voix demeura en suspens.

« Quoi ?

– Il y a une galerie, à Londres, une bonne galerie, la Matthiessen Gallery... ils veulent que j'expose.

– C'est fantastique, Harry.

– C'est prévu pour avril. Tu viendras ? »

Adam grimaça.

« Avril, ce n'est pas idéal, je serai en pleines révisions d'examens de dernière année.

– Depuis quand tu as besoin d'étudier pour passer tes examens ?

– Bien sûr que je viendrai !

– J'ai la trouille, Ramdam. Non... je chie dans mon froc.

– Normal. Si c'est un bide, comme sculpteur, tu es fini.

– Trou du cul. »

À en juger par sa réaction, la femme entre deux âges à la table voisine était anglophone.

Ils n'en étaient qu'à la couleur verte de l'arc-en-ciel, quand il fut l'heure pour Harry de se diriger vers son train. Il se réserva une place dans un compartiment, puis rejoignit Adam sur le quai, pour la cigarette de l'au revoir.

« Drôles de moments qu'on a vécus là, remarqua-t-il.

– En effet.

– Et assez rigolos.

– Ouais.

– On en avait besoin, toi et moi.

– Tu as raison, on en avait besoin.

– C'est une fille formidable, Ramdam.

– En effet.

– Vous êtes beaux, ensemble… je veux dire, elle est plus belle que toi, mais vous avez quand même belle allure, ensemble. (Il se tut une seconde.) Ne foire pas.

– Pourquoi veux-tu que je foire ?

– Je n'en sais rien. (Harry lança un regard au loin, puis revint sur Adam.) Il se passe quelque chose, je ne sais pas quoi, mais j'imagine que tu m'en aurais parlé, si tu en avais eu envie, si tu avais eu envie de mon aide.

– Harry, rien ne se… »

Harry lui fit signe de se taire.

« Non, je t'en prie, c'est insultant. Je t'offre mes services. (Il lâcha un bref rire étranglé.) Ça vaut pas des masses, comme offre, je sais. Dis juste oui ou non. Je ne suis pas obligé de monter dans ce train.

– Non. »

Harry le scruta attentivement, puis il opina.

« OK.

– Mais je te remercie de m'avoir posé la question. »

Dès que le train de son frère fut lentement sorti de la gare, la solitude s'empara de lui. Le kaléidoscope des liqueurs italiennes qui se mélangeaient dans son estomac n'aidait pas, pas plus que le fait qu'il ait manqué le train de Viareggio de quelques secondes et, comme l'on était un dimanche, il allait devoir attendre le suivant, qui ne partait que dans deux heures. Il puisa un peu de distraction dans un magazine rempli de bavardages, consacré au cinéma italien. Il lutta contre le besoin de piquer un somme, redoutant ce que charrierait son esprit, s'il laissait libre cours à ses pensées, sans entrave aucune.

Cette bataille-là, il la perdit peu de temps après que le train se fut extrait de la déprimante périphérie de Florence. Étrangement, le sommeil se révéla une paisible diversion. Aucune analyse inquiétante et tordue de l'entreprise dans laquelle il s'embarquait – sans doute en pure perte – ne vint l'assaillir, ce ne fut rien d'autre qu'un moment d'oubli de soi, le visage appuyé contre la fenêtre, des champs et des fermes défilant au-dehors.

Viareggio était une ville impressionnante, avec sa promenade de planches doublée d'hôtels majestueux, sa plage dessinant une avenue de sable propre, les parasols de ses espaces balnéaires privés traçant un ruban liseré multicolore, qui se prolongeait à perte de vue. C'était la haute saison, il faisait chaud, l'endroit était très animé, et on y sentait nettement l'odeur de l'argent. Les femmes étaient belles, leurs maris étaient ventripotents et sûrs d'eux et, d'instinct, Adam eut aussitôt envie de retourner à la gare.

Il se trouva une chambre bon marché très à l'écart du front de mer, derrière la grande pinède qui coupait à travers la ville. Il fit les cent pas dedans, en fumant, pour s'armer de courage. Ensuite, il ressortit dans la lumière aveuglante du soleil.

Il se rappelait le nom du bar. Il n'avait pas éprouvé le besoin de le noter. Il s'était gravé dans sa cervelle dès l'instant où Fausto le lui avait mentionné. Peut-être savait-il déjà, alors, assis dans la cour de la ferme de l'ancien partisan, qu'il se retrouverait à Viareggio, à demander la direction de La Capannina.

Si Gaetano le jardinier avait réellement touché de l'argent de sa famille, alors c'était visiblement un héritage important. La Capannina se révéla être une construction de deux étages située sur un emplacement d'exception, en plein front de mer. Elle n'était pas aussi imposante que les bâtiments qui la flanquaient, mais c'était un bijou d'architecture, un petit chef-d'œuvre Art nouveau. Implantée un peu en retrait du trottoir, elle possédait une terrasse, bordée de palmiers très exotiques. Un escalier de pierre conduisait majestueusement vers l'entrée principale, et la façade était en gradins, ce qui permettait à une terrasse, au second étage, de courir sur toute la longueur de l'édifice. L'air de la mer avait laissé son empreinte sur l'endroit, mais la peinture écaillée lui conférait le charme d'une élégance un peu râpée.

Adam ne s'aventura pas au-delà de la terrasse en façade, c'était inutile, il reviendrait plus tard. Il comprit grâce au serveur qui lui apporta sa boisson que l'étage supérieur était dédié au restaurant. Il réserva pour le dîner, à la terrasse de l'étage, et il était sur le point de demander si le patron était là, quand il se ravisa. Il ne devait rien faire qui vienne compromettre son rôle de touriste innocent, un simple oiseau de passage venu se poser sur ce perchoir par un pur hasard.

Grâce à la manne inattendue de Harry, il pouvait se permettre de se gâter un peu. Il s'acheta une serviette de plage et un maillot de bain, puis se trouva un carré de sable sur une plage privée, juste de l'autre côté de la promenade. Elle lui était proposée avec une chaise longue, un parasol et un serveur mielleux qui tentait sans relâche de le pousser à consommer des rafraîchissements hors de prix.

Il resta allongé là, en contemplant fixement les pics dentelés des montagnes qui barraient l'étroite plaine côtière – ces mêmes montagnes qui avaient fait l'offrande de leur gigantesque bloc de marbre blanc à partir duquel Michel-Ange avait taillé son « Narcisse aux hanches reptiliennes ». Cette formule de Harry, merveilleuse de dédain, fit naître un sourire sur son visage. Elle lui rappela aussi le vide douloureux laissé par le départ de son frère.

Il loua un pédalo et mit le cap vers le large, laissant la plage loin derrière lui. Mais même alors, il eut la sensation que le siège vide le narguait. Il voyait les jambes longilignes d'Antonella actionner les pédales restées vacantes, à côté de lui. Ils auraient dû se trouver ici, un couple comme tous les autres couples, comme ceux qu'il avait croisés ou aperçus toute la journée, ceux sur lesquels il n'arrêtait pas de poser les yeux. Au lieu de quoi, il était seul, à peaufiner dans sa tête les détails d'un plan insensé. Il essaya de se rasséréner un peu avec l'éventualité que Gaetano soit parti en congé, ou qu'il soit un patron absentéiste qui se montrerait rarement à La Capannina, et certainement jamais le dimanche.

Alors qu'il était assis là à se balancer doucement sur la légère houle de la Méditerranée, c'est une perspective plus plaisante qui finit par se dessiner devant lui. Il vit un dîner de poisson, dégusté en paix, sous les étoiles, suivi d'une balade le long de la plage et d'une bonne nuit de sommeil. Il se vit remontant dans le train du retour vers Florence, le lendemain matin, conscient et convaincu d'avoir fait de son mieux.

« Hé, Gaetano, comment ça va? »

Ce ne furent pas les premiers mots qu'il entendit à son entrée au bar de La Capannina, plusieurs heures après, mais il n'avait pas encore commandé son premier verre quand le gros personnage en costume de lin les prononça. Le gros personnage leva une patte boudinée. L'homme mince assis avec des amis, à une table dans un box d'angle, vers le fond, lui rendit son salut de la main, avec un signe discret de sa tête hâlée.

Gaetano était dégarni et il s'était plaqué le peu de cheveux qui lui restaient sur le crâne. Adam ne s'était pas du tout attendu à cela. Il était bel homme, bien habillé, l'air posé. Il était difficile d'imaginer qu'il doive tout ce qu'il était à sa complicité dans un meurtre. En fait, il était presque impossible de conserver la moindre foi dans cette idée.

Adam avait bien engagé dans sa tête diverses conversations imaginaires, jouant avec toutes sortes de manières d'orienter leurs échanges. Il n'avait pas réfléchi aux difficultés soulevées de prime abord par la nécessité de faire la connaissance du gaillard. Il prit une table et considéra le problème.

Quand il monta à l'étage pour dîner, Gaetano n'avait pas bougé de son box d'angle.

C'était une soirée parfaite, une brise de mer rafraîchissante apportait un changement bienvenu après l'humidité privée de vent des collines florentines. Au-dessus de lui, les étoiles maculaient le ciel d'un bout à l'autre du firmament. L'odeur de poisson grillé se mêlait au parfum sucré des pins et aux effluves épicés et terreux de la fumée du cigare, qui flottaient par bouffées depuis la terrasse en contrebas. Le vin blanc était sec et gouleyant, son entrée de crustacés, une révélation. En n'importe quelle autre circonstance, il se serait attardé sur son repas. Là, au contraire, il le dévora, impatient de redescendre au bar.

« Bonsoir. »

Il se retourna, vit Gaetano debout devant lui. Il allait porter sa fourchette à sa bouche, et resta figé au milieu de son geste. Maurizio l'avait-il à ce point devancé ? Avait-il anticipé la démarche suivante d'Adam et fourni au patron de La Capannina une description détaillée de cet Anglais qui fourrait son nez partout ?

« Votre dîner vous convient ? » s'enquit le restaurateur.

Les vêtements qu'il portait avaient beau être d'une élégance discrète, la main que serra Adam évoquait une existence passée à travailler la terre.

« Oui. Je vous remercie. »

L'autre opina, l'air d'approuver.

« Le meilleur ragoût de poissons de Viareggio.

– Oui, c'est excellent.

– Bon. Cela me fait plaisir. »

Ce fut seulement lorsque l'autre passa à la table suivante qu'il comprit qu'il ne faisait là rien d'autre que se plier à ses devoirs envers sa clientèle, en s'assurant auprès des dîneurs que tout aille pour le mieux. Il se maudit d'avoir raté cette occasion d'engager la conversation.

Peut-être cette tournée des clients constituait-elle la dernière intervention de Gaetano avant qu'il ne se retire pour la nuit et ne rentre chez lui : quand Adam descendit au bar, il n'était plus visible nulle part. Les deux hommes avec qui le patron s'était assis se trouvaient encore là, dans ce box d'angle, avachis et nonchalants, en chemise à manches courtes, et ils avaient été rejoints par un homme âgé, accompagné d'une jeune femme et, à l'évidence, ils avaient tous les deux trop pris le soleil, en cette journée. Une vague lueur d'espoir se matérialisa devant ses yeux : un cinquième verre de vin, posé sur la table, devant eux.

Adam était au bar, il attendait de pouvoir commander, quand Gaetano apparut par une porte derrière le comptoir avec une boîte de cigares. Il échangea quelques mots avec l'un des barmans, qui disposa une bouteille de whisky pur malt et quelques verres sur un plateau.

Dès l'instant où une table se libéra, Adam se précipita. Il s'immergea dans son livre, heureux de pouvoir choisir son heure, prêt à être le dernier à s'en aller, s'il le fallait. Un peu plus tard, une femme posa la main sur le dossier de la chaise, en face de lui, et le questionna d'une voix chargée, sensuelle :

« Puis-je ? »

Elle était grande, les traits fins, très séduisante.

« Bien sûr », fit-il, supposant qu'elle voulait emporter la chaise à une autre table. Au lieu de quoi, elle s'y assit.

« Vous êtes seul ? Mis à part ce livre qui m'a l'air ennuyeux, je veux dire ?

– Euh, oui.

– Américain ?

– Anglais.

– En vacances ?

– J'étudie. »

La femme sortit lentement une cigarette de son paquet.

« C'est la première fois que vous venez à Viareggio ?

– Oui.

– Où êtes-vous descendu ?

– Dans une *pensione*, plus loin, par là. »

D'un geste vague de la main, il désigna la direction du bar.

« Oh, cette pension-là. (Elle lui lança un sourire éclatant.) Je m'appelle Alessandra.

– Adam.

– Vous avez des yeux ravissants, Adam.

– Merci.

– Avez-vous aussi du feu ? »

Elle remua la cigarette encore éteinte entre ses doigts.

« Bien sûr. Excusez-moi. »

Maladroitement, il attrapa son briquet, sur la table.

« Laisse le jeune homme tranquille, Alessandra. »

C'était Gaetano.

« Oh, je suis obligée, vraiment ? fit-elle, avec une moue.

– J'en ai peur. »

Alessandra tourna de nouveau le regard vers Adam.

« Le patron, lui souffla-t-elle sur un ton moqueur. Je crois qu'il vous veut pour lui tout seul.

– Très drôle, Alessandra. »

Elle se pencha au-dessus de la table, avec un gentil sourire et porta la cigarette à ses lèvres. Il la lui alluma.

« Rabat-joie », grommela-t-elle en direction de Gaetano tout en s'éloignant d'un pas étudié.

La seule explication qui lui vint à l'esprit, c'était qu'elle pratiquait la plus vieille profession du monde, et que la direction n'avait pas envie qu'elle l'exerce sous leur toit. Il se trompait.

« Alessandra a longtemps été Alessandro », lui apprit le patron.

Il fallut un moment à Adam pour assimiler cette nouvelle. Le seul indice, c'était le timbre de la voix.

« Vraiment ? »

Gaetano sourit à son incrédulité.

« Il y a eu des... difficultés avec certains clients. »

C'était maintenant ou jamais.

« Puis-je vous offrir un verre ? Une manière de vous remercier, je veux dire. »

L'autre hésita.

« Pourquoi pas. »

Et il haussa les épaules.

Adam opta pour le scotch single malt de douze ans d'âge. D'un hochement de tête, Gaetano approuva et l'imita.

Il sentait que ce serait là l'unique verre susceptible de ferrer le poisson, sinon l'autre allait filer, et regagner son box. Il avait déjà décidé d'entamer la conversation en tablant sur une remarque flatteuse, et cette tactique lui réussit. Le patron le remercia de ses compliments pour La Capannina et, dans sa réponse, se montra d'une humilité désarmante. C'était le cadre qui fournissait la belle atmosphère, et le chef la superbe cuisine – lui, il n'était que le propriétaire. Il se départit d'un peu de son humilité quand il poursuivit en expliquant qu'en moins d'une année il avait inversé la pente descendante où s'enfonçait l'établissement, et à tel point que l'ancien propriétaire s'en mordait les doigts, oui, de le lui avoir cédé à ce prix-là. L'autre avait même approché Gaetano pour l'éventuel rachat d'une part dans l'affaire.

Mais c'était son livre qui avait emporté le morceau, comme il l'avait prévu. C'était un gros ouvrage sur la sculpture de la Renaissance italienne, bourré de photos, et il n'était pas passé inaperçu. Quand Adam avait expliqué qu'il était étudiant en histoire de l'art, Gaetano lui avait avoué en savoir un peu sur les sculptures de cette période. Il mentionna un jardin qu'il connaissait – un jardin rattaché à une grande villa, près de Florence. Il en parla comme si tomber sur un endroit pareil était l'un des périls encourus quand on frayait avec le genre de cercles qu'il avait fréquentés. Il n'alla tout de même pas jusqu'à lui confier qu'il avait consacré une part non négligeable de son existence à tondre l'herbe de ce jardin et à élaguer ses lauriers.

Quand il poursuivit par une description détaillée et remarquablement vivante du jardin, Adam se surprit à éprouver une étrange sympathie pour cet homme. Le regard légèrement désolé qui errait dans ses yeux ronds et simiesques suggérait que ces années qu'il avait vécues dans l'atmosphère dérangeante de ce jardin ne l'avaient pas non plus laissé indemne.

Se remémorant le rôle qu'il s'était assigné, Adam réagit avec enthousiasme, surtout à la nouvelle que Flora, la déesse des Fleurs, était la figure centrale du parcours. Il évoqua à Gaetano la nouvelle théorie d'Edgar Wind, parue plus tôt cette année, selon laquelle non seulement la figure de Flora dans *La Primavera* de Botticelli, et dans sa *Naissance de Vénus*, mais aussi son association avec Vénus, était essentielle à l'allégorie de l'amour que renfermaient les deux tableaux.

Ensuite, Gaetano l'interrogea sur les autres sculptures du jardin, mais là, il fallait qu'il se tienne à carreau. Il était trop facile de briller, trop facile de se trahir. Il lui fit encore part de certaines de ses intuitions, juste assez pour l'impressionner. Ce qui sembla suffire. Ce fut son interlocuteur qui commanda la deuxième tournée.

Lorsque la troisième leur fut servie à leur table, le bar avait commencé de se vider, et ils étaient plongés dans une discussion sur la guerre. C'était Adam qui avait amené la conversation sur ce terrain, en recherchant la déchirure dans le tissu de mensonges dont l'autre enveloppait le récit qu'il lui livrait de sa vie. Il prétendait avoir été partisan, ce qui pouvait être vrai ou non, bien que cela paraisse peu vraisemblable. Quand il lui révéla qu'il avait été le témoin de sales événements, il le poussa à continuer. Gaetano refusa de se laisser entraîner sur ce sujet, si ce n'est pour décréter que la guerre transformait les hommes en monstres – des hommes bien, des hommes de réputation, des hommes que vous pensiez connaître –, il l'avait vu de ses propres yeux.

Adam répondit qu'il n'avait pas vu grand-chose de la guerre, à part un avion de temps à autre, au-dessus de sa tête – le privilège d'avoir grandi dans une ferme reculée, expliqua-t-il, en inventant un nouveau mensonge. Se présenter comme un garçon de la campagne eut l'effet désiré. L'autre lui avoua en être un, lui aussi, et il avait un tombereau d'anecdotes assommantes pour le prouver. Ce tour nouveau que prenait leur conversation lui permit aussi de disserter sur son sujet favori : la terre.

Il en était obsédé. La terre équivalait au pouvoir. L'histoire le démontrait. Et si la terre était le passé, elle était aussi l'avenir. L'Italie changeait. La propriété de la terre s'ouvrait à une plus large couche de citoyens. Seul un idiot pouvait manquer de mesurer les opportunités que cela représentait.

« Je vais vous donner un conseil, poursuivit-il, en se penchant au-dessus de la table, les yeux dans le vague, à cause de la boisson. Vous savez la vraie raison pour laquelle il faut acheter de la terre ? (Il marqua une pause, pour ménager son effet.) Parce qu'on ne peut pas en fabriquer davantage. »

La grossière fatuité du personnage était à la limite du supportable, mais Adam réussit à prendre un air impressionné par cette dernière déclaration.

« Je n'y avais jamais réfléchi sous cet angle.

– C'est bien pour ça que je vous le dis. »

C'est là qu'Adam vit son ouverture et il s'y rua. La terre comportait de lourdes responsabilités, répliqua-t-il. Elle incitait aussi aux passions, qui n'étaient pas toutes bénéfiques. Il l'avait vu avec sa propre famille. La propriété de la ferme avait scindé la génération de son père, divisé les frères et sœurs, les avait montés les uns contre les autres. En une occasion, le père et l'oncle en étaient même venus aux mains.

« Aux mains ? ricana Gaetano. J'ai connu des frères qui se sont entretués à cause de ça. »

Adam feignit de prendre un air dubitatif.

« C'est vrai. Vous ne me croyez pas ?

– Vraiment ?

– Un meurtre. Le tout à cause d'une grande maison, et de la terre qui va avec. »

Un lourd silence s'ensuivit. Gaetano sentait manifestement qu'il en avait trop dit, et Adam n'avait pas besoin d'en entendre davantage. Il tenait sa confirmation.

L'arrivée de deux autres whiskys l'aida à tirer un trait sur ce chapitre de la conversation, avec un Gaetano trop content de revenir à son sujet favori, ses projets de domination mondiale. Il repartit dans sa logorrhée alcoolisée, où il était question d'un grand hôtel plus loin dans la rue, qu'il surveillait d'un œil attentif. L'établissement était mûr pour une rénovation, l'ennui étant que maintenant, sa réputation le précédait et, par conséquent, le propriétaire allait sans doute lui en demander le prix le plus élevé possible. Il avait caressé l'idée de le racheter à travers un intermédiaire, afin de brouiller les pistes. Il avait aussi des vues sur une villa, un domaine sur les hauteurs de Pise. Elle appartenait à une vieille famille qui avait connu des temps difficiles, mais il allait probablement patienter encore un peu. Au préalable, il valait mieux développer ses affaires. Les propriétés, c'était gourmand, cela réclamait un flux constant de liquidités, il le savait d'expérience. Ensuite, il y avait le mariage. Le mariage, c'était bon pour les affaires, et il avait repoussé la décision suffisamment longtemps. Il serait peut-être temps de jeter l'éponge et de transformer une jeune créature en une honnête épouse.

Pour Adam, ce mélange dégoûtant et quelque peu surprenant de suffisance et d'insécurité maladive était difficile à encaisser, mais il réussit quand même à lui répondre, sur le ton de la plaisanterie, qu'à sa prochaine visite en Italie, il s'attendait à trouver Gaetano marié et seigneur et maître de sa propre Villa Docci, au-dessus de Pise.

La réaction de Gaetano ne fut pas immédiate. Quand elle vint, ce fut seulement pour le prier de l'excuser un instant. Il avait besoin d'aller se soulager.

Adam ne comprit son erreur qu'après que l'autre se fut éloigné de la table. Tout à l'heure, dans le cours de la conversation, le restaurateur avait longuement évoqué la Villa Docci, mais sans jamais en prononcer le nom.

Était-ce si sûr ? Il avait pu la mentionner. De la part d'Adam, ce n'était peut-être que paranoïa. Un rapide regard lui apporta la preuve du contraire.

Ce ne fut pas exactement un signe de tête, à peine une façon de l'incliner, mais cela suffit à lui évoquer ce réflexe incontrôlable, lorsque d'eux-mêmes, les yeux viennent d'avoir un mouvement vif et pressant. Adam était incapable d'apercevoir les yeux de Gaetano, mais il vit les deux jeunes messieurs en chemise à manches courtes se lever du box d'angle et suivre le patron vers le fond de la salle.

Il étala fébrilement quelques billets sur la table, pour régler les boissons et, se maudissant lui-même pour les précieuses minutes que son souci des bonnes manières lui avait déjà coûtées, gagna en vitesse la sortie. La terrasse en façade était quasi déserte, tout comme la promenade, de l'autre côté de la contre-allée. Le dimanche soir n'était pas la soirée rêvée pour se fondre dans la foule.

Il tourna sur la droite, pressant le pas, abandonnant La Capannina derrière lui. Il prit de nouveau à droite, dans la première rue, en direction de la mer. Son cerveau s'emballait. Il lui soufflait de tourner dans la deuxième rue. La première, ce serait trop prévisible, bon sang. Il se mit à courir, en jetant des regards affolés derrière lui. Sa cheville, raide et douloureuse, n'était pas complètement guérie de sa chute dans le jardin. La marche, cela allait encore, piquer un sprint, c'était une tout autre histoire. Heureusement, le refuge du parc et de sa sombre pinède était à moins de cent cinquante mètres de là. En approchant du bout de la rue, il ralentit le pas, vérifia par-dessus son épaule. Derrière lui, toujours aucun obstacle. Il était en sécurité.

Il traversa la grande rue vers le parc en lançant un coup d'œil à gauche et à droite. Il s'assura qu'il n'y ait pas de voiture. Ce qu'il vit, ce furent deux hommes en chemise à manches courtes débouchant à toute allure de la rue adjacente. Ils le repérèrent aussitôt.

Il fonça de l'autre côté de la chaussée et fut avalé par les ombres.

Le terrain, sous les arbres, était inégal, sablonneux, traître, et la voûte ample des pins parasols ne laissait presque rien filtrer du clair de lune. Il trébucha, tomba, deux fois de suite. La seconde, il fut projeté la tête la première, en roulé-boulé dans un fossé. Il entendit ses poursuivants se rapprocher, échanger des indications sur un ton pressant. Ils avaient un avantage sur lui – ils évoluaient sur leur pré carré.

Il changea de tactique, coupa sur la gauche, en restant baissé, une main dans sa poche pour empêcher ses pièces de monnaie de tinter, l'autre agrippant le volume sur la sculpture de la Renaissance. Il avait pensé l'abandonner, mais s'était dit que cela pourrait faire une arme commode, en dernier recours, un objet à leur jeter dessus.

Il s'était toujours enorgueilli de ne jamais avoir passé sur les terrains de sport une minute de plus que ne l'exigeait le règlement interne des différents établissements scolaires qu'il avait fréquentés. Avancer d'un pas mal assuré sur un terrain de rugby gelé ou recevoir des tirs de ballons d'une extrême fermeté n'avait jamais répondu à sa conception de l'amusement. Il avait consacré le plus clair de sa jeunesse à feindre des blessures ou une ignorance confondante des règles – tout ce qui serait de nature à lui valoir une exclusion du terrain de jeu. Un jeu ? Ce n'était pas du jeu, c'était une mortification de la chair. Le tennis ne le gênait pas, surtout en double, quand rien ne lui interdisait de se poster au filet et de taper sur tout ce qui venait dans sa direction. Rien qui impose de se surmener ou – un comble ! – de se montrer endurant.

À la minute présente, tous ses commentaires désobligeants sur les sportifs revenaient le hanter. Ses poumons aspiraient avec avidité l'air chaud de la nuit, le sang qui lui martelait les tympans, c'était le roulement de tambour de la retraite, et ses jambes lui semblaient étrangement lointaines. Seule la peur le poussait à avancer. C'était une peur inédite, qu'il n'avait encore jamais éprouvée auparavant, sauf dans ses cauchemars.

C'était le genre de peur qui provoquait des fourmillements dans la peau des cuisses et des épaules. *Cours ou résiste et bats-toi*, semblait lui hurler son corps : un choix difficile, angoissant.

À un certain stade, il dut s'arrêter, il était incapable d'aller plus loin. Il se laissa tomber au milieu d'arbustes, plaqua le visage contre le sable du sol, ses doigts cherchant à tâtons, dans le noir, une meilleure arme à leur brandir qu'un fort volume sur la sculpture de la Renaissance. Il se sentait mis à nu, réduit à des gestes ingrats, primitifs, innés. Mais ce même corps qui l'avait trahi vint à son secours, l'aida à maîtriser sa respiration si laborieuse, à tendre une oreille plus aiguisée.

Tout ce qu'il put discerner, ce fut le bourdonnement étouffé des véhicules, à distance. C'était une bonne chose, le sol était spongieux, semé d'aiguilles de pin et de brindilles éparses, et il était impossible d'y progresser sans provoquer des petits bruits. Il avait dû les semer. Il attendit cinq minutes, puis cinq autres, pour faire bonne mesure, et il sortit de sa tanière en rampant.

L'esquive était un style qui lui convenait. Elle avait aussi le mérite d'adoucir la panique aveugle, vertigineuse, qui l'avait précédée. Il avançait à pas comptés, toujours sous le couvert de la végétation la plus dense, s'arrêtant de temps à autre pour guetter les bruits révélateurs, évitant tous les endroits où le clair de lune fendait l'obscurité. Quand il était obligé de traverser un chemin, il s'immobilisait, il attendait, vérifiant d'abord que la voie était libre.

Il parcourut ainsi une distance assez respectable, avant d'atteindre la clairière. Elle était vaste, de forme ovale et, juste au-delà, à travers l'épaisse ceinture des arbres, il pouvait distinguer les lumières des immeubles qui s'élevaient au nord du parc. Il envisagea de contourner cette portion de terrain à découvert. S'il s'y était risqué, il aurait marché tout droit dans les bras de l'ennemi. En effet, c'est de la rangée d'arbres située sur sa gauche que jaillit l'homme, dès l'instant où il s'engagea dans la clairière à pas de loup, baissé, cassé en deux.

« Je le tiens, il est ici, je le tiens ! »

La pointe de vitesse qu'Adam réussit à atteindre, toute douleur dans la cheville oubliée, le surprit lui-même. Il serait même parvenu à se mettre en lieu sûr, s'il n'avait pas percuté un arbre.

Il tituba, à reculons, moitié assommé. Il eut conscience que son livre lui échappait de la main, et qu'il lui avait coûté quatre shillings dans une boutique poussiéreuse de Charing Cross Road. Ensuite, un choc par-derrière chassa l'air de ses poumons et le propulsa, l'envoyant s'étaler au sol.

L'homme n'était pas grand. Il n'en avait pas besoin. Il était brutal. Il maintint Adam par terre en quelques coups de pied bien ajustés, le temps que son comparse le rejoigne. Ensemble, ils le hissèrent en position debout.

« Qui tu es, toi, bordel ?

– Quoi ? » fit-il, dans sa langue, en vacillant.

Il se sentit brusquement tiré, on le fit pivoter et on le projeta contre un arbre. L'arrière de son crâne vint heurter le tronc, il chancela, mais ne tomba pas. De ce fait, ils n'eurent pas à le relever pour le crocheter par les deux bras et le précipiter la tête la première dans un autre tronc d'arbre.

L'espace d'un instant, le monde reflua. Et le retour de la vague le trouva au sol, se tenant la tête à deux mains, la paume poisseuse de sang.

« Qui tu es, bordel ? » cracha l'une des deux ombres qui se dressaient, menaçantes, au-dessus de lui.

Il se recroquevilla, les bras au-dessus de la tête, pour se protéger.

« Non », gémit-il lamentablement, les yeux envahis de larmes, convaincu d'en être maintenant à les supplier de lui laisser la vie sauve, et qu'ils allaient continuer de le balancer contre les arbres jusqu'à le réduire en bouillie.

Il ne sut jamais si c'était réellement leur intention.

Il y eut le craquement sec d'une branche et l'ombre, là, debout, sur la gauche tangua en avant, et bascula sur lui. Le temps qu'il se dégage de ce poids mort, tout était déjà presque fini pour le numéro deux. Il était au tapis, glapissant de douleur sous la pluie de coups qui s'abattait sur lui. L'agresseur avait une sorte d'instrument dans la main, qu'Adam eut du mal à identifier, dans le noir, et avec ce voile sanglant devant ses yeux.

Subitement, ce fut le silence. Il entendit la respiration âpre de son sauveteur.

« File, éructa-t-il d'une voix bourrue. Dégage ! »

Il n'avait pas besoin de plus d'encouragements. Le premier de ses deux agresseurs remuait déjà.

S'enfonçant dans la clairière en trébuchant, il entendit encore le bruit sourd de deux coups qui trouvèrent leur cible. Il prit aussi conscience de cette humidité, entre ses jambes.

# 28

La Signora Olivotto, à la Pensione Ravizza, se révéla une sorte de sainte. Elle le conduisit dans son appartement privé et nettoya, puis pansa ses blessures. Quand elle lui suggéra de retirer son pantalon, afin qu'elle puisse le lui laver, elle évoqua les vilaines taches qu'il avait aux genoux, mais pas l'auréole à l'entrejambe. Elle fit même semblant de croire à son histoire, selon laquelle il se serait attaqué à deux hommes qui avaient tenté de lui faire les poches.

« Eh bien, vous aurez une cicatrice pour vous remémorer votre acte de bravoure », en conclut-elle, non sans malice.

La coupure à l'arcade sourcilière n'était pas si longue, mais elle était profonde. Comme elle refusait d'arrêter de saigner, on appela un médecin. Le praticien rasa une partie du sourcil, referma la plaie en recourant à deux points de suture et lui administra deux aspirines, avant de refuser catégoriquement tout paiement. La Signora Olivotto avait déjà dû solliciter la discrétion du médecin, car pas une fois il ne questionna Adam sur l'origine de ces blessures.

La douleur, dans son crâne et dans les côtes, lui valut une nuit de sommeil épouvantable. Tout comme la pensée de ces deux hommes dans le parc, matraqués à mort par son mystérieux sauveteur. Que serait-il arrivé si cet étranger surgi de l'ombre n'était pas venu à sa rescousse? Et qui était-ce? Se pouvait-il qu'il ait un lien quelconque avec lui? Ou serait-il simplement tombé par hasard sur cette échauffourée, faisant ce qu'il fallait en se rangeant du côté du plus faible? C'étaient là des questions insondables. Il y avait aussi le problème de son livre sur la sculpture de la Renaissance, abandonné sur les lieux, avec son nom griffonné sur la jaquette. Une évaluation calme et rationnelle de la fâcheuse posture où il était l'amena à une seule et unique solution : partir de Viareggio, et le plus vite possible.

La Signora Olivotto avait lavé son pantalon et l'avait mis à sécher pour la nuit. Dans la matinée, il était encore humide, mais il sécha rapidement sous les premiers rayons du soleil. Adam prit son petit déjeuner dans sa chambre, afin d'éviter les regards inquisiteurs des autres clients, avec son œil gauche désormais salement enflé.

S'apercevant qu'il lui serait impossible de quitter la ville sans être sûr de son fait, il sortit de la *pensione* en catimini et se rendit en vitesse dans le parc.

Il ne fut pas en mesure de repérer l'endroit exact, mais il ratissa méthodiquement le coin de sous-bois où avait eu lieu la confrontation. Il n'y avait pas de cadavres, pas de cordons de police interdisant le périmètre de la scène du crime. Il ne retrouva pas son livre, mais tout cela lui remonta un peu le moral, tandis qu'il regagnait la *pensione* en claudiquant. La Signora Olivotto commanda un taxi pour le conduire à la gare. Dès qu'il eut démarré, il fit dévier le chauffeur de sa route, afin qu'il le dépose plus loin sur la ligne, au premier arrêt. Il n'allait pas courir le risque d'embarquer à bord de ce train à Viareggio même. Si Gaetano avait deux doigts de bon sens, c'est là qu'il l'attendrait.

C'était une petite gare, et le train qui s'y arrêta respectait aussi tous les arrêts, dans toutes les petites gares, entre Viareggio et Florence. Cela lui convenait très bien. Cela lui donnait amplement le temps de réfléchir.

Progressant dans un bruit de ferraille sous la chaleur miroitante de la vallée de l'Arno, il finit par conclure que sa seule nuit à Viareggio avait tout changé. La recherche de la vérité cachée derrière la mort d'Emilio n'était plus son affaire personnelle, susceptible d'être menée en secret. Il avait perdu l'initiative. À l'heure qu'il était, Gaetano avait sûrement dû contacter Maurizio. Il était obligé d'en conclure qu'ils avaient compris exactement qui il était et pourquoi il avait effectué ce voyage jusqu'à Viareggio.

De prime abord, il se morigéna de cette bévue qui avait contribué à le démasquer. Mais le temps qu'il arrive en gare de Santa Maria Novella, il n'était plus de cet avis.

Ils savaient, et après ? Et si tout s'était déroulé comme prévu ? Il descendrait de ce train, conforté dans ses soupçons, mais se demandant bien quoi faire ensuite. Il s'était montré naïf. Découvrir la vérité ne suffirait jamais, ne constituerait jamais une fin en soi. Il devait forcément y avoir une confrontation avec Maurizio, sous une forme ou sous une autre. Viareggio n'avait fait que hâter l'inévitable.

# 29

Maria fut la première à poser les yeux sur Adam. À cette seconde, elle se plaqua la main sur la bouche. Elle le conduisit à la cuisine et écouta son récit (d'ores et déjà enjolivé) du traquenard que lui avaient tendu les deux pickpockets. Elle insista pour lui retirer son bandage et examiner cette blessure à l'arcade sourcilière. Les travaux d'aiguille du docteur furent jugés « convenables », même si une suture de plus n'aurait pas été du luxe. Elle lui posa une main consolatrice sur le bras et lui demanda s'il souhaitait quelque chose. Elle lui prépara un café, puis l'expédia à l'étage, avec pour instructions de prendre un bain et de changer de tenue avant le déjeuner.

Debout devant le miroir, à s'examiner, trois pensées lui vinrent à l'esprit, l'une à la suite de l'autre : il avait une allure épouvantable, sale et ravagée; c'était bon d'être de retour à la Villa Docci; et Maria lui avait témoigné davantage de chaleur au cours du dernier quart d'heure qu'elle n'en avait puisé en elle depuis le début de son séjour ici.

Quand il descendit déjeuner, il ne fut pas surpris de trouver Maurizio assis à table, sur la terrasse. Sa réaction ne fut pas moins prévisible. Elle égalait celle de sa mère en horreur, en surprise, le front creusé de rides compatissantes. Adam consacra l'essentiel du repas à le sonder, à lui arracher un regard, quelque chose, n'importe quoi, suggérant qu'ils savaient l'un et l'autre que son histoire de pickpockets à Arezzo était un mensonge éhonté.

De la part de Maurizio, ce fut une prestation sans faille. Adam put passer une bonne partie de son temps à admirer ce numéro, car il ne douta pas un instant que c'était de cela qu'il s'agissait, d'un numéro. À mesure que l'on avançait dans le déjeuner, toutefois, l'inquiétude le gagna. Maurizio avait dû presser Gaetano de questions, il devait savoir que l'ancien jardinier n'avait jamais laissé échapper son nom devant Adam. Tout ce que Maurizio avait à faire, c'était de jouer le coup crânement, de ne pas faire la moindre allusion à Viareggio, et Adam serait pieds et poings liés, sans rien d'autre à se mettre sous la dent qu'un enchaînement parcellaire de preuves circonstancielles.

C'était en effet à cela que son adversaire aurait dû s'en tenir, et il fut donc surpris quand il se présenta dans le bureau, peu après le déjeuner. Il entra par la bibliothèque, referma la porte derrière lui. Il rabattit aussi la porte-fenêtre qui conduisait à la terrasse.

Adam était assis à la table de travail, occupé à lire. Il n'avait pas absorbé un seul mot de son livre. Il avait prié pour que Maurizio commette justement cette boulette qu'il venait de commettre.

L'autre alluma une cigarette.

« Gaetano vous adresse ses excuses. »

Le silence paraissait encore la meilleure tactique.

« Qui était l'homme dans le parc ? »

C'était donc ça. De la part de Maurizio, venir débusquer Adam n'était pas une boulette ; c'était un acte dicté par la pure nécessité. Il avait besoin de savoir si Adam opérait seul. Il lui fallait savoir à quoi il était confronté.

« Je n'en sais rien. Il faisait noir, je n'ai même pas vu son visage. »

Maurizio plissa les yeux, l'étudia attentivement.

« Je vous crois. (Il s'approcha de la cheminée, d'un pas nonchalant et, d'une chiquenaude, expédia sa cendre dans le foyer.) Je ne sais pas ce que vous croyez savoir, mais laissez-moi vous dire ce qu'il en est. Je connais Gaetano, bien sûr que je le connais. Nous le connaissons tous. Quand il est parti, l'an dernier, il m'a demandé mon aide, pour son commerce. (Maurizio eut un sourire ironique.) Non, il voulait m'emprunter de l'argent. J'ai refusé, et puis j'ai vu La Capannina et j'ai dit oui. J'ai jugé que c'était un bon investissement. Et ça l'est. L'arrangement conclu entre nous est très compliqué. Je vais être franc, ce n'est pas tout à fait légal. Cela le rend très chatouilleux. Cela nous rend tous les deux très chatouilleux. Je suis désolé que vous ayez eu à en pâtir. Mais cela s'arrête là... un arrangement financier. »

Il n'y avait pas à dire, de la part du fils Docci, c'était joliment essayé, cette manière de proposer une explication qui permettrait à Adam de laisser là cette affaire, la conscience tranquille.

Mais il était au-delà de ça, à présent Il avait changé. Ils l'avaient blessé. Ils l'avaient terrorisé. Non, à cause d'eux, il s'était pissé dessus de frousse, et il avait cru sa dernière heure arrivée.

« Vous mentez, lui rétorqua-t-il. Je sais que vous mentez, vous savez que vous mentez. Vous avez tué Emilio, et quand Gaetano a vu ce que vous aviez fait, vous étiez obligé d'acheter son silence. Peut-être le lui achetez-vous encore à ce jour. Gaetano vous a parlé de ses projets ? Il a de grands projets... l'argent n'est visiblement pas un obstacle... votre argent, j'imagine. »

Il fut surpris de n'avoir pas saisi plus tôt la nature de leur relation, celle d'un chantage au long cours, et qu'avec La Capannina, Gaetano avait augmenté les prix. Et, d'une certaine manière, il était satisfaisant de penser qu'en réalité, Maurizio payait pour le crime qu'il avait commis, et depuis ces quatorze dernières années.

L'expression de son interlocuteur oscillait à mi-chemin entre la pitié et l'amusement.

« C'est ce que vous croyez ? Que j'ai tué mon propre frère ? Êtes-vous fou ? »

Il lança sa cigarette dans la cheminée et s'approcha du bureau. Il n'avait plus l'air de s'amuser.

« Vous venez ici, me dire ça ? Vous osez me dire ça ? J'étais là. (Il pointa le doigt contre sa poitrine.) J'étais là. J'ai vu cet Allemand abattre Emilio. Je l'ai vu marcher vers lui et lui tirer encore une fois dessus, en pleine tête. (Il mima un pistolet de ses doigts pointés, et "fit feu" en direction du plancher.) Et je n'ai rien tenté. Rien. J'ai regardé. Si ne rien faire signifie que je l'ai tué, alors oui... je l'ai tué. »

Ce ne furent pas les larmes qui lui mouillèrent les yeux qui désarçonnèrent Adam, ce fut ce geste des doigts mimant un pistolet braqué vers le sol. Cela expliquait l'impact de balle dans le plancher, là-haut – un détail du meurtre que Chiara avait omis de lui mentionner, et qu'Adam avait allègrement pris comme la preuve que Maurizio avait trempé dans la mort de son frère.

C'était la pierre angulaire de sa thèse – son seul élément de preuve tangible, physique – et Maurizio l'avait pulvérisée, d'un simple geste. À présent, il entendait s'écrouler autour de lui tout ce qu'il avait bâti, cet édifice précaire de la conspiration.

« Eh bien... ?

– Je suis désolé, répondit calmement Adam.

– Vous êtes désolé !?

– Oui. »

L'autre tourna les talons, s'éloigna du bureau, exaspéré.

« C'est tout ce que vous avez à répondre ?

– Je vais m'en aller.

– Ah ça oui, et comment.

– Tout de suite.

– Demain matin, comme vous l'aviez prévu. Je n'ai pas envie de faire une scène devant ma mère. »

Adam opina. Maurizio lui décocha un regard méprisant et sortit de la pièce en trombe.

Adam remonta à l'étage, éberlué, tremblant, avec la tête qui tournait. Il tâcha de rassembler ses pensées, mais elles s'éparpillaient en tous sens comme une foule en émeute, le laissant fourrager dans les ruines de sa théorie.

Il se retrouva dans sa chambre, à défaire, puis à refaire les valises qu'il avait préparées avant son départ pour la côte.

Pourquoi était-il incapable d'avoir les idées claires ? La chaîne serrée de son raisonnement était en général un atout sur lequel il pouvait miser. Il était peut-être sous le choc. Oui, c'était cela. Ou commotionné. Le médecin, à Viareggio, l'avait averti de cette éventualité.

Il avait raison sur un point : Viareggio avait bel et bien contribué à vider l'abcès, à forcer la confrontation avec Maurizio. Il lâcha un rire bref, dément. C'était à peu près la seule chose sur laquelle il ne s'était pas trompé.

Au moins, maintenant, c'était fini, il en avait terminé. Il n'était pas en état de porter l'affaire plus loin, même s'il en avait eu envie. Et il n'en avait pas envie. Il avait envie de partir. Il aurait bien téléphoné pour appeler un taxi, là, tout de suite, mais cela même lui paraissait encore une charge de trop.

Il se laissa choir dans le fauteuil trop fermement rembourré, près de la cheminée, ce qui le fit grimacer. Ils l'avaient sacrément tabassé, sous les pins de Viareggio. Il sentait que ça n'allait pas du tout, à hauteur des côtes. La douleur était d'une acuité peu commune, inquiétante. Et quant à cet élancement dans le crâne, c'était à peine si l'aspirine en entamait la surface.

Il était une épave, intérieurement comme extérieurement. De toute son existence, il ne s'était jamais senti aussi avili. Comme Dante, il avait fini par atteindre le neuvième cercle de l'Enfer.

Non. C'était une fausse comparaison. Le voyage de Dante ne s'était pas achevé là, dans les profondeurs des abysses. Il s'était élevé jusqu'au Purgatoire, qu'il avait franchi pour entrer au Paradis, guidé par Béatrice, le fantôme de son amour perdu.

Il s'attarda sur cette pensée un petit moment, puis se souleva du fauteuil et se rendit vers la porte, et chaque pas était une souffrance.

Quelque chose lui souffla de faire demi-tour avant d'arriver là-bas. C'était cela, précisément – cette foi bancale dans son propre guide fantomatique –, qui avait fini par le placer en si fâcheuse posture. Étrangement, pourtant, cela ne lui importait plus guère d'être la dupe de son imagination maladive. Il était allé bien trop loin pour s'en soucier encore.

Quand il se glissa par la brèche de la haute haie d'ifs, il se sentit d'un calme singulier. En fait, c'était la première fois, il s'en rendit compte, qu'il pénétrait dans le jardin funéraire libre de toute appréhension ou de toute anxiété. C'était peut-être à cause de la douleur qui lui mettait le corps au supplice. Il n'avait certainement jamais rien ressenti d'aussi proche de ce qu'elle avait elle-même dû éprouver, à la fin.

En dépit de l'affinité insolite qui était née entre Flora et lui, la morte ne voulait rien savoir.

Elle ne lui offrait aucun réconfort, rien qu'un regard vide et pétrifié.

Il s'obligea à ne pas perdre courage. Elle lui avait déjà infligé un traitement semblable, repoussant ses avances, avant de l'autoriser à l'approcher. Antonella et Harry l'avaient tous deux senti, chez elle – elle aimait aguicher. Elle était exactement telle que Federico l'avait saisie dans la pierre, tant de siècles auparavant.

Il fit le tour d'un pas lent, sachant que c'était la dernière fois, à tout jamais. Il attendit et il espéra. En vain. Une demi-heure plus tard, il était de retour à l'amphithéâtre, abattu, éconduit, son tour final achevé.

Il effleura du bout des doigts l'inscription sur le banc de pierre :

**ANIMA FIT SEDENDO ET QUIESCENDO PRUDENTIOR**

« L'âme au repos gagne en sagesse. » Encore un autre indice semé par Federico Docci. Combien en avait-il laissés, au total ? Juste le nombre qu'il fallait pour que son crime demeure indécelable pendant près de quatre cents ans. Federico avait fait preuve d'une prescience impressionnante – digne d'admiration, même –, et il était facile de se le représenter s'appliquant avec une égale subtilité, non moins rigoureuse, à perpétrer ces meurtres. Sinon, pourquoi ne les lui avait-on pas imputés ? Il le voyait, berçant son épouse souffrante jusqu'à cette fin cruelle, un mari anéanti, parfaitement dans son rôle. Et il voyait Maurizio, le frère anéanti, écrasant une larme pour détourner les soupçons d'un étranger.

Il n'en fallait pas plus pour s'en tirer à bon compte.

Il était tout à fait en éveil, à présent, sous l'emprise d'une nouvelle clarté, d'une logique implacable qui se resserrait autour de lui.

Maurizio savait de source sûre qu'Adam avait exploré le dernier étage, car Maria le lui avait rapporté. En conséquence, il aurait fort bien pu supposer qu'il avait découvert l'impact de balle dans les lattes du plancher, et qu'il l'avait reconnu pour ce qu'il était – l'élément central de l'accusation pesant sur

Maurizio. Il suffisait que ce dernier supprime cet élément, et l'argument tombait de lui-même.

Maurizio était toujours dans son rôle, il jouait encore un personnage. Hormis tuer Adam, que pouvait-il tenter d'autre que dissiper ses soupçons par la parole ? Il ne fallait pas s'attendre à une confession, pas même au moindre aveu de culpabilité.

Un homme innocent ne se serait pas montré au dîner. Offensé par les accusations insensées proférées à son encontre, il aurait snobé Adam et sa dernière soirée à la Villa Docci.

Adam attendit, planta un appât sur son hameçon et, quand une opportunité se présenta, tenta un dernier lancer, en désespoir de cause. C'est ce qu'il fit, dans la cave où Maurizio était allé choisir le vin pour le repas, et où il le rejoignit quelques instants plus tard.

« Je suis désolé. »

L'autre se retourna.

« Oui, vous l'avez déjà dit.

– J'ai juste encore une question, tout de même.

– Abstenez-vous.

– Qu'est devenu le pistolet ?

– Quel pistolet ?

– Celui d'Emilio.

– Mon père l'a détruit.

– Vraiment ?

– C'est ce qu'il a dit.

– L'avez-vous vu faire ? »

Il ne craignait pas de le pousser à bout : un homme coupable ne pourrait pas se permettre de riposter. Et Maurizio ne riposta pas. Il examina l'étiquette d'une bouteille poussiéreuse et se rendit vers la porte.

« Je pense que nous devrions rejoindre ma mère, lâcha-t-il, impassible.

– Elle sait ce qu'il a fait de l'arme. Et des balles qu'il a extraites de son corps. »

Un homme innocent aurait continué de marcher, ne se serait pas arrêté, ne se serait pas retourné, une fois à la porte.

« C'est exact, il a fait extraire les balles. Elles sont derrière la plaque, dans la chapelle... la plaque mortuaire d'Emilio... avec le pistolet. Votre père les a placés là. Votre mère pense que c'était le geste d'un homme qui perdait l'esprit. Je crois qu'il savait. Je crois qu'il a fini par comprendre de quoi il retournait, ce qui s'est passé là-haut. »

Les yeux de Maurizio étaient impénétrables, enfoncés dans deux flaques de pénombre creusées par le halo de l'ampoule électrique à nu, au-dessus de sa tête.

« Vous dites que vous n'avez rien fait. Lui, il n'a rien fait. Pas sur le moment. Mais il a bel et bien laissé des indices. Et il avait bel et bien laissé une preuve... une preuve balistique qu'Emilio a été abattu avec le pistolet qui lui appartenait. (Il marqua un silence.) Si vous ne me croyez pas, posez la question à votre mère.

– Oh je vous crois, fit Maurizio d'un ton égal. Si elle vous a dit qu'elles étaient là, elles y sont. Mais pourquoi aurais-je à m'en préoccuper ? Cela m'est égal. Je ne me soucie que de votre départ. »

Le dîner, c'était inévitable, fut un enfer. Le moment le pire, ce furent des adieux précipités avec Antonella, qui avait visiblement envie de profiter davantage de leur dernière soirée ensemble. Que pouvait-il faire, cependant ? Il n'avait pas le choix. Dès la minute où Maurizio s'excusa et regagna la maison près de la ferme, il était contraint lui aussi de considérer que la soirée touchait à sa fin. Il ne fut pas difficile d'invoquer le prétexte de ses blessures, mais il fut beaucoup plus compliqué de jouer des adieux émus avec Antonella quand il avait l'esprit occupé à de tout autres affaires.

Ils s'embrassèrent près de sa voiture, résolurent de s'écrire et ce fut tout. Elle était partie.

# 30

*Il faut qu'il vienne. Il faut qu'il vienne.*

C'était un petit mantra, aussi agaçant qu'insistant. Il le chassait de son esprit, et le voilà qui s'immisçait de nouveau quelques minutes plus tard.

Après avoir lutté contre pendant trois heures, il ne se sentait pas seulement las, il était épuisé. Et endolori. L'effet des aspirines se dissipait. Sa position accroupie, dans un réduit exigu, derrière l'autel, n'arrangeait rien.

Il déplia les membres, s'extirpa de sa cachette et s'allongea sur la pierre, les bras le long du corps. Il avait l'impression de ne pas être seul, avec Flora et Emilio qui gisaient tout près de lui, étendus dans la même posture, et cette pensée le réconforta.

Il regarda fixement le plafond, à peine discernable à la faible lumière de l'unique bougie votive, sur l'autel – tout juste un vague entrelacs de poutres et de traverses. Il s'imagina sa construction, des hommes tout là-haut sur des échafaudages de bois, faisant naître l'édifice sous les coups de leurs marteaux, avec la voûte bleue du ciel au-dessus d'eux.

Il ferma les yeux, se les représenta, et se sentit sombrer dans le sommeil. Il se redressa d'un coup, retourna se nicher sous l'autel, blotti, accroupi, les genoux contre la poitrine.

*Il faut qu'il vienne. Il faut qu'il vienne.*

Il était peut-être déjà venu, et puis il était reparti. Peut-être avait-il vu l'échelle couchée par terre, contre le mur de la chapelle, celle qu'Adam avait repoussée après avoir grimpé jusqu'à la fenêtre. La manœuvre s'était révélée délicate, mais elle était nécessaire, Maurizio ne risquant guère d'entrer dans la chapelle si elle n'était pas fermée à clef de l'extérieur, avec la clef rangée en lieu sûr, sous sa pierre.

Nom de nom, il avait envie d'une cigarette. Il était incapable de se rappeler la dernière fois qu'il avait passé autant d'heures à veiller sans en fumer une. Il y avait eu cette mise en scène du *Hedda Gabler* d'Ibsen, au Cambridge Arts Theatre, plus de trois heures d'un jeu d'acteur estudiantin, excessif, sans même l'interruption d'un entracte, malgré la blonde de Newnham très agréable à regarder qui jouait le rôle de Hedda. Comment s'appelait-elle déjà ? Elle avait un frère, à Corpus Christi, avec une tache de naissance lie-de-vin dans le cou...

Il fut réveillé par un raclement. Il reconnut immédiatement le mécanisme d'une vieille serrure qui proteste en gémissant. Il se raidit, tendit l'oreille. Il perçut le grincement des gonds. Et puis des chuchotements.

Il n'était pas venu seul ! Il avait amené quelqu'un avec lui. Ou quelque chose. Quelque chose qui s'agitait, qui trottait en tous sens. Un chien qui allait et venait, qui prenait ses repères, flairant le passé canin des lieux. Pas bon, ça. Très mauvais, même.

Une voix masculine siffla un ordre, rappelant l'animal à ses pieds. Mais pour combien de temps ? Le faisceau d'une lampe torche tailla dans l'obscurité, balayant rapidement l'intérieur de la chapelle, projetant l'ombre de l'autel sur le mur du fond.

Adam se recroquevilla. Il n'était pas entré par la porte, et le chien ne serait donc susceptible de capter aucune odeur, sauf s'il venait rôder par là. Il la connaissait, cette bête – un colley croisé avec tout un mélange d'autres choses, jeune et ombrageux, mais sûrement pas un chien d'attaque. Il se rappelait avoir été heureusement surpris que Maurizio et Chiara n'aient pas éprouvé le besoin de posséder un animal à pedigree.

Encore un autre bruit, cette fois plus sur sa gauche. Une trousse à outils que l'on posait sur le sol. Une main qui fouillait dedans. Et puis le silence. Suivi d'un bruit de grattement. Maurizio qui s'attaquait au raccord autour de la plaque mortuaire. Mieux valait attendre un moment avant de le surprendre.

Le chien était d'un autre avis.

Il ne comprenait pas où il était passé, et puis il le vit surgir sous son nez, agitant la queue, la langue pendante. *Bien joué, coco, mais je t'ai trouvé*, semblait-il lui dire.

Il essaya de le repousser. L'animal lui lécha la main et laissa échapper un petit jappement.

« Ugo. »

La voix de Maurizio, sans l'ombre d'un doute.

Ugo lança deux joyeux aboiements et le faisceau de la lampe pivota vers l'autel.

Adam sut faire la part du feu et sortit de sa cachette en rampant, en clignant des yeux dans la lumière. Il alluma sa propre lampe et la braqua sur le visage de Maurizio, l'aveuglant à son tour. Après un temps d'arrêt, chacun abaissa la sienne vers le sol.

Adam caressa la tête d'Ugo, un geste visant à donner l'impression qu'il restait détendu et maître de lui-même. Le corps de Maurizio était bandé comme un arc, prêt à se battre, le visage aussi pâle que de la cendre. Le tournevis qu'il avait en main était loin d'être innocent.

« Pourquoi êtes-vous ici ? lui demanda-t-il d'une voix sinistre.

– Je n'en sais rien.

– Pourquoi ? insista-t-il.

– Je n'avais pas le choix. Il fallait que je sache. »

Tout à coup, Maurizio se retourna et se servit du tournevis pour désolidariser la plaque du mur. Derrière, sa torche ne lui révéla rien d'autre que de la pierre brute et nue. Il n'y avait en tout cas pas de pistolet, et pas de balles.

« Très malin, marmonna-t-il. Très malin. »

D'instinct, Adam comprit qu'il lui fallait garder sa perplexité pour lui-même. Où était donc passé ce pistolet ?

Maurizio s'assit au bout d'un banc. Sa physionomie trahissait tellement la défaite qu'Adam eut du mal à lui régler son compte, et donc il se tint à distance.

« Eh bien, maintenant, vous savez.

– Pourquoi ? s'enquit Adam. C'était votre frère.

– C'est arrivé comme ça. Je n'ai pas à vous l'expliquer.

– À cause de tout ceci... d'une maison, d'un peu de terre. »

Il avait envie de croire qu'autre chose avait joué un rôle – un affrontement idéologique, n'importe quoi d'autre que la simple cupidité.

Maurizio ne répondit pas. Il regardait fixement ses mains, comme si elles seules étaient responsables de ses actes.

« Où était Gaetano ?

– Il est arrivé alors que les Allemands partaient. Il montait l'escalier quand il a entendu les coups de feu. (Maurizio leva le visage.) Vous ne pouvez rien faire, ajouta-t-il froidement.

– Je peux le dire à votre mère.

– Oui. Et elle ne fera rien.

– Comment le savez-vous ?

– Parce que je ne le lui permettrai pas.

– Oh, vraiment ? » se moqua Adam.

Le sourire de Maurizio se teinta d'une expression sournoise.

« Vous êtes un garçon intelligent… réfléchissez. »

Même dans cette demi-lumière, Adam pouvait percevoir la froideur rusée qui s'insinuait peu à peu dans ce regard. Maurizio semblait lui signifier qu'il était disposé à ajouter le matricide au fratricide, si la situation l'exigeait.

« La décision est entre vos mains. »

L'aboiement soudain d'Ugo résonna comme un cri de triomphe, une salve d'applaudissements pour le brio de la stratégie diabolique de son maître.

« *Zitto* », cracha ce dernier. Mais Ugo n'avait aucune intention de rester silencieux. Il aboya encore, et bondit vers la porte de la chapelle.

Maurizio s'y rua, à une vitesse saisissante, mais la porte pivota sur ses gonds avant qu'il n'y parvienne.

Maria entra, en se protégeant les yeux du faisceau aveuglant de la lampe de Maurizio.

« Maria… »

Elle tira la porte, pour la refermer derrière elle, et son visage était de pierre.

« J'ai tout entendu. »

Les yeux de Maurizio filèrent de son visage à celui d'Adam, et inversement, cherchant un lien éventuel. Adam aurait pu lui préciser qu'il n'en existait aucun, si Maurizio ne l'avait pas compris tout seul.

« Qu'est-ce que vous fabriquez ici?

– J'écoute.

– Pour le compte de qui? De ma mère? »

Maria ne répondit pas, mais pour Maurizio, son silence paraissait assez éloquent.

« Qui, alors? insista-t-il. Antonella? »

Là encore, Adam ne vit rien dans l'expression de Maria qui aurait pu constituer une réponse. Visiblement, Maurizio savait mieux lire en elle que lui.

« Bien sûr... elle sait que si ce n'est pas moi, tout lui reviendra », lâcha-t-il, sur un ton qui laissait entendre que, pour lui, tout s'éclaircissait.

En revanche, Adam avait peine à suivre. Il réfléchissait à toute vitesse, s'efforçant de passer toutes ces informations au crible.

Il jeta l'éponge, quand Maurizio formula une offre :

« Peu importe ce qu'elle vous propose, je vous propose encore plus.

– Elle me propose beaucoup.

– Ce n'est rien. »

Maria prit son temps, avant de répondre :

« Je veux une maison à moi. Pas un appartement. Et je veux de l'argent.

– Combien?

– Assez pour que je n'aie plus à me soucier de rien.

– Vendu », fit Maurizio.

Adam n'avait pas l'intention de commenter. Les mots sortirent de sa bouche, dans sa langue maternelle :

« Maria, mais qu'est-ce que vous faites? »

Elle lui lança un regard où l'on percevait de la honte, mais elle avait l'air résolu.

« Et lui? voulut savoir Maurizio.

– Que peut-il faire? Il s'en va demain. Il sait déjà qu'il n'a pas le choix. »

Maria hocha encore la tête et se dirigea vers la porte.

« Maria... », fit Adam, implorant.

Elle s'arrêta, se retourna.

« Quoi ? Qui êtes-vous ? Que savez-vous ? Vous ne savez rien. (Elle brandit un doigt vers la villa.) Toute sa vie, mon père a travaillé pour elle, et qu'est-ce qu'il a obtenu ? Rien. Qu'est-ce que j'obtiendrai ? Rien. C'est ainsi. Tout ce que je veux, c'est mourir sous mon propre toit et pouvoir me payer mon enterrement. Est-ce trop demander ? Allons, est-ce trop ? »

Maurizio eut un geste des deux mains, pour la calmer.

« Et vous, qui êtes-vous ? continua-t-elle. Vous êtes un enfant. Vous ne savez rien. »

Dans le silence qui suivit son départ, Adam tendit la main devant lui, pour se rattraper au dossier du banc. Ce ne fut pas suffisant. Il fallait qu'il s'asseye.

Maria avait raison. Il ne savait rien. Il était complètement dépassé. Il redressa la tête et découvrit Maurizio, devant lui, qui le dominait de sa stature, sans rien de triomphant dans son allure, rien d'autre qu'une tranquille certitude.

Ils sortirent de la chapelle ensemble. Il ferma la porte à clef, et glissa la clef dans sa poche. Il leva le nez vers les étoiles, puis tourna le regard vers Adam.

« Ce que je vous ai répondu, au sujet de ma mère, je le pense. La décision est entre vos mains. »

Il était exclu de trouver le sommeil. Il n'essaya même pas. Il resta assis sur la terrasse, à fumer cigarette sur cigarette. L'ahurissement et le sentiment écrasant de sa propre naïveté se disputaient l'ascendant sur son cerveau. Il était incapable d'assimiler ce dont il avait été le témoin. Il savait qu'un marché s'était conclu – Maria avait vendu son silence en échange d'une somme très conséquente –, mais à quoi rimaient tous ces propos autour d'Antonella ?

*Elle sait que si ce n'est pas moi, tout lui reviendra.*

Il n'avait pas compris les paroles de Maurizio de travers. Ni la réponse de Maria. Il se répéta leur échange dans sa tête, encore et encore – en l'analysant fiévreusement, en le disséquant –, jusqu'à ce que la lumière de l'aube s'insinue et éteigne toutes les étoiles, sauf les plus brillantes d'entre elles. Puis il se leva.

En s'approchant de la ferme, il s'arrêta un court instant pour admirer le soleil neuf qui étirait ses doigts pâles sur les collines. S'il ne s'était pas attardé pour profiter de ce moment, il aurait déjà été en train de traverser la cour, à découvert, lorsque la porte en haut de l'escalier extérieur s'ouvrit à la volée, et quand Fausto sortit de la ferme.

Il se baissa, hors de vue, derrière le coin de la grange. Fausto ! Ce n'était pas possible. Il résista à son envie pressante de s'en assurer, certain que ses yeux ne l'avaient pas abusé – à son grand regret. Qu'est-ce que Fausto faisait là, à se faufiler hors de la maison d'Antonella, à l'aube ?

Il se dépêcha de gagner l'arrière de la grange. Depuis l'angle du corps de ferme, il avait sur le chemin qui conduisait à San Casciano une vue hachée par un bosquet de cyprès. Fausto l'emprunta, grave et pensif, légèrement voûté. Adam le suivit, en longeant les arbres.

Craignant de se faire repérer, quand l'autre atteignit les abords de San Casciano, il fut obligé de se laisser distancer. À deux reprises, il faillit le perdre dans le labyrinthe des rues. La troisième fois, il le perdit bel et bien, mais à ce moment-là il avait déjà une idée assez claire de l'endroit où se dirigeait l'autre.

La Pensione Amorini n'était pas encore ouverte à la clientèle. Les fenêtres aux volets clos du rez-de-chaussée lui permirent de contourner le bâtiment sans se faire voir. Il se glissa dans le jardin sur l'arrière, en passant par la porte ménagée dans le mur de pierre. La cuisine était située dans le fond, et ses fenêtres donnaient directement sur le jardin.

Il put entendre des voix et de la vaisselle entrechoquée. Pointant un œil prudent par l'encadrement de la fenêtre, il vit la Signora Fanelli disposant des assiettes et des bols sur un plateau. Elle tournait le dos à Adam, et du coup, il avait une vue dégagée sur la main gauche de Fausto posée avec légèreté sur ses fesses. La Signora Fanelli tourna la tête et embrassa Fausto au vol, sur les lèvres.

Il se rendit au bar de Piazza Cavour, comme en transe. La tête toute palpitante, le torse traversé d'une douleur lancinante, il était sur les nerfs, à cause du manque de sommeil. Et, découverte guère surprenante, le café n'arrangea rien.

Il décortiqua l'évidence, ce qu'il avait vu de ses propres yeux, cherchant la faille à tout prix. Il n'y parvint pas. Antonella avait prétendu ne pas connaître Fausto, et pourtant, elle le connaissait, c'était clair. La relation de la Signora Fanelli et Fausto avait semblé se limiter à une vague fréquentation, et pourtant, cela ne s'arrêtait manifestement pas là.

Lentement, fil après fil, la toile d'araignée qu'ils avaient tissée pour l'engluer et le prendre au piège se dessinait avec plus de netteté. Il n'avait pas encore découvert la trame d'ensemble, mais il en avait déjà une part suffisante sous les yeux. La clef, c'était Fausto. C'était Fausto qui, le premier, avait attisé ses soupçons au sujet de Maurizio, avec sa remarque lâchée comme en passant, deux semaines plus tôt. Ensuite, Fausto avait fait machine arrière, oui, mais juste assez pour se dégager de toute suspicion tout en alimentant l'intérêt d'Adam. La Capannina, à Viareggio, cela venait de Fausto, tout comme la clef des pièces du dernier étage était venue d'Antonella. Bon sang, elle avait bien joué le coup, en la lui refusant la première fois, pour ensuite la lui présenter sur un plateau. Et pourquoi s'était-elle offerte à lui, à la source thermale ? Parce qu'elle pensait qu'il repartait le lendemain ? Parce qu'il n'avait pas encore achevé son travail, et elle avait besoin qu'il reste ? La réponse tombait sous le sens, il était impossible de l'ignorer.

Maria avait tenu sa partie, elle aussi, en excitant les tensions avec le cadet des Docci, en faisant grimper la température. Elle n'avait aucun besoin de parler à Maurizio de la visite d'Adam au dernier étage, et pourtant, elle l'avait fait. Selon la Signora Docci, c'était aussi l'idée de Maria qu'Adam porte le smoking d'Emilio lors de la soirée, et qui fut la cause d'un surcroît d'hostilité de la part du même Maurizio.

Les preuves s'empilaient d'elles-mêmes. Presque tous les souvenirs vers lesquels il se tournait venaient étayer leur mise en cause à tous. Même les manœuvres de séduction de la Signora Fanelli à son égard pouvaient entrer dans ce cadre, et il sentit la nausée lui étreindre le ventre, rien que d'y repenser. Dès sa toute première soirée à San Casciano, on l'avait guidé, acheminé dans cette direction.

Mais pourquoi lui ? Le temps de vider une autre tasse de café, il avait fini par comprendre.

Il fallait démasquer Maurizio, le détrôner, afin que la Villa Docci passe dans l'autre branche de la famille, celle d'Antonella. À l'évidence, elle désirait cette demeure à tout prix, mais ne pouvait se fonder que sur ses soupçons quant à l'implication de Maurizio dans la mort d'Emilio. Elle savait aussi qu'il était bien trop circonspect pour tomber dans un piège qu'elle lui aurait elle-même tendu. Donc elle s'était servie d'Adam comme d'une marionnette. Elle avait tiré les ficelles et il avait dansé. Et tout s'était déroulé comme prévu, jusqu'au tout dernier moment.

C'était sa seule consolation, en cette affaire – la trahison de Maria. Antonella n'avait pas compté avec le fait que Maurizio surenchérisse à l'instant où s'abattrait le marteau du commissaire-priseur. Elle l'avait sous-estimé. Maria, plus âgée et plus sage, ne s'y était pas trompée.

Il emporta cette pensée plaisante avec lui en repartant d'un bon pas sur le chemin du retour vers la ferme d'Antonella.

Elle n'était pas là. Et sa voiture non plus. L'une et l'autre avaient disparu. Ce n'était pas plus mal. Il n'aurait eu qu'une envie : lui hurler dessus. Ou pire.

Il se contenta d'attraper un caillou sur le bas-côté du chemin et de le lancer de toutes ses forces contre la fenêtre de sa cuisine.

Les adieux furent absurdes, la Signora Docci étant la seule comédienne de cette farce à ne pas jouer un rôle répété au préalable. Sachant que les enjeux étaient de taille, Adam tint le sien à la perfection, en toute innocence. Ainsi que Maria. Quand elle l'embrassa sur les deux joues, ses yeux étaient même mouillés de larmes. Maurizio proposa gentiment de le conduire personnellement à la gare.

Ils étaient assis côte à côte, et gardèrent le silence durant presque tout le trajet. Ils avaient du temps devant eux, et Adam demanda s'ils pouvaient faire un saut jusqu'à Piazza della Repubblica pour récupérer ses photos du jardin funéraire. Maurizio l'accompagna à l'intérieur de la boutique. Il insista aussi pour rester avec lui jusqu'au départ du train. Ses derniers mots furent sans détour.

« Vous avez la tête bien faite. Servez-vous-en. Ailleurs. Pas ici. Ne revenez jamais. »

Lorsque le train sortit de la gare, dans une secousse, il prit les photos du jardin. Il glissa sur celles de Flora, non parce qu'elles étaient pires que les autres – il était un photographe nul, les clichés étaient tous médiocres –, mais parce qu'il avait honte. Il avait le sentiment de l'avoir trahie.

Pour l'homme qui dormait à ses côtés, sous le sol de pierre de la chapelle familiale des Docci, il n'y aurait aucune justice.

# 31

L'Angleterre était sous l'emprise d'une vague de chaleur – autrement dit, le soleil avait brillé quatre journées complètes, sans interruption. Adam fut réveillé par le martèlement de la pluie contre la vitre, le matin du cinquième jour, sa cinquième matinée depuis son retour.

Lorsqu'il descendit au rez-de-chaussée, sa mère l'accueillit avec ces mots :

« Je lui avais dit d'emporter son parapluie au bureau. »

C'était une phrase familière ; il l'avait entendue la prononcer maintes fois auparavant, sur ce gentil ton de reproche. Cette fois, pourtant, elle l'agaça, elle resta logée dans sa cervelle pendant que le café passait dans le percolateur et que sa mère chantait les louanges du nouveau grille-pain à éjection automatique qu'ils s'étaient acheté pendant qu'il n'était pas là. En son absence, on avait aussi châtré le chat, découvrit-il.

Il ne lui en voulait pas. Il savait qu'il était partie prenante des menus échanges insignifiants qui constituaient la vie à la maison. Il n'avait rien partagé de très significatif avec ses parents au cours du dîner de la veille, mis à part quelques impressions d'Italie et un résumé de ses travaux à la Villa Docci. Quant à la réaction de son père en apprenant qu'Adam avait dévoilé le secret du jardin, elle évoquait, au mieux, un respect teinté de réticence. De façon tout aussi prévisible, sa mère avait attendu d'être seule avec lui avant de lui formuler quelques paroles de félicitations, du fond du cœur. En public, elle suivait toujours l'exemple de son mari – un état de choses qui, par le passé, avait déjà le don d'irriter Adam, mais qui lui semblait maintenant foncièrement inacceptable.

« Assieds-toi, maman.

– Chéri? »

Il prit avec lui la tasse de thé qu'elle venait de préparer et s'installa à la table de la cuisine, sans lui laisser d'autre choix que de se joindre à lui.

« C'est merveilleux que tu sois de retour.

– Maman, je sais, pour papa.

– Pour papa? reprit-elle, avec une légère note d'anxiété, qui contredisait son innocente gaieté.

– Harry m'a raconté. »

Son regard vacilla.

« Il n'aurait pas dû. Je lui avais demandé de se taire.

– Maman...

– Il m'avait promis.

– Maman...

– Je suis très en colère contre lui.

– Maman. »

Il tendit le bras, lui prit la main.

Elle inclina la tête et son regard plongea dans sa tasse de thé. Il ne pouvait distinguer son visage, derrière le rideau des cheveux, mais il vit ses épaules, peu à peu secouées de convulsions Les premiers sanglots étouffés gagnèrent vite en volume.

Il glissa de sa chaise et contourna la table. Il vint se placer derrière elle, l'enveloppa de ses bras, la serra fort contre lui. Elle hurlait son chagrin.

Plus tard, après qu'ils se furent parlé, c'était elle qui avait suggéré un déjeuner réparateur au Grey Friar – une ancienne auberge de relais de poste, nichée au creux d'un vallon des North Downs, à l'écart de toute cette urbanisation tentaculaire. Elle était connue pour la qualité de sa cuisine et ses prix exorbitants, et ils ne s'y rendaient qu'en des occasions très particulières. Celle-ci en était sans doute une. En tout cas, sa mère avait l'air de cet avis. Elle engloutit deux sherrys avant le repas et fuma même une des cigarettes d'Adam. Ils commandèrent tous deux de la truite, qu'ils dégustèrent à une table dans le jardin, maintenant que la pluie avait cessé et que les nuages se dissipaient.

Il lui raconta tout ce qui lui était arrivé en Italie. Les seuls détails qu'il lui épargna étaient ceux de nature plus intime. Elle ne l'interrompit que rarement, lui permettant de s'épancher.

Quand il eut terminé, elle réagit.

« Eh bien, vous, les jeunes, vous menez franchement des vies mouvementées. »

C'était exactement le genre de propos qui lui ressemblaient – exactement le genre de remarque qu'il avait prié pour ne pas entendre dans la bouche de sa mère.

« Oh flûte, Adam, reprit-elle sèchement. Je plaisantais. »

Elle lui lança ensuite une salve de questions mûrement réfléchies, preuve qu'elle avait écouté avec une extrême attention. Elle rechercha une autre interprétation des événements, un moyen d'effacer la douleur de la tromperie d'Antonella. N'y parvenant pas, elle le consola – comme seule une mère sait le faire.

Le père d'Adam rentra de son travail tard, mais il revenait porteur d'« excellentes nouvelles ». Sa vieille connaissance, au Baltic Exchange, avait réitéré son offre d'une première expérience professionnelle non rémunérée (mais inestimable). Adam était le bienvenu, pour débuter dès qu'il le souhaitait.

« Je ne pense pas en avoir envie, papa.

– Tu ne penses pas en avoir envie? s'écria son père, l'air fâché.

– Non, ce n'est pas ça. Je sais que je ne veux pas. »

Il s'ensuivit une dispute inévitable. À un certain point, son père se mit en colère.

« Tant que tu vivras sous mon toit, et à mes frais, tu feras ce que je te dirai. »

La force de la voix suffit à les cueillir tous les deux à froid.

« Comment oses-tu? éructa sa mère. Comment oses-tu parler ainsi? Tu n'as aucun droit, ici. Plus aucun. »

Cela cloua totalement le bec de son père et Adam se sentit transporté dans une petite chapelle latérale d'une église florentine. Quelque chose, dans l'angoisse informe de la bouche de sa mère, lui rappelait l'Ève de Masaccio au moment de son expulsion du jardin d'Éden.

Le silence continua de régner. Le père d'Adam lui lança un regard et s'aperçut immédiatement que son secret était éventé. Il ne s'était pas attendu à cela, et baissa la tête.

« Dis-lui, l'enjoignit sa mère. Dis-lui ce qui s'est réellement passé en Italie. Dis-lui ce qu'ils t'ont fait. »

De la part d'un homme qui attachait un grand prix à la logique et à la froideur des faits, il était naturel que son père témoigne plus d'intérêt pour la mécanique criminelle de Maurizio et sa découverte que pour le préjudice personnel qu'avait subi Adam. Toutefois, il sut trouver en lui la force d'ajouter ceci :

« Si cette fille vient se présenter devant ma porte... eh bien, je ne sais pas ce que je ferai. »

Une semaine plus tard, il eut la réponse.

Il la pria d'attendre devant sa porte, le temps d'aller se mettre en quête d'Adam.

C'était un samedi après-midi, et Adam tondait la pelouse pendant que sa mère désherbait les bordures. Il était encore en tenue de tennis, après avoir joué deux sets avec des amis, dans la matinée.

Son père sortit de la maison, l'air secoué.

« Il y a là une jeune femme, c'est pour toi. Je crois que c'est... (Ses doigts voletèrent autour de son front.) D'Italie.

– Antonella... ?

– Possible. Oui. D'après ce que tu m'as dit.

– Tu n'as pas demandé, Charles ? s'écria sa mère, derrière son hortensia.

– Mais non, je ne lui ai pas demandé, non, d'accord ? J'étais trop sous le choc. »

Antonella n'était pas seule. Fausto était là, l'air hésitant, à côté d'elle.

Une joie débridée le disputait à la colère. D'instinct, il leur aurait claqué la porte au nez. La politesse eut le dessus, soutenue par une dose de curiosité.

« Entrez, fit-il froidement. *Eppure Lei* », ajouta-t-il. Il avait usé du *Lei* formel au lieu du *tu*, que l'on ne se méprenne pas.

Ses parents étaient apparus derrière lui, dans le vestibule, méfiants, protecteurs, et l'air complètement ridicules dans leur tenue de jardin toute défraîchie.

« C'est bon, leur assura-t-il, nous allons nous installer dehors. »

Lorsqu'ils sortirent sur la terrasse, derrière la maison, Antonella tira une enveloppe de sa poche et la lui tendit. Elle était lourde et épaisse.

« Qu'est-ce que c'est ?

– Lis. Rien de mal. »

Elle posa la main sur son bras, pour le rassurer.

Il avait consacré tant d'heures à la refaçonner sous les traits d'un démon ou, au mieux, comme une précieuse leçon de l'existence, que cela le stupéfia de constater avec quelle facilité un simple contact, avec la légèreté d'une plume, était capable de démanteler tout son joli travail, en faisant fondre la désolation de la semaine écoulée, qu'il avait vécue malheureux comme les pierres.

« Je ne sais pas... Je ne suis pas certain de pouvoir... Qu'est-ce que c'est ? »

Il sentait des larmes lui picoter les yeux.

« Rien de mal, répéta-t-elle.

– Allez-y », fit Fausto, avec prévenance.

Adam prit ses cigarettes, sur la table de la terrasse, et se dirigea vers le banc, dans le fond du jardin.

*Villa Docci*

*Mon cher Adam,*

*J'espère que cette lettre vous trouvera avec bon moral. Je crains que tel ne soit pas le cas, et je ne doute pas d'en être la première responsable.*

*Antonella vous a peut-être déjà touché un mot de ce qui s'est passé et, de ce fait, l'essentiel de ce que je vous écris là ne devrait guère vous surprendre. Quoi qu'il en soit, vous devez me croire quand je vous dis que ma petite-fille n'a pris aucune part à ces événements – absolument aucune. Comme vous, elle est entièrement innocente. Le reste d'entre nous ne l'est pas. Je vous en prie, tâchez de ne pas juger Maria et Fausto trop durement. Ils n'ont fait que ce que je leur ai demandé, et pas toujours de leur plein gré.*

*Je vous ai utilisé, Adam. Je vous ai utilisé avant de vous rencontrer, je vous ai utilisé tant que vous étiez ici, et peut-être suis-je encore en train de me servir de vous. Je n'attends pas que vous me pardonniez, mais j'espère qu'un jour vous finirez par comprendre mes raisons. Comme Virgile le dit à Dante au début de* La Divina Commedia *– que, grâce à vous, j'ai été amenée à relire – : « Il te faudra tenir autre voyage / Si tu veux échapper de ce lieu vaste et sauvage. » Il en a été ainsi pour moi. Me trouvant en un lieu obscur, je n'ai vu qu'une seule issue.*

*Mon fils a tué mon fils. J'imagine que je l'ai toujours su, dès le premier instant, lorsque Benedetto a fermé la porte à clef, condamnant le dernier étage. Cela ne lui ressemblait guère, un geste pareil. Il était dans sa nature de se tourner vers l'avenir, jamais vers le passé. Il m'a livré ses raisons, naturellement, et j'ai choisi de le croire. Tout autre choix eût été impensable.*

*Je suis désormais convaincue que Benedetto avait percé à jour ce qui s'est passé ce soir-là, et que laisser ces pièces telles qu'elles étaient constituait sa punition pour Maurizio. Il voulait que son fils vive avec le souvenir de ce qu'il avait fait. Je n'ai visité ces pièces que deux fois. À la mort de Benedetto, je suis montée rechercher ce qu'il avait trouvé là-haut. Je n'y suis pas parvenue, et pour une part cela m'a soulagée. Je sais maintenant ce qu'il a découvert, car j'ai suivi les empreintes de vos pas sur ce parquet poussiéreux, j'ai vu où vous vous êtes arrêté, devant la cheminée, et j'ai relevé le tapis. J'ai vu le trou percé par la balle dans le plancher, taché du sang d'Emilio. Vous avez découvert ce que Benedetto a découvert, comme je l'espérais (et comme je le redoutais).*

*La seule certitude, dans la vie, c'est la mort. C'est une réalité que j'ai toujours acceptée, c'est-à-dire, jusqu'à ce que la mort me rende visite, à Noël dernier. Même alors, ce n'était pas la mort elle-même que je craignais, mais la perspective de revoir Emilio, de me tenir devant lui, sachant l'un et l'autre que je l'avais trahi, que je n'avais rien fait. C'est alors que je lui ai juré que si je vivais, j'allais m'attaquer à la vérité, si pénible soit-elle. Dès l'instant où je lui ai prêté serment, j'ai su que je survivrais, car j'avais alors une raison. Et c'est ainsi qu'une maladie en a remplacé une autre.*

*Mon plan était simple, mais j'avais besoin d'aide. C'est alors que j'ai contacté Fausto. Je le connais depuis de nombreuses années. Son grand-père était un homme très bien, mais pas son père. Je suis confuse de dire du mal des morts, mais pour moi, ils méritent tout autant d'être la cible de la critique que quiconque. Déjà, petit garçon, Fausto était exceptionnel. Benedetto et moi lui avons témoi-*

*gné un intérêt tout particulier, au nom de son grand-père. Fausto ne devait rien en savoir, mais il a découvert que, durant toutes ces années, nous avions contribué à son instruction. Et quand j'ai eu besoin d'aide, il a été là. Ces quelques lignes ne rendent pas justice à notre amitié ou au respect que j'ai pour lui.*

*C'est Fausto qui s'est rendu dans le Sud, plus tôt cette année, dans le village proche de Rome d'où Gaetano est originaire. C'est Fausto qui a découvert que l'histoire de l'héritage familial de Gaetano était fausse. Et c'est Fausto qui m'a aidée à démêler la vérité. Comme vous le savez, je crois, il s'intéresse à la tactique et aux stratégies.*

*Votre rôle dans cette affaire a été défini voici de nombreux mois : un jeune étudiant, intelligent et inquisiteur ; les graines du mystère, que Fausto plante dans son esprit, et que j'entretiens. Si Maurizio avait soupçonné un seul instant que j'étais derrière tout cela, il ne se serait jamais dévoilé. Il fallait que la menace émane de quelqu'un d'autre, d'un innocent. Et vous l'êtes, Adam. Ce n'est pas votre faute. C'est votre âge le fautif. Un homme plus expérimenté aurait su lire les signes. Il aurait compris qu'on le menait par le bout du nez.*

*Chacune de vos initiatives ou presque a été déterminée à l'avance. Pas toutes. Il était impossible d'anticiper certaines d'entre elles. J'en distinguerai trois, en particulier. Je vous ai guidé vers les albums de photos afin de rendre Emilio plus vivant, de faire en sorte qu'il compte davantage à vos yeux, mais je n'aurais jamais imaginé que vous sauriez voir la vérité de ses liens de parenté dans ces vieilles images. Je vous ai sous-estimé (ce n'était ni la première, ni la dernière fois). Maintenant, je m'en félicite. Cela m'a forcée à être honnête envers Crispin, comme j'aurais dû l'être depuis tant d'années déjà.*

*Comment annoncer à un homme que le fils qu'il n'a jamais connu est mort ? Ce n'est pas aisé, mais voilà, finalement, c'est fait. Si vous n'avez pas été en mesure de vous mettre en relation avec lui depuis votre retour, c'est parce que je l'ai prié de se rendre indisponible jusqu'à réception de cette lettre. Inutile de vous le préciser, il est extrêmement furieux contre moi pour le traitement que je vous ai réservé, presque aussi en colère qu'Antonella, même s'il en faut beaucoup. Jamais personne ne m'a adressé la parole sur le ton qu'elle a employé avec moi ces derniers jours.*

*L'autre grande surprise, impossible à prévoir, c'était votre travail sur le jardin. Mes éloges n'avaient rien de factice. Ce que vous avez accompli était extraordinaire. Ce que cela signifie, je ne le sais tou-*

*jours pas. Comme je vous l'ai déjà dit, je ne suis pas superstitieuse, mais j'ai envie de l'être, j'ai envie de croire que vous avez levé la malédiction qui pesait sur cet endroit, sur notre famille – la malédiction de Federico Docci, le meurtrier, cette même malédiction qui a poussé mon fils à tuer son frère. Croire cela, c'est exonérer Maurizio d'une partie de sa faute, et me soulager d'un peu de ma peine.*

*Ensuite, il y a vous, Adam. Je n'aurais pas cru un seul instant que je finirais par apprécier autant le garçon que Crispin m'envoyait. Mais ce fut le cas, plus que vous ne le saurez jamais. À deux reprises, j'ai failli tout vous révéler. En une autre occasion Maria a menacé d'en faire autant. Je l'ai persuadée de s'en abstenir. Si elle ne vous a témoigné aucune affection, pendant tout le temps que vous étiez ici (et je sais qu'elle y a veillé), c'est seulement parce qu'elle se détestait d'avoir accepté de jouer le rôle qu'elle a endossé. Elle ne souhaitait pas s'attacher à vous.*

*Maria s'est jointe sur le tard à notre équipe, après votre arrivée. Elle était mes yeux et mes oreilles, mon espionne. Elle a fouillé vos papiers pour voir si vos soupçons prenaient forme et, chaque fois qu'elle le pouvait, elle montait Maurizio contre vous. Si Antonella ne vous avait pas dit où était cachée la clef du dernier étage, alors Maria s'en serait chargée. Elle a été brillante. Lors de votre dernière nuit ici, elle a fait preuve d'encore plus de génie, quand elle a découvert le chien de Maurizio à la porte de la chapelle.*

*Comme vous le savez désormais, il n'y a pas de pistolet caché derrière la plaque mortuaire, dans cette chapelle. Il n'y a pas de balles. Benedetto a tout détruit. Le mensonge que je vous ai soufflé était l'appât destiné à débusquer Maurizio. C'était prévu ainsi. Il était aussi prévu qu'en entendant l'aveu de culpabilité de mon fils, Maria viendrait tout droit me trouver. Le chien, lui, n'était pas prévu.*

*Une fois démasquée, que pouvait faire Maria ? Elle venait d'entendre Maurizio me menacer de mort. Elle ne pouvait pas lui permettre de saisir qu'il existait un lien entre elle et moi. Donc elle a menti. Elle lui a fait croire (et à vous aussi, je crois) qu'elle était là pour le compte d'Antonella. Dans quelle mesure a-t-elle su se montrer convaincante, vous le savez mieux que moi. Cela a certainement suffi à abuser Maurizio en me laissant le temps d'arranger les choses à ma guise. Nous sommes une vaste famille, les Docci, et toute action entreprise par moi devait nécessiter le soutien et l'approbation de certains parents. Que j'ai maintenant reçus.*

*En Italie, il n'est pas possible de déshériter un enfant, mais un enfant peut choisir de ne pas recevoir son héritage. C'est ce qu'a accepté Maurizio, en échange de mon silence. Je ne le reverrai jamais. Comment expliquera-t-il ce changement de situation à son épouse, à ses enfants et à ses amis, c'est son affaire. Il aura du mal, mais je ne doute pas qu'il trouve un moyen. Peut-être prendra-t-il pour prétexte ma décision de rester à la villa, ce qui est la vérité, en prétextant qu'il ne peut tolérer plus longtemps l'indécision de sa mère.*

*Est-ce justice ? Non. Existe-t-il assez de preuves pour faire condamner Maurizio pour le meurtre d'Emilio ? Il n'y en a jamais eu. Mais au moins la vérité s'est finalement révélée. Cela suffit. Il faut que cela suffise car c'est tout ce qui reste, c'est tout ce qui restera jamais. Je l'ai su dès le début, avant de vous rencontrer.*

*Voilà, Adam. J'aurais préféré ne pas vous voir entraîné dans tout cela, mais vous l'êtes, et vous ne pouvez vous en prendre qu'à moi. Fausto et Maria ont agi par loyauté à mon égard, et j'espère que vous saurez trouver en vous matière à les pardonner. Je n'espère rien de tel pour moi-même.*

*Je n'ose imaginer ce que vous devez penser, à la minute présente, mais permettez-moi d'ajouter ceci. Je vous ai menti, je me suis servie de vous, je vous ai même fait courir un danger physique (pourtant, vous étiez mieux protégé que vous ne l'avez sans doute cru). Tout cela est vrai, je ne le nie pas, mais l'essentiel de ce qui s'est passé entre nous est demeuré fécond et véridique. Je pensais ce que je vous disais, juste avant de prendre place à table, lors de cette réception. Je vous ai demandé alors de vous souvenir de mes paroles. Vous les rappelez-vous ? Je l'espère, parce que ce sont les plus sincères que j'aie jamais prononcées.*

*Vous avez eu maille à partir avec une vieille femme qui cherchait à agir comme il fallait pour son fils défunt. Cela peut vous paraître une énormité, mais le temps et le poids de l'expérience écraseront le souvenir douloureux de votre séjour à la Villa Docci, jusqu'à ce qu'il se réduise à une mince strate dans le soubassement rocheux de votre vie. Tâchez de ne pas l'oublier.*

*Avec toute mon affection,*

*Francesca.*

Adam relut la lettre une deuxième fois, pour s'imprégner de ces mots.

Quand il revint à la terrasse, il s'aperçut que sa mère servait le thé. À l'expression de son visage, elle comprit que tout allait bien et se retira, en laissant échapper un petit sourire.

« J'ai cru que c'était toi, derrière tout cela.

– Je sais, fit Antonella. Maria avait dû faire en sorte que Maurizio y croie, lui aussi.

– Ce n'était pas seulement cela. J'ai vu Fausto sortir de chez toi, ce dernier matin. »

Antonella échangea un regard avec l'intéressé.

« Il était venu me voir, m'expliquer. Nous nous sommes disputés, mais il m'a persuadée de jouer la comédie jusqu'au bout. Il m'a promis que cela ne durerait pas longtemps. Et en effet, même si cela m'a semblé long. »

Elle lui tendit la main et prit la sienne, avec délicatesse.

Fausto fit glisser un livre sur la table – l'ouvrage sur la sculpture de la Renaissance qu'Adam avait perdu dans la pinède du parc de Viareggio.

Adam feuilleta l'ouvrage, le temps d'intégrer cette nouvelle information.

« C'était vous ? »

Fausto opina.

« Vous m'avez suivi là-bas ? »

Fausto opina.

Les yeux d'Adam restèrent rivés sur ceux de Fausto.

« Je suis désolé, Adam. Vraiment.

– Vraiment ?

– Vraiment.

– D'accord.

– Bien, fit Fausto avec un sourire radieux. C'est très, très bien. »

On alla récupérer leurs bagages dans un petit hôtel, près de la gare de Purley. Ne sachant pas comment tourneraient les choses, ils y avaient réservé deux chambres. Selon le père d'Adam, qui avait commencé de se dégeler un peu, cela « traduisait une remarquable absence d'audace ». Fausto se vit attribuer la chambre de Harry, et Antonella la chambre d'amis, au bout du couloir.

Adam les emmena au Stag and Hounds pour y boire un verre avant le dîner. Fausto n'avait jamais vu jouer aux fléchettes et s'imposa dans une partie, en tapant sans vergogne des cigarettes à ses nouveaux amis quelque peu sidérés.

C'était la première fois qu'Adam se retrouvait seul avec Antonella depuis son arrivée, et cela lui faisait du bien.

« Salut », dit-il.

Elle répondit d'un sourire, en lui caressant la cuisse, sous la table.

« Comment te sens-tu ?

– Engourdi. Soulagé.

– Merci pour le cadeau.

– Le cadeau ?

– Le caillou dans ma cuisine.

– Désolé, je n'ai pas eu le temps de te l'emballer. »

Elle rit.

Il lança un coup d'œil vers Fausto.

« La Signora Fanelli était-elle dans le coup, elle aussi ?

– La Signora Fanelli ?

– J'ai suivi Fausto, après son départ de chez toi. Il s'est rendu tout droit chez elle, à la *pensione*.

– Et donc ?

– Eh bien... ils sont plutôt proches. Je les ai vus s'embrasser.

– Je crois que c'était tout nouveau, après ton arrivée. Nonna dit qu'ils ont été très proches, à une époque, mais il y a eu un problème. Elle en est très heureuse.

– J'en suis convaincu.

– Pourquoi souris-tu ?

– Pour rien. »

Étant donné ce qu'il savait des façons de procéder de la Signora Docci, il ne serait pas si surprenant qu'elle ait même trouvé le temps de jouer un peu les marieuses, en chemin. Il existait quantité de *pensioni* à San Casciano où elle aurait pu placer Adam.

Il faisait assez chaud pour dîner sur la terrasse. En cuisine, sa mère se surpassa ; son père ouvrit deux bouteilles d'un rouge millésimé, qu'il avait mises de côté pour le diplôme d'Adam. Ils burent à la santé de Harry et, quand ils se furent perdus en conjectures sur le pétrin dans lequel il avait déjà dû se fourrer, ce fut bon d'entendre de nouveau son père rire.

Inévitablement, quelques heures plus tard, Adam se retrouva dans le couloir, direction la chambre d'amis, sur la pointe des pieds. Antonella l'attendait, déjà nue sous les draps. La nécessité d'agir en silence ne fit qu'accroître l'intensité de leurs ébats amoureux. Quand ce fut terminé, quand ils se retrouvèrent enlacés, il pleura, bouleversé. Antonella lécha ses larmes et le tint tout contre elle.

Plus tard, dans l'obscurité, à côté de lui, elle lui souffla une confidence :

« Ma grand-mère croit savoir qui était l'amant de Flora.

– Hein ? » grogna-t-il, dans un demi-sommeil délicieux.

Elle se répéta.

Maintenant, il était réveillé.

« Qui ?

– Elle a refusé de me le révéler. Elle ne te le dira qu'à toi, en personne... *faccia a faccia*.

– Elle ne cesse jamais ?

– Quoi donc ?

– De jouer à des jeux. »

Il essaya de puiser en lui assez de colère devant cette nouvelle tentative de manipulation, mais il eut du mal. La Signora Docci pouvait juger que la responsabilité de son comportement s'arrêtait à sa propre personne ; il n'en était pas certain. Il avait reconsidéré tant de choses, au cours de la semaine écoulée, mais il n'avait pas encore pu complètement se défaire de la conviction que quelqu'un d'autre avait contrôlé les choses depuis le début.

Il était incapable de se rappeler la dernière fois qu'il avait vu ses parents en robe de chambre dans la cuisine. Son père était attablé avec Fausto ; sa mère faisait frire du bacon sur le feu de la cuisinière.

Adam s'approcha d'elle d'un pas traînant, en pyjama, et lui déposa un baiser sur la joue.

« B'jour.

– Antonella est réveillée ?

– Je sais pas. Je ne suis pas allé voir. »

Elle lui glissa un regard entendu.

« Bon, enfin, pourquoi ne lui monterais-tu pas une tasse de thé ?

– Bonne idée. »

Il remplit la bouilloire, tout en jetant un coup d'œil vers la table. Fausto était occupé à expliquer quelque chose à son père dans un italien pétaradant, tout en déplaçant des pots de confiture, des couverts et d'autres objets, dans une espèce de démonstration.

Sa mère se pencha tout près de lui et lui chuchota deux mots :

« Nous pensons qu'il s'agit de la bataille de Hastings. »

# 32

En son absence, il avait plu, suffisamment pour gorger d'eau les grappes de raisins sur leurs pieds de vigne et donner à espérer une vendange acceptable. Le pré roussi, sous la grotte, s'était même vaguement teinté de vert, mais c'était le seul changement perceptible dans le jardin funéraire.

Adam ouvrit le livre que la Signora Docci lui avait donné. Il pouvait le garder, en cadeau : une édition reliée plein cuir des *Métamorphoses* d'Ovide, ancienne et assez précieuse, suspectait-il. Elle lui avait fait promettre de ne pas lire la dédicace sur la page de garde avant d'avoir atteint le jardin.

Elle était brève et touchante et il trouva, inséré dans la même page, un petit bout de papier sur lequel était inscrit :

**MÉTAMORPHES 1:316**

Il trouva le vers dans le texte et sourit. Pour ce qui était de la réponse, elle avait l'intention de le mettre au travail.

Elle ne lui était pas encore venue à l'esprit lorsqu'il atteignit la clairière de Hyacinthe. Arrivé devant la statue d'Apollon, il rouvrit le livre au passage concerné. Celui-ci contait l'histoire de Deucalion et Pyrrhée, seuls survivants du grand déluge, dont le radeau s'était échoué sur le mont Parnasse. Le distique s'énonçait ainsi :

*Dans cette contrée est une montagne qui s'élève jusqu'au ciel,*
*Et dont les deux sommets sont au-dessus des nuages : son nom est [le Parnasse.*

Il leva les yeux vers Apollon perché sur le Parnasse, sa montagne, son domicile – sauf que ce n'était pas le mont Parnasse, car il s'élevait en un seul pic très pointu. Cela ne ressemblait guère à Federico Docci, de s'écarter ainsi d'Ovide sans une bonne raison ; il vouait au détail une attention trop méticuleuse.

Il creusa l'idée, s'orienta vers d'autres options – le mont Olympe, le mont Hélicon –, mais là encore, il déboucha sur une impasse. C'est alors qu'il comprit : il se trompait du tout au tout.

Ce n'était pas Apollon qu'il regardait ; c'était l'amant de Flora, sous les traits d'Apollon. Ce qui voulait dire qu'il ne s'agissait pas du mont Parnasse ; ce qu'il avait sous les yeux, c'était, enfin, une montagne, et rien d'autre, qui s'élevait en un pic acéré, très haut.

Un haut mont.

« *Mont'alto* », fit-il doucement.

C'était une traduction directe.

Fulvio Montalto, le jeune architecte de la Villa Docci. Il n'était pas étonnant qu'il ait disparu des documents historiques. Federico Docci y avait veillé.

Le cercle se refermait. Et Flora avec lui. En un sens, cette ultime révélation, cette dernière pièce du puzzle, la parachevait, elle lui rendait sa plénitude. Elle permettait à son amour de revivre. S'arrêtant pour la contempler une dernière fois en quittant le jardin, il le vit brûler dans ses yeux, tout comme l'amour de Fulvio à son égard couvait encore dans la beauté fluide de la villa qu'il avait dessinée pour elle.

Nul doute que leur histoire réserve encore des surprises, peut-être même un récit de la mort de Fulvio, enfoui quelque part dans des archives poussiéreuses. Mais il avait accompli sa besogne. Elle lui avait transmis le témoin. À lui désormais de décider quoi en faire.

En remontant vers la villa par le chemin envahi de végétation, il revint en pensée à cette journée de mai, écrasée de soleil, à Cambridge – là où tout avait commencé –, et se demanda s'il aurait agi différemment, sachant ce qu'il savait désormais.

Il n'était pas facile de répondre à cette question.

Il se reconnaissait à peine dans ce jeune homme insouciant qui pédalait sur le chemin de halage le long de la rivière et sautait les ornières d'un coup de reins, sa bouteille de vin dansant au fond de son panier à vélo.

Il avait beau essayer, il ne parvenait pas à percer ce qui se tramait dans la tête de cet étranger, et encore moins à dire avec un peu de certitude comment il aurait affronté la nouvelle qu'un meurtre l'attendait, à peine un peu plus loin, au détour du chemin.

## *Note du traducteur*

Les citations de *La Divine Comédie* sont extraites de *L'Enfer*, Chant I, Bibliothèque de la Pléiade, Gallimard, traduction d'André Pézard, 1965.

La citation des *Métamorphoses* d'Ovide est extraite de l'édition du Club français du livre, traduction de l'Abbé Antoine Banier, 1960.

Mes remerciements vont, comme toujours, à mon agent et amie, l'inimitable Stephanie Cabot, tout simplement parce qu'elle est... Stephanie Cabot, à mes éditeurs Julia Wisdom et Rachel Kahan pour leur enthousiasme, leur sagesse et leurs lumières, et à mon épouse Caroline, pour son infatigable patience et ses encouragements.

Je suis aussi extrêmement reconnaissant à Francis Hamel-Cooke, Anne O'Brien et Jane Hall, ainsi qu'à Charles et Angela Cottrell-Dormer, dont l'hospitalité et la générosité d'esprit se retrouvent pour une bonne part dans ce livre, sans doute même plus qu'ils ne se l'imaginent.

Achevé d'imprimer en avril 2008
Firmin-Didot
pour le compte des éditions Calmann-Lévy
31, rue de Fleurus 75006 Paris

Photocomposition
Asiatype

N° d'éditeur : 14461/01
N° d'imprimeur : 90075
Dépôt légal : mai 2008

*Imprimé en France*